i grandi libri Garzanti

L’adolescente

Fëdor Michailovič Dostoevskij

L'adolescente

Introduzione di Fausto Malcovati
Traduzione di Luigi Vittorio Nadai

volume secondo

Garzanti

I edizione: ottobre 1981
II edizione: ottobre 1989 - nuova traduzione

Traduzione integrale dal russo di
Luigi Vittorio Nadai

Titolo originale dell'opera:
«Подро́сток»

Printed in Italy

ISBN 88-11-51991-8

L'ADOLESCENTE

volume secondo

CAPITOLO SESTO

I

«Si capisce che debbo andarci!», avevo deciso mentre mi affrettavo verso casa, «debbo andarci subito. È assai probabile che la troverò in casa sola; ma sola o in compagnia, fa lo stesso: posso farla chiamare. Ella mi riceverà; si meraviglierà, ma mi riceverà. E se non mi riceverà, insisterò che mi riceva, le manderò a dire che si tratta di una faccenda estremamente urgente. Ella penserà che si tratti di qualcosa che riguarda il documento e mi riceverà. Scoprirò tutto su Tat'jana. E poi... e poi, ebbene, se sono in torto, riparerò, ma se ho ragione e lei è in colpa, allora questa è la fine di tutto! In ogni caso questa è la fine di tutto! Cosa ho mai da perderci? Non ci perdo nulla. Bisogna andarci! Bisogna andarci!».

Ebbene, non dimenticherò mai e ricorderò sempre con orgoglio che *non* ci andai! Non lo verrà a sapere mai nessuno e finirà lì, ma è sufficiente il fatto che lo sappia io e che in un momento simile sono stato capace di un nobilissimo istante! «Questa è una tentazione e io passerò oltre», decisi finalmente dopo aver cambiato idea, «hanno cercato di spaventarmi con un fatto, ma io non ci ho creduto e non ho perso la fede nella sua purezza! E allora, perché andare da lei, che cosa dovrei chiederle? Perché ella avrebbe dovuto immancabilmente credere in me, come io credo in lei, perché avrebbe dovuto credere alla mia "purezza" e non avrebbe dovuto aver paura della mia "impetuosità" e cautelarsi con la presenza di Tat'jana? Ai suoi occhi non mi sono ancora meritato questo. Sia, sia pure che ella non sappia che io lo merito, che non mi lascio sedurre dalle "tentazioni", che non credo alle maligne insinuazioni sul suo conto: in compenso questo lo so io e avrò stima di me stesso per questo. Avrò stima del mio sentimento. Oh, certo, ha permesso che io mi aprissi in presenza di Tat'jana, l'ha fatta assistere al nostro colloquio, sapeva che Tat'jana era lì e origliava (poiché quella non poteva fare a meno di origliare), sapeva che quella rideva alle mie spalle, è spaventoso, spaventoso! Ma... ma se in effetti fosse stato impossibile evitarlo? Cosa avrebbe potuto mai fare nella situazione di poco fa e come riprenderla per questo? Io stesso, infatti, poco fa le ho mentito a proposito di Kraft, anch'io, infatti, l'ho ingannata, perché anche questo era impossibile evitarlo, e io ho mentito involontariamente, innocentemente. Mio Dio!», esclamai a un tratto arrossendo dolorosamente, «ma cos'ho fatto, cos'ho fatto io stesso proprio adesso, non l'ho forse strapazzata davanti a quella stessa Tat'jana Pàvlovna, non ho forse adesso raccontato tutto a Versilov? Tuttavia, cosa dico! Qui c'è una differenza. Qui s'è trattato soltanto del documento; in sostanza, ho riferito a Versilov soltanto la faccenda del documento, perché non c'era null'altro di cui riferirgli, né poteva esserci. Non sono forse stato io per primo a gridargli che "non ci poteva essere nient'altro"? È una persona che se ne intende. Mm... Quale odio, tuttavia, c'è ancor adesso nel suo cuore per quella donna! E quale dramma si deve essere svolto allora tra di loro, e per quale motivo, poi? Naturalmente per orgoglio! *Versilov non è capace di nessun altro sentimento all'infuori di uno sconfinato orgoglio!*».

Sì, quest'ultimo pensiero mi balenò allora per la mente, senza che quasi me ne accorgessi. Ecco quali pensieri mi passarono per la testa successivamente, uno dopo l'altro, allora, e allora io ero franco con me stesso: non giocavo d'astuzia e non ingannavo me stesso; e se in quell'istante c'era qualcosa di cui non mi rendevo conto era soltanto per mancanza di intelligenza, e non per gesuitismo davanti a me stesso.

Ero tornato a casa in uno stato d'animo terribilmente eccitato e, non so perché, terribilmente allegro, sebbene assai confuso. Ma avevo paura di analizzarlo e con tutte le mie forze cercavo di distrarmi. Mi recai subito dalla padrona di casa: effettivamente tra lei e il marito c'era stata una rottura terribile. Era una donna tisica, moglie di un impiegato, forse anche buona, ma, come tutti i tisici, straordinariamente lunatica. Mi adoperai subito per riconciliarli, mi recai dall'inquilino, da Červjakòv, un imbecille butterato assai villano e straordinariamente permaloso, impiegato in una banca, che io stesso non potevo soffrire, ma col quale, ciononondimeno, ero in buoni rapporti perché avevo la bassezza di stuzzicare sovente assieme a lui Pëtr Ippolìtovič. Riuscii subito a convincerlo a non andarsene, né, del resto, egli stesso si sarebbe deciso ad andarsene davvero. Finì che riuscii a calmare definitivamente la padrona di casa, e, per di più, riuscii anche a sistemarle in maniera eccellente il cuscino sotto la testa. «Pëtr Ippolìtovič non sarebbe mai capace di sistemarlo così», concluse malignamente. Poi mi diedi da fare in cucina con i suoi cataplasmi e gliene preparai personalmente due eccellenti. Il povero Pëtr Ippolìtovič non faceva altro che guardarmi con invidia, ma io non gli permisi neppure di toccarla e fui ricompensato da lei letteralmente con lacrime di riconoscenza. Ed ecco che, ricordo, all'improvviso tutto ciò mi venne a noia e a un tratto mi resi conto che non era per bontà d'animo che accudivo la malata, ma per qualche altro motivo del tutto diverso.

Aspettavo con impazienza Matvéj: quella sera avevo deciso di tentare per l'ultima volta la fortuna e..., fortuna a parte, avvertivo un bisogno terribile di giocare; altrimenti non ce l'avrei fatta. Se non fossi andato da nessuna parte, forse non avrei resistito e sarei andato da lei. Matvèj doveva arrivare di lì a poco, ma improvvisamente si aprì la porta ed entrò un ospite inatteso, Dar'ja Onìsimovna. Aggrottai la fronte meravigliato. Sapeva dove abitavo perché una volta, per incarico della mamma, era venuta da me. La feci accomodare e mi misi a guardarla con espressione interrogativa. Lei non diceva nulla, limitandosi a guardarmi diritto negli occhi, sorridendo umilmente.

«Venite per caso da parte di Liza?», mi saltò in mente a un tratto di chiederle.

«No, sono venuta così».

La avvertii che mi accingevo a uscire; lei di nuovo mi rispose che «era venuta così» e che lei stessa se ne sarebbe subito andata. Chissà perché, improvvisamente provai compassione per lei. Osserverò che da parte di tutti noi, della mamma e soprattutto di Tat'jana Pàvlovna, ella aveva avuto molta partecipazione, ma, dopo che era stata sistemata dalla Stolbéeva, tutti i nostri avevano cominciato a scordarsi di lei, a eccezione di Liza che andava spesso a trovarla. Era lei stessa, credo, la causa di questo, perché, nonostante tutta la sua umiltà e i suoi sorrisi accattivanti, possedeva la facoltà di allontanarsi e di scomparire. A me personalmente non piacevano affatto quei suoi sorrisi e il fatto che ella, palesemente, atteggiasse sempre ad arte il proprio viso, e, una volta, di lei avevo persino pensato che non era poi durato tanto a lungo il suo dolore per Olja. Ma questa volta, non so perché, mi fece compassione.

Ed ecco che, a un tratto, gettando in avanti entrambe le braccia, ella mi abbracciò alla vita chinando la faccia contro le mie ginocchia. Afferrò la mia mano, credetti che volesse baciarla, ma ella se la portò agli occhi e un torrente di calde lacrime si riversò su di essa. Sussultava tutta per i singhiozzi, ma piangeva silenziosamente. Ebbi una fitta al cuore, nonostante provassi anche una sorta di rabbia. Ma ella mi abbracciava con assoluta fiducia, senza temere affatto che mi irritassi, sebbene un attimo prima di ciò mi avesse sorriso in maniera tanto timorosa e servile. Cominciai a pregarla di calmarsi.

«*Bàtjuška*, caro, non so cosa fare con me stessa. Non appena viene la sera non ce la faccio più; non appena viene la sera mi mancano le forze di resistere più a lungo e mi sento attratta dalla strada, dalle tenebre. Ad attrarmi, soprattutto, è un sogno. È nato questo sogno nella mia mente, che non appena uscirò, da un momento all'altro ecco che a un tratto la incontrerò per la strada. Cammino e mi sembra di vederla. Ossia, sono le altre che camminano, mentre io vado loro apposta dietro e penso: non è proprio quella, penso, la mia Olja? E penso, penso. Alla fine sono come istupidita, non faccio che andare a sbattere contro la gente, provo nausea. Urto la gente come se fossi ubriaca, alcuni imprecano. Non parlo a nessuno di quel che provo e non vado da nessuno. Del resto, dovunque vada, provo ancora più nausea. Adesso passavo davanti a casa vostra e ho pensato: "Andiamo a trovarlo; lui è il più buono di tutti ed era presente quella volta quando è successo". *Bàtjuška*, scusate questa buona a nulla; ora me ne vado e ricomincerò a camminare...».

Improvvisamente ella si alzò presa da una gran fretta. Proprio in quel momento arrivò Matvèj; la feci salire in slitta con me e, strada facendo, la riportai a casa sua, all'appartamento della Stolbéeva.

II

Negli ultimi tempi avevo cominciato a frequentare la roulette di Zèrščikov. Prima di allora andavo in tre altre case, sempre col principe che «mi introduceva» in quei luoghi. In una di queste case si teneva soprattutto il banco e si giocavano somme molto ingenti. Ma quel posto non mi era piaciuto: mi ero reso conto che andava bene per chi aveva molti soldi e inoltre era frequentato da troppe persone sfrontate e dalla gioventù brillante dell'alta società. Era proprio quello che piaceva invece al principe; egli amava giocare, ma amava anche praticare questi scavezzacolli. Avevo osservato che a queste serate, sebbene talvolta facesse il suo ingresso al mio fianco, tuttavia, nel corso della sera in un certo modo si appartava da me e non mi presentava a nessuno dei suoi amici. Io assumevo un'aria assolutamente scontrosa, e qualche volta a un punto tale che accadeva che attirassi addirittura l'attenzione per questo fatto. Al tavolo da gioco talvolta accadeva anche che parlassi con qualcuno; ma una volta avevo provato il giorno successivo in quello stesso posto, in un'altra stanza, a salutare un signorino col quale il giorno prima, non solo avevo conversato, trovandomi seduto accanto a lui, ma persino avevo riso e gli avevo indovinato due carte: ebbene, lui non mi aveva affatto riconosciuto. Anzi, ancor peggio: mi aveva guardato con una sorta di artefatta perplessità e mi era passato accanto sorridendomi. Così avevo ben presto smesso di andarci e avevo preso gusto a frequentare una specie di cloaca, non saprei come altro definirla. Era una roulette abbastanza insignificante, piccola, gestita da una mantenuta, sebbene costei non comparisse mai nella sala. L'atmosfera lì era terribilmente sguaiata, e sebbene a volte ci venissero anche degli ufficiali e dei mercanti danarosi, tutto vi si svolgeva con un tocco di sudiciume, cosa che, d'altronde, molti trovavano attraente. Là, inoltre, spesso avevo avuto fortuna. Ma anche lì avevo cessato di andare, dopo un disgustoso episodio accaduto una volta proprio nel bel mezzo del gioco e sfociato in una rissa tra due giocatori, e avevo cominciato a recarmi da Zèrščikov, al quale, anche in questo caso, mi aveva presentato il principe. Questi era un capitano di cavalleria a riposo e il tono delle sue serate era del tutto accettabile, militare, permalosamente puntiglioso nell'osservanza delle regole dell'onore, conciso e pratico. Burloni, ad esempio, e grandi ubriaconi lì non ne venivano. Inoltre, il banco era sempre tutt'altro che da ridere. Si giocava a banco e alla roulette. Fino a quella sera del quindici novembre ero stato lì soltanto due volte e Zèrščikov, credo, già mi conosceva, ma io non conoscevo ancora nessuno. Come a farlo apposta, quella sera anche il principe e Darzàn fecero la loro apparizione soltanto verso mezzanotte, di ritorno da quel banco di scavezzacolli mondani che avevo abbandonato: di conseguenza quella sera ero come uno sconosciuto in mezzo a una folla di estranei. Se avessi un lettore e questi avesse letto tutto quello che ho già scritto sulle mie avventure, senza dubbio non ci sarebbe bisogno di spiegargli che decisamente non sono fatto per le società di nessun genere. Soprattutto non sono assolutamente capace di comportarmi in società. Quando entro da qualche parte dove c'è molta gente, ho sempre l'impressione che tutti gli sguardi mi elettrizzino. Comincio decisamente a provare disgusto, un disgusto fisico, persino in posti come il teatro, per non parlare delle case private. In tutte quelle roulette e riunioni non sapevo assolutamente darmi un contegno: ora me ne stavo a sedere rimproverandomi per l'eccessiva arrendevolezza e cortesia, ora improvvisamente saltavo su e commettevo qualche villania. Eppure ogni genere di mascalzoni, in confronto a me, sapeva assumere in quei luoghi un contegno veramente dignitoso! Era appunto questo che mi mandava in bestia più di ogni altra cosa, così che via via perdevo sempre di più il mio sangue freddo. Vi dirò francamente che, non soltanto adesso, ma anche allora, tutto quell'ambiente e persino la vincita, insomma ogni cosa, alla fine, mi era divenuta ripugnante e penosa. Decisamente penosa. Naturalmente provavo un piacere straordinario, ma questo piacere passava attraverso la sofferenza; tutto ciò, ossia quelle persone, il gioco e, soprattutto, me stesso assieme a loro, mi appariva spaventosamente sudicio. «Non appena avrò vinto sputerò immediatamente sopra a tutto questo!», mi dicevo ogni volta addormentandomi, all'alba, nel mio appartamento, dopo una notte trascorsa al gioco. E di nuovo questa vincita: prendiamo il fatto che non amavo affatto il denaro. Ossia, non starò a ripetere la ripugnante banalità, abituale nelle spiegazioni di questo genere, che giocavo per amore del gioco, delle sensazioni, per il piacere del rischio, dell'azzardo ecc., e assolutamente non per il profitto. Avevo terribilmente bisogno di denaro, e, sebbene non fosse quella la mia strada, la mia idea, tuttavia allora avevo deciso di provare, in via di esperimento, anche quella strada. C'era un pensiero insistente che continuava a sviarmi: «Sei già arrivato alla conclusione che puoi diventare immancabilmente milionario, purché tu abbia sufficiente forza di carattere; e il tuo carattere l'hai già messo alla prova; allora mostra quel che sei anche qui: possibile che per la roulette occorra più carattere che per la tua idea?». Ecco quello che mi ripetevo. E dato che ancora adesso sono fermamente convinto che, nel gioco d'azzardo, con una totale tranquillità d'animo, grazie alla quale si conservi tutta l'acutezza dell'intelligenza e del calcolo, è impossibile non aver ragione della grossolanità del cieco caso e non vincere, be', è naturale che dovessi irritarmi sempre più vedendo che a ogni istante non riuscivo a tener fede al mio proposito e mi lasciavo trascinare proprio come un ragazzino. «Io, che ho sopportato la fame, non riesco a dominare me stesso in una sciocchezza come questa!», ecco il pensiero che mi rendeva furioso. Inoltre la consapevolezza che, per quanto potessi apparire ridicolo e mortificato, dentro di me era racchiuso un tesoro di forza che avrebbe costretto tutti loro un giorno a cambiare idea sul mio conto, questa consapevolezza, già, si può dire, dagli anni della mia infanzia umiliata, costituiva allora l'unica fonte della mia vita, la mia luce e la mia dignità, la mia arma e il mio conforto, altrimenti, forse, mi sarei ucciso quando ero ancora bambino. E perciò, come avrei potuto non essere irritato con me stesso vedendo in quale misera creatura mi trasformavo al tavolo da gioco? Ecco perché non ero ormai più capace di distaccarmi dal gioco: ora vedo tutto ciò chiaramente. Oltre a ciò, che era la cosa principale, ne soffriva anche il mio meschino amor proprio: la perdita al gioco mi umiliava davanti al principe, davanti a Versilov, sebbene questi non si degnasse di farvi cenno, davanti a tutti, perfino davanti a Tat'jana — così mi pareva, così sentivo. Farò infine ancora una confessione: già allora mi ero corrotto e mi era ormai difficile rinunciare al pranzo di sette portate al ristorante, a Matvéj, al negozio inglese, all'opinione del mio profumiere, insomma a tutte queste cose. Ero cosciente di ciò anche allora, ma scrollavo le spalle; ora invece, scrivendolo, arrossisco.

III

Essendo arrivato solo e trovandomi in mezzo a una folla sconosciuta, dapprima mi sistemai presso un angolo del tavolo e cominciai a fare piccole puntate, facendo trascorrere così un paio d'ore senza muovermi. In quelle due ore le cose andarono in modo confuso, né bene né male. Mi lasciai sfuggire delle occasioni straordinarie e cercai di non arrabbiarmi e di avere invece il sopravvento col sangue freddo e la sicurezza. Finì che in tutte quelle due ore non vinsi e non persi: di trecento rubli ne persi dieci, quindici. Questo meschino risultato mi irritò, e per di più mi accadde una spiacevolissima porcheria. So bene che a questi tavoli da roulette talvolta capita di trovare dei ladri, cioè, non dei ladri da strada, ma tra i giocatori più noti. Sono, ad esempio, convinto che il famoso giocatore Aferdov sia un ladro; anche adesso egli si vede in giro per la città: ancora qualche giorno fa l'ho visto in giro su una carrozza tirata da due *ponies* di sua proprietà, ma ciò non toglie che egli sia un ladro e che mi abbia derubato. Ma questa storia accadde più tardi; quella sera si svolse soltanto il preludio di essa. Me ne stetti seduto, per quelle due ore, a un angolo del tavolo, e accanto a me, alla mia sinistra, per tutto il tempo si era installato un gagarello marcio, un ebreuccio, credo; uno che, del resto, fa parte di non so che cosa e scrive e pubblica non so che cosa non so dove. All'ultimo momento improvvisamente vinsi venti rubli.

Due banconote rosse giacevano davanti a me, e a un tratto vedo che questo ebreuccio allunga la mano e con tutta calma se ne prende una. Io volevo fermarlo, ma lui, con l'aria più sfacciata che si possa immaginare e senza alzare affatto la voce, di punto in bianco mi dichiara che quella era la sua vincita, che anche lui aveva or ora puntato e aveva vinto; egli non volle neppure continuare la discussione e si girò dall'altra parte. Come a farlo apposta, in quell'istante io mi trovavo nello stato d'animo più stupido che si possa immaginare: avevo concepito un'idea grandiosa, per cui lasciai perdere e, alzatomi in fretta, me ne andai, rinunciando perfino a mettermi a discutere e regalandogli il biglietto rosso. Sarebbe stato del resto difficile venire a capo di quella storia con quel ladroncello sfrontato, perché avevo lasciato passare il momento; il gioco era infatti già ripreso. Proprio questo fu il mio enorme errore che si rifletté poi su quel che seguì: tre o quattro giocatori vicino a noi notarono il nostro battibecco e, vedendo che facevo marcia indietro con tanta facilità, probabilmente ritennero che il ladro fossi io. Era esattamente mezzanotte; passai nella stanza accanto, pensai, riflettei sul mio nuovo piano e, tornato indietro, cambiai al banco le mie banconote in mezzi imperiali. Me ne ritrovai in mano un po' più di quaranta pezzi. Li suddivisi in dieci parti e decisi di fare dieci puntate di fila sullo zero, ognuna di quattro mezzi imperiali, una dietro all'altra. «Se vincerò, sarà il mio trionfo, se invece perderò, tanto meglio; non giocherò mai più». Osserverò che durante tutte quelle due ore lo zero non era mai uscito, di modo che nessuno puntava ormai più su questo numero. Puntavo stando in piedi, aggrottando le ciglia e stringendo i denti. Già alla terza puntata, però, Zèrščikov annunciò ad alta voce lo zero che non era mai uscito per tutto quel giorno. Mi contarono centoquaranta mezzi imperiali d'oro. Mi rimanevano da fare ancora sette puntate e io mi accinsi a proseguire mentre la stanza attorno a me si era messa a girare e a ballare.

«Venite da questa parte!», gridai attraverso il tavolo a un giocatore che prima mi era seduto accanto, un tipo baffuto, coi capelli bianchi e un volto purpureo, vestito in frac, che già da alcune ore con incredibile pazienza faceva delle piccole puntate perdendole tutte una dopo l'altra, «venite da questa parte! La fortuna è da questa parte!».

«Dite a me?», mi rispose il tipo coi baffi, dall'altra parte del tavolo con un tono sorpreso e minaccioso.

«Sì, a voi! Laggiù perderete fino all'ultimo quattrino!».

«Non è affar vostro e vi prego di non importunarmi!».

Ma ormai non riuscivo assolutamente più a dominarmi. Dirimpetto a me, dall'altra parte del tavolo era seduto un anziano ufficiale. Guardando la mia puntata egli borbottò al suo vicino: «Strano, lo zero. No, lo zero non lo punterò».

«Puntatelo, colonnello!», gli gridai facendo una nuova puntata.

«Vi prego di lasciarmi in pace, signore, risparmiatemi i vostri consigli!», tagliò corto lui. «Voi gridate molto qua dentro».

«Vi sto dando un buon consiglio; su, volete scommettere che adesso uscirà di nuovo lo zero? Ecco qua, scommetto dieci monete d'oro, vi sta bene?».

E misi sulla tavola dieci mezzi imperiali.

«Volete scommettere dieci monete d'oro? Questo posso farlo», fece lui con tono asciutto e severo. «Scommetto contro di voi che non uscirà lo zero».

«Dieci *louis d'or*, colonnello».

«Cosa sarebbero mai questi dieci *louis d'or*?».

«Dieci mezzi imperiali, colonnello, ovvero, in stile fiorito, dieci *louis d'or*».

«E allora dite mezzi imperiali e non permettetevi di scherzare con me!».

Non speravo, si capisce, di vincere la scommessa: c'erano trentasei probabilità contro una che lo zero non sarebbe uscito; ma l'avevo proposta, in primo luogo perché facevo lo smargiasso, e in secondo luogo perché volevo richiamare su di me l'attenzione generale. Vedevo bene che lì dentro, chissà perché, nessuno mi poteva soffrire e che con particolare piacere me lo facevano sentire. La roulette cominciò a girare e quale non fu lo stupore generale quando a un tratto uscì di nuovo lo zero! Si levò persino un grido generale. A questo punto la gloria del trionfo mi obnubilò completamente. Mi contarono di nuovo altri centoquaranta mezzi imperiali. Zèrščikov mi domandò se non volessi riceverne una parte in banconote, ma io gli replicai con una specie di muggito, perché non ero letteralmente più in grado di esprimermi con calma e circostanziatamente. La testa mi girava e le gambe erano diventate molli. A un tratto sentii che mi accingevo a rischiare in maniera terribile, inoltre volevo prendere anche qualche altra iniziativa, proporre qualche altra scommessa, portar via a qualcuno qualche migliaio di rubli. Macchinalmente rastrellai con la mano il mio mucchietto di banconote e di monete d'oro, senza riuscire a concentrarmi per contarli. In quell'istante improvvisamente notai dietro di me il principe e Darzàn: erano appena arrivati dal loro banco dove, come venni a sapere più tardi, avevano perso fino all'ultimo centesimo.

«Oh, Darzàn», gli gridai, «guardate dov'è la fortuna! Puntate sullo zero!».

«Ho perso, non ho denaro», mi rispose seccamente; quanto al principe, fu decisamente come se non mi avesse notato né riconosciuto.

«Ecco il denaro!», gridai io indicando il mio mucchietto d'oro, «quanto vi serve?».

«Al diavolo!», gridò Darzàn facendosi tutto rosso, «non mi sembra di avervi chiesto del denaro».

«Vi chiamano», mi fece Zèrščikov tirandomi per la manica.

Erano già alcune volte che mi chiamava, quasi imprecando, il colonnello che aveva perso con me la scommessa di dieci imperiali.

«Favorite prenderli!», mi urlò costui tutto rosso di rabbia, «non sono tenuto ad aspettare che facciate i vostri comodi; altrimenti poi direte che non li avete avuti. Contateli».

«Vi credo, vi credo, colonnello, vi credo senza contarli; soltanto, per favore, non gridate così con me e non adiratevi», e rastrellai con la mano il suo mucchietto di monete d'oro.

«Egregio signore, vi prego di andare a importunare con i vostri entusiasmi qualcun altro al posto mio», sbottò bruscamente il colonnello. «Non ho mai portato al pascolo i maiali assieme a voi!».

«È strano che lascino entrare persone del genere, ma chi è costui? Un qualche ragazzotto...», si sentiva esclamare a mezza voce.

Ma io non ci facevo caso e puntavo ormai a casaccio e non più sullo zero. Posai un intero pacco di biglietti iridati[1] sui primi diciotto numeri.

«Andiamo, Darzàn», risuonò dietro a me la voce del principe.

«Tornate a casa?», chiesi voltandomi verso di loro. «Aspettatemi, usciamo insieme, smetto».

La mia puntata aveva vinto; era una vincita cospicua.

«Basta!», gridai e con mani tremanti cominciai a rastrellare l'oro e a versarmelo nelle tasche, senza contare e pigiando stupidamente con le dita i pacchetti di banconote per farli entrare tutti assieme nella tasca laterale. Improvvisamente la mano grassoccia con un anello di Aferdov, che era seduto alla mia destra e che puntava anche lui grosse somme, si posò su tre dei miei biglietti iridati e li coprì con il palmo.

«Scusate, signore, questi non sono vostri», scandì severamente, con voce, del resto, abbastanza affabile.

Era il preludio a quello che poi, alcuni giorni dopo, doveva avere tali conseguenze. Adesso giuro sul mio onore che quelle tre banconote da cento rubli erano mie, ma, per mia mala sorte, allora, sebbene fossi convinto che fossero mie, in me rimaneva una decima parte di dubbio, e, per una persona onesta, questo basta; e io ero una persona onesta. Quel che più conta, allora non sapevo ancora con certezza che Aferdov era un ladro; allora non conoscevo ancora nemmeno il suo cognome, dimodoché in quel momento potevo pensare di essermi effettivamente sbagliato e che quelle tre banconote da cento rubli non facessero parte della somma che mi era stata appena versata. Per tutto quel tempo non avevo mai contato il mio mucchio di denaro, limitandomi a rastrellarlo con le mani, mentre anche davanti ad Aferdov giaceva sempre del denaro e, come a farlo apposta, in quel momento era accanto al mio, ma ordinato e contato. Infine Aferdov lì era conosciuto, era ritenuto un riccone, era trattato con rispetto: tutto ciò influenzò anche me e io di nuovo non protestai. Terribile errore! Il guaio principale è che ero in visibilio.

«Mi dispiace enormemente di non ricordarmene con sicurez-

1 Banconote da cento rubli.

za, ma mi sembra proprio che questi biglietti siano miei», proferii con labbra tremanti per lo sdegno. Queste parole suscitarono immediatamente un mormorio di protesta.

«Per affermare cose simili, bosogna ricordarsi *con sicurezza*, e voi stesso vi siete degnato di proclamare che *non* ve ne ricordate con sicurezza», proferì con tono intollerabilmente altezzoso Aferdov.

«Ma chi è? Ma come si può tollerare questo?», si sentì esclamare.

«Non è la prima volta che succede con lui; poco fa dall'altra parte c'è stata un'altra discussione tra lui e Rechberg a causa di un biglietto da dieci rubli», risuonò accanto a me una vocina ignobile.

«Be', basta, basta!», esclamai io, «non insisto, prendeteli! Principe... ma dove sono il principe e Darzàn? Se ne sono andati? Signori, non avete visto dove si sono cacciati il principe e Darzàn?», e dopo aver raccolto, infine, tutti i miei soldi e tenendo tuttavia in mano alcuni mezzi imperiali che non ero riuscito a ficcarmi in tasca, mi lanciai alla rincorsa del principe e di Darzàn. Il lettore vede che non mi uso dei riguardi e che in questo momento rievoco il me stesso di allora tutto intero, fino all'ultima bassezza, in modo che risulti comprensibile ciò che poi ne risultò.

Il principe e Darzàn avevano già sceso le scale senza fare la benché minima attenzione ai miei richiami e alle mie grida. Li avevo ormai raggiunti, ma mi fermai un istante davanti al portiere al quale ficcai in mano tre mezzi imperiali, lo sa il diavolo il perché; questi mi guardò sconcertato e non mi ringraziò nemmeno. Ma non me ne importava nulla e, se ci fosse stato lì anche Matvéj, sicuramente gli avrei dato l'intera manciata di monete d'oro, e così, appunto, mi sembra che volessi fare, ma, correndo fuori sul terrazzino d'ingresso, mi rammentai improvvisamente che poco prima lo avevo rimandato a casa. In quell'istante condussero il trottatore del principe ed egli salì sulla slitta.

«Vengo con voi, principe, e vengo a casa vostra!», gridai e, afferrata la coperta, la rigettai indietro accingendomi a salire sulla sua slitta; ma a un tratto, passandomi davanti, saltò sulla slitta Darzàn, e il cocchiere, strappatami di mano la coperta, ne ricoprì i signori.

«Che diavolo!», gridai fuori di me dalla rabbia. Sembrava che avessi alzato la coperta per Darzàn, come un cameriere.

«A casa!», gridò il principe.

«Ferma!», urlai afferrandomi alla slitta, ma il cavallo diede uno strattone e io rotolai nella neve. Mi parve persino che essi scoppiassero a ridere. Balzato in piedi in un attimo, presi al volo un vetturino capitato sotto mano e volai a casa del principe, incitando ogni momento il mio ronzino.

IV

Come a farlo apposta il ronzino si muoveva con una mostruosa lentezza, sebbene avessi promesso al vetturino un intero rublo. Questi non faceva che frustarlo e, naturalmente, gliene diede più che a sufficienza per un rublo. Il mio cuore si arrestava; attaccai discorso non ricordo su quale argomento con il vetturino, ma le parole non mi uscivano di bocca e borbottavo non so quali sciocchezze. Ecco in che stato arrivai di corsa a casa del principe. Egli era appena rientrato dopo aver accompagnato a casa Darzàn ed era solo. Pallido e irritato, camminava avanti e indietro per il suo studio. Lo ripeto un'altra volta: aveva perduto in maniera spaventosa. Mi guardò con una sorta di distratta perplessità.

«Di nuovo voi!», disse aggrottando la fronte.

«Ma sono venuto per farla finita con voi, signore!», replicai io ansimando. «Come avete osato comportarvi con me in questo modo?».

Egli mi guardò con espressione interrogativa.

«Se volevate andar via con Darzàn, potevate rispondermi appunto così, che andavate via con Darzàn, ma voi invece avete fatto partire il cavallo, e io...».

«Ah, sì, voi, mi sembra, siete caduto nella neve», mi interruppe lui scoppiandomi a ridere in faccia.

«A cose del genere si risponde con una sfida, perciò innanzitutto regoliamo i conti...».

E con le mani che mi tremavano cominciai a tirar fuori i

miei soldi e a deporli sul divano, sul tavolino di marmo e persino sopra non so quale libro aperto, a mucchietti, a manciate, a pacchi; alcune monete rotolarono sul tappeto.

«Ah, già, a quanto sembra avete vinto?... Si nota, appunto, dal vostro tono...».

Mai prima di allora mi aveva parlato in maniera così insolente. Ero pallidissimo.

«Qui... non so quanti siano... bisognerebbe contarli. Vi debbo circa tremila rubli... o quanti?... di più o di meno?».

«Non mi sembra di avervi chiesto di rimborsarmi».

«No, signore, sono io che voglio saldare il conto, e voi dovreste sapere il perché. So che questo pacchetto sono mille rubli, tenete!». Avevo cominciato a contarli, ma vi rinunciai. «Fa lo stesso, so che sono mille. Be', ecco, questi mille li tengo per me e tutto quel che resta, ecco questi mucchietti, prendeteli per il mio debito, per una parte del mio debito: credo siano circa duemila, forse più!».

«Mille, però, ve li tenete?», sogghignò il principe.

«Vi occorrono? In tal caso... avrei voluto... pensavo che non avreste voluto... ma se vi occorrono, eccoli...».

«No, non mi occorrono», fece lui voltandomi sprezzantemente le spalle e riprendendo a camminare per la stanza.

«E lo sa il diavolo perché mai vi è saltato in mente di restituirmi questi soldi!», mi disse voltandosi a un tratto verso di me con una terribile espressione di sfida sul volto.

«Ve li restituisco per chiedervi a mia volta conto!», strillai io.

«Ma levatevi di torno voi con le vostre eterne grandi parole e i vostri eterni grandi gesti!», mi gridò a un tratto, battendo il piede per terra come fuori di sé. «Era un pezzo che volevo cacciarvi voialtri due, voi e il vostro Versilov».

«Voi siete uscito di senno!», urlai io. Ed effettivamente ne aveva tutta l'aria.

«Mi avete tormentato abbastanza tutti e due con le vostre frasi altisonanti, sempre frasi, frasi, frasi! Sull'onore, per esempio! Pfui! Era un pezzo che volevo farla finita... Sono felice, felice che sia giunto il momento. Mi sentivo obbligato e arrossivo del fatto di essere costretto a ricevervi... entrambi! Ora invece non mi sento più obbligato da niente, da niente, sappiatelo! Il vostro Versilov mi aizzava a dare addosso all'Achmàkova e a disonorarla... Non azzardatevi più dopo di questo a venirmi a parlare dell'onore. Perché voi due siete delle persone disoneste... tutt'e due, tutt'e due; e voi non vi siete vergognato ad accettare da me del denaro?».

Gli occhi mi si annebbiarono.

«L'ho accettato da voi come si accetta da un compagno», cominciai a dire con voce terribilmente sommessa, «siete stato voi stesso a offrirmelo ed io ho creduto alla vostra amicizia...».

«Io non sono vostro compagno! Non è questo il motivo per cui ve l'ho dato! Voi sapete bene perché ve l'ho dato!».

«Io l'ho accettato in conto di quello che dovevate a Versilov; naturalmente questo è stupido, ma io...».

«Voi non potevate prenderlo in conto di quello di Versilov senza il suo permesso, né io avrei potuto darvi il suo denaro senza il suo consenso... Io vi ho dato il mio denaro, e voi lo sapevate; lo sapevate e lo prendevate; e io ho sopportato questa odiosa commedia in casa mia!».

«Che cosa sapevo? Quale commedia? Perché mi avete dato quel denaro?».

«*Pour vos beaux yeux, mon cousin!*»,[2] replicò lui scoppiandomi a ridere in faccia.

«Al diavolo!», urlai io, «prendetevi tutto, eccovi anche questi altri mille! Ora non vi devo più nulla, e domani...».

E gli scagliai addosso il pacchetto di biglietti iridati che mi ero tenuto per rimettere in sesto le mie finanze. Il pacchetto lo colpì sul gilè e cadde a terra. Egli in un attimo, con tre enormi passi, mi fu addosso.

«Avreste forse il coraggio di dire», scandì con ferocia, sillabando le parole, «che avete accettato i miei soldi per tutto un mese ignorando che vostra sorella è incinta di me?».

«Che cosa? Come?», urlai e a un tratto le gambe mi si piegarono e ricaddi senza forze sul divano. Mi disse lui stesso più tardi che ero impallidito letteralmente come un cencio. La mente mi si ottenebrò. Ricordo che continuavamo a guardarci

2 «Per i vostri begli occhi, cugino mio!», in francese nel testo.

in silenzio negli occhi. Mi parve che un'espressione di terrore gli passasse sul viso; a un tratto egli si chinò verso di me, mi afferrò per le spalle e mi sorresse. Ricordo fin troppo bene il suo sorriso impietrito; in esso si leggeva diffidenza e stupore. Davvero egli non si aspettava assolutamente che le sue parole avessero un effetto simile, perché era convinto della mia colpevolezza.

Alla fine svenni, ma soltanto per un momento; ripresi i sensi, mi alzai in piedi, lo guardai e riflettei, e a un tratto tutta la verità si rivelò al mio intelletto addormentato! Se me lo avessero detto prima e mi avessero domandato che cosa avrei fatto in un momento come quello, avrei certamente risposto che lo avrei fatto a pezzi. Ma le cose andarono in maniera del tutto diversa, e non per mia volontà: improvvisamente mi coprii il volto con entrambe le mani e scoppiai a piangere amaramente, a dirotto. Accadde da sé! Nel giovanotto si manifestò a un tratto il bambino. Ciò significa che allora la mia anima era ancora per metà quella di un bambino. Mi abbandonai sul divano singhiozzando: «Liza! Liza! Povera, sventurata!». Il principe improvvisamente mi credette del tutto.

«Mio Dio, come sono in colpa nei vostri confronti!», esclamò con profondo rincrescimento. «Oh, come vi ho giudicato iniquamente nella mia sospettosità... Perdonatemi, Arkàdij Makàrovič!».

Improvvisamente balzai in piedi, avrei voluto dirgli qualcosa, rimasi per un attimo ritto davanti a lui, ma, senza dire una parola, corsi fuori dalla stanza e dall'appartamento. Tornai a casa a piedi e ricordo a stento la strada che feci. Mi gettai sul letto col volto contro il cuscino, al buio, e pensavo, pensavo. Nei momenti come quelli non si riesce mai a pensare in maniera armonica e coerente. Il mio intelletto e la mia immaginazione sembravano aver rotto ogni freno, e, ricordo, cominciavano anche a venirmi in mente cose del tutto prive di connessione e persino assurde. Ma la mia sventura improvvisamente mi tornava di nuovo alla mente con pena e con sofferenza e ricominciavo a torcermi le mani e a esclamare: «Liza, Liza», scoppiando di nuovo a piangere. Non ricordo come mi addormentassi, ma dormii profondamente e con voluttà.

CAPITOLO SETTIMO

I

Mi svegliai la mattina dopo verso le otto, immediatamente chiusi a chiave la porta e mi misi a pensare. Rimasi lì così fino alle dieci. La serva bussò due volte alla mia porta, ma io la cacciai. Infine, quand'erano ormai quasi le undici, bussarono di nuovo. Feci per urlare ancora, ma era Liza. Assieme a lei entrò anche la serva che mi portava il caffè e si accinse ad accendere la stufa. Scacciare la serva era impossibile e, durante tutto il tempo che Fëkla impiegò per mettere la legna nella stufa e accendere il fuoco, io camminai su e giù a grandi passi per la mia piccola stanza senza decidermi a parlare e sforzandomi perfino di non guardare Liza. La serva faceva le sue cose con indicibile lentezza, e faceva così di proposito, come tutte le serve nei casi del genere, quando si accorgono che con la loro presenza impediscono ai padroni di parlare. Liza si era seduta su una sedia accanto alla finestra e mi osservava.

«Il caffè si raffredda», mi disse a un tratto.

Io la guardai: neppure il più piccolo segno di imbarazzo, una serenità assoluta, e sulle sue labbra c'era perfino un sorriso.

«Tutte così le donne!», non riuscii a trattenermi e scrollai le spalle. Finalmente la serva riuscì ad accendere la stufa e si accingeva a riordinare, ma io con tono irritato la cacciai fuori e finalmente riuscii a richiudere a chiave la porta.

«Dimmi, per favore, perché hai chiuso di nuovo a chiave la porta?».

Mi piantai davanti a lei:

«Liza, avrei mai potuto pensare che mi avresti ingannato a tal punto?», esclamai improvvisamente, senza che neppure mi fosse passato per la testa che avrei cominciato a quel modo, e questa volta non furono lacrime, ma non so che sentimento di rabbia mi punse improvvisamente il cuore, tanto che neppure me lo aspettavo. Liza arrossì, ma non mi rispose, limitandosi a continuare a guardarmi diritto negli occhi.

«Aspetta, Liza, aspetta! Oh, come sono stato stupido! Ma sono stato stupido davvero? Avrei potuto capirlo? È soltanto ieri che tutti gli indizi si sono ammassati assieme, ma prima di allora, da che cosa avrei potuto capirlo? Dal fatto che andavi dalla Stolbéeva e da questa... Dar'ja Onìsimovna? No, tu per me eri il sole, Liza, come avrebbe mai potuto venirmi in testa qualcosa? Ricordi come ti incontrai quella volta, due mesi fa, da *lui*, nel suo appartamento, e come poi io e te abbiamo camminato al sole ed eravamo felici... allora era già successo? Era successo?».

Ella mi rispose con un cenno affermativo del capo.

«Dunque anche allora tu già mi ingannavi! Qui non è stata la mia stupidità, Liza, qui la causa è stata piuttosto il mio egoismo, e non la mia stupidità, l'egoismo del mio cuore e... e, forse, la mia fede nella santità. Oh, io sono sempre stato convinto che tutti voi foste persone infinitamente più elevate di me, ed ecco! Infine ieri, in un solo giorno, non sono riuscito nemmeno a raccapezzarmi, nonostante tutti gli indizi... Del resto ieri avevo tutt'altro per la testa!».

A questo punto, a un tratto, mi tornò alla mente Katerina Nikolàevna e provai di nuovo una fitta dolorosa al cuore, come se fossi stato trafitto da uno spillo, e arrossii tutto. È naturale che in quel momento non potessi essere buono.

«Ma perché ti giustifichi? Mi sembra che tu, Arkàdij, sia ansioso di giustificarti di qualche cosa, ma di che cosa mai?», mi domandò sommessamente e mitemente Liza, ma con voce assai ferma e convinta.

«Come di che cosa? E cosa dovrei fare ora? Basterebbe da solo anche questo interrogativo! E tu mi dici "di che cosa"! Non so come comportarmi! Non so come si comporta un fratello in un caso come questo... So che costringono al matrimonio con la pistola in mano... Mi comporterò come si conviene a una persona onesta! Ma il fatto è che non so come dovrebbe comportarsi in questo caso una persona onesta!... Perché? Perché noi non siamo nobili, mentre lui è un principe e sta facendo in quell'ambiente la sua carriera; le persone oneste come noi non le sta neanche ad ascoltare. Io e te non siamo neppure fratelli, ma dei figli illegittimi qualsiasi, senza un nome, siamo i figli di un servo; e i principi si sposano forse con i servi? Oh, che abiezione! E per giunta tu te ne stai lì seduta e mi guardi meravigliata».

«Sono persuasa che tu soffra», disse Liza arrossendo di nuovo, «ma corri troppo e ti tormenti da te stesso».

«Corro troppo? A tuo parere, dunque, non ho ancora tardato abbastanza? E sta a te, Liza, a te, parlarmi in questo modo?», esclamai, lasciandomi infine trasportare da una vera e propria indignazione. «E di quanta infamia mi sono coperto e come mi deve disprezzare questo principe! Oh, adesso mi è tutto chiaro e l'intero quadro è davanti a me: egli ha certamente immaginato che io avessi indovinato da un pezzo la sua relazione con te, ma che tacessi o addirittura alzassi la cresta e fossi orgoglioso "dell'onore", ecco che cosa ha potuto perfino pensare di me! E che prendessi il denaro in cambio della sorella, dell'onore della sorella! Ecco che cosa gli faceva ribrezzo di vedere, e io lo giustifico pienamente: vedere e ricevere ogni giorno un mascalzone perché egli è suo fratello, che per di più viene a parlargli di onore... si rivolterebbe il cuore anche a uno come lui! E tu hai consentito tutto questo, tu non mi hai avvertito! Egli mi disprezzava al punto che ha parlato di me a Stebel'kòv e lui stesso ieri sera mi ha detto che intendeva scacciarci entrambi, me e Versilov. E quello Stebel'kòv! "Anna Andréevna è vostra sorella altrettanto di Lizaveta Makàrovna", e addirittura mi ha gridato dietro: "Il mio denaro è migliore". E io, io, che mi sdraiavo sfrontatamente sui suoi divani e cercavo di entrare in confidenza, come un loro pari, con i suoi conoscenti, che il diavolo se li porti! E tu hai consentito tutto questo! Forse adesso lo sa persino Darzàn, per lo meno a giudicare dal suo tono di ieri sera... Tutti, tutti lo sanno, eccetto me!».

«Nessuno sa nulla, non lo ha detto a nessuno dei suoi conoscenti e *non poteva* dirglielo», mi interruppe Liza, «quanto a questo Stebel'kòv, io so soltanto che non fa che tormentarlo e che ha potuto solamente indovinarlo... Di te poi gli avevo parlato diverse volte ed egli mi aveva pienamente creduto che non ne sapevi nulla, per cui proprio non so perché e come possa essere accaduta questa cosa tra di voi ieri sera».

«Oh, per lo meno ieri sera ho saldato il mio debito con lui e per lo meno mi sono levato questo peso dal cuore! Liza, la mamma lo sa? E come potrebbe non saperlo: proprio ieri, proprio ieri è saltata su a quel modo contro di me!... Ah, Liza! Possibile che tu sia convinta di avere perfettamente ragione in tutto, possibile che tu non ti senta nemmeno un briciolo in colpa? Non so come si giudichino queste cose oggi e di quale opinione tu sia, cioè riguardo a me, alla mamma, a tuo fratello, a tuo padre... Versilov lo sa?».

«La mamma non gli ha detto nulla e lui non domanda; probabilmente non vuole domandare».

«Lo sa, ma non vuole saperlo, è così; come gli assomiglia questo! Be', ridi pure della parte del fratello, del fratello stupido, quando parla di pistole, ma la mamma, la mamma? Possibile che tu non abbia pensato che per la mamma questo è un rimprovero? Questo pensiero mi ha torturato per tutta la notte; il primo pensiero della mamma ora sarà: "È accaduto perché anch'io mi sono macchiata di questa colpa: tale la madre, tale la figlia!"».

«Oh, quanto sono cattive e crudeli le tue parole!», esclamò Liza e, con gli occhi pieni di lacrime, si alzò e si diresse in fretta alla porta.

«Fermati, fermati!», dissi abbracciandola e, dopo averla fatta sedere di nuovo, mi sedetti accanto a lei senza smettere di abbracciarla.

«Ho pensato che sarebbe andato tutto in questo modo, mentre venivo qui, e che avresti immancabilmente sentito il bisogno che io stessa riconoscessi la mia colpa. Ebbene, accomodati, la riconosco. È solo per orgoglio che tacevo, che non dicevo nulla, ma è assai più per voi e per la mamma che mi dispiace, che non per me...», ella non terminò la frase e a un tratto scoppiò a piangere a dirotto.

«Basta, Liza, non devi, non devi dir nulla. Io non sono il tuo giudice. Liza, che dice la mamma? Dimmi, è da molto tempo che lo sa?».

«Penso di sì, ma io gliel'ho detto soltanto poco tempo fa, quando è successa *quella cosa*», disse abbassando gli occhi. «E lei cos'ha detto?».

«Mi ha detto: "tieni il bambino!"», disse con voce ancora più bassa Liza.

«Ah, Liza, sì, tienilo! Non far nulla su di te, Dio te ne scampi!».

«No, non farò nulla», rispose con fermezza e sollevò di nuovo gli occhi. «Sta' tranquillo», aggiunse, «non ci penso nemmeno».

«Liza, cara, vedo soltanto che di questa faccenda non so nulla, ma in compenso soltanto adesso ho scoperto quanto ti amo. C'è una cosa soltanto che non capisco, Liza; mi è tutto chiaro, solamente una cosa non riesco assolutamente a capire: perché ti sei innamorata di lui? Come hai potuto innamorarti di uno come lui? Ecco il problema!».

«E sicuramente anche su questo ti sei arrovellato stanotte», replicò sommessamente Liza, sorridendo.

«Aspetta, Liza, la mia è una domanda stupida e ti fa ridere; ridi pure, tuttavia è impossibile non meravigliarsi: tu e *lui* siete così agli antipodi! Io l'ho studiato: lui è cupo, sospettoso, forse è molto buono, sia pure, ma per contro è incline al massimo grado a vedere in ogni cosa il male (in ciò, del resto, è esattamente come me!). Egli venera appassionatamente la nobiltà d'animo, questo lo ammetto, ma solo in teoria, sembra. Oh, egli è proclive al pentimento e, da quando è al mondo, non fa altro che maledire se stesso e pentirsi, ma in compenso non si corregge mai, e anche in questo, forse, assomiglia a me. Ha in testa mille pregiudizi e idee sbagliate, ma nemmeno un'idea! Va alla ricerca di una grande impresa e si macchia di piccoli atti ignobili. Perdonami, Liza, del resto io sono uno stupido: dicendo queste cose ti offendo, lo so; lo capisco...».

«Il ritratto sarebbe veritiero», replicò sorridendo Liza, «ma tu sei troppo cattivo con lui per causa mia, e perciò manca totalmente di verità. Fin dal principio egli è stato diffidente nei tuoi confronti e perciò tu non hai potuto vederlo in tutti i suoi aspetti, com'è stato con me invece, fin dai tempi di Luga... Fin dai tempi di Luga egli non ha visto che me. Sì, egli è sospettoso e morboso, e senza di me sarebbe impazzito; e se mi lascerà, impazzirà o si sparerà, credo, egli questo l'ha capito e lo sa», aggiunse Liza come parlando tra di sé e con aria pensierosa. «Sì, egli è debole in ogni cosa, ma i deboli di questo genere talvolta sono capaci di compiere grandi cose... Che cosa strana hai detto, a proposito della pistola, Arkàdij: qui non serve davvero niente del genere e so da me quello che accadrà. Non sono io ad andargli dietro, ma è lui che viene dietro a me. La mamma piange e mi dice: "Se lo sposerai sarai infelice, cesserà di amarti". Io questo non lo credo; sarò forse infelice, ma lui non cesserà di amarmi. Non è per questo che gli ho sempre detto di no, ma per un altro motivo. Sono due mesi che gli dico di no, ma oggi gli ho detto: *sì*, ti sposerò. Lo sai, Arkàša (i suoi occhi si fecero raggianti ed ella improvvisamente mi cinse il collo con entrambe le braccia), ieri lui è andato da Anna Andréevna e francamente, con tutta sincerità, le ha detto che non poteva amarla... Sì, tra loro c'è stata una spiegazione definitiva e questo discorso ora è chiuso! Egli non vi aveva mai avuto alcuna parte, si era sognato tutto il principe Nikolàj Ivànovič e lo incitavano in questo senso questi persecutori, Stebel'kòv e un'altra persona... È proprio per questo che oggi gli ho detto di sì. Caro Arkàdij, egli ti supplica di recarti da lui e di non essere offeso per quel che è successo ieri: egli oggi non si sente bene e resterà tutto il giorno in casa. Non sta bene davvero, Arkàdij: non pensare che si tratti di una scusa. Mi ha mandato apposta da te e mi ha pregato di riferirti che "ha bisogno" di te, che ha molte cose da dirti e che qui, in questo appartamento, sareste a disagio. Be', addio! Ah, Arkàdij, mi vergogno quasi a dirlo, ma, mentre venivo qui, avevo una paura terribile che tu non mi volessi più bene e per la strada non facevo che farmi il segno della croce, ma tu invece sei così buono, caro! Non lo dimenticherò mai! Vado dalla mamma. Ma tu cerca di volergli bene, almeno un pochino, eh?».

La abbracciai ardentemente e le dissi.

«Liza, io penso che tu sia un carattere forte. Sì, lo credo che non sei tu ad andare dietro a lui, ma che è lui che viene dietro a te, ma tuttavia...».

«Ma tuttavia "perché ti sei innamorata di lui, ecco il problema!"», terminò la frase Liza, mettendosi improvvisamente a ridere con aria birichina come faceva prima e pronunciando l'espressione «questo è il problema!» con voce straordinariamente somigliante alla mia. E mentre diceva queste parole sollevò l'indice davanti agli occhi esattamente come faccio io quando pronuncio questa frase. Ci baciammo, ma quando fu uscita provai di nuovo una fitta al cuore.

II

Lo osserverò qui soltanto per me stesso: ci furono momenti dopo la partenza di Liza, in cui mi venivano in testa i pensieri più inattesi a stormi interi, e io ne ero addirittura assai contento. «Be', ma perché mi sto ad affannare», pensavo, «a me cosa importa? Capita a tutte, o quasi. Che importa che ciò sia successo a Liza? Debbo forse essere io a salvare "l'onore della famiglia"?». Annoto tutte queste bassezze per mostrare fino a che punto fossi ancora incerto nella comprensione del bene e del male. Mi salvava soltanto il sentimento: sapevo che Liza era infelice, che la mamma era infelice, e lo sapevo col sentimento, quando pensavo a loro, e perciò sentivo che tutto quello che era successo doveva essere male.

Premetto ora che a partire da quel giorno e fino alla catastrofe della mia malattia gli avvenimenti cominciarono a succedersi con una tale rapidità che, ricordandolo ora, mi meraviglio io stesso di come abbia potuto resistere a essi senza rimanere schiacciato dal destino. Essi estenuarono la mia mente e persino i miei sentimenti e se alla fine, non resistendo, avessi commesso un delitto (e ci mancò poco che il delitto non venisse commesso), è assai verosimile che i giurati mi avrebbero assolto. Mi sforzerò tuttavia di descriverli in ordine rigoroso, sebbene, lo premetto, allora nei miei pensieri c'era ben poco ordine. Gli avvenimenti mi investirono come un turbine e i miei pensieri presero a mulinare nella mia mente come foglie autunnali secche. Poiché ero tutto composto da pensieri altrui, dove avrei mai potuto andarne a prendere di miei quando questi mi sarebbero stati necessari per una decisione autonoma? Non avevo inoltre nessuno che mi guidasse.

Dal principe decisi di recarmi la sera, per poter parlare con lui di ogni cosa in tutta libertà, e fino a sera rimasi a casa. Ma all'imbrunire ricevetti di nuovo da Stebel'kòv un biglietto di tre righe spedito con la posta cittadina, nel quale mi pregava insistentemente e «caldissimamente» di recarmi da lui l'indomani mattina «per questioni della massima importanza, come avrei constatato io stesso». Dopo aver riflettuto, decisi che mi sarei comportato in base alle circostanze, dato che da lì al giorno dopo c'era ancora molto tempo.

Erano ormai le otto; sarei già uscito da un pezzo ma continuavo ad aspettare Versilov: c'erano molte cose che desideravo dirgli e il cuore mi ardeva. Ma Versilov non venne. Dalla mamma e da Liza per il momento non potevo andare, e poi dentro di me sentivo che Versilov lì non c'era stato tutto il giorno. Mi avviai a piedi e durante il tragitto mi venne in mente di dare un'occhiata nella trattoria del giorno prima sul canale. Versilov era per l'appunto seduto allo stesso posto del giorno prima.

«Pensavo che saresti venuto qui», mi disse con un sorriso e uno sguardo strani. Il suo sorriso era cattivo come da molto tempo non ne avevo visti sul suo viso.

Mi sedetti al suo tavolino e dapprima gli raccontai tutto dettagliatamente, del principe, di Liza, della mia scenata della sera prima a casa del principe dopo la roulette; non dimenticai neppure di dirgli della mia vincita alla roulette. Egli mi ascoltò molto attentamente e mi fece delle domande sulla decisione del principe di sposare Liza.

«*Pauvre enfant*,[1] forse da questo ella non ci guadagnerà affatto. Tuttavia, verosimilmente, la cosa non si farà... sebbene lui sia capace...».

«Ditemelo come a un amico: voi lo sapevate, lo presentivate?».

«Amico mio, che cosa potevo farci? Tutto ciò è una questione che riguarda il sentimento e la coscienza altrui, per lo meno da parte di quella povera bambina. Te lo ripeto: a suo tempo sono entrato a sufficienza nella coscienza altrui: la più disagevole delle operazioni! Nella sventura non rifiuterà il mio aiuto,

1 «Povero bimbo», in francese nel testo.

per quanto mi basteranno le forze e se mi ci raccapezzerò. Ma tu, mio caro, per tutto questo tempo non hai sospettato di nulla?».

«Ma come avete potuto», esclamai infiammandomi, «come avete potuto, nutrendo il benché minimo sospetto che io sapessi della relazione di Liza col principe e vedendo che, nello stesso tempo, accettavo denaro dal principe, come avete potuto parlare con me, starvene seduto con me, tendermi la mano, a me, che dovevate considerare un mascalzone, perché, ci scommetto, voi sicuramente sospettavate che fossi al corrente di tutto e che consapevolmente prendessi denaro dal principe a causa di mia sorella!».

«Questa è di nuovo una questione di coscienza», ridacchiò lui. «E poi come fai a sapere», aggiunse allusivamente con una sorta di enigmatica enfasi, «come fai a sapere se per caso non temessi anch'io, come tu ieri in circostanze diverse, di perdere il mio "ideale" e di ritrovarmi davanti un mascalzone al posto del mio impulsivo e onesto ragazzo? Nel timore rimandavo il momento. Perché non supporre in me, in luogo dell'indolenza o della perfidia, qualche cosa di più innocente, magari di stupido, ma di più nobile? *Que diable!*[2] troppo spesso mi accade di essere stupido anche senza nobiltà. A che mi saresti servito, se in te ci fossero state simili tendenze? Ammonire e correggere in casi del genere è qualcosa di ignobile; quand'anche ti fossi ravveduto, avresti perduto ogni valore ai miei occhi...».

«Ma per Liza vi dispiace, vi dispiace?».

«Me ne dispiace molto, mio caro. Che cosa ti fa supporre che io sia così insensibile? Al contrario, cerco con tutte le mie forze... Ma tu come stai? Come vanno le *tue* faccende?».

«Lasciamo stare le mie faccende; in questo momento non ci sono faccende *mie*. Sentite, perché dubitate che lui la sposi? Ieri è stato da Anna Andréevna e ha recisamente rifiutato... be', voglio dire, quella stupida idea... quella che era venuta in mente al principe Nikolàj Ivànovič, di combinare un matrimonio tra di loro. Lui ha rifiutato recisamente».

«Davvero? Quando è avvenuto questo? E tu da chi l'hai sa-

2 «Che diavolo!», in francese nel testo.

puto precisamente?», si informò con curiosità. Gli raccontai tutto quello che sapevo.

«Mm...», fece pensierosamente, come se stesse riflettendo fra di sé, «quindi ciò è accaduto esattamente più o meno un'ora prima... di un'altra spiegazione. Mm... be', sì, certamente una simile spiegazione ha potuto esserci tra loro... sebbene, tuttavia, mi sia noto che, a questo riguardo, fino ad allora non fosse mai stato detto o fatto nulla, né dall'una, né dall'altra parte... Sì, certo, sono sufficienti due parole per spiegarsi. Ma senti una cosa», disse improvvisamente con uno strano risolino, «ora, certamente, susciterò il tuo interesse con una notizia addirittura straordinaria: anche se il tuo principe ieri avesse fatto la sua proposta di matrimonio ad Anna Andréevna (cosa alla quale io, sospettando di Liza, mi sarei opposto con tutte le mie forze, *entre nous soit dit*[3]), Anna Andréevna sicuramente e in ogni caso avrebbe subito rifiutato. Tu, mi sembra, ami molto Anna Andréevna, la stimi e la apprezzi? Questo è assai carino da parte tua, e perciò, verosimilmente, ti rallegrerai per lei: ella, mio caro, si sposa e, a giudicare dal suo carattere, si sposerà sicuramente, e io, be' io, naturalmente, benedirò queste nozze».

«Si sposa? Con chi mai?», esclamai enormemente sorpreso.

«Indovina. Be', non voglio farti stare sulle spine: col principe Nikolàj Ivànovič, col tuo adorabile vecchietto».

Lo guardavo con gli occhi sgranati.

«Dev'esser molto tempo che nutriva quest'idea e, naturalmente, l'ha elaborata artisticamente sotto tutti gli aspetti», proseguì pigramente e scandendo le parole. «Ritengo che ciò sia avvenuto esattamente un'ora dopo la visita del "principe Serëža". (Come vedi, si è lanciato alla carica proprio a sproposito!). Lei semplicemente è andata dal principe Nikolàj Ivànovič e gli ha fatto la sua proposta di matrimonio».

«Come "gli ha fatto la sua proposta di matrimonio"? Sarà stato lui a farla a lei!».

«Ma cosa vuoi che faccia lui! È stata lei, proprio lei. È proprio questo che ha suscitato il suo più vivo entusiasmo. Egli, dicono, non fa che meravigliarsi di come la cosa non sia venuta

3 «Sia detto tra di noi», in francese nel testo.

in mente a lui. Ho sentito dire che gli è venuta perfino una leggera indisposizione... anche questo per l'entusiasmo, certamente».

«Ascoltate, il vostro tono è così ironico... Quasi non riesco a crederci. Ma come ha potuto fare questa proposta? Che cosa ha detto?».

«Sta' pur certo, amico mio, che me ne rallegro sinceramente», replicò lui, assumendo improvvisamente un'espressione sorprendentemente seria, «egli è vecchio, si capisce, ma, secondo tutte le leggi e le usanze, può sposarsi; quanto a lei, be', qui di nuovo è una questione che riguarda la coscienza altrui, come ti ho già detto, amico mio. Del resto lei è più che in grado di avere un proprio modo di vedere e di prendere una decisione. Ma, propriamente, i dettagli e quali parole ella abbia impiegato, questo, amico mio, non te lo saprei dire. Sicuramente, però, ella è stata in grado di condurre la cosa come né io né te, forse, ci saremmo neppure sognati. La cosa migliore è che in tutto questo non c'è alcuno scandalo, tutto è *très comme il faut*[4] agli occhi della buona società. Naturalmente è fin troppo chiaro che ella vuole assicurarsi una posizione in società, ma non la merita forse? Tutto questo, amico mio, è una cosa del tutto mondana. Del resto ha certo fatto la sua proposta magnificamente e con eleganza. È un tipo rigoroso, amico mio, una ragazza-monaca, come tu una volta l'hai definita; "una fanciulla tranquilla" come ormai da tanto tempo la chiamo io. Lei, d'altronde, è, come sai, quasi una sua pupilla e ha già più di una volta constatato la sua bontà verso di lei. Già da tempo mi assicurava "che lo stimava e lo apprezzava tanto, che provava tanta compassione e simpatia per lui" e tutto il resto, che ero in parte già preparato. Mi ha messo al corrente questa mattina di tutto questo, a nome suo e su sua preghiera, il mio figliolo e suo fratello Andrèj Andréevič, che, mi sembra, tu non conosci e col quale mi vedo puntualmente una volta ogni sei mesi. Egli approva rispettosamente il suo passo».

«Dunque la cosa è già di pubblico dominio? Mio Dio, come sono stupefatto!».

4 «Molto come si deve», in francese nel testo.

«No, la cosa non è ancora affatto di pubblico dominio, ancora per qualche tempo... non so, io ne sono totalmente al di fuori. Ma tutto questo è vero».

«Ma ora Katerina Nikolàevna... Come pensate che manderà giù questo bocconcino Böhring?».

«Questo proprio non lo so... che cosa, propriamente, dovrebbe non piacergli in questo; ma ti assicuro che Anna Andréevna anche da questo punto di vista è una persona per bene al massimo grado. Che donna straordinaria, però, questa Anna Andréevna! Proprio prima di questa faccenda, ieri mattina, si era informata da me: "se amassi oppure no la signora Achmàkova". Ricordi che te ne avevo parlato ieri con meraviglia: infatti non avrebbe potuto sposare il padre se io avessi sposato la figlia! Capisci adesso?».

«Ah, è vero!», esclamai. «Ma possibile che Anna Andréevna abbia potuto supporre sul serio che voi... potreste desiderare di sposare Katerina Nikolàevna?».

«Evidentemente è così, amico mio, d'altronde... d'altronde, è ora, credo, che tu vada là dove stai andando. Vedi, mi duole sempre la testa. Ordinerò che suonino la *Lucia*. Amo la solennità della noia, ma del resto ti ho già parlato di ciò... Mi ripeto imperdonabilmente... Del resto, forse, me ne andrò di qui. Ti voglio bene, mio caro, ma addio; quando mi duole la testa, o i denti, desidero sempre la solitudine».

Sul suo viso apparve una piega dolorosa; adesso sono convinto che allora gli facesse male la testa, soprattutto la testa...

«A domani», dissi io.

«Che cosa significa "a domani" e che cosa accadrà domani?», replicò lui con un riso forzato.

«Verrò da voi, oppure voi verrete da me».

«No, io da te non ci verrò, sarai tu a correre da me...».

Sul suo viso c'era qualcosa di davvero molto cattivo, ma non ci feci nemmeno caso: di fronte a un simile avvenimento!

III

Il principe era effettivamente indisposto e lo trovai a casa da solo con la testa avvolta in un asciugamano bagnato. Egli mi attendeva con impazienza; ma non era soltanto la testa che gli doleva, bensì piuttosto egli era moralmente malato. Avverto ancora che in tutto quest'ultimo periodo e fino alla catastrofe chissà come mi è accaduto di incontrarmi con persone a tal punto eccitate da essere tutte pressoché pazze, dimodoché forzatamente dovevo anch'io in qualche modo venire contagiato. Confesso che arrivai da lui animato da sentimenti cattivi; inoltre mi vergognavo molto di essere scoppiato a piangere davanti a lui il giorno prima. E comunque, lui e Liza mi avevano imbrogliato così abilmente che non potevo fare a meno di considerarmi uno stupido. Insomma, quando entrai in casa sua, nella mia anima risuonavano delle note false. Ma tutti questi sentimenti artificiosi e falsi svanirono in fretta. Debbo rendergli giustizia: non appena caduta e infranta la sua sospettosità egli si arrendeva completamente e in lui si manifestavano dei tratti di quasi infantile affettuosità, confidenza e amore. Egli mi baciò piangendo e subito cominciò a parlare della faccenda che gli stava a cuore... Sì, effettivamente io gli ero molto necessario: nelle sue parole e nel flusso delle sue idee c'era uno straordinario disordine.

Egli mi annunciò con assoluta fermezza la propria intenzione di sposare Liza e al più presto. «Il fatto che non sia nobile, credetemi, non mi ha turbato un solo istante», mi disse, «mio nonno aveva sposato una fanciulla di condizione servile, una cantante del teatro privato di un possidente suo vicino. La mia famiglia, naturalmente, nutriva sul mio conto speranze di altro genere, ma ora dovranno rassegnarsi e non ci sarà nessuna lotta in proposito. Voglio rompere, rompere definitivamente con tutta la mia vita attuale! Tutto dovrà essere diverso, ricomincerò tutto da capo! Non capisco perché vostra sorella si sia innamorata di me; ma di certo senza di lei, forse, io non sarei più in questo mondo. Vi giuro con tutta l'anima che nel mio incontro con lei a Luga vedo il dito della Provvidenza. Penso che ella mi abbia amato per "la sconfinata abiezione della mia caduta"...

d'altronde, riuscirete a comprendere questo, Arkàdij Makàrovič?».

«Perfettamente!», dissi io con la massima convinzione. Ero seduto in poltrona davanti al tavolo mentre lui andava su e giù per la stanza.

«Debbo raccontarvi questo episodio del nostro incontro senza nascondervi nulla. Tutto ebbe inizio da un mio segreto spirituale di cui ella soltanto fu messa a parte perché in lei soltanto ebbi fiducia, un segreto che ancor oggi nessun altro conosce. A Luga allora ero capitato con la disperazione nell'anima e abitavo dalla Stolbéeva; non so perché, forse perché cercavo la più completa solitudine. A quel tempo avevo appena abbandonato il servizio nel reggimento —ij. Ero entrato in quel reggimento al mio ritorno dall'estero, dopo il mio incontro laggiù con Andréj Petrovič. Allora avevo molto denaro e al reggimento scialacquavo e vivevo alla grande; tuttavia gli ufficiali miei compagni non mi amavano, sebbene mi sforzassi di non offenderli. E vi confesso che non mi ha mai amato nessuno. Lì c'era una cornetta, un certo Stepanov, una persona, ve lo confesso, straordinariamente vuota, insignificante e persino in un certo modo avvilita, insomma una vera nullità. Del resto, tuttavia, indubbiamente onesto. Questi aveva preso l'abitudine di venire di continuo da me, sebbene io con lui non facessi cerimonie; se ne stava seduto in un angolo in silenzio per giornate intere, ma con dignità, benché non mi disturbasse affatto. Una volta gli raccontai un episodio avvenuto in quei giorni, condendolo con molte sciocchezze, a proposito del fatto che non riuscivo indifferente alla figlia del colonnello e che quest'ultimo, facendo conto su di me, naturalmente, avrebbe fatto tutto quello che avessi voluto... Insomma, tralascio i particolari, ma da tutto ciò in seguito ne venne fuori un complicatissimo ed ignobilissimo pettegolezzo. A divulgarlo non fu Stepanov, bensì il mio attendente che non faceva altro che origliare e al quale la cosa era rimasta impressa perché si trattava di un buffo episodio che comprometteva quella giovane. Fu appunto questo attendente che, interrogato dagli ufficiali quando il pettegolezzo si diffuse, fece il nome di Stepanov, cioè disse che io lo avevo raccontato a Stepanov. Stepanov fu posto in una posizione tale che non poté assolutamente negare di aver sentito; si trattava di una questione di onore. E poiché questo episodio me l'ero per due terzi inventato gli ufficiali ne rimasero indignati e il comandante del reggimento, dopo averci riuniti alla sua presenza, fu costretto ad andare fino in fondo alla cosa. In questa occasione, a Stepanov fu domandato davanti a tutti se aveva sentito oppure no, ed egli disse tutta la verità. Ebbene, che cosa feci allora io, il discendente da una stirpe millenaria? Negai e dissi in faccia a Stepanov, in maniera cortese, che aveva mentito, ossia nel senso "che aveva capito male" ecc.... Tralascio di nuovo i particolari, ma il vantaggio della mia posizione consisteva nel fatto che, dato che Stepanov veniva spesso da me, io potevo, non senza verosimiglianza, presentare la cosa come se egli, per certi propri interessi, fosse in combutta con il mio attendente. Stepanov si limitò a guardarmi in silenzio e si strinse nelle spalle. Ricordo ancora il suo sguardo e non me lo dimenticherò mai. Subito dopo egli presentò le sue dimissioni, ma come credete che sia andata? Tutti gli ufficiali, dal primo all'ultimo, andarono a fargli visita tutti insieme e lo convinsero a ritirare le dimissioni. Due settimane dopo lasciai anch'io il reggimento: nessuno mi aveva scacciato né mi aveva invitato ad andarmene e io addussi un motivo familiare per giustificare le mie dimissioni. La faccenda con ciò era chiusa. Dapprima non me la passavo affatto male ed ero persino in collera contro di loro; abitavo a Luga, avevo conosciuto Lizaveta Makàrovna, ma poi, un mese dopo, guardavo la mia rivoltella e pensavo alla morte. Io guardo ogni cosa con occhio tetro, Arkàdij Makàrovič. Preparai una lettera da inviare al reggimento, al comandante e ai compagni, con una piena confessione della mia menzogna e con la quale scagionavo totalmente Stepanov. Dopo aver scritto questa lettera mi posi questo problema: "inviarla e vivere, oppure inviarla e morire?". Da solo non sarei stato in grado di risolvere questo problema. Il caso, il cieco caso, dopo una fuggevole e strana conversazione con Lizaveta Makàrovna, improvvisamente mi fece entrare in confidenza con lei. Prima di allora ella veniva dalla Stolbéeva, ci incontravamo, ci salutavamo, ma quasi non ci parlavamo. Improvvisamente le rivelai tutto. È stato appunto allora che ella mi ha teso la mano».

«E come risolse il problema?».

«Non inviai la lettera. Lei decise che non dovevo inviarla e motivò la sua decisione così: se avessi inviato le lettera, naturalmente, avrei compiuto un nobile gesto, sufficiente a cancellare l'ignominia e perfino molto di più, ma sarei stato capace di sopportare questo? La sua opinione era che nessun altro al mio posto l'avrebbe sopportato, poiché l'avvenire in tal caso sarebbe stato rovinato e una resurrezione a nuova vita impossibile. Il gesto, inoltre, avrebbe avuto un senso se Stepanov fosse stato ancora in disgrazia; ma egli invece era stato assolto dalla comunità degli ufficiali anche senza di questo. Insomma, un paradosso; ma ella riuscì a trattenermi ed io mi abbandonai a lei completamente.

«Ella ha risolto la questione da gesuita, da donna!», proruppi io, «già allora ella vi amava!».

«Fu appunto questo che mi resuscitò a nuova vita. Diedi a me stesso la parola che sarei cambiato, che avrei completamente trasformato la mia vita, che mi sarei riabilitato di fronte a me stesso e di fronte a lei, ed ecco come è andata a finire tra noi due! È finita che io e voi frequentavamo le roulette, giocavamo a banco; non ho saputo resistere davanti all'eredità, mi sono rallegrato della prospettiva di una carriera, di tutte quelle persone, dei trottatori... ho tormentato Liza, che vergogna!».

Egli si soffregò la fronte con la mano e percorse in su e in giù la stanza.

«Io e voi, Arkàdij Makàrovič, siamo rimasti vittime del medesimo destino russo: voi non sapete che cosa fare e io neppure. Se un russo esce appena appena fuori dalla carreggiata abituale, legittimata ai suoi occhi dall'abitudine, subito egli non sa che cosa fare. Fin che sta nella carreggiata tutto è chiaro: il reddito, il grado, la posizione in società, la carrozza, le visite, il lavoro, la moglie, ma appena succede qualcosa: "Cosa sono?". Una foglia sospinta dal vento. Non so più che cosa fare! Durante questi due mesi mi sono sforzato di mantenermi nella carreggiata, ho preso ad amarla, mi ci sono assuefatto. Voi ancora non sapete quanto in basso io sia caduto: amavo Liza, l'amavo sinceramente, e, nello stesso tempo, pensavo all'Achmàkova!».

«Possibile?», esclamai con sofferenza. «A proposito, principe, che cosa mi avete detto di Versilov? Che vi aizzava a commettere non so che bassezza ai danni di Katerina Nikolàevna?».

«Forse esageravo e sono altrettanto colpevole della mia sospettosità nei suoi confronti, come lo sono stato nei vostri. Dimenticate questo. Ebbene, pensate forse che in tutto questo periodo, fin dai tempi di Luga forse, io non abbia nutrito un elevato ideale di vita? Vi giuro che esso non mi ha mai abbandonato e che è stato sempre davanti ai miei occhi, senza aver affatto perduto nella mia anima la sua bellezza. Ricordavo il giuramento di rigenerarmi fatto a Lizaveta Makàrovna. Andréj Petrovič, quando ieri qui parlava della nobiltà, non mi diceva nulla di nuovo, credetemi. Il mio ideale è fissato saldamente: qualche decina di *desjatiny*[5] di terra (e soltanto alcune decine, perché ormai non mi resta più quasi nulla della mia eredità); poi una completa, totale rottura con la mondanità e con la carriera; una casa in campagna, la famiglia e io stesso ad arare i campi, o qualcosa del genere. Nella nostra casta questa non è una novità: il fratello di mio padre arava i campi con le proprie mani, il nonno lo stesso. Noi siamo soltanto dei principi di stirpe millenaria e siamo nobili come i Rohan, ma siamo poveri. E questo appunto insegnerei anche ai miei figli: "Ricordati sempre, per tutta la vita, che sei un nobile, che nelle tue vene scorre il sacro sangue dei principi russi, ma non vergognarti del fatto che tuo padre arava la terra: egli lo faceva *da principe*". Non lascerei loro alcun patrimonio, all'infuori di quel fazzoletto di terra, ma in compenso darei loro un'educazione superiore, questo me lo sono prefisso come un dovere. Oh, in ciò mi aiuterebbe Liza. Liza, i figli, il lavoro, oh, come sognavamo tutto questo io e lei, proprio qui, in queste stanze, eppure... eppure nello stesso tempo io pensavo all'Achmàkova, pur non amando minimamente quella persona, e alla possibilità di un matrimonio mondano, ricco! E soltanto dopo la notizia di questo Böhring, portata qui ieri da Naščokin, ho deciso di recarmi da Anna Andréevna».

«Ma non siete andato da lei per rinunciare? Ecco un gesto onesto, mi pare...».

5 Antica unità di misura di superficie russa, pari a 1,09 ettari.

«Credete?», replicò lui arrestandosi davanti a me, «no, voi ancora non conoscete la mia natura! Oppure... oppure qui c'è ancora qualcosa che io stesso ignoro: ciò, infatti, non deve dipendere soltanto dalla natura. Io vi amo sinceramente, Arkàdij Makàrovič, e inoltre sono profondamente in colpa nei vostri confronti a causa di tutti questi due mesi, e per questo voglio che voi, come fratello di Liza, sappiate tutto: io sono andato da Anna Andréevna per chiedere la sua mano, e non per rinunciarvi».

«Ma è mai possibile? Tuttavia Liza mi ha detto...».

«L'ho ingannata».

«Scusate: avete chiesto formalmente la sua mano e Anna Andréevna ha rifiutato? È stato così? È stato così? Questi particolari sono per me straordinariamente importanti, principe».

«No, io non ho chiesto affatto la sua mano, ma soltanto perché non ne ho avuto il tempo; è stata lei stessa ad avvertirmi, non in maniera esplicita, si intende, ma tuttavia con parole fin troppo trasparenti e chiare per me mi ha fatto "delicatamente" capire che tale idea era per l'innanzi impossibile».

«Dunque è come se non le aveste fatto alcuna proposta e il vostro orgoglio non ne ha sofferto!».

«Possibile che voi possiate vedere le cose in questo modo? E il giudizio della mia coscienza, e Liza, che ho ingannato e che... volevo abbandonare? E la promessa fatta a me stesso e a tutta la stirpe dei miei antenati, di rigenerarmi e di riscattare tutte le mie passate bassezze? Vi supplico, non parlatele di questo. Forse questa è l'unica cosa che lei non mi potrebbe perdonare! È da ieri che sono malato. E soprattutto, a quanto sembra, adesso tutto è finito e l'ultimo dei principi Sokol'skij verrà mandato ai lavori forzati. Povera Liza! Vi ho aspettato ansiosamente per tutto il giorno, Arkàdij Makàrovič, per rivelare a voi, in quanto fratello di Liza, ciò che lei ancora non sa. Io sono un delinquente comune e sono implicato nella falsificazione delle azioni della ferrovia —skaja».

«Che altra novità è mai questa? Come sarebbe a dire "ai lavori forzati"?», esclamai io balzando su e guardandolo atterrito. Il suo volto esprimeva un profondissimo, cupo, disperato dolore.

«Sedetevi», mi disse e lui stesso si sedette sulla poltrona dirimpetto. «Innanzitutto bisogna che vi esponga il fatto: un anno e più fa, proprio l'estate di Ems, di Lìdija e Katerina Nikolàevna e poi di Parigi, appunto nel periodo in cui mi recai per due mesi a Parigi, quando ormai mi trovavo là, rimasi, si capisce senza soldi. Proprio allora appunto capitò sotto mano Stebel'kòv, che, del resto, conoscevo già da prima. Egli mi diede del denaro e promise che me ne avrebbe dato ancora, ma a sua volta mi pregò di aiutarlo: gli serviva un artista che fosse disegnatore, incisore, litografo ecc., e anche un chimico e un tecnico, e per certi scopi ben precisi. Su questi ultimi egli si espresse fin dalla prima volta in maniera abbastanza trasparente. Ebbene? Egli conosceva il mio carattere: la cosa mi fece soltanto ridere. Il fatto è che conoscevo fin dai banchi di scuola una persona che ora è un russo emigrato, di origine, d'altronde, non russa, che vive da qualche parte ad Amburgo. In Russia costui era già stato coinvolto in una storia di falsificazione di documenti. Era appunto su questa persona che faceva affidamento Stebel'kòv, ma gli occorreva una raccomandazione ed egli si rivolse a me. Io gli diedi due righe e subito me ne dimenticai. In seguito egli si incontrò ancora molte volte con me e allora ricevetti da lui in tutto circa tremila rubli. Di tutta questa faccenda mi dimenticai poi letteralmente. Qui continuavo a prendere denaro da lui in cambio di cambiali e di pegni ed egli scodinzolava davanti a me come uno schiavo, e ieri, improvvisamente, ho appreso da lui per la prima volta di essere un delinquente comune».

«Come, ieri?».

«Sì, appunto ieri, quando ci siamo messi a gridare nel mio studio prima dell'arrivo di Naščokin. Egli, per la prima volta e in maniera del tutto chiara, si era azzardato a parlarmi di Anna Andréevna. Io avevo alzato la mano per colpirlo, ma egli all'improvviso si è alzato in piedi e mi ha dichiarato che ero legato a lui e che tenessi bene a mente che ero suo complice e che ero un briccone esattamente come lui, insomma, sebbene le parole non fossero queste, il senso era tale».

«Che assurdità, ma questa è una fantasia».

«No, non è una fantasia. Egli oggi è stato di nuovo da me e mi ha spiegato la cosa più in dettaglio. Queste azioni sono da lungo tempo in circolazione e verranno ancora messe in circolazione, ma, a quanto sembra, da qualche parte hanno già cominciato a essere scoperte. Naturalmente io sono estraneo a ciò, ma: "Tuttavia, quella volta avete favorito darmi quella letterina", ecco quello che mi ha detto Stebel'kòv».

«Ma voi non sapevate a cosa servisse, o lo sapevate?».

«Lo sapevo», rispose sommessamente il principe, e abbassò gli occhi. «Ossia, vedete, lo sapevo e non lo sapevo. Ci ridevo sopra, ero allegro. Allora non pensavo a nulla, tanto più che non avevo alcun bisogno di azioni false e che non mi accingevo a fabbricarne. Tuttavia, quei tremila rubli che egli allora mi diede, egli poi non me li mise nemmeno in conto e io glielo consentii. D'altronde, come fate a saperlo, forse ero anch'io un falsario! Non potevo ignorarlo, non sono un bambino; lo sapevo, ma ero allegro e aiutavo dei mascalzoni, degli avanzi di galera... e lo facevo per denaro! Quindi sono anch'io un falsario!».

«Oh, voi esagerate; voi siete in colpa, ma esagerate!».

«Qui soprattutto c'è di mezzo un certo Žìbel'skij, un tale ancor giovane che si occupa di questioni giudiziarie, una specie di aiutante di un avvocatuccio. Anche lui è immischiato in qualche modo in questa faccenda. Costui veniva da me da parte di quel tale di Amburgo, per delle sciocchezze, si intende, nemmeno io sapevo perché venisse e delle azioni non s'è mai fatta parola... Tuttavia, in mano sua ci sono due documenti di mio pugno, sempre dei biglietti di due righe, e, naturalmente, anch'essi sono una prova; questo oggi l'ho capito bene. Stebel'kòv afferma che è questo Žìbel'skij che è di intralcio a tutto: egli ha rubato non so che cosa, del denaro di non so chi, dello stato, credo, ma è intenzionato a rubarne ancora e poi a emigrare, per cui gli occorrono ottomila rubli, non di meno, come sussidio per il suo espatrio. La mia parte d'eredità basta a saldare il debito con Stebel'kòv, ma Stebel'kòv dice che bisogna tacitare anche Žìbel'skij... Insomma, dovrei rinunciare alla mia parte d'eredità e in più dovrei sborsare altri ottomila rubli, ecco la loro ultima parola. E allora mi restituiranno i miei due biglietti. Essi sono in combutta, questo è chiaro».

«Ma è una palese assurdità! Se essi infatti vi denunciassero, tradirebbero anche se stessi! Essi non vi denunceranno in nessun caso».

«Capisco. Ma essi non minacciano affatto di denunciarmi; essi dicono soltanto: "Noi, naturalmente, non vi denunceremo, ma nel caso che la faccenda venisse scoperta, allora...", ecco quello che essi dicono, e niente altro; ma io penso che ciò sia sufficiente! La questione non è questa: qualunque cosa ne venga fuori e quand'anche questi biglietti fossero adesso qui, nella mia tasca, sarei legato a questi mascalzoni, sarei loro complice per l'eternità, per l'eternità! Mentire alla Russia, mentire ai miei figli, mentire a Liza, mentire alla mia coscienza!...».

«Liza lo sa?».

«No, non sa tutto. Nel suo stato non lo sopporterebbe. Ora porto la divisa del mio reggimento e ogni volta che incontro un soldato del mio reggimento, ogni istante, ho la consapevolezza che non avrei il diritto di portare questa divisa».

«Sentite», esclamai a un tratto, «qui non c'è da stare a discutere; voi avete un'unica via d'uscita: andate dal principe Nikolàj Ivànovič, fatevi dare da lui diecimila rubli, chiedeteglieli senza rivelargli nulla, poi chiamate quei due furfanti, regolate definitivamente i conti con loro, recuperate i vostri biglietti... e la faccenda è chiusa! Tutta la faccenda è chiusa e andate ad arare i campi! Basta con le fantasie e abbiate fiducia nella vita!».

«Ci avevo pensato», rispose con voce ferma. «È tutto il giorno oggi che rifletto su questo e finalmente ho deciso. Aspettavo soltanto voi; ci andrò. Sapete che in vita mia non ho mai preso un copeco dal principe Nikolàj Ivànovič? Egli è stato buono con la nostra famiglia e ha persino... dimostrato il suo interesse, ma in realtà, personalmente, io non ho mai preso denaro da lui. Ora però mi sono deciso... Notate che la nostra stirpe dei Sokol'skij è più antica della stirpe del principe Nikolàj Ivànovič: il loro è un ramo più recente, persino collaterale, quasi dubbio... I nostri antenati erano nemici. All'inizio della riforma Pietro, il mio bisavolo, che si chiamava anche lui Pëtr, fu e rimase *raskòl'nik*[6] e visse alla macchia nei boschi di Kostromà. Questo principe Pëtr sposò anch'egli in seconde nozze una

6 Si chiamarono *raskòl'niki* o «vecchi credenti» i seguaci del *protopòp* Avvakùm che rifiutarono la riforma della chiesa ortodossa russa attuata dal patriarca Nikon a metà del XVII secolo. Essi furono continuamente perseguitati dalla chiesa ufficiale e dallo stato, in particolare al tempo di Pietro il Grande

donna non nobile... Fu allora, appunto, che si affermarono questi altri Sokol'skij, ma io... di che cosa sto mai parlando?».

Era assai affaticato, sembrava quasi addirittura che stesse vaneggiando.

«Calmatevi», dissi alzandomi e afferrando il cappello, «andate a dormire, questa è la prima cosa. Quanto al principe Nikolàj Ivànovič, non rifiuterà in nessun caso, specialmente ora, per la gioia. Siete al corrente di quel che è successo laggiù? Possibile che non sappiate nulla? Ho sentito una cosa incredibile, cioè che si sposa; è un segreto, ma a voi lo posso dire, si capisce».

E gli raccontai tutto stando in piedi col cappello in mano. Non ne sapeva nulla. Egli si informò ansiosamente sui particolari, soprattutto sull'ora, il luogo e il grado di attendibilità. Naturalmente io non gli celai che, in base a quanto mi era stato raccontato, ciò era avvenuto subito dopo la sua visita del giorno precedente ad Anna Andréevna. Questa notizia produsse su di lui un'impressione indescrivibilmente penosa; il suo viso sembrò sfigurarsi, stravolgersi, le sue labbra si contrassero convulsamente in un sorriso forzato; infine egli impallidì terribilmente e si immerse nei propri pensieri abbassando gli occhi. Improvvisamente mi resi conto fin troppo chiaramente che il suo amor proprio era stato terribilmente ferito dal rifiuto di Anna Andréevna il giorno precedente. Forse, nel morboso stato d'animo in cui si trovava in quel momento, egli si raffigurava in maniera troppo viva la figura ridicola e umiliante che aveva fatto il giorno prima di fronte a quella fanciulla, sul consenso della quale, come ora risultava evidente, aveva fatto tanto tranquillamente affidamento. E infine, forse, la consapevolezza di aver commesso una simile bassezza nei confronti di Liza e così senza costrutto! È curioso quale considerazione abbiano questi bellimbusti del bel mondo l'uno per l'altro e su quali basi fondino il loro rispetto reciproco; questo principe, infatti, poteva supporre che Anna Andréevna già sapesse della sua relazione con Liza, cioè, nella sostanza, con sua sorella, o, se non lo sape-

che, a sua volta, riformò profondamente la chiesa ortodossa per renderla più direttamente dipendente dal potere imperiale. In quel periodo i *raskòl'niki* rappresentarono il nucleo più risoluto dell'opposizione conservatrice e tradizionalista alle tendenze modernizzatrici e occidentalizzanti dello zar.

va, che prima o poi sicuramente sarebbe venuta a saperlo; eppure egli «non dubitava della sua decisione»!

«E davvero avete potuto pensare», mi gettò improvvisamente in faccia con fare altero e insolente, «che ora io, dopo una simile comunicazione, sarei stato capace di recarmi dal principe Nikolàj Ivànovič a chiedergli del denaro? A lui, al fidanzato della fanciulla che mi ha appena respinto? Sarebbe un gesto da pezzenti, da lacchè! Ora tutto è perduto e se l'aiuto di questo vecchio era la mia ultima speranza, vada pure in malora anche questa speranza».

Nel mio intimo lo approvavo pienamente, ma tuttavia bisogna guardare la realtà con vedute più ampie: quel vecchietto del principe era forse un uomo, un fidanzato? Nella testa presero a ribollirmi alcune idee. Già poco prima, del resto, avevo comunque deciso che il giorno successivo mi sarei immancabilmente recato a far visita al vecchio. Ora però mi sforzai di mitigare l'impressione prodotta dal mio annuncio sul povero principe e di farlo andare a dormire! Egli mi strinse calorosamente la mano, ma questa volta non mi baciò. Io gli diedi la mia parola che sarei tornato da lui l'indomani sera e che «avremmo parlato, avremmo parlato: si erano accumulate troppe cose di cui parlare». A queste mie parole egli sorrise enigmaticamente.

CAPITOLO OTTAVO

I

Tutta quella notte sognai la roulette, il gioco, l'oro, i conti. Come se fossi stato al tavolo da gioco, non facevo che calcolare le puntate, le probabilità, e questo mi oppresse come un incubo per tutta la notte. Dico la verità che anche l'intero giorno precedente, nonostante tutte le straordinarie impressioni ricevute, avevo continuato a ripensare ogni momento alla mia vincita da Zèrščikov. Soffocavo questo pensiero, ma non potevo soffocare l'impressione e fremevo al solo ricordo. Questa vincita mi aveva punto il cuore. Possibile che fossi un giocatore nato? Quanto meno, era verosimile che avessi le qualità del giocatore. Persino ora, mentre scrivo tutto questo, a momenti mi piace pensare al gioco! Mi accade talvolta di trascorrere ore intere seduto, in silenzio, immerso in calcoli di gioco e a sognare come tutto ciò si svolge, come faccio una puntata e raccolgo. Sì, in me vi sono molte qualità diverse e possiedo un'anima inquieta.

Alle dieci avevo l'intenzione di recarmi da Stebel'kòv e a piedi. Matvéj l'avevo rimandato a casa non appena aveva fatto la sua apparizione. Mentre bevevo il caffè mi sforzai di riflettere. Chissà perché, ero contento; facendo un rapidissimo esame di coscienza intuii che ero contento soprattutto perché «quel giorno sarei andato a casa del principe Nikolàj Ivànovič». Ma quello era un giorno fatale e pieno di imprevisti della mia vita, e cominciò appunto con una sorpresa.

Alle dieci in punto la mia porta si spalancò e irruppe nella camera Tat'jana Pàvlovna. Io che tutto mi potevo aspettare fuorché una sua visita, alla sua visita balzai in piedi atterrito. Il suo viso era furibondo, i suoi gesti scomposti e, se qualcuno glielo avesse chiesto, forse lei stessa non avrebbe saputo dire perché fosse piombata nella mia stanza. Premetto subito che ella aveva appena ricevuto una notizia straordinaria che l'aveva abbattuta e che si trovava sotto la primissima impressione di essa. Questa notizia riguardava anche me. D'altronde, ella si trattenne da me soltanto mezzo minuto, un minuto intero, forse, non di più. Immediatamente mi assalì.

«Ecco dunque come sei!», mi disse, piantandosi davanti a me tutta protesa in avanti. «Ah, tu, moccioso! Che cosa hai combinato! Oppure ancora non lo sai? Se ne sta a bere il caffè! Ah, chiacchierone, ah, mulino a vento, ah, amante di cartapesta... quelli come te con le verghe andrebbero frustati, con le verghe, con le verghe!».

«Tat'jana Pàvlovna, cosa è successo? Cosa è stato? La mamma?...».

«Lo saprai!», gridò minacciosamente e corse fuori dalla stanza; avevo appena fatto in tempo a vederla. Naturalmente mi sarei lanciato dietro a lei, ma un pensiero mi arrestò, anzi neppure un pensiero, ma una specie di oscura inquietudine: sentivo che l'espressione «amante di cartapesta» era la più importante in quel che mi aveva gridato. Naturalmente non sarei riuscito a indovinare nulla da solo, ma uscii in fretta in modo da concludere al più presto possibile la faccenda con Stebel'kòv e recarmi dal principe Nikolàj Ivànovič. «È laggiù la chiave di tutto!», pensai istintivamente.

Non si sa come, ma Stebel'kòv sapeva già tutto di Anna Andréevna, e perfino nei particolari; non sto a descrivere le sue parole e i suoi gesti, ma egli era in preda all'entusiasmo, a un accesso di entusiasmo per l'«artisticità del gesto».

«Questa sì che è una personalità! No, signore, questa è davvero una personalità!», esclamava. «No, non è come noi che ce ne stiamo qui seduti senza far nulla! Lei, invece, ha provato il desiderio di bere dell'acqua a una vera fonte e l'ha bevuta. È... è una statua antica! È una statua antica di Minerva, solo che va in giro e porta un abito moderno!».

Lo pregai di venire al dunque; tutto, come avevo perfettamente indovinato, si riduceva al fatto che avrei dovuto indurre e persuadere il principe a recarsi dal principe Nikolàj Ivànovič a chiedere un aiuto risolutivo. «Altrimenti le sue faccende possono mettersi molto, ma molto male, e non per mia volontà; è così o no?».

Egli mi guardò negli occhi, ma, a quanto sembra, non supponeva che sapessi qualcosa di più del giorno prima. Né poteva supporlo: va da sé che non gli feci capire neppure con una parola o con una allusione che sapevo delle «azioni». La nostra spiegazione non durò a lungo, e subito egli si mise a promettermi del denaro, «e parecchio, signore, e parecchio, fate soltanto in modo che il principe vada laggiù. La questione è urgente, assai urgente, proprio in questo sta tutto il guaio, che è troppo urgente!».

Di discutere e litigare con lui come il giorno prima non avevo voglia, perciò mi alzai per andarmene, buttandogli là, per ogni evenienza, che «avrei fatto il possibile». Improvvisamente, però, egli mi sbalordì in maniera incredibile: quando stavo già dirigendomi verso la porta, a un tratto egli, abbracciandomi affettuosamente per la vita, cominciò a dirmi... delle cose assolutamente incomprensibili.

Tralascio i particolari e non riporto tutto il filo del discorso per non stancare il lettore. Il succo era che egli mi faceva la proposta di «presentarlo al signor Dergačëv, visto che lo frequentavo!».

Rimasi per un attimo senza parole, mentre mi sforzavo con tutte le mie forze di non tradirmi con qualche gesto. D'altronde gli risposi subito che non lo conoscevo affatto e che ero stato da lui soltanto una volta casualmente.

«Ma se *siete stato ammesso* una volta, allora potete tornarci ancora, è così o no?».

Gli chiesi apertamente, ma con molta freddezza, a che cosa ciò gli servisse, e ancora adesso mi meraviglio fino a che punto possa arrivare l'ingenuità di una persona che evidentemente era tutt'altro che stupida e che era un «uomo pratico», come l'aveva definito Vasin. Egli mi dichiarò del tutto francamente che da Dergačëv, secondo i suoi sospetti, «c'era certamente qualcosa di proibito, e di proibito severamente, e perciò lui, indagando, avrebbe potuto trarne un certo profitto per sé». Ed egli mi sorrise ammiccandomi con l'occhio sinistro.

Io non gli risposi assolutamente nulla di preciso, ma finsi di riflettere, gli promisi che «ci avrei pensato», e poi me ne andai al più presto. Le cose si complicavano: volai da Vasin e, come a farlo apposta, lo trovai in casa.

«Ah, siete venuto anche voi!», mi apostrofò enigmaticamente, vedendomi.

Lasciando cadere la sua frase venni subito al dunque e gli raccontai tutto. Era evidentemente colpito, sebbene non smarrisse affatto il suo sangue freddo. Mi interrogò dettagliatamente su ogni particolare.

«È assai probabile che voi lo abbiate frainteso».

«No; l'ho capito esattamente, il suo pensiero era del tutto esplicito».

«In ogni caso vi sono estremamente grato», soggiunse con sincerità. «Sì, effettivamente, se tutto è andato così, egli riteneva che voi non avreste potuto resistere davanti a una certa somma».

«E inoltre gli è fin troppo nota la mia situazione: ho giocato di continuo, mi sono comportato male, Vasin».

«Ne ho sentito parlare».

«Quello che più mi sconcerta è che egli sa che anche voi frequentate quella casa», mi arrischiai a indagare.

«Egli sa fin troppo bene», replicò con tutta semplicità Vasin, «che io in quella faccenda non c'entro per nulla. E anche tutti quei giovani più che altro sono dei chiacchieroni e nient'altro; voi stesso, del resto, potete ricordarvi questo meglio di chiunque altro».

Ebbi l'impressione che egli non si fidasse del tutto di me.

«In ogni caso vi sono estremamente grato».

«Ho sentito dire che gli affari del signor Stebel'kòv vanno alquanto male», provai ancora a indagare, «per lo meno ho sentito parlare di certe azioni...».

«Di quali azioni avete sentito parlare?».

Avevo accennato di proposito alle «azioni», ma, naturalmente, non per raccontargli il segreto confidatomi il giorno prima dal principe. Intendevo soltanto fare un'allusione e stare a vedere dal viso, dagli occhi, se sapeva qualcosa delle azioni. Raggiunsi il mio scopo: da un impercettibile e fulmineo movimento del suo viso intuii che forse egli sapeva qualcosa in proposito. Non risposi alla sua domanda: «quali azioni», e tacqui; e lui, la cosa è curiosa, lasciò cadere il discorso.

«Come sta Lizaveta Makàrovna?», si informò con simpatia.

«Mia sorella ha sempre avuto stima di voi...».

Un'espressione di piacere balenò nei suoi occhi: da molto tempo ormai avevo indovinato che aveva un debole per Liza.

«Giorni fa è stato da me il principe Sergéj Petròvič», mi comunicò improvvisamente.

«Quando?», esclamai.

«Esattamente quattro giorni fa».

«Non ieri?».

«No, non ieri». Egli mi lanciò uno sguardo interrogativo.

«In seguito, forse, vi parlerò più dettagliatamente di questo nostro incontro, ma ora ritengo necessario avvertirvi», riprese enigmaticamente Vasin, «che egli mi è apparso quel giorno in uno stato d'animo e... persino di mente anormale. Del resto ho avuto anche un'altra visita», aggiunse improvvisamente sorridendo, proprio subito prima di voi, e anche in questo caso sono stato costretto a concludere che il mio visitatore non si trovava in uno stato del tutto normale».

«È stato di nuovo qui il principe adesso?».

«No, non il principe, adesso non sto parlando del principe. Poco fa è stato da me Andréj Petrovič Versilov e... voi non sapete nulla? Non gli è successo per caso qualcosa?».

«Forse gli è anche successo qualcosa, ma che cosa è accaduto esattamente qui tra voi due?», gli domandai ansiosamente.

«Naturalmente dovrei serbare il segreto a questo proposito... Io e voi parliamo in una maniera alquanto strana, facendo troppi misteri», osservò lui sorridendo di nuovo. «Andréj Petrovič, d'altra parte, non mi ha imposto il segreto. Ma voi siete suo figlio e poiché conosco i vostri sentimenti nei suoi confronti, per questa volta, mi sembra, farò persino bene se vi metterò in guardia. Figuratevi che egli è venuto da me per chiedermi se non sarei stato d'accordo di fargli da secondo se per caso, a giorni, dovesse trovarsi nella necessità di battersi a duello. Io, si capisce, ho rifiutato recisamente».

Ero straordinariamente stupito; questa novità era la più inquietante di tutte: era sopravvenuto qualcosa, era accaduto qualcosa, era senz'altro successo qualcosa che ancora ignoravo! A un tratto mi sovvenni di sfuggita di quel che Versilov mi aveva detto il giorno prima: «Non sarò io a venire da te, ma sarai tu a correre da me». Volai dal principe Nikolàj Ivànovič, presentendo ancor maggiormente che là si trovava la soluzione dell'enigma. Vasin, congedandosi, mi ringraziò ancora.

II

Il vecchio principe era seduto davanti al camino con le gambe avvolte in un plaid. Egli mi accolse con una certa aria perfino interrogativa, come se fosse meravigliato della mia visita, sebbene lui stesso, quasi ogni giorno, mi mandasse a chiamare. D'altronde egli mi salutò affettuosamente, ma alle mie prime domande rispose con un certo fastidio e in maniera terribilmente distratta. A tratti egli sembrava riflettere e mi guardava fissamente come se si fosse dimenticato qualcosa e cercasse di ricordarsene, qualcosa che indubbiamente doveva riguardarmi. Gli dissi apertamente che ero già al corrente di tutto e che ne ero assai felice. Un sorriso buono e cordiale comparve subito sulle sue labbra ed egli si animò; la sua cautela e la sua diffidenza subito si dileguarono, come se egli se ne fosse dimenticato. E certamente se ne era dimenticato.

«Amico mio caro, lo sapevo che saresti stato il primo a venire e, lo credi, proprio ieri ho pensato di te: "Chi se ne rallegrerà? Lui se ne rallegrerà!". E nessun altro; ma non importa. La gente è maligna, ma queste sono piccolezze... *Cher enfant*,[1] tutto ciò è così sublime e così incantevole... Ma tu stesso la conosci fin troppo bene. Anche Anna Andréevna ha un'alta opinione di te. È una persona severa e incantevole, un personaggio da *keep sake*[2] inglese. È una deliziosissima incisione inglese, la più deliziosa che si possa immaginare... Due anni fa possedevo un'intera collezione di tali incisioni... Ho avuto sempre, sem-

1 «Caro ragazzo», in francese nel testo.
2 «Medaglione», nell'originale compare la trascrizione russa del termine inglese.

pre questa intenzione; mi meraviglio soltanto di come non ci abbia mai pensato».

«Per quanto ricordo, voi avete sempre amato Anna Andréevna in modo particolare».

«Amico mio, noi non vogliamo far del male a nessuno. La vita assieme agli amici, ai parenti, alle persone care al nostro cuore è un paradiso. Tutti sono poeti... Insomma, ciò è noto fin dai tempi preistorici. Sai, quest'estate andremo dapprima a Soden e poi a Bad-Gastein. Ma come mai non sei più venuto a trovarmi, amico mio; cosa ti è successo? Ti aspettavo. Non è vero che è successa un'infinità di cose da allora? Peccato soltanto che io non sia tranquillo; non appena rimango solo sono inquieto. Ecco perché non posso rimanere da solo, non è vero? È chiaro come due e due fa quattro. L'ho capito immediatamente fin dalle sue prime parole. Oh, amico mio, lei ha detto soltanto due parole, ma è stato come una stupenda poesia. D'altronde tu sei suo fratello, be', quasi fratello, non è vero? Mio caro, non per niente ti volevo tanto bene! Ti giuro che tutto questo lo presentivo. Le ho baciato la mano e mi sono messo a piangere».

Egli estrasse il fazzoletto come se fosse sul punto di scoppiare di nuovo a piangere. Era fortemente scosso e, a quanto sembrava, si trovava in uno degli stati peggiori in cui lo avessi mai visto da quando lo conoscevo. Abitualmente, anzi quasi sempre, egli era incomparabilmente più fresco e arzillo.

«Perdonerei tutti, amico mio», riprese poi a balbettare. «Voglio perdonare tutti ed è ormai molto tempo che non porto più rancore a nessuno. L'arte, *la poésie dans la vie*,[3] aiutare gli sventurati e lei, la bellezza biblica. *Quelle charmante personne*,[4] eh? *Les chants de Salomon... non, ce n'est pas Salomon, c'est David qui mettait une jeune belle dans son lit pour se chauffer dans sa vieillesse. Enfin David, Salomon*,[5] tutto questo mi mulina nella testa, che baraonda! Ogni cosa, *cher enfant*, può essere grandiosa e nello

3 «La poesia nella vita», in francese nel testo.
4 «Che persona affascinante», in francese nel testo.
5 «Sono i cantici di Salomone... no, non è Salomone, è Davide che metteva una giovane bellezza nel suo letto per riscaldarsi nella propria vecchiaia. Infine, Davide, Salomone...», in francese nel testo.

stesso tempo ridicola. *Cette jeune belle de la vieillesse de David c'est tout un poème*,[6] mentre in Paul de Kock ne sarebbe venuta fuori una qualche *scène de bassinoire*[7] e noi saremmo tutti scoppiati a ridere. Paul de Kock non ha né misura, né gusto, sebbene possieda del talento... Katerina Nikolàevna sorride... Le ho detto che non saremo di disturbo. Abbiamo cominciato il nostro romanzo d'amore e che ce lo lascino terminare. Ammettiamo pure che sia un sogno, ma che questo sogno non ce lo tolgano».

«Cioè, come sarebbe a dire "un sogno", principe?».

«Un sogno? Come un sogno? Be', ammettiamo pure che sia un sogno, ma ci lascino morire con questo sogno».

«Oh, principe, perché morire? Vivere, ora bisogna soltanto vivere!».

«E io cosa dico? Non faccio che ripeterlo. Decisamente non so perché la vita sia tanto breve. Perché non venga a noia, sicuramente; la vita, infatti, è anch'essa un'opera d'arte del Creatore stesso, nella forma definitiva e impeccabile di una poesia di Puškin. La brevità è la prima condizione dell'artisticità. Ma se qualcuno non si annoia, a quelli bisognerebbe consentire di vivere più a lungo».

«Ditemi, principe, la cosa è già pubblica?».

«No! Assolutamente no, mio caro; ci siamo messi tutti d'accordo in questo senso. È una faccenda di famiglia, di famiglia e di famiglia. Per ora mi sono confidato completamente con Katerina Nikolàevna, perché mi sento in colpa davanti a lei. Oh, Katerina Nikolàevna è un angelo, è un angelo!».

«Sì, sì!».

«Sì? Anche tu dici: "sì"? E io che pensavo che tu fossi suo nemico. Ah, sì, a proposito, mi ha domandato di non riceverti più. E, figurati, quando sei entrato a un tratto, me ne sono scordato».

«Che dite mai!», balzai su io, «perché? Quando?».

(Il mio presentimento non mi aveva ingannato; sì, mi aspettavo proprio qualcosa del genere fin dalla visita di Tat'jana!).

«Ieri, mio caro, ieri, non capisco nemmeno come tu ora sia

6 «Questa giovane bellezza della vecchiaia di Davide è autentica poesia», in francese nel testo.

7 «Scena da alcova», in francese nel testo.

riuscito a passare, perché sono state impartite disposizioni precise. Come sei entrato?».

«Sono entrato e basta».

«È la cosa più verosimile. Se tu avessi usato qualche astuzia per entrare ti avrebbero scoperto, ma, dato che tu sei semplicemente entrato, essi ti hanno lasciato passare. La semplicità, *mon cher*, è, in realtà, l'astuzia più grande».

«Non ci capisco niente: quindi, anche voi avete deciso di non ricevermi?».

«No, amico mio, ti ho detto che io non c'entro... Cioè, ho dato il mio pieno assenso. E sii certo, mio caro ragazzo, che io ti voglio troppo bene. Ma Katerina Nikolàevna lo ha richiesto con troppa, troppa insistenza... Ah, ma eccola!».

In quell'istante, improvvisamente, apparve sulla porta Katerina Nikolàevna. Era abbigliata come se fosse stata in procinto di uscire e, come accadeva anche in precedenza, era passata dal padre per dargli un bacio. Vedendomi ella si arrestò turbata e, voltatasi rapidamente, uscì.

«*Voilà!*»,[8] esclamò il principe colpito e terribilmente agitato.

«È un malinteso!», esclamai, «è questione di un attimo... Io... io sono subito di nuovo da voi, principe!».

E corsi via inseguendo Katerina Nikolàevna.

Poi tutto quello che seguì si svolse così in fretta che non solo non riuscii a rendermene conto, ma neppure ebbi il tempo di preparare minimamente una linea di condotta. Se avessi potuto appena appena prepararmi, naturalmente mi sarei comportato in maniera diversa! Invece mi smarrii come un bambino. Feci per lanciarmi verso le sue stanze, ma un cameriere nel quale mi imbattei mi disse che Katerina Nikolàevna era già uscita e stava salendo in carrozza. Mi precipitai allo scalone d'ingresso. Katerina Nikolàevna stava scendendo avviluppata nella sua pelliccia e accanto a lei scendeva, o, per meglio dire, la conduceva, un ufficiale alto, snello, senza cappotto, con la sciabola; il cappotto lo portava un cameriere dietro di lui. Era il barone, un colonnello di circa trentacinque anni, un tipo di ufficiale azzimato, magro, con un viso un po' allungato, baffi e

8 «Ecco», in francese nel testo

ciglia rossicci. Il suo viso, pur non essendo affatto bello, aveva lineamenti marcati e provocanti. La mia descrizione è frettolosa, conforme a quanto osservai in quell'istante. Non lo avevo mai visto prima d'allora. Li rincorsi giù per la scala senza cappello e senza pelliccia. Katerina Nikolàevna mi notò per prima e gli sussurrò in fretta qualcosa. Egli girò appena la testa, ma subito fece cenno al servitore e al portiere. Il servitore accennò a fare un passo verso di me quando eravamo ormai sulla porta d'ingresso, ma io lo scostai con la mano e mi lanciai dietro a loro sul terrazzino d'ingresso. Böhring stava aiutando Katerina Nikolàevna a salire in carrozza.

«Katerina Nikolàevna! Katerina Nikolàevna!», esclamai insensatamente (come un imbecille! Come un imbecille! Oh, mi ricordo tutto, ero senza cappello!).

Böhring si voltò di nuovo furioso verso il servitore e gli urlò qualcosa a voce altissima, una o due parole che non distinsi. Sentii che qualcuno mi afferrava per il gomito. In quell'istante la carrozza si mosse; io lanciai di nuovo un grido e mi lanciai dietro la carrozza. Vedevo che Katerina Nikolàevna guardava fuori dal finestrino della carrozza, a quel che mi parve, con grande inquietudine. Ma nel rapido movimento che feci lanciandomi dietro alla carrozza, a un tratto, senza assolutamente avvedermene, urtai violentemente Böhring e, credo, gli calpestai in maniera assai dolorosa un piede. Egli lanciò un breve grido, digrignò i denti e, afferratomi per una spalla con la sua forte mano, mi respinse rabbiosamente, tanto che volai lontano tre passi. In quell'istante gli porsero il cappotto, egli se lo gettò sulle spalle, salì sulla slitta e dalla slitta, indicandomi, urlò ancora qualcosa minacciosamente al cameriere e al portiere. A questo punto essi mi afferrarono e mi trattennero: un servitore mi gettò sulle spalle la pelliccia, un altro mi porse il cappello, ma non ricordo più che cosa mi dicessero; essi mi dicevano qualcosa e io me ne stavo lì ritto e li ascoltavo senza capire nulla. Improvvisamente, però, li piantai in asso e corsi via.

III

Senza capir nulla e urtando la gente arrivai di corsa, infine, all'appartamento di Tat'jana Pàvlovna; per la strada non mi era neppure venuto in mente di prendere un vetturino. Böhring mi aveva dato uno spintone in sua presenza! Certo io gli avevo calpestato un piede ed egli mi aveva respinto istintivamente, come fa una persona alla quale abbiano pestato un callo (e forse io gli avevo effettivamente pestato un callo!). Ma lei aveva visto, e aveva visto che i servitori mi afferravano, e tutto ciò era accaduto davanti a lei, davanti a lei! Quando irruppi in casa di Tat'jana Pàvlovna, in un primo momento non fui in grado di proferir motto e la mascella inferiore mi tremava come se avessi avuto la febbre. Sì, avevo davvero la febbre e per di più piangevo... Oh, ero talmente offeso!

«E allora? Ti hanno buttato fuori? E hanno fatto bene, hanno fatto bene!», disse Tat'jana Pàvlovna; in silenzio mi accasciai sul divano guardandola.

«E adesso cosa gli succede?», esclamò lei osservandomi attentamente. «Toh, bevi un bicchier d'acqua, bevi un po' d'acqua, bevi! Parla, che cos'altro hai combinato laggiù?».

Borbottai che mi avevano cacciato e che Böhring mi aveva dato uno spintone nella strada.

«Ma capisci qualche cosa, oppure no? Toh, ecco, leggi, ammira». E afferrato un biglietto sul tavolo, me lo porse e si piantò davanti a me in attesa. Riconobbi subito la scrittura di Versilov; erano poche righe in tutto: si trattava di un biglietto indirizzato a Katerina Nikolàevna. Sussultai e l'intelletto mi ritornò istantaneamente in tutta la sua forza. Ecco, parola per parola, il contenuto di quel terribile, indecente, assurdo, canagliesco biglietto:

«Egregia signora, Katerina Nikolàevna,

«Per quanto corrotta voi siate per vostra natura e per l'arte vostra, ritenevo tuttavia che avreste trattenuto i vostri impulsi e per lo meno non avreste adescato i bambini. Ma voi neppure di questo vi siete vergognata. Vi informo che il documento a voi noto certamente non è stato bruciato sulla candela e non è mai stato in possesso di Kraft, di modo che per questo verso non ci guadagnerete nulla. Perciò non corrompete invano un adolescente. Risparmiatelo, egli è ancora minorenne, è quasi un ragazzo, non ancora del tutto sviluppato intellettualmente e fisicamente, qual pro ne trarreste? Mi sta a cuore la sua sorte e perciò mi sono arrischiato a scrivervi, benché non speri di avere successo. Ho l'onore di avvertirvi che invio contemporaneamente copia della presente al barone Böhring.

A. Versilov».

Durante la lettura impallidii, ma poi a un tratto avvampai e le mie labbra presero a tremare per l'indignazione.

«Egli allude a me! Allude a quello che gli ho rivelato ieri l'altro!», esclamai fuori di me.

«Sta proprio qui il punto, che gliel'hai rivelato!», esclamò strappandomi di mano il biglietto Tat'jana Pàvlovna.

«Ma... non è questo, non è assolutamente questo quello che gli ho detto! Oh, Dio mio, che cosa penserà mai di me lei adesso! Ma è pazzo? Egli è davvero pazzo... L'ho visto ieri. Quando è stata spedita la lettera?».

«Ieri pomeriggio, è arrivata ieri sera e stamane me l'ha consegnata lei personalmente».

«Ma l'ho visto io stesso ieri, egli è pazzo! Non può esser stato Versilov a scriver queste cose, è stato un pazzo a scriverle! Chi potrebbe mai scrivere così a una donna?».

«Scrivono queste cose certi pazzi furiosi quando non vedono e non sentono più nulla per la gelosia e la rabbia, e il sangue va loro in veleno... Ma tu ancora non sapevi com'era? Per questa lettera adesso lo conceranno per bene. Va a metter lui stesso il collo sotto la scure! Avrebbe fatto meglio ad andare di notte sulla ferrovia Nikolàevskaja e posare la testa sulle rotaie, così gliel'avrebbero tagliata via per bene, se si era stancato di portarla in giro! Ma a te, a te, come t'è venuto il ghiribizzo di andargli a parlare di questo? Come t'è venuto il ghiribizzo di andarlo a stuzzicare? T'è forse saltato in testa di farti bello?».

«Quale odio! Quale odio!», esclamai battendomi la testa con la mano, «e perché, perché? Verso una donna! Che cosa gli ha mai fatto? Quali rapporti ci sono stati tra loro da far sì che si possano scriver lettere come questa?».

«O-di-o!», mi fece il verso con furibondo scherno Tat'jana Pàvlovna.

Il sangue mi affluì di nuovo violentemente in viso: improvvisamente mi sembrò di comprendere qualcosa di assolutamente nuovo; la fissai interrogativamente, teso con tutte le mie forze.

«Vattene via!», strillò lei voltandosi rapidamente e facendo un gesto di stizza con la mano. «Mi sono impicciata di tutti voi a sufficienza! Ora basta! Per me potete anche sprofondare tutti quanti sotto terra!... Soltanto di tua madre ho ancora compassione...».

Naturalmente mi precipitai da Versilov. Ma che perfidia! Che perfidia!

IV

Versilov non era solo. Faccio una premessa: il giorno prima, dopo aver inviato una simile lettere a Katerina Nikolàevna, e, effettivamente, dopo averne inviata una copia al barone Böhring, naturalmente l'indomani egli doveva attendersi nel corso della giornata le ovvie «conseguenze» del suo gesto, e perciò aveva preso le misure del caso: fin dal mattino aveva fatto trasferire la mamma e Liza (la quale, come appresi più tardi, al suo ritorno già quella mattina si era ammalata e si era messa a letto) al piano di sopra, «nella bara», e tutte le stanze, e soprattutto il nostro «salotto» erano state riordinate e spazzate con la massima cura. Ed effettivamente alle due del pomeriggio era venuto da lui un certo barone R., colonnello, un militare sui quarant'anni, di origine tedesca, un uomo alto, asciutto e all'aspetto assai forte fisicamente, anche lui rossiccio come Böhring, soltanto leggermente calvo. Era uno di quei baroni R. presenti in così gran numero nell'amministrazione militare russa, tutte persone con un fortissimo orgoglio baronale, assolutamente sprovviste di patrimonio, che vivono esclusivamente del proprio stipendio, straordinari soldati in servizio e al fronte. Non ero arrivato in tempo per assistere all'inizio della loro spiegazione; erano entrambi assai animati, e come non esserlo? Versilov era seduto sul divano davanti al tavolo e il barone sulla poltrona di fianco. Versilov era pallido, ma parlava in maniera pacata e soppesando le parole; il barone, invece, alzava la voce e, evidentemente incline ai gesti irruenti, si tratteneva a stento, ma aveva un'espressione severa, altezzosa e persino sprezzante, sebbene non priva di meraviglia. Vedendomi, egli aggrottò le ciglia, mentre Versilov quasi si rallegrò del mio arrivo:

«Buon giorno, mio caro. Barone, questa è appunto quella persona assai giovane di cui si fa menzione nel biglietto e, credetemi, egli non solo non sarà di disturbo, ma potrà persino tornarci utile». (Il barone mi lanciò uno sguardo sprezzante). «Mio caro», aggiunse Versilov rivolto a me, «sono persino contento che tu sia venuto, perciò siediti in un angolo finché io e il barone avremo finito. Non preoccupatevi, barone, egli se ne rimarrà seduto in un angolo».

Per me faceva lo stesso, perché avevo preso la mia decisione e, inoltre, tutto ciò mi colpiva; mi sedetti in silenzio in un angolo, il più in disparte possibile, e me ne rimasi lì seduto senza batter ciglio e senza muovermi fino alla fine della loro spiegazione...

«Vi ripeto ancora una volta, barone», disse Versilov scandendo con fermezza le parole, «che considero Katerina Nikolàevna Achmàkova, alla quale io ho scritto questa lettera indegna e morbosa, non solo l'essere più nobile di questo mondo, ma anche il sommo di ogni perfezione!».

«Una simile ritrattazione delle vostre stesse parole, come vi ho già fatto notare, assomiglia a una nuova conferma di esse», muggì il barone. «Le vostre parole sono decisamente irrispettose».

«Eppure la cosa più giusta sarà che le prendiate nel loro esatto significato. Io, vedete, soffro di attacchi e... di disturbi di vario genere, e sono persino in cura, perciò è successo che in uno di quei momenti...».

«Queste spiegazioni non possono avere alcuna attinenza. Vi ripeto per l'ennesima volta che voi continuate ostinatamente a fraintendere, forse volete fraintendere di proposito. Ho già premesso fin dall'inizio che tutta la questione riguardante questa signora, ossia propriamente la vostra lettera alla signora generalessa Achmàkova deve essere tenuta definitivamente fuori dalla nostra presente spiegazione; voi invece non fate che tornarci sopra. Il barone Böhring mi ha pregato e incaricato di chiarire propriamente soltanto ciò che riguarda lui personalmente, ossia l'insolente invio da parte vostra di questa "copia", e poi la vostra postilla che "siete pronto a rispondere di ciò nella maniera e nelle forme che gli parranno"».

«Ma quest'ultima frase, mi sembra, è già chiara così, senza spiegazioni».

«Capisco, me lo avete già detto. Voi non presentate neppure le vostre scuse e vi limitate a continuare a insistere che "siete pronto a rispondere di ciò nella maniera e nelle forme che gli parranno". Ma questo sarebbe troppo facile. Mi ritengo pertanto fin d'ora in diritto, vista la piega che volete ostinatamente imprimere alla spiegazione, di dichiararvi per parte mia senza riserbo tutto ciò che penso: sono giunto cioè alla conclusione che il barone Böhring non può assolutamente avere una questione d'onore con voi... su una base di parità».

«Questa soluzione, naturalmente, è una delle più convenienti per il vostro amico, il barone Böhring, e, lo riconosco, voi non mi avete affatto stupito: era ciò che mi aspettavo».

Osservo tra parentesi che fin dalle prime parole, fin dal primo sguardo, mi era apparso fin troppo evidente che Versilov stava persino cercando di provocare un'esplosione, e provocava e stuzzicava questo irascibile barone, mettendone forse anche troppo a dura prova la pazienza. Il barone fu punto sul vivo.

«Avevo sentito dire che sapete essere spiritoso, ma essere spiritosi non significa ancora essere intelligenti».

«Osservazione straordinariamente profonda, colonnello».

«Non ho chiesto le vostre lodi», gridò il barone, «e non sono venuto qui per cianciare a vuoto! Abbiate la compiacenza di ascoltarmi: il barone Böhring è rimasto fortemente perplesso nel ricevere la vostra lettera, perché essa testimoniava uno stato di pazzia. E, naturalmente, sarebbe stato possibile trovare immediatamente dei mezzi per... calmarvi. Verso di voi, però, in base a certe considerazioni particolari, è stata usata indulgenza e si sono raccolte informazioni sul vostro conto: è risultato che, sebbene un tempo voi abbiate appartenuto alla buona società e abbiate servito nella guardia imperiale, tuttavia siete stato bandito dalla società e la vostra reputazione è più che dubbia. Tuttavia, senza tenere conto neppure di questo, sono venuto qui per sincerarmi di persona ed ecco che, per giunta, voi vi permettete anche di giocare con le parole e avete voi stesso dichiarato che soffrite di attacchi. Basta! La posizione del barone Böhring e la sua reputazione non possono scendere a compromessi in questa faccenda... Insomma, egregio signore, sono autorizzato a dichiararvi che, se questo fatto si ripeterà o se accadrà ancora qualcosa del genere, si troveranno immediatamente dei mezzi, rapidi e sicuri, ve lo assicuro, di calmarvi. Non viviamo nella foresta, ma in uno stato bene organizzato!».

«Ne siete così sicuro, mio buon barone R.?».

«Diavolo!», esclamò improvvisamente il barone alzandosi, «voi mettere troppo alla prova la mia pazienza, rischiando che vi dimostri all'istante che io non sono affatto il "vostro buon barone R."».

«Ah, vi avverto ancora una volta», replicò Versilov alzandosi a sua volta, «che qui accanto ci sono mia moglie e mia figlia... e pertanto vi pregherei di abbassare un po' la voce, perché le vostre grida giungono fino a loro».

«Vostra moglie... diavolo... Se ora sono rimasto qui a parlare con voi è stato soltanto allo scopo di chiarire questa ripugnante faccenda», continuò il barone con la medesima ira e senza abbassare minimamente la voce. «Basta!», urlò furioso, «voi non soltanto siete escluso dalla cerchia delle persone per bene, ma voi siete un maniaco, un autentico pazzo maniaco, e per tale siete stato riconosciuto! Voi non meritate alcuna indulgenza e vi avverto che oggi stesso verranno prese delle misure al vostro riguardo e sarete chiamato in un certo luogo dove sapranno ricondurvi alla ragione e sarete allontanato dalla città».

A grandi e rapidi passi egli uscì dalla stanza. Versilov non lo accompagnò. Se ne stava lì ritto guardandomi con espressione distratta, come se non mi notasse; improvvisamente egli sorrise, scosse i capelli e, preso il cappello, si diresse anche lui alla porta. Io lo afferrai per la mano.

«Ah, sei qui anche tu? Tu... hai sentito?», disse fermandosi davanti a me.

«Come avete potuto fare ciò? Come avete potuto distorcere a tal punto, svergognarmi a tal punto!... Con tanta perfidia!».

Egli mi guardava fissamente, ma il suo sorriso si distendeva sempre più trapassando decisamente in riso.

«Ma mi hanno coperto di vergogna... davanti a lei! Davanti a lei! Mi hanno deriso sotto i suoi occhi, e lui... mi ha dato uno spintone!», urlai fuori di me.

«Davvero? Ah, povero ragazzo, quanto mi dispiace per te... Così laggiù... ti hanno de-ri-so!».

«Voi ridete, voi ridete di me! La cosa vi fa ridere!».

Egli strappò rapidamente la sua mano dalla mia, si mise il cappello e ridendo, ridendo ormai apertamente, uscì dall'appartamento. Perché avrei dovuto inseguirlo, a che scopo? Avevo capito tutto e in un attimo avevo perduto tutto! Improvvisamente vidi la mamma; ella era scesa giù e si guardava timidamente attorno.

«Se ne è andato?».

In silenzio l'abbracciai ed ella si strinse forte a me.

«Mamma, cara, potete forse rimanere qui? Andiamocene subito, vi troverò io un alloggio, lavorerò per voi come un forzato, per voi e per Liza... Abbandoniamoli tutti, tutti quanti e andiamocene. Ce ne staremo da soli. Mamma, vi ricordate quando siete venuta a trovarmi da Touchard e io non volevo riconoscervi?».

«Me lo ricordo, caro, è da quando sei nato che sono in colpa verso di te, ti ho messo al mondo e ti ho abbandonato».

«È lui il colpevole di questo, mamma, è lui il colpevole di tutto; egli non ci ha mai amato».

«No, ci ha amato».

«Andiamocene, mamma».

«Dove vuoi mai che me ne vada via da lui, forse che egli è felice?».

«Dov'è Liza?».

«È a letto; è ritornata e si è sentita male; ho tanta paura. Perché essi sono così in collera con lui? Cosa gli faranno ora? Dove è andato? Di che cosa l'ha minacciato quell'ufficiale poco fa?».

«Non gli accadrà niente, mamma, non gli accade mai nulla;

non gli succede mai nulla, né può succedergli nulla, è un uomo fatto così! Ecco Tat'jana Pàvlovna, chiedetelo a lei, se non mi credete, eccola. (Tat'jana Pàvlovna era entrata improvvisamente nella stanza). Addio, mamma. Sarò di nuovo da voi in un attimo e quando tornerò vi chiederò la stessa cosa...».

Corsi fuori; non potevo vedere nessuno, non soltanto Tat'jana Pàvlovna, e la mamma era per me una tortura. Volevo starmene da solo, da solo.

V

Ma non ero arrivato nemmeno fino in fondo alla strada che sentii che non potevo andarmene in giro così, urtando insensatamente quella folla estranea e indifferente; ma dove mai potevo andare? Chi mai aveva bisogno di me e di che cosa adesso avevo bisogno io? Macchinalmente arrivai a casa del principe Sergèj Petròvič, del tutto senza averne l'intenzione. Egli non era in casa. Dissi a Pëtr (il suo servitore) che lo avrei atteso nello studio (come era accaduto un'infinità di volte). Lo studio era una grande camera dal soffitto altissimo, ingombra di mobilio. Mi rincantucciai nell'angolo più buio, mi sedetti sul divano e, appoggiati i gomiti sul tavolo, mi afferrai la testa tra le mani. Questo era il problema: «Che cosa debbo fare ora?». Se pure allora fossi stato capace di formulare questa domanda, non sarei stato assolutamente in grado di rispondervi.

Ma non ero in grado né di pensare sensatamente, né di fare domande. Ho già premesso sopra che verso la fine di quei giorni ero «schiacciato dagli avvenimenti»; ora me ne stavo lì seduto e nella mia mente c'era un vero caos. «Sì, ho visto fino in fondo dentro di lui e non ci ho capito nulla», mi balenava a tratti. «Egli ora mi è scoppiato a ridere in faccia, ma non è di me che rideva; rideva ancora di Böhring, e non di me. Due giorni fa, a tavola, sapeva già tutto ed era cupo. Egli ha carpito la mia stupida confessione nella trattoria e ha deformato tutto a dispetto di ogni verità, solo, che se ne faceva della verità? Lui stesso non crede nemmeno mezza parola di quel che le ha scritto. Egli voleva soltanto offendere, offendere insensatamente, senza neppure sapere il perché, appigliandosi a un pretesto, e questo pretesto gliel'ho fornito io... Il gesto di un cane rabbioso! E adesso vuol forse uccidere il barone Böhring? Perché? Il suo cuore lo sa il perché! Ma io non so nulla di quello che c'è nel suo cuore... No, no, neppure adesso lo so. Possibile che egli la ami con tale passione? Oppure, che con tale passione la odi? Io non lo so, ma lo sa forse lui stesso? Perché ho detto alla mamma che a lui "non può mai accadere nulla"; che cosa intendevo dire con queste parole? L'ho perduto o non l'ho perduto?

«... Lei ha visto come venivo preso a spintoni.... Ha pure riso, oppure no? Io avrei riso! Percuotevano una spia, una spia!...

«Che cosa significa (mi balenò improvvisamente per la testa), che cosa significa il fatto che egli ha aggiunto in quella ripugnante lettera che il documento non è stato affatto bruciato, ma esiste?...

«Egli non ucciderà Böhring, ma sicuramente adesso se ne sta alla trattoria ad ascoltare la *Lucia*! Oppure forse, dopo la *Lucia* andrà ad ammazzare Böhring. Böhring mi ha dato uno spintone, in pratica mi ha quasi percosso; mi ha percosso? Böhring non si degna di battersi nemmeno con Versilov, si batterebbe dunque con me? Forse domani mi toccherà ucciderlo con una rivoltella dopo avergli fatto la posta nella via...». Questo pensiero mi passò per la mente in maniera del tutto macchinale, senza che mi soffermassi affatto su di esso.

A tratti sognavo che si aprisse la porta, entrasse Katerina Nikolàevna, mi desse la mano e tutti e due scoppiassimo a ridere... Oh, mio caro studente! Fantasticavo di questo, o meglio lo desideravo, quando ormai nella stanza si era fatto molto buio. «È passato forse molto tempo da quando ero ritto davanti a lei, la salutavo ed ella mi tendeva la mano e rideva? Come è potuto accadere che in così breve tempo si sia formata tra noi una così terribile distanza? Semplicemente debbo andare da lei e spiegarle tutto, adesso stesso, all'istante, semplicemente, semplicemente! Signore, com'è che all'improvviso è cominciato un mondo del tutto nuovo? Sì, un mondo nuovo, del tutto, del tutto nuovo... Liza e il principe, invece, sono ancora vecchi... Ecco che adesso sono qui dal principe. E la mamma: come ha potuto vivere con lui, se è così? Io avrei potuto, io potrei qualsiasi cosa, ma lei? Che cosa accadrà ora?». E a questo punto le figure di Liza, di Anna Andréevna, di Stebel'kòv, del principe, di Aferdov, di tutti quanti, balenarono come in un turbine nel mio cervello malato senza lasciar traccia. Ma i miei pensieri diventavano sempre più informi e inafferrabili; ero felice quando riuscivo a fermarne uno e a raccapezzarmici.

«Ho la mia "idea"!», pensai a un tratto, «ma è proprio così? Non sono parole che ho imparato a memoria? La mia idea vuol dire tenebre e solitudine, ma è forse possibile ora ritrarmi indietro nelle tenebre di prima? Ah, Dio mio, davvero non ho bruciato il "documento"! Mi sono dimenticato di farlo due giorni fa. Tornerò a casa e lo brucerò sulla candela, proprio sulla candela; non so, soltanto, se è questo quello che penso ora...».

Si era già fatto sera da un pezzo e Pëtr portò le candele. Egli si soffermò davanti a me e mi chiese se avessi mangiato. Io gli risposi soltanto facendo un gesto di noncuranza con la mano. Ciononostante, un'ora dopo, egli mi portò del tè ed io ne bevvi con avidità una gran tazza. Poi mi informai che ora fosse. Erano le otto e mezzo ed io non mi meravigliai neppure di essere lì ormai da cinque ore.

«Sono già entrato da voi tre volte», mi disse Pëtr, «ma mi è sembrato che dormiste».

Infatti non ricordavo che fosse entrato. Non so perché, ma all'improvviso, terribilmente spaventato di «essermi addormentato», mi alzai e mi misi a camminare su e giù per la stanza per non «addormentarmi» di nuovo. Infine cominciò a dolermi forte la testa. Alle dieci in punto entrò il principe e io mi meravigliai di esser lì ad aspettarlo; mi ero del tutto, del tutto dimenticato di lui.

«Sono stato da voi a prendervi, e voi siete qui», mi disse. Il suo volto era cupo e severo, neppure l'ombra di un sorriso. Negli occhi un'idea fissa.

«Mi sono battuto tutto il giorno e ho impiegato tutte le mie risorse», proseguì lui con aria concentrata, «tutto è crollato e davanti a me c'è l'orrore... (NB.: Egli non si era recato dal principe Nikolàj Ivànovič). Ho visto Žìbel'skij, quell'uomo impossibile. Vedete, dapprima bisogna avere i soldi e poi si vedrà. E se neppure con i soldi si potrà far niente, allora... Ma oggi ho deciso di non pensare a questo. Basta che oggi ci procuriamo il denaro e domani vedremo ogni cosa. La vostra vincita dell'altro ieri è ancora intera fino all'ultimo centesimo. Mancano tre rubli a fare tremila. Dedotto il vostro debito, vi spettano trecentoquaranta rubli di resto. Prendeteli, prendetene altri settecento per fare mille, mentre io prenderò i rimanenti duemila. Poi andremo a sederci da Zèrščikov alle due estremità opposte del tavolo e proveremo a vincerne diecimila, forse riusciremo a combinare qualcosa, e se non vinceremo, allora... Del resto non c'è altro da fare».

Egli mi guardò con espressione fatalistica.

«Sì, sì!», esclamai improvvisamente, come resuscitando, «andiamo! Aspettavo soltanto voi...».

Faccio notare che, neppure per un solo istante, in quelle ore avevo pensato alla roulette.

«E la viltà, la bassezza di quest'azione?», mi domandò il principe a un tratto.

«Perché andiamo a giocare alla roulette? Ma sono tutto!», gridai io, «i soldi sono tutto! Soltanto io e voi siamo puri, Böhring invece si è venduto. Anna Andréevna si è venduta, e Versilov, lo avete saputo che è un maniaco? Un maniaco! Un maniaco!».

«State bene, Arkàdij Makàrovič? Avete certi occhi strani».

«Lo dite per andarci senza di me? Ma io adesso non mi staccherò da voi. Non per niente per tutta la notte non ho fatto che sognare il gioco. Andiamo, andiamo!», continuavo a gridare, come se a un tratto avessi scoperto la soluzione di tutto.

«Allora andiamo, per quanto voi abbiate la febbre, e laggiù...».

Egli non terminò la frase. Aveva una faccia affranta, spaventosa. Stavamo già per uscire.

«Sapete», mi disse a un tratto fermandosi sulla porta, «che, oltre al gioco, esiste anche un'altra via d'uscita dalla sventura?»

«Quale?».

«Quella dei principi!».

«Che dite mai! Quale?».

«Lo vedrete in seguito. Sappiate soltanto che io sono ormai indegno di essa perché ho tardato. Andiamo, ma voi ricordate le mie parole. Tentiamo la via d'uscita dei lacchè... Non lo so forse che è coscientemente, di mia piena volontà, che io vado laggiù e mi comporto come un lacchè?».

VI

Volai alla roulette come se in essa fosse racchiusa ogni mia possibilità di salvezza, ogni via d'uscita, eppure, come ho già detto, fino all'arrivo del principe non ci pensavo nemmeno. D'altronde, non andavo a giocare per conto mio, ma con i soldi e per conto del principe; non riesco a comprendere che cosa mi trascinasse laggiù, ma mi sentivo trascinato in maniera irresistibile. Oh, mai quelle persone, quelle facce, quei *croupier*, le grida del gioco, quella sordida sala in casa di Zèrščikov, mai tutto questo mi era apparso così ripugnante, così tetro, così volgare e triste come quella volta! Ricordo fin troppo bene il dolore e la tristezza che a tratti mi attanagliavano il cuore durante tutte quelle ore al tavolo da gioco. Ma perché non me ne andai? Perché sopportai tutto ciò, come se mi fossi addossato un amaro destino, un sacrificio, un'azione eroica? Dirò soltanto una cosa: difficilmente potrei affermare, a proposito del mio io di allora, che fossi in possesso delle mie facoltà mentali. Eppure, mai avevo giocato tanto assennatamente come quella sera. Ero taciturno e concentrato, attento e terribilmente calcolatore; ero paziente e avaro e, nello stesso tempo, risoluto nei momenti decisivi. Mi sistemai di nuovo accanto allo zero, ossia di nuovo tra Zèrščikov e Aferdov, che si metteva sempre accanto a Zèrščikov, alla sua destra; quel posto mi ripugnava, ma volevo assolutamente puntare sullo zero e tutti gli altri posti vicino allo zero erano occupati. Giocavamo ormai da più di un'ora; infine, dal mio posto vidi che il principe improvvisamente si alzava, si avvicinava a noi e si fermava davanti a me, dirimpetto, dall'altra parte del tavolo: aveva perduto tutto e guardava in silenzio il mio gioco, probabilmente senza comprenderci nulla e senza addirittura nemmeno pensare più al gioco. In quel momento avevo appena cominciato a vincere e Zèrščikov mi aveva versato dei soldi. Improvvisamente Aferdov, in silenzio, sotto i miei occhi, nella maniera più sfacciata, prese uno dei miei biglietti da cento rubli e lo aggiunse al mucchio di denaro che giaceva davanti a lui. Io lanciai un grido e gli afferrai la mano. Qui mi accadde qualcosa di inatteso: persi ogni ritegno; fu come se tutti gli orrori e le offese di quella giornata si fossero concentrati in quell'unico istante, nella sparizione di quel biglietto da cento rubli. Come se tutto ciò che era stato accumulato e compresso dentro di me avesse atteso solamente quell'istante per prorompere fuori.

«È un ladro: mi ha appena rubato un biglietto da cento rubli!», esclamai guardandomi attorno fuori di me.

Non sto a descrivere la baraonda che si sollevò; una storia simile lì era un'assoluta novità. Da Zèrščikov la gente si comportava decorosamente e il gioco in casa sua era famoso proprio per questo. In mezzo al frastuono e alle grida a un tratto si udì la voce di Zèrščikov:

«Tuttavia i soldi qui non ci sono, eppure erano qui! Quattrocento rubli!».

Di colpo saltò fuori un'altra storia: erano scomparsi dei soldi dal banco, proprio sotto il naso di Zèrščikov, un pacchetto di quattrocento rubli. Zèrščikov indicava il posto dove erano posati, «appena un momento fa erano lì», e quel posto risultò proprio accanto a me, era attiguo al posto dove erano posati i miei soldi, ossia assai più vicino a me che ad Aferdov.

«Qui c'è un ladro! È di nuovo lui che li ha rubati, perquisitelo!», esclamai indicando Aferdov.

«Questo succede», rimbombò la voce tonante e autoritaria di non so chi in mezzo al frastuono generale, «perché entrano persone che non si sa chi siano. Lasciano entrare persone che non sono state presentate! Chi lo ha portato qui? Chi è?».

«Un certo Dolgorukij».

«Principe Dolgorukij?».

«L'ha portato qui il principe Sokol'skij», gridò qualcuno.

«Lo sentite, principe», stridetti io fuori di me rivolgendomi a lui attraverso il tavolo, «mi considerano un ladro, mentre proprio adesso qui mi hanno derubato! Diteglielo, ditegli lo voi chi sono!».

E qui accadde la cosa più spaventosa che mi fosse successa in tutto quel giorno... anzi in tutta la mia vita: il principe mi rinnegò. Vidi che alzava le spalle e, in risposta alle domande che gli piovevano addosso, replicava bruscamente e con chiarezza:

«Io non rispondo per nessuno. Vi prego di lasciarmi in pace».

Nel frattempo Aferdov era ritto nel mezzo della folla ed esigeva ad alta voce che lo perquisissero. Egli rivoltava lui stesso le proprie tasche, ma alle sue richieste gli astanti rispondevano gridando: «No, no, si sa chi è il ladro!». Due camerieri che erano stati chiamati mi afferrarono da dietro per le braccia.

«Non permetterò che mi si perquisisca, non lo permetterò!», urlavo io divincolandomi.

Ma fui condotto nella stanza accanto e lì, in mezzo alla folla, fui perquisito tutto fino all'ultima piega. Io gridavo e mi dibattevo.

«Deve averli gettati, bisogna cercare sul pavimento», decise qualcuno.

«Cosa volete trovare più adesso sul pavimento!».

«Dev'esser riuscito in qualche modo a gettarli sotto il tavolo!».

«Naturalmente, a quest'ora non ce ne sarà più nemmeno l'ombra...».

Mi condussero via, ma in qualche modo riuscii a fermarmi sulla porta e, con rabbia insensata, a urlare così da essere udito in tutta la sala:

«La roulette è proibita dalla polizia. Oggi stesso vi denuncerò tutti!».

Mi condussero giù, mi vestirono e... aprirono davanti a me la porta di strada.

CAPITOLO NONO

I

La giornata si era conclusa con una catastrofe, ma rimaneva la notte, ed ecco che cosa mi è restato impresso di quella notte.

Penso che fosse da poco passata la mezzanotte quando mi ritrovai nella strada. La notte era chiara, silenziosa e gelida. Quasi correvo, affrettandomi moltissimo, ma in tutt'altra direzione che verso casa. «Perché tornare a casa? Forse che adesso può esserci per me una casa? In una casa si vive, domani mi sveglierò per vivere, ma è forse possibile per me vivere adesso? La mia vita è finita, ormai non è più assolutamente possibile vivere». E così vagavo per le strade, senza rendermi assolutamente conto dove andassi, né d'altra parte so se volessi arrivare da qualche parte. Avevo molto caldo e ogni momento aprivo la mia pesante pelliccia di procione. «Nessuna azione ormai», mi pareva in quell'istante, «può avere alcun valore». E, stranamente, avevo di continuo l'impressione che tutto attorno a me, perfino l'aria che respiravo, appartenesse a un altro pianeta, come se a un tratto fossi andato a finire sulla luna. Tutte quelle cose, la città, i passanti, il marciapiede sul quale camminavo — tutto ciò ormai *non era più mio.* «Ecco, questa è la piazza del Palazzo Imperiale, questo è Sant'Isacco», fantasticavo, «ma ora io non ho più niente a che fare con loro», tutto mi era divenuto estraneo, tutto ciò a un tratto era divenuto *non mio.* «Ho la mamma, ho Liza, ma cosa sono per me adesso Liza e la mamma? Tutto è finito, tutto d'un colpo è finito, all'infuori di una cosa: che io sono per l'eternità un ladro.

«Come posso dimostrare che non sono un ladro? È forse possibile ciò adesso? Partire per l'America? Cosa dimostrerei con questo? Versilov per primo crederebbe che io abbia rubato! L'"idea"? Quale "idea"? Che cosa conta ormai l'"idea"? Tra cinquanta, tra cento anni io camminerò per la strada e ci sarà sempre qualcuno che mi indicherà dicendo: "Ecco un ladro. Ha cominciato a realizzare 'la sua idea' rubando al tavolo della roulette..."».

C'era rabbia in me? Non lo so, forse sì. Stranamente in me c'è sempre stato, forse fin dalla prima infanzia, questo tratto: se mi facevano del male, se mi oltraggiavano fino all'estremo limite, subito appariva sempre in me l'insaziabile desiderio di assoggettarmi passivamente all'oltraggio e persino di andare oltre i desideri dell'offensore: «Ecco, mi avete umiliato, e allora mi umilierò io stesso ancora di più, ecco, guardate, godete!». Touchard mi batteva e voleva dimostrare che ero un lacchè, e non il figlio di un senatore, e allora io subito mi immedesimavo nella parte del lacchè. Non solo gli porgevo gli abiti mentre si vestiva, ma afferravo io stesso la spazzola e mi mettevo a spazzolar via dal suo abito fino al più piccolo granello di polvere, ormai senza che lui più me lo chiedesse o me lo ordinasse, a volte gli correvo dietro io stesso con la spazzola, ardente di zelo servile, per eliminare dal suo frac l'ultimo peluzzo, tanto che egli stesso, a volte, mi fermava dicendomi: «Basta, basta, Arkàdij, basta». Quando rincasava egli si toglieva il soprabito e io lo spazzolavo, lo ripiegavo accuratamente e lo coprivo con un fazzoletto di seta a quadretti. Sapevo che i compagni ridevano di me e mi disprezzavano per questo, lo sapevo perfettamente, ma proprio di questo mi compiacevo: «Avete voluto che fossi un lacchè e un tanghero, ebbene, ecco che sono lacchè e tanghero». L'odio passivo e la rabbia sotterranea di questo genere ero capace di trascinarmeli dietro per anni. E con ciò? Da Zèrščikov, completamente fuori di me, avevo gridato in modo che mi sentissero in tutta la sala: «Vi denuncerò tutti, la roulette è proibita dalla polizia!». E anche qui, lo giuro, c'era stato qualcosa del genere: mi avevano umiliato, mi avevano perquisito, mi avevano proclamato ladro, mi avevano ucciso, «ebbene, sappiate allora tutti che avete indovinato, io, non solo sono un ladro, ma sono anche un delatore!». Rammentandomene ora, traggo appunto questa conclusione e mi spiego così la cosa; allora, invece, avevo tutt'altro per la testa che queste analisi; avevo lanciato quel grido senza averne l'intenzione, un secondo prima non sapevo nemmeno che lo avrei lanciato; mi era uscito fuori da sé: un *tratto* del genere era riposto nella mia anima.

Mentre correvo, indubbiamente era già cominciato il delirio, ma ricordo benissimo che agivo coscientemente. Eppure affermo con sicurezza che un intero ciclo di idee e di conclusioni allora era già per me impossibile; persino in quei momenti io stesso sentivo dentro di me che «alcune cose le potevo pensare, mentre altre non le potevo già più pensare in alcun modo». Analogamente anche talune mie decisioni, sebbene prese con chiara consapevolezza, potevano non avere in sé neppure un filo di logica. Non solo, ma ricordo benissimo che in alcuni momenti potevo essere perfettamente cosciente dell'assurdità di una certa decisione e nello stesso tempo procedere lì stesso in piena coscienza alla sua esecuzione. Sì, un delitto stava maturando quella notte e solo per caso non venne compiuto.

Mi balenò allora improvvisamente per la testa la paroletta di Tat'jana Pàvlovna a proposito di Versilov: «Avrebbe fatto meglio ad andare di notte sulla ferrovia Nikolàevskaja e posare la testa sulle rotaie, così gliel'avrebbero tagliata via per bene». Questo pensiero per un attimo si impadronì di tutti i miei sentimenti, ma immediatamente e con pena lo scacciai: «Se posassi la testa sulle rotaie e morissi, domani direbbero: l'ha fatto perché aveva rubato, l'ha fatto per la vergogna, no, per niente al mondo». Ed ecco che in quell'istante, ricordo, avvertii improvvisamente un senso di rabbia terribile. «Ebbene», mi passò per la mente, «giustificarsi ormai non è in alcun modo possibile, incominciare una nuova vita è pure impossibile, bisogna perciò sottomettersi, diventare un lacchè, un cane, un verme, un delatore, un autentico delatore, e prepararsi zitto zitto; poi, un giorno, improvvisamente, far saltare tutto in aria, annientare tutto: tutti, colpevoli e innocenti, e allora, a un tratto, tutti verranno a sapere che è stato proprio quel tale che hanno chiamato ladro... e a quel punto uccidersi».

Non ricordo come andassi a finire in un vicolo, da qualche parte nei pressi del viale Konnogvardéjskij. In quel vicolo, su entrambi i lati per quasi cento passi, si levavano i muri di cinta dei cortili posteriori. Dietro uno di questi muri, a sinistra, scorsi un'enorme catasta di legna, una lunga catasta, simile a quelle dei depositi di legname, che si innalzava più di un *sažen*[1] al di sopra del muro. A un tratto mi fermai e mi misi a riflettere. In tasca avevo dei fiammiferi di cera in un piccolo portafiammiferi d'argento. Lo ripeto: in quel momento mi rendevo conto del tutto chiaramente di quel che stavo meditando e che volevo fare, e così me ne ricordo anche ora, ma perché volessi farlo, questo non lo so, non lo so assolutamente. Ricordo soltanto che a un tratto ne provai un desiderio fortissimo. «È del tutto possibile arrampicarsi sul muro» riflettevo; proprio lì a due passi nel muro si apriva un portone che doveva rimanere sbarrato per mesi interi. «Montando su quella sporgenza lì in basso», continuavo a meditare, «e aggrappandosi alla parte superiore del portone si può salire sul muro senza che nessuno se ne accorga, non c'è nessuno, tutto tace! Lì poi mi siederò sul muro e darò fuoco comodamente alla legna senza neppur bisogno di scender giù perché la catasta tocca quasi il muro. Il freddo farà sì che bruci ancora più forte, basta soltanto che riesca ad afferrare con la mano un pezzo di legno di betulla... anzi non occorre neppure che sposti quel pezzo di legno: basta che, standomene seduto sul muro, strappi da esso un po' di corteccia, la accenda con un fiammifero e la ficchi in mezzo alla legna, ed ecco appiccato l'incendio. Poi salterò giù e me ne andrò; non c'è neppure bisogno che corra perché non se ne accorgeranno per un pezzo...». Considerai così la cosa in ogni dettaglio e, a un tratto, mi decisi del tutto. Avvertii un piacere, un godimento straordinari e cominciai ad arrampicarmi. So arrampicarmi molto bene: ancora al ginnasio la ginnastica era la mia specialità, ma avevo le calosce e la faccenda risultò più difficile di quanto pensassi. Riuscii tuttavia ad aggrapparmi con una mano a una sporgenza quasi impercettibile in alto e mi tirai su, alzai a tentoni l'altra mano per afferrarmi ormai alla sommità del muro, ma a questo punto improvvisamente mi sfuggì l'appiglio e volai giù a capofitto. Ritengo di aver battuto la nuca contro il terreno e debbo esser rimasto un paio di minuti diste-

1 Vedi la nota 9 a pag. 189.

so privo di conoscenza. Ripresi i sensi, mi avvolsi macchinalmente nella pelliccia, avvertendo improvvisamente un freddo insopportabile, e, rendendomi ancora a malapena conto di quel che facevo, mi trascinai in un angolo del portone e lì mi sedetti rannicchiandomi e raggomitolandomi, tra il portone e lo spessore del muro. I miei pensieri si fecero confusi e, verosimilmente, ben presto mi addormentai. Rammento ora come in sogno che improvvisamente nelle mie orecchie echeggiò un denso, pesante scampanio e che tesi l'orecchio a esso con piacere.

II

I rintocchi risuonavano fermi e distinti uno ogni due o anche tre secondi, ma la campana non suonava a martello, era invece un suono gradevole e fluido, e a un tratto mi accorsi che si trattava di un suono familiare: erano le campane di San Nicola (la chiesa rossa di fronte a Touchard, la vecchia chiesa moscovita che ricordo così bene, edificata ancora al tempo di Alekséj Michàjlovič, tutta ornata, con molte cupole e «a pilastri») e che era appena trascorsa la Settimana Santa e sulle esili betulle, nel giardinetto di Touchard, già tremolavano le foglioline verdi appena spuntate. Il vivido sole della sera inondava coi suoi raggi obliqui la nostra aula e nella mia minuscola cameretta a sinistra, dove Toucherd, mi aveva segregato ormai un anno prima per separarmi dai «figli dei senatori e dei conti», era seduta una visitatrice. Sì, io, il senza famiglia, improvvisamente avevo una visita, per la prima volta da quando mi trovavo da Touchard. Avevo riconosciuto subito la mia ospite, non appena era entrata: era la mamma, sebbene, dal giorno in cui ella mi aveva comunicato nella chiesa di campagna e il colombo era volato attraverso la cupola, non l'avessi più vista nemmeno una volta. Ce ne stavamo lì seduti, io e lei, e io la fissavo con un'espressione strana. Poi, ormai molti anni più tardi, sono venuto a sapere che quella volta, rimasta sola poiché Versilov se ne era improvvisamente andato all'estero, era venuta a Mosca con i suoi miseri mezzi, *di sua iniziativa*, quasi di nascosto da coloro ai quali quella volta era stato affidato il compito di curarsi di lei, e unicamente per incontrarsi con me. Era strano anche il fatto che, dopo essere entrata e aver parlato con Touchard, ella con me non avesse fatto il minimo cenno al fatto che era mia madre. Ella se ne stava seduta accanto a me e ricordo che persino mi meravigliai che parlasse così poco. Aveva con sé un fazzoletto annodato e lo disfece: dentro c'erano sei arance, alcuni pan pepati e due comuni panini francesi. Io mi offesi di questi ultimi e con tono piccato replicai che lì «il vitto» era molto buono e che ogni giorno col tè ci davano un'intera pagnotta francese a testa.

«Non fa niente, tesoro, nella mia semplicità ho pensato: "Forse a scuola daranno loro poco da mangiare", non avertene a male, caro».

«Inoltre Antonia Vasìl'evna (la moglie di Touchard) si offenderà. Anche i miei compagni si prenderanno gioco di me...».

«Allora non li vuoi prendere? Ma forse li mangerai lo stesso...».

«Forse, mettete lì...».

Ma non toccai nemmeno i doni; le arance e i pan pepati giacevano davanti a me sul tavolino e io me ne stavo seduto con gli occhi abbassati tutto pieno di dignità. Chissà, forse provavo il vivo desiderio di non nasconderle che la sua visita mi faceva perfino vergognare davanti ai compagni; volevo fargliello un pochino capire, in modo che comprendesse: «Ecco, tu mi copri di vergogna e neppure te ne rendi conto». Oh, già allora correvo dietro a Touchard con la spazzola per spazzolargli via dagli abiti i granelli di polvere! Mi raffiguravo anche quante beffe avrei dovuto sopportare dai compagni non appena se ne fosse andata, e forse anche dallo stesso Touchard, e nel mio cuore non c'era nemmeno il più piccolo sentimento buono nei suoi confronti. Di sbieco osservavo soltanto il suo vecchio abituccio scuro, le sue mani alquanto rozze, quasi da contadina, le sue scarpe proprio rozze e il viso fortemente smagrito; le rughe già le solcavano la fronte, sebbene Antonina Vasìl'evna più tardi, la sera, dopo che se ne fu andata, mi dicesse: «La vostra *maman* deve esser stata assai graziosa un tempo».

Ce ne stavamo seduti così quando improvvisamente Agaf'ja entrò con un vassoio sul quale c'era una tazzina di caffè. Era passata da poco l'ora del pranzo e i Touchard a quell'ora prendevano sempre il caffè nel loro salotto. La mamma però ringraziò e non prese la tazzina: come seppi più tardi, allora ella non beveva affatto il caffè che le provocava palpitazioni di cuore. Il fatto è che i Touchard dentro di sé consideravano la sua visita e il permesso di vedermi una concessione eccezionale da parte loro, di modo che la tazzina di caffè inviata alla mamma rappresentava già, per così dire, un'eroica dimostrazione di umanità, relativamente parlando, che faceva straordinariamente onore ai loro sentimenti civilizzati e alle loro concezioni europee. E la mamma, come a farlo apposta, aveva rifiutato.

Mi chiamarono da Touchard ed egli mi ordinò di prendere tutti i miei libri e quaderni e di mostrarli alla mamma «perché veda quanti progressi avete fatto nel mio istituto». A questo punto Antonina Vasìl'evna, arricciando le labbra, con aria offesa e ironica, mi disse scandendo le parole:

«A quanto pare, alla vostra *maman* non è piaciuto il nostro caffè».

Io raccolsi i miei quaderni e li portai alla mamma che mi stava aspettando, passando accanto ai «figli di senatori e di conti» che si accalcavano nell'aula e ci osservavano. E qui ci provai perfino gusto a eseguire l'ordine di Touchard con puntigliosa esattezza. Cominciai così a sciorinare metodicamente i miei quaderni, spiegando: «Ecco, queste sono le lezioni di grammatica francese, ecco, questo è l'esercizio di dettato, ecco, qui c'è la coniugazione dei verbi ausiliari *avoir* e *être*, ecco, qui c'è la geografia, la descrizione delle principali città d'Europa e di tutte le parti del mondo», ecc. ecc. Per mezz'ora buona, o forse più, continuai a spiegare con una vocetta sottile e monotona e tenendo compuntamente gli occhietti abbassati. Sapevo che la mamma non ne capiva nulla di scienze, che forse non sapeva nemmeno scrivere, ma proprio per questo mi piaceva il mio ruolo. Non riuscii tuttavia a stancarla: ella stette ad ascoltare tutto senza interrompermi, con straordinaria attenzione e addirittura con venerazione, di modo che alla fine la cosa mi venne a noia e smisi; il suo sguardo, d'altronde, era triste e c'era qualcosa nel suo viso che suscitava compassione.

Infine ella si alzò per andarsene; improvvisamente entrò Touchard in persona e con stupido sussiego le chiese se fosse «contenta dei progressi di suo figlio». La mamma prese a borbottare qualcosa in modo sconnesso e a ringraziare; sopraggiunse anche Antonina Vasìl'evna. La mamma si mise a pregare entrambi «di non abbandonare quest'orfano, perché ora era come se fossi orfano, e di concedergli la loro benevolenza...» e con le lacrime agli occhi si inchinò a entrambi, a ciascuno separatamente, facendo un profondo inchino, proprio come si inchina «la gente semplice» quando si reca a chiedere qualcosa ai signori importanti. I Touchard non si aspettavano assolutamente una cosa del genere e Antonina Vasìl'evna si raddolcì visibilmente e, naturalmente, modificò subito le proprie conclusioni a proposito della tazzina di caffè. Touchard, con sussiego ancor più accentuato, le replicò affabilmente che egli «non faceva differenze tra i ragazzi, che tutti lì erano figli suoi e che lui era il loro padre, che io in casa sua ero quasi sullo stesso piano dei figli dei senatori e dei conti e che questa era una cosa che bisognava apprezzare», ecc. ecc. La mamma non faceva che inchinarsi, ma, d'altra parte, era confusa; infine si voltò verso di me e con gli occhi che le brillavano di lacrime mi disse: «Addio, tesoro!».

E mi baciò, ossia io le permisi di baciarmi. Evidentemente avrebbe voluto coprirmi di baci, abbracciarmi, stringermi a sé, ma sia che provasse ella stessa imbarazzo davanti alla gente, o che qualcos'altro l'amareggiasse, oppure che avesse indovinato che mi vergognavo di lei, fatto sta che, dopo essersi inchinata ancora una volta ai Touchard, si avviò per uscire. Io rimasi al mio posto.

«*Mais suivez donc votre mère*»,[2] esclamò Antonina Vasìl'evna, «*il n'as pas de coeur cet enfant!*».[3]

Touchard per tutta risposta si strinse nelle spalle, il che, naturalmente, stava a significare: «Non per niente lo tratto come un lacchè».

Obbedientemente rincorsi la mamma; uscimmo sul terrazzino d'ingresso. Sapevo che erano tutti lì a guardare dalla finestra. La mamma si voltò verso la chiesa e si segnò tre volte in-

2 «Ma seguite dunque vostra madre», in francese nel testo.
3 «Non ha proprio cuore questo ragazzo», in francese nel testo.

chinandosi profondamente, rivolta verso di essa; le sue labbra tremavano, il denso suono della campana rimbombava sonoramente e cadenzatamente dal campanile. Ella si girò verso di me e, non riuscendo più a trattenersi, mi posò entrambe le mani sulla testa e scoppiò a piangere sopra di essa.

«Mammina, basta, mi vergogno... ci vedono dalla finestra...».

Ella si levò su e disse in fretta:

«Ebbene, Signore... be', che il Signore sia con te... ti proteggano gli angeli del cielo, la Madre Santissima, San Nicola... Signore, Signore!», ripeteva rapidamente, continuando a farmi il segno della croce e sforzandosi di tracciare su di me quante più croci fosse possibile, «tesoro mio caro, mio adorato! Ma aspetta, tesoro...».

Ella si infilò in fretta la mano nella tasca e ne trasse un fazzolettino celeste, a quadretti, con un capo strettamente annodato, e si mise a disfare il nodo... ma questo non voleva sciogliersi...

«Be', non fa nulla, prendili col fazzoletto, è pulito, forse ti servirà, lì ci sono quattro monete da venti copechi, forse ti serviranno, perdonami, caro, di più proprio non ne ho... perdonami tesoro».

Io presi il fazzolettino; avrei voluto farle osservare che «il signor Touchard e Antonina Vasìl'evna ci trattavano molto bene e che noi non avevamo bisogno di nulla», ma mi trattenni e presi il fazzolettino.

Ella mi fece ancora una volta il segno della croce, ancora una volta mormorò non so quale preghiera e improvvisamente... e improvvisamente si inchinò anche davanti a me, proprio allo stesso modo come aveva fatto di sopra con i Touchard, con un inchino lento, lungo, profondo... questo non me lo dimenticherò mai! A quel punto tremai tutto, non sapevo nemmeno io perché. Cosa voleva dire con quell'inchino? «Aveva forse con ciò riconosciuto la propria colpa verso di me», come mi venne fatto di pensare una volta, molto tempo dopo? Lo ignoro. Ma allora provai subito, ancor maggiormente, vergogna per il fatto che «da sopra loro stavano guardando e Lambert, forse, si sarebbe messo a picchiarmi».

Finalmente ella se ne andò. Le arance e i panpepati se li erano già mangiati i figli dei senatori e dei conti prima del mio ritorno, e le quattro monete da venti copechi me le portò subito via Lambert; con esse loro si comprarono alla pasticceria dolci e cioccolata e non me ne offrirono nemmeno.

Trascorsero sei mesi interi e già era sopraggiunto l'ottobre ventoso e piovoso. Mi ero completamente dimenticato della mamma. Oh, allora un odio, un odio sordo verso ogni cosa era già penetrato nel mio cuore, impregnandolo completamente; sebbene continuassi a spazzolare Touchard come prima, tuttavia già lo odiavo con tutte le mie forze e ogni giorno sempre di più. Ed ecco che una volta, per caso, in un malinconico crepuscolo, mi misi a rovistare, non ricordo perché, nel mio cassetto, e improvvisamente, in un cantuccio, scorsi il suo fazzolettino celeste a quadretti, che era rimasto lì da quella volta che ce lo avevo messo. Lo tirai fuori e lo osservai persino con una certa curiosità; un angolo del fazzoletto conservava ancora chiaramente la traccia del nodo e persino l'impronta rotonda della moneta; infine riposi di nuovo al suo posto il fazzoletto e richiusi il cassetto. Era la vigilia di una festa e la campana cominciò a suonare per il vespro. I convittori erano già partiti per tornare a casa subito dopo pranzo, ma quella volta Lambert era rimasto a trascorrere lì la domenica, non so perché, non avevano mandato nessuno a prenderlo. A quel tempo, sebbene continuasse a percuotermi come prima, tuttavia mi confidava già molte cose e aveva bisogno di me. Rimanemmo tutta la sera a parlare delle pistole Lepage, che nessuno di noi due aveva mai visto, delle sciabole circasse e di come tagliavano, di come sarebbe stato bello metter su una masnada di banditi e, infine, Lambert era passato ai suoi discorsi preferiti sul ben noto argomento osceno che, sebbene tra me e me me ne meravigliassi, mi piaceva molto stare ad ascoltare. Quella volta, invece, la cosa a un tratto mi divenne insopportabile e gli dissi che mi faceva male la testa. Alle dieci ci coricammo; mi tirai la coperta fin sopra la testa ed estrassi da sotto il cuscino il fazzolettino celeste: chissà perché, un'ora prima, ero tornato di nuovo a prenderlo e, non appena avevano preparato i nostri letti, lo avevo infilato sotto il cuscino. Me lo premetti subito contro il viso e a un tratto mi misi a baciarlo. «Mamma, mamma», mormoravo ricordando, e tutto il mio petto era schiacciato come in una morsa. Chiudevo gli occhi e vedevo il suo viso con le labbra tremanti quando si era segnata rivolta alla chiesa e poi aveva segnato me, e io le avevo detto: «Mi vergogno, ci guardano». «Mammina, mamma, una volta soltanto in tutta la vita sei venuta da me... Mammina, dove sei adesso, ospite mia lontana? Ti ricordi ancora del tuo povero ragazzo che eri venuta a trovare... Mostrati una volta sola adesso, fa' che io ti veda almeno in sogno, soltanto per dirti quanto ti amo, soltanto per abbracciarti e baciare i tuoi occhiucci azzurri, per dirti che ora non mi vergogno più affatto di te e che anche allora ti amavo, che il mio cuore allora doleva, anche se me ne stavo lì seduto come un lacchè. Non lo saprai mai, mamma, quanto ti amavo allora! Mammina, dove sei adesso, mi senti? Mamma, mamma, ti ricordi il colombino in campagna?...».

«Ah, diavolo... Che gli ha preso?», brontolava dal suo letto Lambert, «aspetta, adesso ti sistemo io! Non si riesce a dormire...». Infine egli saltò su dal suo letto, corse da me e si mise a strapparmi la coperta, con la quale mi ero avvolto la testa, ma io mi afferrai a essa con tutte le mie forze.

«Frigni! Che hai da frignare, scemo, scemo! Toh, prendi!», e si mise a percuotermi, mi colpì dolorosamente col pugno sulla schiena, nel fianco, sempre più forte, sempre più forte e... e a un tratto riaprii gli occhi...

Faceva già molto chiaro, gli aghi formati dal gelo scintillavano sulla neve, sul muro... Ero seduto rattrappito, mezzo morto, irrigidito dentro la mia pelliccia, e qualcuno era ritto sopra di me e cercava di risvegliarmi, imprecando ad alta voce e colpendomi dolorosamente nel fianco con la punta del piede destro. Mi tirai su, guardai: era una persona con una lussuosa pelliccia d'orso, un berretto di zibellino, occhi neri e favoriti da bellimbusto, neri come la pece, con un naso adunco, denti bianchi, un volto bianco e rubizzo, simile a una maschera... Egli era chinato vicinissimo a me e a ogni suo respiro un vapore gelato gli usciva dalla bocca:

«Ti sei congelato, razza di ubriacone, scemo! Ti congelerai come un cane, alzati! Alzati!».

«Lambert!», grido io.

«Chi sei?».

«Dolgorukij!».

«Ma quale Dolgorukij?».

«*Semplicemente* Dolgorukij!... Touchard... Quello a cui hai piantato una forchetta nel fianco in quella trattoria!...».

«Ah-a-a!», esclama lui con un lungo sorriso, mentre cerca di ricordare (possibile che mi abbia dimenticato?). «Ah! Così sei tu, tu!».

Egli mi tira su, mi rimette in piedi; io mi reggo a stento, cammino a stento, egli mi conduce sorreggendomi col braccio. Lui mi guarda negli occhi come se stesse riflettendo e cercando di ricordare, e mi sta ad ascoltare con tutta la sua attenzione, mentre io farfuglio con sforzo, ininterrottamente, senza tacere un momento, e sono così contento, così contento di parlare, contento che quello sia Lambert. Fosse che, chissà perché, egli mi sembrasse la mia «salvezza», oppure che mi fossi gettato verso di lui in quel momento perché lo avevo scambiato per una persona di un altro mondo, questo non lo so, allora non riflettei su questo, sta di fatto che mi lanciai verso di lui senza riflettere. Che cosa dicessi allora, assolutamente non me lo ricordo, e ben difficilmente si trattava di qualcosa di coerente, ben difficilmente ero in grado di pronunciare chiaramente le parole, tuttavia lui stava ad ascoltarmi assai attentamente. Egli fermò il primo vetturino capitato a tiro e qualche minuto dopo ero già seduto al caldo nella sua stanza.

III

Ogni uomo, chiunque egli sia, sicuramente conserva il ricordo di qualcosa che gli è accaduto che egli considera, oppure è incline a considerare, come qualcosa di fantastico, di straordinario, di eccezionale, di quasi miracoloso, sia esso un sogno, un incontro, una profezia, un presentimento o qualcosa del genere. Io sono tuttora incline a considerare questo mio incontro con Lambert come qualcosa di persino profetico... a giudicare almeno dalle circostanze e dalle conseguenze di questo incontro. Tutto ciò, d'altronde, accadde in modo al massimo grado naturale: egli stava semplicemente rincasando da una sua occupazione notturna (quale, verrà spiegato più tardi), mezzo ubriaco, e nel vicolo, fermatosi un istante accanto a quel portone, mi aveva visto. Egli era a Pietroburgo soltanto da pochi giorni.

Il luogo nel quale mi ritrovai era una piccola stanza ammobiliata in maniera assai sommaria di un comune *hôtel garni* pietroburghese di mezza tacca. Lambert, per parte sua, era invece magnificamente e lussuosamente abbigliato. Sul pavimento c'erano due valigie disfatte soltanto a metà. Un angolo della camera era diviso dal resto della stanza da paraventi, dietro ai quali c'era il letto.

«*Alphonsine*!», gridò Lambert.

«*Présente!*»,[4] fece eco da dietro i paraventi una tremolante voce femminile dall'accento parigino, e non più di due minuti dopo saltò fuori *m-lle Alphonsine*, frettolosamente rivestita con una camiciola, evidentemente appena uscita dal letto, uno strano essere, una fanciulla alta e magra come uno stecco, bruna, con la vita lunga, un viso allungato, occhi irrequieti e le guance infossate, un essere spaventosamente sciupato.

«Svelta! (traduco, ma lui le parlava in francese), debbono aver già preparato il *samovàr*; porta subito qui dell'acqua bollente, del vino rosso e dello zucchero, è tutto gelato, è un mio amico... ha passato la notte sulla neve».

«*Malheureux!*»,[5] cominciò lei con un gesto teatrale battendo le mani.

«Su, su!», la sgridò Lambert minacciandola col dito come se fosse stata un cagnolino; lei subito lasciò perdere le smancerie e corse a eseguire l'ordine.

Egli mi esaminò e mi palpò; mi sentì il polso, mi toccò la fronte e le tempie. «Strano che tu non ti sia congelato... D'altra parte eri tutto coperto con la pelliccia, anche la testa, te ne stavi al calduccio come in una tana...».

Comparve un bicchiere d'acqua bollente, lo trangugiai avidamente e mi sentii di colpo rianimato; cominciai di nuovo a farfugliare; ero semisdraiato su un divano, in un angolo, e par-

4 «Presente», in francese nel testo.
5 «Sventurato», in francese nel testo.

lavo di continuo, soffocandomi per l'ansia di parlare, ma che cosa esattamente raccontassi e come lo raccontassi, anche questo quasi non lo ricordo affatto; di alcuni momenti e perfino di interi brani del mio racconto non conservo più alcuna memoria. Lo ripeto: non so se egli quella volta abbia compreso qualcosa dai miei racconti, ma una cosa ho intuito in seguito in maniera del tutto chiara, e precisamente che egli riuscì a comprendere di me esattamente quanto basta per trarne la conclusione che non doveva assolutamente trascurare il suo incontro con me...

Io non solo ero terribilmente animato, ma a momenti, mi sembra, ero anche allegro. Ricordo il sole che a un tratto illuminò la stanza quando sollevarono le tende, e la stufa che si mise a scoppiettare dopo che qualcuno, non ricordo chi, la ebbe accesa. Mi è rimasto impresso anche il minuscolo maltese nero che *m.lle Alphonsine* teneva in braccio, stringendoselo con civetteria al cuore. Questo maltese, chissà perché, mi divertiva molto, tanto che un paio di volte smisi persino di raccontare e tesi la mano verso di lui, ma Lambert fece un gesto di stizza e Alfonsina si dileguò immediatamente col suo maltese dietro i paraventi.

Lui era molto silenzioso, se ne stava seduto dirimpetto a me e, tutto proteso verso di me, pendeva dalle mie labbra; a tratti le sue labbra si distendevano in un largo e prolungato sorriso, egli mostrava i denti e socchiudeva gli occhi come sforzandosi di riflettere e di indovinare. Ho conservato un chiaro ricordo soltanto del fatto che, quando gli raccontai del «documento», non riuscii assolutamente ad esprimermi in modo comprensibile e a dare un senso coerente al mio racconto, così che dal suo viso mi avvidi fin troppo chiaramente che egli non riusciva affatto a capirmi, anche se lo avrebbe assai desiderato, tanto che si arrischiò persino a interrompermi con una domanda, cosa che era molto pericolosa, perché, non appena mi interrompeva, lasciavo a metà l'argomento e mi scordavo di quello di cui stavo parlando. Quanto tempo siamo rimasti seduti continuando a parlare così lo ignoro e nemmeno riesco a immaginarlo. Egli a un tratto si alzò e chiamò Alfonsina:

«Ha bisogno di riposo; forse bisognerà chiamare un dottore.

Fate tutto quello che vi chiederà, cioè... *vous comprenez, ma fille? Vous avez l'argent,*[6] no? Ecco!». E tirò fuori una banconota da dieci rubli. Egli si mise a sussurrarle qualcosa: «*Vous comprenez! Vous comprenez!*», le ripeteva minacciandola col dito e aggrottando severamente le sopracciglia. Vidi che lei trepidava terribilmente davanti a lui.

«Ritornerò, tu invece farai meglio a dormire», mi disse sorridendomi e prese il berretto.

«*Mais vous n'avez pas dormi du tout, Maurice!*»,[7] si provò a gridare con tono patetico Alfonsina.

«*Taisez vous, je dormirai après*»,[8] replicò lui, e uscì.

«*Sauvée!*»,[9] mi sussurrò con aria patetica accennando verso di lui con la mano.

«*Monsieur, monsieur!*», prese a declamare subito dopo mettendosi in posa in mezzo alla stanza, «*jamais homme ne fut si cruel, si Bismarck, que ce être, qui regarde une femme comme une saleté de hasard. Une femme, qu'est-ce que ça dans notre époque? "Tue-la!", voilà le dernier mot de l'Académie française!...*».[10]

La guardavo con gli occhi sgranati; le immagini nei miei occhi si sdoppiavano e mi sembrava ormai di vedere due Alfonsine... A un tratto mi accorsi che stava piangendo e mi resi conto che mi stava parlando già da un pezzo mentre io, evidentemente, avevo dormito o ero privo di sensi.

«*Hélas! De quoi m'aurait servi de le découvrir plutôt*», esclamò lei, «*et n'aurais-je pas autant gagné à tenir ma honte cachée toute ma vie? Peut-être, n'est-il pas honnête à une demoiselle de s'expliquer si librement devant monsieur, mais enfin je vous avoue que s'il m'était permis de vouloir quelque chose, oh, ce serait de lui plonger au cœur mon couteau, mais en détournant les yeux, de peur que son re-*

6 «Comprendete, ragazza mia? Avete del denaro?», in francese nel testo.
7 «Ma voi non avete dormito per niente, Maurice!», in francese nel testo.
8 «Tacete, dormirò dopo», in francese nel testo.
9 «Sono salva!», in francese nel testo.
10 «Signore, signore! mai uomo fu più crudele, così "Bismarck", come questo essere, che considera una donna come una porcheria del caso. Una donna, che cos'è questo nella nostra epoca? "Uccidila!", ecco l'ultima parola dell'Accademia Francese!», in francese nel testo. L'espressione «*Tue-la*» [«Uccidila»], è di Alexandre Dumas-figlio (*L'homme-femme*, 1872) e si riferisce alle mogli infedeli. Dumas-figlio era membro dell'*Académie française*.

gard exécrable ne fît trembler mon bras et ne glaçât mon courage! Il a assassiné ce pope russe, monsieur, il lui arracha sa barbe rousse pour la vendre à un artiste en cheveux au pont des Maréchaux, tout près de la Maison de monsieur Andrieux — hautes nouveautés, articles de Paris, linge, chemises, vous savez, n'est-ce pas?... Oh, monsieur, quand l'amitié rassemble à table épouse, enfants, sœurs, amis, quand une vive allégresse enflamme mon cœur, je vous le demande, monsieur: est-il bonheur préférable à celui dont tout jouit? Mais il rit, monsieur, ce monstre exécrable et inconcevable et si ce n'était pas par l'entremise de monsieur Andrieux, jamais, oh, jamais je ne serais... Mais quoi, monsieur, qu'avez vous, monsieur?».[11]

Ella si lanciò verso di me: a quanto sembra, avevo i brividi e forse ero anche svenuto. Non ho parole per esprimere l'impressione penosa e dolorosa che produsse su di me quell'essere semifolle. Forse ella si immaginava che le fosse stato ordinato di distrarmi, per lo meno non si allontanava da me neppure un attimo. Forse un tempo aveva calcato le scene; declamava in maniera spaventosa, si dimenava, parlava senza posa, mentre io già da un pezzo tacevo. Tutto quello che riuscii a capire dai suoi racconti fu che era in stretti rapporti con una certa «*Maison de monsieur Andrieux, hautes nouveautés, articles de Paris, etc.*»[12] e che forse persino proveniva da questa «*Maison de monsieur Andrieux*», ma che per qualche motivo era stata distaccata

11 «Ahimè! A cosa mi sarebbe servito scoprirlo prima? Non ci avrei forse guadagnato altrettanto a tenere nascosta la mia vergogna per tutta la vita? Forse non sta bene che una fanciulla si esprima così liberamente davanti a un signore, ma finalmente vi confesso che se mi fosse concesso di volere qualcosa, oh, sarebbe di piantargli il coltello nel cuore, ma stornando gli occhi per il timore che il suo sguardo esecrabile mi facesse tremare il braccio e raggelasse il mio coraggio! Egli ha assassinato quel pope russo, signore, gli ha strappato la sua barba rossa per venderla a un artista dai capelli lunghi al Ponte dei Maniscalchi, vicino alla "Casa di *monsieur* Andrieux, ultime novità, articoli di Parigi, biancheria, camicie", la conoscete, non è vero?... Oh, signore, quando l'amicizia riunisce a tavola sposa, figli, sorelle, amici, quando una viva allegria infiamma il cuore, io vi chiedo, signore: esiste gioia preferibile a quella di cui ognuno gioisce? Ma lui ride, signore, questo mostro esecrabile e inconcepibile e se non fosse stato per l'intervento di monsieur Andrieux, mai, oh, mai sarei... Ma cosa c'è, signore, cosa avete?». In francese nel testo.

12 «Casa di *monsieur* Andrieux, ultime novità, articoli di Parigi, biancheria, camicie», in francese nel testo.

per sempre da *monsieur Andrieux, par ce monstre furieux et inconcevable*,[13] e in ciò appunto consisteva la tragedia... Ella singhiozzava ma avevo l'impressione che lo facesse soltanto così per decenza, e che invece non piangesse affatto; a tratti mi sembrava di vederla cadere improvvisamente a pezzi, come uno scheletro; ella pronunciava le parole con una strana voce soffocata e tremolante; la parola *préférable*, ad esempio, ella la pronunciava *préfé-a-ble* e sulla vocale *a* sembrava che belasse come una pecora. Una volta, rinvenendo, vidi che faceva una piroetta in mezzo alla stanza, ma non stava danzando, bensì questa piroetta si riferiva anch'essa in qualche maniera al suo racconto ed ella non faceva che rappresentare a gesti quel che diceva. A un tratto ella si lanciò ad aprire un piccolo, vecchio pianoforte scordato che si trovava nella stanza e si mise a strimpellarlo e a cantare... Persi completamente i sensi, credo, per dieci minuti o più, mi assopii, ma il maltese guaì e io mi riscossi: improvvisamente per un attimo mi ritornò completamente la coscienza, illuminandomi con tutta la sua luce; saltai su in preda al terrore.

«Lambert, sono da Lambert!», pensai, e afferrato il colbacco, mi precipitai alla mia pelliccia.

«*Où allez-vous, monsieur?*»,[14] gridò la vigile Alfonsina.

«Voglio andar via, voglio uscire! Lasciatemi, non trattenetemi...».

«*Oui, monsieur!*», assentì con tutte le sue forze Alfonsina, e si precipitò ad aprirmi ella stessa la porta che dava sul corridoio. «*Mais ce n'est pas loin, monsieur, c'est pas loin du tout, ça ne vaut pas la peine de mettre votre choubà*,[15] *c'est ici près, monsieur!*»,[16] gridava lei tanto da farsi udire in tutto il corridoio. Io corsi fuori dalla stanza e svoltai a destra.

«*Par ici, monsieur, c'est par ici!*»,[17] esclamava lei a perdifiato, aggrappandosi con le sue dita lunghe e ossute alla mia pelliccia e, con l'altra mano, facendomi segno verso sinistra per il corri-

13 «Ad opera di questo mostro furioso e inconcepibile», in francese nel testo.
14 «Dove andate, signore?», in francese nel testo.
15 Trascrizione francese della parola russa *šuba*, «pelliccia».
16 «Sì, signore... Ma non è lontano, signore, non è affatto lontano, non val la pena di mettere la vostra *choubà*, è qui vicino, signore!», in francese nel testo.
17 «Per di qua, signore, è da questa parte!», in francese nel testo.

doio, in una direzione in cui non volevo assolutamente andare. Mi liberai con uno strattone e corsi via verso la porta che dava sulla scala.

«*Il s'en va, il s'en va!*»,[18] gridava Alfonsina con la sua voce spezzata, inseguendomi, «*Mais il me tuera, monsieur, il me tuera!*».[19] Ma io ero già sulla scala e, sebbene ella mi inseguisse anche giù per la scala, riuscii tuttavia ad aprire la porta d'ingresso, a precipitarmi fuori nella strada e a balzare sulla prima vettura che mi capitò. Diedi l'indirizzo della mamma...

IV

Tuttavia la mia coscienza, dopo aver brillato per un attimo, rapidamente si spense. Ricordo ancora a malapena come fui portato a destinazione e accompagnato in casa della mamma, ma una volta lì caddi quasi immediatamente in uno stato di completa incoscienza. Il giorno dopo, come mi raccontarono in seguito (anch'io, del resto, questo lo ricordo), la mia mente si illuminò di nuovo per un attimo. Mi è rimasto impresso che ero nella camera di Versilov, sul suo divano; ricordo attorno a me i volti di Versilov, della mamma, di Liza, ricordo benissimo che Versilov mi parlava di Zèrščikov e del principe, che mi mostrava non so che lettera cercando di calmarmi. Essi mi raccontarono poi che domandavo di continuo con terrore di un certo Lambert e che udivo continuamente l'abbaiare di non so quale maltese. Ma la debole luce della coscienza si offuscò: verso la sera di quel secondo giorno ero ormai in preda a una febbre altissima. Ma anticiperò gli eventi e darò una spiegazione preliminare.

Dopo che quella sera ero fuggito dalla casa di Zèrščikov e che tutto là dentro si era un po' calmato, Zèrščikov, ripreso il gioco, improvvisamente aveva dichiarato con voce tonante che era accaduto uno spiacevole errore: il denaro scomparso, quei quattrocento rubli, era stato ritrovato nel mucchio del rima-

18 «Se ne va, se ne va!», in francese nel testo.
19 «Ma mi ucciderà, signore, mi ucciderà!», in francese nel testo.

nente denaro e i conti del banco erano risultati in perfetta regola. Allora il principe, che era rimasto nella sala, si era accostato a Zèrščikov esigendo con forza che dichiarasse pubblicamente la mia innocenza e inoltre mi presentasse le sue scuse in forma di lettera. Zèrščikov, per parte sua, aveva trovato la richiesta degna di considerazione e aveva dato la sua parola, in presenza di tutti, di inviarmi l'indomani stesso una lettera di spiegazione e di scusa. Il principe gli aveva dato l'indirizzo di Versilov e, effettivamente, questi il giorno dopo aveva ricevuto personalmente da Zèrščikov una lettera a mio nome e milletrecento rubli e rotti, che mi appartenevano, da me dimenticati sul tavolo della roulette. In tal modo la faccenda di Zèrščikov era chiusa e, quando rinvenni dallo stato di incoscienza, questa bella notizia contribuì molto alla mia guarigione.

Il principe, ritornato a casa dopo il gioco, aveva scritto quella stessa notte due lettere, una a me e l'altra al suo vecchio reggimento, dove gli era accaduta quella storia con la cornetta Stepanov. La mattina successiva stessa aveva spedito entrambe le lettere. Poi aveva scritto un rapporto ai superiori e con questo rapporto in mano la mattina presto si era presentato spontaneamente al comandante del suo reggimento e gli aveva dichiarato che egli era «un delinquente comune, che aveva preso parte alla falsificazione delle azioni ***, che si consegnava alla giustizia e chiedeva di essere giudicato». Ciò dicendo gli aveva consegnato il rapporto nel quale tutto ciò era esposto per iscritto. Egli era stato arrestato.

Ecco, parola per parola, la lettera che mi scrisse quella notte:

«Impareggiabile Arkàdij Makàrovič,

«Dopo aver tentato "la via d'uscita" dei lacchè, con ciò stesso ho perduto il diritto di confortare almeno un po' la mia anima col pensiero che sarei stato anch'io capace, infine, di risolvermi a un nobile atto di giustizia. Io sono colpevole di fronte alla patria e alla mia stirpe, e per questo io, ultimo della mia stirpe, mi punisco. Non capisco come abbia potuto aggrapparmi al basso pensiero dell'autoconservazione e per qualche tempo sognare di riscattarmi da loro col denaro. Sarei rimasto, ciononostante, in eterno colpevole davanti alla mia coscienza.

Inoltre quelle persone, se anche mi avessero restituito i biglietti che mi compromettevano, avrebbero continuato a tenermi in pugno per tutta la vita! Cosa mi restava, dunque? Vivere con loro, essere loro complice per tutta la vita: ecco il destino che mi attendeva! Non potevo accettare questo e ho trovato in me stesso, finalmente, sufficiente fermezza o, forse, soltanto disperazione per agire come agisco ora.

«Ho scritto una lettera al mio vecchio reggimento, ai miei vecchi compagni, e ho scagionato Stepanov. In questo gesto non c'è, né può esserci, alcun eroismo redentore: tutto ciò non è altro che il testamento, in punto di morte, del cadavere di domani. Così va considerato.

«Perdonatemi di avervi voltato le spalle nella casa da gioco; l'ho fatto perché in quel momento non ero sicuro di voi. Ora che sono ormai un uomo morto posso fare anche queste confessioni... dall'altro mondo.

«Povera Liza! Lei non sapeva nulla di questa decisione; non mi maledica e mi giudichi lei. Io, per parte mia, non sono in grado di giustificarmi e non trovo nemmeno le parole per spiegarle qualcosa. Sappiate anche, Arkàdij Makàrovič, che ieri mattina, quando ella è venuta da me per l'ultima volta, le ho svelato il mio inganno e le ho confessato che mi ero recato da Anna Andréevna con l'intento di farle una proposta di matrimonio. Non potevo, vedendo il suo amore, tenermi sulla coscienza questo, prima dell'ultima decisione che avevo ormai presa, e gliel'ho rivelato. Ella mi ha perdonato, mi ha perdonato tutto, ma io non le ho creduto; quello non era un perdono; al suo posto io non avrei potuto perdonare.

«Ricordatemi.

Il vostro sventurato ultimo principe *Sokol'skij*».

Rimasi in stato di incoscienza esattamente nove giorni.

PARTE TERZA

CAPITOLO PRIMO

I

Ma ora parlerò di tutt'altro.

Non faccio che annunciare: «ora parlerò d'altro, ora parlerò d'altro», e invece continuo a parlare soltanto di me stesso. Eppure ho già dichiarato mille volte che non voglio affatto descrivere me stesso; e iniziando queste memorie ero fermamente intenzionato a non farlo: mi rendo conto fin troppo bene che al lettore non importa nulla di me. Io descrivo e voglio descrivere gli altri, e non me stesso, e se mi ritrovo sempre in mezzo, si tratta soltanto di un triste errore, perché la cosa non si può assolutamente evitare, per quanto io lo desideri. La cosa che più mi irrita è che, descrivendo con tanta passione le mie avventure, do con ciò fondamento di pensare che io sia anche adesso come ero allora. Il lettore d'altra parte ricorda come più di una volta mi sia accaduto di esclamare: «Oh, se fosse possibile cambiare il passato e ricominciare completamente da capo!». Io non avrei potuto esclamare così, se ora non fossi radicalmente cambiato e non fossi diventato una persona del tutto diversa. La cosa è fin troppo evidente; e se solo qualcuno potesse immaginare come mi sono venute a noia tutte queste scuse e premesse che sono costretto a infilare perfino nel bel mezzo delle mie memorie!

Ma veniamo ai fatti.

Dopo nove giorni di incoscienza ritornai in me rigenerato, ma non emendato; la mia, d'altronde, era una rigenerazione stupida, si intende, se si considerano le cose in senso lato, e forse, fosse stato ora, non sarebbe andata così. L'idea, ossia il sentimento, consisteva di nuovo solamente (come mille volte prima di allora) nel proposito di andarmene via definitivamente da loro, ma questa volta di andarmene immancabilmente, e non come in passato, quando mille volte mi ero proposto questo intento e non ero mai stato capace di attuarlo. Non volevo vendicarmi di nessuno, ne do la mia parola d'onore, sebbene fossi stato offeso da tutti. Mi accingevo ad andarmene senza rancore, senza maledizioni, ma volevo fare affidamento soltanto sulla mia forza, e ormai su una forza vera, non dipendente da nessuno di loro e da nessun altro al mondo; e io, invece, mi ero già quasi riconciliato con ogni cosa al mondo! Descrivo questa mia fantasia di allora non come un pensiero, bensì come un'irresistibile sensazione. Non volevo ancora formularla in modo preciso mentre ero a letto. Malato e privo di forze, giacendo nella camera di Versilov, che mi era stata riservata, avvertivo dolorosamente a quale infimo livello di impotenza mi trovavo: in quel letto c'era una pagliuzza, e non un uomo, e non solo a causa della malattia; e come mi feriva questo! Ed ecco che dalle più riposte profondità del mio essere cominciò a levarsi con forza inaudita una protesta, e io mi sentivo soffocare da non so che sentimento di infinita superbia e di sfida. Non ricordo un altro periodo nella mia vita in cui fossi più pieno di sentimenti di superbia che in quei primi giorni della mia convalescenza, ossia quando nel letto giaceva una pagliuzza.

Tuttavia, per il momento tacevo e avevo perfino deciso di non pensare a nulla! Osservavo continuamente i loro visi, sforzandomi di comprendere da essi tutto ciò che mi occorreva. Era evidente che anch'essi non desideravano né farmi domande, né dimostrare la loro curiosità, e che parlavano con me di argomenti del tutto indifferenti. Questo mi piaceva e, nello stesso tempo, mi amareggiava; non starò a spiegare questa contraddizione. Vedevo Liza più di rado della mamma, sebbene ella venisse a trovarmi tutti i giorni, persino due volte al giorno. Dai frammenti dei loro discorsi e da tutto il loro aspetto dedussi che Liza doveva avere un gran da fare e che spesso addirittura non era in casa a causa delle «sue faccende»: già nell'idea soltanto che ella potesse avere delle «faccende sue» mi sembrava che fosse racchiuso qualcosa di offensivo; d'altronde si trattava soltanto di sensazioni morbose, puramente fisiologiche, che non val la pena di descrivere. Anche Tat'jana Pàvlovna veniva da me quasi ogni giorno e, anche se non era affatto tenera con me, per lo meno non mi copriva di contumelie come in passato, il che mi irritò all'inverosimile, tanto che semplicemente le dissi: «Voi, Tat'jana Pàvlovna, quando non ingiuriate siete noiosissima».

«Be', vorrà dire che non verrò più da te», tagliò corto lei e se ne andò. E io fui felice di averne cacciato almeno una.

Più di ogni altro tormentavo la mamma e mi arrabbiavo con lei. Mi era venuto un terribile appetito e brontolavo molto che il cibo tardava (mentre esso, invece, non tardava mai). La mamma non sapeva come fare a compiacermi. Una volta mi portò la minestra e cominciò, come al solito, a imboccarmi, mentre io, mangiando, continuavo a brontolare. A un tratto, però, provai dispetto per il fatto che brontolavo: «È forse la sola persona che amo, eppure la tormento». Ma la rabbia non mi passava e improvvisamente scoppiai a piangere dalla rabbia; lei, invece, poveretta, pensò che piangessi dalla commozione e, piegatasi su di me, si mise a baciarmi. Io mi feci forza e in qualche maniera pazientai, ma effettivamente in quel momento la odiavo. La mamma però io l'ho sempre amata, l'ho amata anche in quel momento, ma accadeva quello che accade sempre: chi si ama di più lo si offende più di ogni altro.

L'unico che odiavo in quei primi giorni era invece un dottore. Questo dottore era un giovanotto dall'aria insolente che parlava bruscamente e persino in modo scortese. È come se tutti costoro che si occupano di scienza, proprio il giorno prima, all'improvviso, avessero scoperto qualcosa di straordinario, mentre il giorno prima non è successo proprio niente di straordinario; ma così è sempre la «mediocrità» e la «strada». Io pazientai a lungo, ma alla fine, improvvisamente esplosi, e gli dichiarai in presenza di tutti i miei che egli si agitava invano, che mi sarei curato facendo del tutto a meno del suo aiuto, che egli, pur spacciandosi per un realista, era pieno di pregiudizi e non capiva che la medicina non aveva ancora mai guarito nessuno; che, infine, secondo ogni verosimiglianza, egli era rozzo e privo di cultura, «come adesso nel nostro Paese tutti i tecnici e gli specialisti, che negli ultimi tempi hanno messo su tante arie». Il dottore si offese molto (dimostrando per questo solo fatto di essere tale), ciononostante continuò a venire da me. Infine dichiarai a Versilov che, se il dottore non avesse cessato di venire da me, gli avrei detto qualcosa di dieci volte più spiacevole. Versilov si limitò a osservare che era impossibile dire qualcosa di due volte più spiacevole di quanto era già stato detto, figuriamoci di dieci. Mi rallegrai che lo avesse notato.

Che uomo però! Parlo di Versilov. Lui, lui soltanto era la causa di tutto, eppure era la sola persona contro la quale allora non fossi in collera. Non era soltanto il modo di fare che teneva con me ad accattivarmi. Io penso che allora sentissimo entrambi che ci dovevamo reciprocamente molte spiegazioni... e che, appunto per questo, la cosa migliore era che non ci dessimo mai alcuna spiegazione. Fa straordinariamente piacere in simili situazioni della vita imbattersi in una persona intelligente! Ho già premesso nella seconda parte della mia narrazione, facendo un salto in avanti, che egli mi aveva riferito, in forma molto chiara e concisa della lettera inviatami dal principe arrestato, di Zèrščikov, delle sue spiegazioni a mio favore ecc. ecc. Dato che avevo deciso di tacere, gli feci soltanto due o tre brevissime domande, sforzandomi di essere il più secco possibile; egli rispose ad esse con chiarezza e precisione, ma assolutamente senza parole superflue e, ciò che è la cosa migliore, senza sentimenti superflui. Erano proprio i sentimenti superflui ciò di cui avevo paura.

Di Lambert non parlo, ma il lettore, naturalmente, avrà indovinato che pensavo fin troppo a lui. Nel delirio avevo parlato più volte di Lambert; ma quando, dopo il delirio, fui ritornato in me, guardandoli, dedussi che Lambert era rimasto un mistero per loro e che essi, non escluso Versilov, non ne sapevano nulla. Me ne rallegrai e mi passò la paura, ma mi sbagliavo, come, con mia sopresa, appresi in seguito: durante la mia malattia egli era venuto a trovarmi, ma Versilov me lo aveva taciuto, così che conclusi che per Lambert ero già caduto nell'oblio. Ciononostante pensavo spesso a lui; dirò di più: non solo pensavo a lui senza repulsione, non solo ci pensavo con curiosità, ma persino con simpatia, come se presentissi che lì c'era qualcosa di nuovo e di positivo, rispondente ai nuovi piani e sentimenti che erano nati in me. Insomma, stabilii che avrei esaminato Lambert quando mi fossi deciso a cominciare a pensare. Rileverò una stranezza: mi ero completamente dimenticato dove abitava e in che via fossero accadute tutte quelle cose. La stanza, Alfonsina, il cagnolino, il corridoio, tutto mi era rimasto impresso al punto che avrei potuto disegnarli, ma dove tutto ciò fosse accaduto, cioè in che via e in quale edificio, me lo ero del tutto dimenticato. E, quel che era più strano di tutto, mi avvidi di ciò soltanto il terzo o il quarto giorno dopo che avevo ripreso completamente conoscenza, quando già da un pezzo avevo cominciato a preoccuparmi di Lambert.

Ecco, dunque, quali erano le mie prime sensazioni dopo la mia resurrezione. Ho annotato soltanto gli aspetti più superficiali ed è assai probabile che non sia stato capace di cogliere l'essenziale. In realtà, può darsi che proprio allora tutto l'essenziale sia stato definito e formulato nel mio cuore; infatti non era soltanto perché non mi portavano il brodo che mi irritavo e mi rodevo continuamente. Oh, ricordo come ero a volte triste in quei momenti, specialmente quando rimanevo a lungo da solo. Essi infatti, come a farlo apposta, avevano ben presto capito che la loro presenza mi pesava e che le loro premure mi irritavano, e perciò avevano cominciato a lasciarmi sempre più spesso da solo: eccessiva finezza d'intuizione.

II

Il quarto giorno dopo che avevo ripreso conoscenza, verso le tre del pomeriggio, giacevo nel mio letto e con me non c'era nessuno. Era una giornata serena e sapevo che alle quattro, quando il sole sarebbe tramontato, un obliquo raggio rosso avrebbe colpito proprio l'angolo della parete, illuminando quel punto con una macchia vivace. Sapevo questo dai giorni precedenti e il fatto che ciò sarebbe avvenuto immancabilmente un'ora dopo, e soprattutto che io lo sapessi in anticipo, come due più due fa quattro, mi esasperava fino all'inverosimile. Mi voltai convulsamente con tutto il corpo e a un tratto, nel silenzio più profondo, risuonarono chiaramente le parole: «Signore, Gesù Cristo, Dio nostro, abbi pietà di noi». Queste parole erano state pronunciate quasi sussurrando ed erano state seguite da un profondo sospiro, emesso dal profondo del petto, e poi tutto era ricaduto nel più assoluto silenzio. Sollevai rapidamente la testa.

Già in precedenza, ossia la vigilia e anche due giorni prima, avevo cominciato a osservare qualcosa di inconsueto in quelle nostre tre stanze al piano di sotto. Nella cameretta dall'altra parte della sala, dove prima erano sistemate la mamma e Liza, ora, evidentemente, c'era qualcun altro. Più di una volta, sia di giorno che di notte, avevo sentito certi rumori, ma sempre soltanto per brevissimi istanti, e subito dopo, per diverse ore, si era ristabilito il più assoluto silenzio, così che non ci avevo fatto caso. La vigilia mi era venuta l'idea che si fosse installato lì Versilov, tanto più che, poco dopo, egli era entrato da me, sebbene sapessi, per di più con sicurezza, da quanto avevo dedotto dalle loro stesse conversazioni, che Versilov, per il periodo della mia malattia, si era trasferito da qualche parte, in un altro appartamento, dove passava anche la notte. Quanto alla mamma e a Liza, già da un pezzo avevo saputo che (per non disturbarmi, pensavo) si erano trasferite al piano di sopra, nella mia vecchia «bara», e una volta mi ero perfino chiesto fra di me: «Ma come faranno a entrarci in due là dentro?». E improvvisamente scoprivo che nella loro vecchia stanza c'era qualcuno e che questo qualcuno non era affatto Versilov. Con una facilità che non mi sarei aspettato (continuando tuttora a immaginare di essere del tutto privo di forze), posai i piedi a terra, li infilai nelle pantofole, mi gettai sulle spalle la vestaglia grigia, di agnellino, posata lì accanto (che Versilov mi aveva ceduta sacrificandosi), e, attraversato il nostro salotto, mi diressi alla vecchia camera da letto della mamma. Quel che vidi là dentro mi sconcertò completamente; non mi aspettavo niente di simile e mi arrestai sulla soglia come impietrito.

Là dentro era seduto un vecchio dai capelli bianchissimi, con una gran barba terribilmente bianca, ed era chiaro che era lì da molto tempo. Egli non era seduto sul letto, ma sullo sgabello della mamma, e appoggiava soltanto la schiena al letto. D'altronde stava talmente diritto che sembrava che non avesse bisogno di alcun appoggio, sebbene si vedesse chiaramente che era malato. Sopra la camicia indossava una lunga pelliccia ricoperta, sulle ginocchia aveva il *plaid* della mamma e ai piedi portava delle pantofole. Era, a quanto si poteva indovinare, di alta statura, largo di spalle, di aspetto assai vigoroso, nonostante la malattia, sebbene fosse alquanto pallido ed emaciato; aveva un viso allungato, capelli foltissimi, sebbene non molto lunghi, e dimostrava oltre settant'anni. Accanto a lui sul tavolino, a portata di mano, giacevano tre o quattro libri e un paio d'occhiali d'argento. Sebbene non mi sognassi nemmeno lontanamente di incontrarlo, indovinai istantaneamente chi egli fosse, soltanto non riuscivo a capacitarmi come avesse fatto a starsene lì tutti quei giorni, quasi a contatto di gomito con me, in modo così silenzioso che fino ad allora non avevo udito niente.

Vedendomi egli non si mosse, ma mi guardava fissamente e in silenzio, così come io guardavo lui, con questa differenza, però, che io lo guardavo infinitamente stupito e lui senza il benché minimo stupore. Al contrario, dopo avermi per così dire esaminato tutto, fino all'ultimo dettaglio, in quei cinque o dieci secondi di silenzio, egli improvvisamente sorrise e addirittura scoppiò in una quieta e silenziosa risata, e sebbene questa risata si dileguasse rapidamente, tuttavia una gaia e luminosa traccia di essa rimase sul suo viso e, soprattutto, nei suoi occhi molto azzurri, lucenti, grandi, ma con le palpebre appesantite e gonfie per la vecchiaia e circondati da una moltitudine di minuscole rughe. Questo riso mi colpì più di ogni altra cosa.

Io ritengo che, quando una persona ride, nella maggior parte dei casi diventi ripugnante guardarla. Il più delle volte, nel riso delle persone si manifesta qualcosa di volgare, qualcosa che in qualche modo sminuisce colui che ride, sebbene quasi sempre questi non sia consapevole dell'impressione che produce. Proprio come ignora, come tutti in generale ignorano, che faccia abbia quando dorme. Taluni hanno una faccia intelligente anche quando dormono, mentre ad altri, benché intelligenti, la faccia nel sonno diventa stupida e perciò ridicola. Non so da che cosa ciò derivi: voglio soltanto dire che chi ride, come chi dorme, per lo più non sa nulla della propria faccia. Un'enorme quantità di persone non sa affatto di ridere. D'altronde, qui non è questione di sapere: si tratta di un dono che non si apprende. Lo si può soltanto coltivare, nel senso che è possibile educare se stessi, migliorarsi e combattere le cattive tendenze del proprio carattere: in tal caso anche il riso di una persona del genere potrebbe assai verosimilmente mutare in meglio. Talune persone si tradiscono completamente attraverso il riso e voi improvvisamente scoprite tutti i loro lati nascosti. Persino il riso indiscutibilmente intelligente a volte è ripugnante. Il riso richiede innanzitutto sincerità, ma dov'è mai la sincerità nella gente? Il riso richiede assenza di malignità, mentre il più sovente la gente ride malignamente. Un riso sincero e privo di malignità è l'allegria, ma dov'è mai nella gente, al giorno d'oggi, l'allegria? (Questa sull'allegria nella nostra epoca è un'osservazione di Versilov che mi è rimasta impressa). L'allegria è il tratto che rivela maggiormente la persona, fino in fondo. Certi caratteri rimangono a lungo indecifrabili, ma basta che quella persona si metta a ridere assai sinceramente e di colpo tutto il suo carattere vi apparirà chiaro come se lo teneste nel palmo della mano. Soltanto, grazie al più alto e al più felice sviluppo, l'uomo sa essere allegro in maniera comunicativa, ossia irresistibile e bonaria. Non sto parlando del suo sviluppo intellettuale, ma di quello del suo carattere, dell'uomo nella sua interezza. Quindi, se volete farvi un giudizio su una persona e conoscere tutta la sua anima, non fate attenzione a come tace, o a come parla, o a come piange, o persino a come si commuove per le idee più nobili, ma guardatela piuttosto quando ride. Se una persona ride bene, significa che è una brava persona. Cercate di cogliere, inoltre, tutte le sfumature: bisogna, ad esempio, che il riso di una persona non vi sembri in nessun caso stupido, per quanto essa sia allegra e semplice. Non appena noterete la più piccola traccia di stupidità nel suo riso, significa, senz'ombra di dubbio, che quella persona è di intelletto limitato, anche se non ha fatto altro che sciorinare idee. Se poi anche il suo riso non è stupido, ma la persona stessa, mettendosi a ridere, improvvisamente vi è parsa per qualche ragione ridicola, sia pure un pochino, sappiate che quella persona manca, per lo meno in parte, di dignità propria. Oppure, infine, se questo riso, benché comunicativo, tuttavia per qualche ragione vi appare alquanto volgare, sappiate che anche la natura di quella persona è alquanto volgare e che tutto ciò che di nobile e di elevato avete notato in lui in precedenza o è qualcosa di intenzionalmente finto, o è qualcosa di inconsciamente imitato, e che quella persona, infallibilmente, in seguito muterà in peggio, si occuperà di «cose utili» e rigetterà senza rimpianto le idee nobili, come errori e infatuazioni di gioventù.

Colloco qui di proposito questa lunga tirata sul riso, sacrificando anche il corso del racconto, perché la considero una delle più serie riflessioni della mia vita. E la raccomando soprattutto a quelle fanciulle fidanzate che sono già pronte a sposare l'uomo da loro prescelto, ma ancora lo osservano con perplessità e diffidenza, non riuscendo a decidersi definitivamente. E non ridano del misero adolescente che propina i suoi ammaestramenti sulla questione del matrimonio, della quale non comprende un'acca. Questo fatto soltanto comprendo, però, che il riso costituisce il più sicuro saggio dell'animo. Guardate un bambino: soltanto i bambini sanno ridere in maniera perfetta, ed è per questo che sono incantevoli. Un bambino che piange lo trovo ripugnante, mentre un bambino che ride e si rallegra è un raggio del paradiso, è una rivelazione del futuro, quando l'uomo diventerà finalmente puro e semplice di cuore come un bambino. E appunto qualcosa di infantile e di incredibilmente attraente era brillato nel fuggevole riso di quel vecchio. Mi avvicinai immediatamente a lui.

III

«Siediti, appoggiati, probabilmente le gambe ancora non ti reggono», mi invitò affabilmente, facendomi segno accanto a sé e continuando a fissarmi in volto con lo stesso sguardo luminoso. Io mi sedetti accanto a lui e dissi:

«Io vi conosco, voi siete Makàr Ivànovič».

«Proprio così, caro. Hai fatto proprio bene ad alzarti. Tu sei giovane e per te la vita è bella. Il vecchio deve prepararsi alla tomba, mentre il giovane deve vivere».

«Siete malato?».

«Sì, caro, soprattutto alle gambe; mi hanno portato fino alla soglia, ma appena mi sono seduto si sono gonfiate. È da giovedì scorso che sono così, da quando cominciarono i gradi (N.B.: intendeva dire "da quando ha cominciato a gelare"). Fino ad ora le ho spalmate con una pomata, vedi; me l'ha prescritta due anni fa Lichten, il dottore, Edmùnd Karlyč, a Mosca, e mi ha fatto bene questa pomata, mi ha fatto bene; adesso però ha smesso di giovarmi. Mi sento anche oppresso il petto. E da ieri mi fa male la schiena: mi sembra che i cani me la sbranino... La notte non dormo».

«Come mai non vi si sente affatto?», lo interruppi io. Egli mi guardò come se stesse riflettendo.

«Bada solo di non svegliare la mamma», aggiunse come se improvvisamente si fosse ricordato di qualcosa. «Ha sfaccendato tutta la notte dietro a me e facendo così piano che sembrava una mosca; ora invece so che si è coricata. Oh, sta male questo vecchio malato», sospirò, «perché mai, sembrerebbe, l'anima si aggrappa tanto e resiste ancora, si rallegra sempre del mondo; e sembra che non avrebbe paura nemmeno se dovesse ricominciare tutta la vita da capo; sebbene, forse, questo pensiero sia peccaminoso».

«Perché peccaminoso?».

«Perché questo pensiero è un sogno, e un vecchio se ne dovrebbe andare serenamente. Se invece vai incontro alla morte con riluttanza o malcontento, questo è di nuovo un grande peccato. Ma se invece hai preso ad amare la vita per allegrezza spirituale, suppongo che questo, Dio lo perdonerà anche a un vecchio. È difficile per un uomo conoscere tutti i peccati, che cosa è peccaminoso e che cosa non lo è: questo è un mistero che oltrepassa la mente dell'uomo. Il vecchio deve essere contento in ogni tempo e deve morire nel pieno fiore del suo intelletto, beatamente e serenamente, dopo essersi saziato di giorni, sospirando la sua ultima ora e rallegrandosi alla propria dipartita come una spiga che va verso il covone, e avendo adempiuto il proprio mistero».

«Voi parlate continuamente di "mistero"; che cosa significa "avendo adempiuto il proprio mistero"?», domandai voltandomi a guardare verso la porta. Ero contento che fossimo soli e che tutto attorno regnasse il più totale silenzio. Il sole al tramonto illuminava vividamente la finestra. Egli parlava in maniera un po' magniloquente e imprecisa, ma con grande sincerità e con una sorta di forte eccitazione, come se fosse veramente contento della mia visita. Tuttavia ravvisai in lui un indubbio stato febbrile, e anche forte. Anch'io mi sentivo male e avevo la febbre dal momento in cui ero entrato nella sua stanza.

«Che cos'è il mistero? Tutto è mistero, amico, in tutto c'è il mistero di Dio. In ogni albero, in ogni filo d'erba è racchiuso lo stesso mistero. Sia che canti un uccellino, o che una moltitudine di stelle brilli in cielo nella notte, è sempre questo stesso, medesimo mistero. Ma il mistero più grande consiste in ciò che attende l'anima dell'uomo nell'altro mondo. Così stanno le cose, amico!».

«Non so in che senso voi... Naturalmente non è per prendermi gioco di voi e, credetemi, io credo in Dio; ma tutti questi misteri sono stati da lungo tempo svelati dall'intelletto, e ciò che non è stato ancora scoperto, lo sarà interamente, certissimamente e forse entro il più breve termine. La botanica sa perfettamente come cresce un albero, il fisiologo e l'anatomista sanno persino perché canta l'uccello, oppure lo scopriranno presto, quanto alle stelle, esse non sono state tutte contate, ma ogni loro movimento è stato calcolato con precisione cronometrica, di modo che si può predire, perfino con mille anni di anticipo, l'apparizione di una qualche cometa... adesso, inoltre, è nota anche la composizione delle stelle più lontane. Prendete un microscopio (è una lente di ingrandimento che ingrandisce gli oggetti un milione di volte) ed esaminate attraverso di esso una goccia d'acqua; vedrete un intero mondo nuovo, una miriade di esseri viventi, eppure anche ciò era un mistero, ma è stato scoperto».

«Ho sentito parlare di questa cosa, caro, ne ho sentito parlare più di una volta. Che dire, si tratta di una cosa grande e magnifica; tutto è stato dato all'uomo per volontà di Dio; non è invano che Dio ha spirato in lui il soffio della vita: "Vivi e conosci"».

«Ma questi sono luoghi comuni. Tuttavia voi non siete un nemico della scienza, non siete un clericale, non è vero? Cioè, non so se riuscite a capirmi...».

«No, caro, fin da piccolo ho onorato la scienza, e se anche io stesso sono ignorante, di ciò non mi lamento: se non è toccata a me, sarà toccata a un altro. Forse è anche meglio così, perché "a ciascuno il suo". Perché, amico caro, non a tutti fa pro la scienza. Tutti sono sfrenati, ognuno vuole stupire tutto l'universo, e io, forse, più di tutti, se fossi sapiente. Essendo invece estremamente ignorante, come potrei ergermi al di sopra degli altri, quando io stesso non so nulla? Tu sei giovane e di mente acuta, e tale sorte ti è toccata, tu quindi studia. Apprendi ogni cosa affinché, quando incontrerai un empio o un furfante, tu possa rispondergli ed egli non ti possa coprire di parole dissennate e confondere i tuoi acerbi pensieri. Quanto a quella lente, ne ho vista una non molto tempo fa».

Egli tirò il fiato e sospirò. Decisamente gli avevo procurato uno straordinario piacere con la mia venuta. La sua sete di comunicare era morbosa. Inoltre, decisamente non mi sbaglio se affermo che egli a momenti mi guardava perfino con una sorta di non comune amore: egli poneva teneramente il palmo della sua mano sulla mia, mi accarezzava la spalla... a tratti, però, bisogna riconoscere che sembrava dimenticarsi completamente di me, come se fosse stato solo, e sebbene continuasse a parlare con passione, lo faceva rivolto non so dove, verso un punto nell'aria.

«Nell'eremo di San Gennadij, amico», proseguì, «c'è un uomo di grande intelletto. Egli è di nobile nascita, di grado è tenente colonnello e possiede una grande ricchezza. Quando viveva nel mondo non ha voluto legarsi in matrimonio; sono ormai dieci anni che si è segregato dal mondo, avendo preferito quel quieto e silenzioso rifugio e placato i suoi sentimenti, ripudiando le cure mondane. Osserva tutta la regola monastica, ma non vuole prendere i voti. E ha tanti libri, amico mio, quanti non ne ho mai visti in casa di nessun altro, lui stesso mi ha detto che ne ha per ottomila rubli. Si chiama Pëtr Valer'janyč. Mi ha insegnato molte cose in diverse occasioni e io amavo immensamente ascoltarlo. Una volta gli ho chiesto: "Come mai voi, signore, con la vostra grande intelligenza e vivendo ormai da dieci anni nell'obbedienza monastica e nella completa rinuncia alla vostra volontà, come mai non accettate l'onesta tonsura, in modo da essere ancora più perfetto?". Ed egli di rimando: "Che vai dicendo, vecchio, della mia intelligenza; forse, invece, è la mia intelligenza che si è impadronita di me, e non sono stato io a domarla. E cosa vai giudicando della mia obbedienza: forse da un pezzo ho perduto la misura. E cosa vai cianciando della rinunzia alla mia volontà? Ecco, io posso in quest'istante stesso cedere i miei denari, e restituire i gradi, e deporre sul tavolo tutti i miei titoli cavallereschi, ma sono già dieci anni che lotto per liberarmi dall'abitudine della pipa, e non ci riesco. Che razza di monaco sono dunque io e quale rinunzia alla volontà decanti in me?". Mi stupii allora di questa umiltà. Ma ecco che l'estate scorsa, per San Pietro, mi recai di nuovo a quell'eremo, fu il Signore a condurmici, e vedo che nella sua cella c'è appunto quella cosa, il microscopio, che aveva fatto arrivare dall'estero per una grossa somma. "Aspetta, vecchio, ti voglio far vedere una cosa straordinaria, perché tu questo non l'hai mai visto. Vedi questa goccia d'acqua, pura come una lacrima, be', guarda che cosa c'è dentro a essa e vedrai che i meccanici presto scopriranno tutti i misteri di Dio, non ce ne lasceranno più nemmeno uno" — mi disse appunto così, mi è rimasto impresso. Ma io dentro a questo microscopio ci avevo già guardato trentacinque anni fa, in casa di Aleksàndr Vladìmirovič Malgasov, il nostro padrone, lo zio di Andréj Petrovič per parte di madre, dal quale poi, alla sua morte, Andréj Petrovič ereditò il patrimonio. Era un signore importante, un grande generale, e teneva una grande muta di cani da caccia, e io per molti anni ho vissuto presso di lui in qualità di capocaccia. Anche lui allora aveva installato questo microscopio che aveva portato con sé e aveva ordinato a tutta la servitù, sia maschi che femmine, di accostarsi e di guardare, e anche lui ci aveva mostrato la cimice, il pidocchio, la punta dell'ago, un capello e una goccia d'acqua. Fu uno spasso: avevano paura di avvicinarsi, ma avevano anche paura del padrone poiché era molto irascibile. Alcuni non erano capaci di guardare, strizzavano gli occhi e così non vedevano nulla; altri si spaventavano e gridavano; il capoccia Savìn Makarov si coprì gli occhi con entrambe le mani e gridava: "Fatemi quel che volete, ma non ci vado!". Ci furono molte risate sciocche. A Pëtr Valer'janyč, però, non confessai che quella stessa meraviglia l'avevo già vista trentacinque e più anni prima, perché vedevo che egli aveva un gran piacere a mostrarmela, e al contrario feci finta di stupirmi e di spaventarmi. Mi diede un po' di tempo e poi mi domandò: "Allora, vecchio, cosa ne dici?". Io mi inchinai e gli risposi: "Il Signore ha detto: sia fatta la luce, e la luce fu", e lui a un tratto mi ribatté: "E le tenebre non furono?". E disse questo in una maniera così strana, senza neppure sorridere. Mi stupii di lui quella volta e lui sembrò quasi arrabbiarsi e tacque».

«Semplicemente, il vostro Pëtr Valer'janyč se ne sta nel monastero, mangia la *kut'ja*[1] e fa le genuflessioni, ma in Dio non ci crede, e voi siete capitato in un momento particolare, ecco tutto», dissi io, «e per di più è un tipo abbastanza ridicolo: sicuramente aveva già visto un microscopio almeno dieci volte prima di allora, perché dunque si è tanto esaltato l'undicesima volta? Questa è una sorta di eccitabilità nervosa... si vede che gli è venuta a furia di stare in convento».

«Egli è un uomo puro e di alto intelletto», disse gravemente il vecchio, «e non un empio. In lui c'è una grande mente, ma il suo cuore è inquieto. Di persone del genere ora ne è venuta fuori una gran quantità dal ceto dei signori e da quello degli istruiti. Ed ecco cos'altro ti dico: è un uomo che si punisce da se stesso. Ma tu sta alla larga da loro e non infastidirli, tuttavia prima di addormentarti, ricordali nelle tue preghiere, perché gli uomini come questi cercano Dio. Tu preghi prima di addormentarti?».

«No, lo considero un rituale vacuo. Debbo, d'altra parte, confessarvi che il vostro Pëtr Valer'janyč mi piace: non è fiero, per lo meno, ma pur sempre un uomo, alquanto somigliante all'ometto che entrambi conosciamo, a entrambi noi, caro». Il vecchio prestò attenzione soltanto alla prima parte della mia risposta:

«Fai male, amico, a non pregare; pregare è bello e rallegra il cuore prima del sonno, dopo il sonno e risvegliandosi durante la notte. Te lo dico io. Quest'estate, nel mese di luglio, ci affrettavamo verso il monastero Bogoròdskij in occasione della festa. Quanto più ci approssimavamo alla meta, tanto più altra

1 Dolce rituale che viene offerto ai partecipanti ai funerali.

gente si univa a noi; alla fine eravamo quasi duecento persone, tutte ansiose di baciare le sante, integre reliquie di entrambi i grandi taumaturghi Anikij e Grigorij. Pernottammo, fratello, nei campi e al mattino presto mi risvegliai che ancora tutti dormivano e persino il sole non era ancora spuntato da dietro il bosco. Io sollevai la testa, caro, girai intorno lo sguardo e sospirai: che indicibile bellezza ovunque! Tutto tace, l'aria è leggera; l'erbetta cresce: cresci, erbetta del Signore! Un uccellino canta: canta, uccellino del Signore! Un fantolino in braccio a una donna vagisce: il Signore sia con te, piccolo uomo, cresci e sii felice, pargoletto! E fu proprio come se fosse la prima volta in vita mia che pensavo tutte queste cose dentro di me... poi mi coricai di nuovo e mi addormentai così facilmente. È bello il mondo, caro! Se stessi un po' meglio, questa primavera mi metterei di nuovo in viaggio. E che ciò sia un mistero è persino meglio; esso riempie il cuore di terrore e di meraviglia, e questo terrore rallegra il cuore: "Tutto è in te, Signore, e io stesso sono in te e tu accoglimi!". Non lamentarti, ragazzo, è ancora più bello che ciò sia un mistero», aggiunse intenerito.

«"È ancora più bello che ciò sia un mistero...". Terrò a mente queste parole. Voi vi esprimete in maniera terribilmente imprecisa, ma io capisco... Mi stupisce il fatto che voi sappiate e comprendiate assai più di quanto siate in grado di esprimere; soltanto, parlate come in delirio...», mi sfuggì, guardando i suoi occhi febbrili e il suo viso pallido. Ma egli, credo, neppure udì le mie parole.

«Lo sai tu, caro ragazzo», ricominciò a dire, come proseguendo il suo discorso precedente, «lo sai che esiste un limite della memoria dell'uomo su questa terra? Alla memoria dell'uomo è stato posto un limite di cento anni soltanto. Cento anni dopo la sua morte possono ancora ricordarlo i figli o i nipoti, che hanno veduto la sua faccia, ma poi, anche se può prolungarsi la sua memoria, potrà essere soltanto una memoria orale, ideale, perché saranno scomparsi coloro che hanno veduto la sua viva immagine. E la sua tomba nel cimitero sarà ricoperta dall'erba, si sgretolerà la bianca lapide su di essa e tutti lo dimenticheranno, anche i suoi discendenti; sarà dimenticato poi il suo stesso nome, perché pochi soltanto rimangono nella memoria degli uomini, e così sia! Che mi dimentichino pure i miei cari, io invece vi amerò anche dalla tomba. Sentirò, figlioli, le vostre allegre voci sulla cara tomba del padre nel giorno dei morti; vivete intanto nel sole, rallegratevi, e io pregherò Dio per voi, verrò a visitarvi nei vostri sogni... anche dopo la morte esiste ugualmente l'amore!...».

La cosa principale è che ero anch'io in preda al delirio come lui; invece di andarmene, oppure di convincerlo a calmarsi, e forse di farlo coricare nel letto perché sembrava proprio delirare, improvvisamente gli afferrai la mano e, chinatomi verso di lui e stringendogliela, gli sussurrai commosso con il pianto nel cuore:

«Sono felice che siate venuto. Forse vi stavo aspettando da molto tempo. Non amo nessuno di loro: in loro non c'è grazia... Io non li seguirò, io non so dove andrò, verrò con voi...».

Ma, per fortuna, all'improvviso entrò la mamma, altrimenti non so cosa avrei finito per dire. Ella entrò col volto di uno che si fosse appena svegliato, tutta allarmata, tenendo in mano una boccetta e un cucchiaio; vedendoci ella esclamò:

«Lo sapevo! Ho tardato a darvi la medicina col chinino, e ora avete di nuovo la febbre alta! Mi sono addormentata, caro Makàr Ivànovič!».

Mi alzai e uscii. Ella gli diede la medicina e lo fece coricare nel letto. Anch'io mi coricai, ma ero in preda a una grande agitazione. Ero tornato pieno di curiosità e pensavo intensamente a quell'incontro. Che cosa allora mi attendessi da esso, non lo so. Naturalmente ragionavo sconnessamente e per la mia mente balenavano non pensieri, ma soltanto brandelli di pensieri. Giacevo con la faccia rivolta alla parete, quando a un tratto, nell'angolo, vidi la vivida macchia luminosa che poco prima avevo aspettato con tanta rabbia, e allora, ricordo, tutta la mia anima sembrò esultare e una nuova luce sembrò penetrare nel mio cuore. Ricordo quel dolce momento e non voglio scordarmene. Fu soltanto un attimo di nuova speranza e di nuova forza... Ero convalescente e, di conseguenza, tali slanci potevano essere l'inevitabile conseguenza dello stato dei miei nervi; ma in quella luminosa speranza io credo anche ora: ecco quel che volevo annotare e ricordare. Anche allora, naturalmente, sapevo perfettamente che non sarei partito in pellegrinaggio con Makàr Ivànovič e io stesso non capivo in che cosa consistesse questo nuovo slancio che mi aveva afferrato, ma, sia pure nel delirio, avevo ormai pronunciato una frase: «In loro non c'è grazia». «Naturalmente», pensavo in preda alla frenesia, «da questo momento io ricerco "la grazia", loro non ce l'hanno e per questo li abbandono».

Udii un fruscio dietro di me e mi voltai: la mamma era china sopra di me e con timida curiosità mi guardava negli occhi. Improvvisamente presi la sua mano.

«Come mai, mamma, non mi avete detto nulla del nostro caro ospite?», le domandai a un tratto, non aspettandomi, quasi, che avrei parlato così. Ogni inquietudine di colpo sparì dal suo viso ed esso fu invaso dalla gioia, ma ella non mi rispose nulla, all'infuori di questa sola frase:

«Non dimenticarti neppure di Liza; tu ti sei scordato di Liza».

Pronunciò queste parole in fretta, arrossendo, e avrebbe voluto andarsene il più in fretta possibile poiché anch'essa non poteva soffrire le effusioni sentimentali: sotto questo aspetto era proprio come me, ossia pudica e verginale; inoltre, si capisce, non voleva mettersi a parlare con me di Makàr Ivànovič; era sufficiente anche ciò che potevamo dirci scambiandoci uno sguardo. Ma io, proprio io che odiavo ogni effusione sentimentale, la trattenni a forza per la mano: la guardai dolcemente negli occhi scoppiando in una sommessa risata piena di tenerezza e, col palmo dell'altra mano, accarezzai il suo caro viso, le sue guance infossate. Ella si piegò verso di me e premette la sua fronte contro la mia.

«Be', che Cristo sia con te», disse a un tratto, raddrizzandosi tutta raggiante, «guarisci. Ti sarò riconoscente di questo. Egli è malato, molto malato... Della vita è Dio che dispone... Ah, cosa ho detto mai, questo non può essere!...».

Ella se ne andò. Per tutta la sua vita ella stimò moltissimo, con timore, trepidazione e venerazione, il proprio legittimo marito, lo *strannik*[2] Makàr Ivànovič, che generosamente e una volta per tutte l'aveva perdonata.

2 Vedi la nota 3 a pag. 18.

CAPITOLO SECONDO

I

Di Liza, tuttavia non mi ero «scordato»: la mamma si era sbagliata. Ella, nella sua sensibilità, aveva creduto di cogliere una sorta di raffreddamento tra il fratello e la sorella, ma non si trattava tanto di disamore, quanto di gelosia. Mi spiegherò in due parole, in vista di quello che seguirà.

La povera Liza, dal momento stesso dell'arresto del principe, ostentava una sorta di arrogante fierezza, una specie di inspiegabile, quasi insopportabile, alterigia; ma ognuno in casa aveva compreso la verità e quanto ella soffriva, e se io all'inizio mi ero irritato e le tenevo il broncio a causa delle sue maniere con noi, questo dipendeva unicamente dalla mia meschina suscettibilità, resa dieci volte più acuta dalla malattia, ecco cosa penso di ciò ora. Non avevo però cessato affatto di amare Liza, ma, al contrario, l'amavo ancor di più, solamente non volevo essere io a fare il primo passo, pur comprendendo, d'altra parte, che per nulla al mondo sarebbe stata lei a riaccostarsi a me per prima.

Il fatto è che, non appena si era venuta a sapere ogni cosa sul principe, subito dopo il suo arresto, Liza per prima cosa si era affrettata ad assumere un simile atteggiamento verso di noi e verso chiunque altro, come se non volesse ammettere neppure l'idea che la si potesse commiserare o, in qualche maniera, confortare, e che si potesse giustificare il principe. Al contrario, sforzandosi di evitare ogni spiegazione e discussione, sembrava che ella incessantemente menasse vanto del gesto del suo infelice fidanzato, come se si trattasse del più sublime eroismo. Pareva che ogni momento ella dicesse a tutti noi (lo ripeto: senza pronunciare nemmeno una parola): «Nessuno di voi si comporterebbe così, voi, infatti, non vi denuncereste per senso dell'onore e del dovere; nessuno di voi ha una coscienza così sensibile e pura, non è vero? Quanto a quel che ha fatto, chi non ha delle cattive azioni sulla coscienza? Soltanto, tutti le nascondono, mentre quest'uomo ha preferito piuttosto rovinarsi, che apparire indegno ai propri stessi occhi». Ecco che cosa esprimeva, evidentemente, ogni suo gesto. Non lo so, ma credo che al suo posto avrei agito esattamente allo stesso modo. Non so neppure se questi stessi pensieri fossero nascosti nella sua anima, ossia dentro di lei; sospetto di no. Con l'altra metà, quella lucida, del suo intelletto, ella doveva sospettare tutta la pochezza del suo «eroe»; chi, infatti, non conerrebbe con me ora che quell'uomo sventurato e perfino magnanimo nel suo genere era, nello stesso tempo, una nullità al più alto grado? Persino quella sua stessa arroganza e petulanza nei confronti di tutti noi lasciava parzialmente indovinare che nei segreti recessi del suo cuore poteva essersi formata un altro giudizio sul suo sventurato amico. Per parte mia mi affretterò ad aggiungere, però, che, a mio modo di vedere, ella aveva, sia pure a metà, ragione; ella era persino più scusabile di tutti noi, se esitava a esprimere un giudizio definitivo. Io stesso riconosco in tutta sincerità che ancor oggi, quando tutto ciò è ormai passato da tanto tempo, non so assolutamente come valutare in definitiva quello sventurato che ci aveva dato un simile problema da risolvere.

Ciononondimeno, a causa di Liza, la casa diventò quasi un piccolo inferno. Liza, che era così profondamente innamorata, doveva soffrire molto. Per via del suo carattere ella preferiva soffrire in silenzio. Il suo carattere era simile al mio, cioè dispotico e orgoglioso, e io ho sempre pensato, allora come adesso, che ella si fosse innamorata del principe per volontà di dominio, proprio perché lui era privo di carattere e, fin dalla prima parola e dal primo momento, si era sottomesso a lei. Ciò accade per così dire da sé dentro al cuore, senza alcun calcolo preventivo; ma tale amore, di una donna forte verso un uomo debole, a volte è incomparabilmente più forte e tormentoso dell'amore tra caratteri uguali, poiché involontariamente si prende su di sé la responsabilità per il proprio amico debole. Così, per lo meno, la penso io. Tutti in famiglia fin dall'inizio la circondarono delle più affettuose premure, specialmente la mamma;

ma lei non si raddolcì, non ricambiò l'interessamento e sembrò rifiutare ogni aiuto. Con la mamma dapprima parlava ancora, ma ogni giorno diventava più avara di parole, più brusca e persino più sgarbata. In un primo momento si consigliò con Versilov, ma ben presto scelse come suo consigliere e aiutante Vasin, come con stupore venni a sapere più tardi... Si recava da Vasin ogni giorno, si recava anche nei tribunali su richiesta del principe, andava a parlare con gli avvocati, col procuratore; verso la fine restava per giornate intere fuori di casa. Ogni giorno, si capisce, andava due volte a far visita al principe che era rinchiuso in prigione nel reparto riservato ai nobili, ma questi incontri, come ebbi modo di convincermi pienamente in seguito, erano assai penosi per Liza. Quale estraneo, naturalmente, può mai capire a fondo come vadano le cose tra due persone che si amano? Tuttavia, sono a conoscenza del fatto che il principe la offendeva profondamente ogni momento, e in che modo, ad esempio? Cosa strana, con la sua incessante gelosia; del resto di questo parlerò in seguito; aggiungerò soltanto una riflessione: è difficile stabilire chi dei due tormentasse di più l'altro. Liza, che con noi menava vanto del suo eroe, forse teneva con lui un atteggiamento del tutto diverso quand'erano a quattr'occhi, come ho fondato motivo di sospettare in base a taluni indizi, dei quali, del resto, parlerò più avanti.

Dunque, quanto ai miei sentimenti e ai miei rapporti con Liza, tutto ciò che appariva in superficie era soltanto un'affettata menzogna, dettata dalla gelosia, da entrambe le parti, mentre mai ci eravamo amati l'un l'altra più forte che in quel periodo. Aggiungerò anche che, nei confronti di Makàr Ivànovič, fin dal momento della sua apparizione in casa nostra, Liza, dopo il primo momento di meraviglia e di curiosità, chissà perché, assunse un atteggiamento quasi sprezzante, persino altezzoso. Come di proposito non gli rivolgeva la benché minima attenzione.

Essendomi ripromesso «di tacere», come ho spiegato nel capitolo precedente, in teoria, ossia nei miei sogni, pensavo, naturalmente, di mantenere questa parola. Oh, con Versilov, per esempio, mi sarei messo piuttosto a parlare di zoologia o degli imperatori romani, che, per esempio, di *lei* o di quell'importantissima riga nella lettera che gli aveva inviata, nella quale la informava che «il documento non era stato bruciato, ma esisteva e sarebbe venuto fuori», una riga alla quale ricominciai a pensare non appena fui tornato in me ed ebbi ripreso a ragionare dopo il delirio. Ma, ahimè, nella pratica, fin dai primi passi, e anche prima, mi resi conto quanto fosse difficile, e anzi impossibile, tener fede a simili propositi: all'indomani stesso del mio primo incontro con Makàr Ivànovič rimasi profondamente sconvolto da una circostanza inaspettata.

II

Ciò che mi sconvolse fu la visita inaspettata di Nastas'ja Egòrovna,[1] la madre della povera Olja. La mamma mi aveva riferito che ella era già venuta da noi durante la mia malattia e che si era molto interessata alla mia salute. Se questa «buona donna», come la chiamava sempre la mamma, fosse venuta proprio per me, o semplicemente per far visita alla mamma, come da tempo aveva preso l'abitudine di fare, questo non lo avevo domandato. La mamma di solito mi raccontava sempre di tutte le faccende di casa quando veniva per farmi mangiare la minestra (quando ancora non ero in grado di mangiare da solo), allo scopo di distrarmi; io, per parte mia, mi sforzavo ogni volta con ostinazione di mostrarle che mi interessavano ben poco tutte quelle notizie, e per questo non le avevo chiesto più in dettaglio di Nastas'ja Egòrovna, e anzi me ne ero rimasto completamente zitto.

Erano circa le undici; stavo per alzarmi dal letto e trasferirmi sulla poltrona accanto al tavolo, quando ella entrò. Rimasi a bella posta a letto. La mamma era molto occupata in non so quale faccenda al piano di sopra e non scese di sotto al suo arrivo, per cui a un tratto ci ritrovammo io e lei soli. Ella si sedette dirimpetto a me, su una sedia accanto alla parete, sorridendo e

1 In entrambe le edizioni del romanzo pubblicate mentre Dostoevskij era in vita, la madre di Olja, per una svista dell'autore, a questo punto diventa Nastas'ja Egòrovna (nella prima e nella seconda parte si chiamava invece Dar'ja Onìsimovna).

senza dire una parola. Mi aspettavo una scena muta e, in generale, la sua venuta aveva prodotto su di me l'impressione più irritante. Non le feci neppure un cenno col capo e la guardavo diritto negli occhi; ma anche lei faceva lo stesso.

«Vi annoiate tutta sola nell'appartamento, adesso che non c'è più il principe?», le domandai a un tratto perdendo la pazienza.

«No, signore, adesso non sto più in quell'appartamento. Ora, per incarico di Anna Andréevna, bado al loro bambino».

«Il bambino di chi?».

«Quello di Andréj Petrovič», rispose lei sussurrando con tono confidenziale, dopo essersi girata verso la porta.

«Ma se ne occupa Tat'jana Pàvlovna...».

«Certo, Tat'jana Pàvlovna, e Anna Andréevna, tutt'e due, e anche Lizaveta Makàrovna, e la vostra mammina... Tutte, tutte se ne interessano. Tat'jana Pàvlovna e Anna Andréevna ora sono adesso in grande amicizia, signore».

Che novità! Ella si animò molto mentre parlava. Io la guardavo con odio.

«Vi siete fatta molto più vivace rispetto all'ultima volta che siete venuta da me».

«Ah, sì, signore».

«Siete ingrassata, mi sembra».

Ella mi guardò in modo strano:

«Mi sono tanto affezionata, tanto, signore».

«A chi?».

«Ma ad Anna Andréevna. Tanto. È una fanciulla così nobile e con tanto giudizio...».

«È così, dunque? E come va ora?».

«È molto, molto tranquilla, signore».

«Lei è sempre stata tranquilla».

«Sempre, signore».

«Se siete venuta per raccontarmi dei pettegolezzi», proruppi perdendo improvvisamente la pazienza, «sappiate che non mi impiccio di nulla, ho deciso di non curarmi più... di niente e di nessuno, non m'importa di nulla, me ne vado!...».

Mi azzittii perché ero tornato in me. Mi parve umiliante spiegarle, per così dire, i miei nuovi scopi. Ella mi ascoltò senza stupore e senza emozione, ma seguì un nuovo silenzio. Improvvisamente ella si alzò, si avvicinò alla porta e guardò fuori nella stanza accanto. Assicuratasi che di là non c'era nessuno e che eravamo soli, con tutta calma ritornò indietro e si sedette allo stesso posto.

«Fate bene!», scoppiai a ridere a un tratto.

«Quel vostro alloggio, dagli impiegati, avete intenzione di tenerlo?», mi domandò improvvisamente, piegandosi leggermente verso di me e abbassando la voce, come se quella fosse la questione più importante e fosse venuta da me apposta per parlarmene.

«L'alloggio? Non lo so. Può darsi che lo lasci... Cosa ne so?».

«I padroni vi aspettano ansiosamente; quell'impiegato è molto impaziente di rivedervi, e anche la moglie. Andréj Petrovič ha assicurato loro che sicuramente ritornerete».

«Ma a voi perché importa saperlo?».

«Anche Anna Andréevna desiderava saperlo; è stata molto contenta, quando ha appreso che restavate».

«Ma lei come fa a esser tanto sicura che resterò immancabilmente in quell'alloggio?».

Volevo anche aggiungere: «E perché le occorre saperlo?», ma mi trattenni dal domandarlo per orgoglio.

«Anche il signor Lambert lo ha confermato».

«Co-o-sa?».

«Il signor Lambert, sissignore. Egli ha assicurato in tutti i modi ad Andréj Petrovič che rimarrete, e l'ha confermato anche ad Anna Andréevna».

Sussultai tutto. Che miracoli erano mai questi? Dunque Lambert conosceva già Versilov: Lambert era riuscito a insinuarsi fino a Versilov! Lambert e Anna Andréevna: si era insinuato anche fino a lei! Ardevo tutto, ma rimasi zitto. Una tremenda ondata di orgoglio invase la mia anima, di orgoglio o non so di che cosa. Ma, improvvisamente, in quell'istante mi dissi: «Se dirò ancora anche una sola parola per chiedere spiegazioni, mi impantanerò di nuovo in questo mondo e non riuscirò mai più a rompere con esso». Il mio cuore s'infiammò d'odio. Decisi con tutte le mie forze di tacere e me ne stavo disteso immobile; anche lei tacque per un intero minuto.

«Come va il principe Nikolàj Ivànovič?», domandai a un

tratto, come se avessi perso la ragione. Il fatto è che avevo fatto questa domanda proprio per cambiar discorso, e invece, inavvertitamente, avevo toccato il punto principale, andando a finire di nuovo, come un pazzo, in quel mondo dal quale con tanto spasimo avevo appena deciso di fuggire.

«È a Càrskoe Selò, signore. Si è leggermente ammalato e ora in città hanno cominciato a diffondersi queste febbri, per cui tutti gli hanno consigliato di trasferirsi a Càrskoe, nella casa che ha laggiù, a respirare l'aria buona».

Non risposi.

«Anna Andréevna e la generalessa vanno a trovarlo ogni tre giorni, si recano laggiù assieme».

Anna Andréevna e la generalessa (ossia *lei*) erano dunque amiche! Andavano laggiù assieme! Io tacevo.

Sono diventate così amiche... e Anna Andréevna parla così bene di Katerina Nikolàevna...

Io continuavo a tacere.

«Katerina Nikolàevna poi si è data di nuovo alla vita mondana, una festa dopo l'altra, è davvero uno splendore; si dice che tutti, persino la gente di corte, siano innamorati di lei... il signor Böhring, invece, lo ha abbandonato del tutto, non ci saranno le nozze; tutti a questo proposito affermano che... sembrerebbe che fosse proprio da quella volta».

Ossia dalla lettera di Versilov. Io cominciai a tremare tutto, ma non proferii verbo.

«Ad Anna Andréevna dispiace molto per il principe Sergèj Petròvič, e anche a Katerina Nikolàevna, dicono sempre che egli sarà assolto, mentre quel tale, Stebel'kòv, sarà condannato...».

La guardai con odio. Ella si alzò e improvvisamente si chinò verso di me.

«Anna Andréevna mi ha particolarmente raccomandato di informarmi sulla vostra salute», mi sussurrò, «e mi ha raccomandato di chiedervi di recarvi da lei non appena comincerete a uscire. Addio. Guarite, quanto a me, la rassicurerò in questo senso...».

Ella se ne andò. Mi sedetti sul letto, un sudore freddo mi imperlò la fronte, ma non era paura quella che provavo: la notizia, inconcepibile per me e indecente, riguardante Lambert e i suoi maneggi, ad esempio, non mi aveva riempito di paura, a confronto del terrore, forse inconsapevole, col quale, sia nel corso della malattia che durante i primi giorni di convalescenza, ero riandato al mio incontro con lui quella notte. Al contrario, in quel confuso primo momento, sul letto, dopo la partenza di Nastas'ja Egòrovna, non mi soffermai nemmeno su Lambert, ma... ciò che mi avvinceva più di qualsiasi altra cosa erano le notizie che riguardavano *lei*, la sua rottura con Böhring e il suo successo in società, le feste, gli ammiratori, il suo «splendore». «È davvero uno splendore», l'espressione di Nastas'ja Egòrovna mi echeggiava nelle orecchie. E a un tratto avvertii che non mi bastavano le forze per sottrarmi a quel gorgo, anche se avevo saputo resistere, tacere e non fare domande a Nastas'ja Egòrovna dopo le cose meravigliose che mi aveva raccontato! Una smisurata brama di quella vita, della *loro* vita, afferrò tutto il mio spirito e... e anche qualche altra voluttuosa brama che avvertivo con una intensità che rasentava la felicità e una tormentosa sofferenza. I miei pensieri sembravano presi da un turbine, ma io li lasciavo turbinare. «Che c'è qui da ragionare!», pensavo. «Tuttavia, perfino la mamma mi ha taciuto che Lambert è stato qui», pensavo sconnessamente, «è stato Versilov a ordinarle di tacere... Morirò, ma non chiederò a Versilov di Lambert! "Versilov" — mi balenava di nuovo per la mente — Versilov e Lambert, oh quante novità! Bravo Versilov! È riuscito a spaventare il tedesco Böhring con quella lettera; egli l'ha calunniata; *la calomnie... il en reste toujours quelque chose*,[2] e l'aristocratico tedesco ha avuto paura dello scandalo, ah, ah... ecco una bella lezione per lei!» — «Lambert... non sarà per caso riuscito a insinuarsi anche fino a lei, Lambert? Ma come no! Perché lei non avrebbe dovuto "allacciare una relazione" anche con lui?».

A questo punto cessai di pensare a tutte queste assurdità e, in preda alla disperazione, ricaddi con la faccia contro il cuscino. «Ma non accadrà!», esclamai, e con improvvisa risolutezza saltai giù dal letto, infilai le pantofole e la vestaglia e mi diressi difilato nella camera di Makàr Ivànovič, come se lì ci fosse ciò

2 «La calunnia... ne resta sempre qualcosa», in francese nel testo.

che avrebbe dissolto tutti i sortilegi, la salvezza, l'ancora alla quale aggrapparmi.

In effetti, può darsi che sentissi veramente qualcosa di simile con tutte le forze della mia anima; perché, altrimenti, avrei provato un desiderio così irresistibile, perché improvvisamente sarei balzato su dal mio posto e mi sarei precipitato in un simile stato d'animo da Makàr Ivànovič?

III

Ma da Makàr Ivànovič, del tutto inaspettatamente, trovai gente: c'erano la mamma e il dottore. Dato che, chissà perché, recandomi lì mi immaginavo di trovare sicuramente il vecchio solo, come il giorno prima, mi fermai sulla soglia in preda a un ottuso imbarazzo. Ma non avevo ancora fatto in tempo nemmeno ad aggrottare le ciglia che arrivò anche Versilov e, dopo di lui, inaspettatamente, anche Liza... Tutti, quindi, chissà perché si erano riuniti da Makàr Ivànovič e «proprio nel momento più inopportuno»!

«Sono venuto a informarmi sulla vostra salute», dissi, avvicinandomi direttamente a Makàr Ivànovič.

«Grazie, caro, ti aspettavo, sapevo che saresti venuto! Questa notte ho pensato a te».

Egli mi guardò affettuosamente negli occhi e io vidi chiaramente che egli mi amava forse più di ogni altro; tuttavia in un attimo notai anche involontariamente che, sebbene il suo viso fosse allegro, la malattia, nel corso della notte, aveva fatto progressi. Il dottore appena un momento prima lo aveva visitato assai approfonditamente. Venni a sapere in seguito che questo dottore (quello stesso giovanotto col quale avevo litigato e che curava Makàr Ivànovič fin dal momento del suo arrivo) si occupava con molte attenzioni del paziente e (io non so esprimermi col loro linguaggio medico) sospettava che fosse affetto da tutto un complesso di diverse malattie. Makàr Ivànovič, come capii fin dal primo sguardo, era già con lui in rapporti di grande intimità; subito ciò mi infastidì; ma, d'altronde, anch'io, naturalmente, ero assai sgradevole in quel momento.

«Veramente, Aleksàndr Semënovič, come va oggi il nostro caro malato?», si informò Versilov. Se non fossi stato così sconvolto, per prima cosa sarei stato tremendamente curioso di osservare i rapporti tra Versilov e quel vecchio, cosa a cui avevo già pensato il giorno prima. La cosa che mi colpì di più in quel momento fu l'espressione straordinariamente dolce e affabile dipinta sul volto di Versilov; in essa c'era qualcosa di assolutamente sincero. Da qualche parte ho già osservato, mi sembra, che il volto di Versilov si faceva straordinariamente bello quando egli diventava appena appena ingenuo.

«Non facciamo che litigare», rispose il dottore.

«Con Makàr Ivànovič? Non ci credo: con lui è impossibile litigare».

«Ma non mi ascolta; non dorme la notte...».

«Suvvia, smettila, Aleksàndr Semënovič, basta brontolare», scoppiò a ridere Makàr Ivànovič. «Ebbene, *bàtjuška*,[3] Andréj Petrovič, com'è andata alla nostra signorina? Lei è tutta la mattina che freme e si agita», soggiunse, indicando la mamma.

«Ah, Andréj Petrovič», esclamò effettivamente con grande inquietudine la mamma, «raccontaci subito, non farci stare in pena: cosa hanno stabilito per quella poveretta?».

«La nostra signorina è stata condannata!».

«Ah!», esclamò la mamma.

«Ma non alla Siberia, tranquillizzati, a quindici rubli di ammenda soltanto; tutto si è risolto in una commedia!».

Egli si sedette, imitato dal dottore. Stavano parlando di Tat'jana Pàvlovna e io non sapevo ancora assolutamente nulla di questa storia. Ero seduto alla sinistra di Makàr Ivànovič, mentre Liza aveva preso posto dirimpetto a me, alla sua destra; quel giorno doveva essere angustiata da qualche sua pena particolare, a causa della quale era venuta dalla mamma; l'espressione del suo viso era inquieta e irritata. In quel momento, casualmente i nostri sguardi si incontrarono e a un tratto pensai fra di me: «Siamo entrambi disonorati e debbo essere io a fare il primo passo verso di lei». I miei sentimenti verso di lei im-

3 Vedi la nota 1 a pag. 286.

provvisamente si addolcirono. Versilov intanto aveva cominciato a raccontare la sua avventura mattutina.

Il fatto è che Tat'jana Pàvlovna aveva avuto quel mattino una causa con la sua cuoca davanti al giudice di pace. Si trattava di una faccenda assolutamente futile; ho già ricordato che la rabbiosa estone, talvolta, quand'era in collera, taceva perfino per intere settimane, non rispondendo neppure una parola alle domande della sua padrona; ho anche ricordato la debolezza che aveva per lei Tat'jana Pàvlovna, la quale sopportava tutto da parte sua e per nulla al mondo avrebbe voluto cacciarla una volta per tutte. Tutte queste stranezze psicologiche da vecchie zitelle e padrone appaiono ai miei occhi al massimo grado degne di disprezzo, e non di attenzione, e se mi decido a riferire qui di questa storia è unicamente perché questa cuoca è destinata ad avere un ruolo non secondario e fatale nel corso successivo della mia narrazione. Così, avendo perduto finalmente la pazienza con la testarda estone, che già da diversi giorni non le rispondeva, Tat'jana Pàvlovna improvvisamente l'aveva percossa, cosa che non era mai accaduta prima di allora. La estone neppure in questo caso aveva emesso il più piccolo suono, ma quel giorno stesso aveva preso contatto con il maresciallo di marina a riposo Osëtrov, che abitava da qualche parte, in un «angolo», al piano di sotto, il quale, nella sua lotta per l'esistenza, si occupava del disbrigo di pratiche di vario genere e, naturalmente, era specialista nell'intentare cause di questo genere in tribunale. Finì che Tat'jana Pàvlovna venne convocata davanti al giudice di pace e che Versilov, Dio sa perché, dovette deporre al dibattimento in qualità di testimone.

Tutte queste cose Versilov le raccontò in maniera straordinariamente allegra e scherzosa, tanto che perfino la mamma scoppiò a ridere; egli fece l'imitazione dei vari personaggi: Tat'jana Pàvlovna, il maresciallo, la cuoca. La cuoca fin dall'inizio aveva dichiarato che voleva il risarcimento in denaro, «altrimenti, se mettono dentro la padrona, a chi preparerò da mangiare?». Tat'jana Pàvlovna aveva risposto con fare oltremodo altezzoso alle domande del giudice, non degnandosi nemmeno di giustificarsi; al contrario, aveva concluso dicendo:

«L'ho picchiata e la picchierò ancora», per cui era stata immediatamente condannata a un'ammenda di tre rubli per le risposte insolenti alla corte. L'ufficiale, un giovanotto spilungone e ossuto, voleva tenere una lunga arringa in difesa della propria cliente, ma aveva vergognosamente perso il filo facendo ridere tutta l'aula. Il dibattimento era terminato rapidamente e Tat'jana Pàvlovna era stata condannata a pagare quindici rubli all'offesa Màr'ja. Ella, senza indugio, aveva tirato fuori il borsellino e aveva versato il denaro. A questo punto si era immediatamente fatto sotto l'ufficiale, protendendo la mano a sua volta per essere pagato, ma Tat'jana Pàvlovna aveva scostato quasi con una botta la sua mano e si era rivolta verso Màr'ja. «Basta, signora, non disturbatevi, aggiungeteli al conto. A questo, poi, ci penserò io». — «Ma guarda un po' Màr'ja, che razza di spilungone è andata a trovarsi!», aveva detto Tat'jana Pàvlovna indicando l'ufficiale, immensamente rallegrata che Màr'ja, finalmente, si fosse messa a parlare. «È proprio uno spilungone, signora», aveva risposto con fare malizioso Màr'ja. «Mi avete ordinato polpette con i piselli per oggi? Poco fa non ho sentito bene: ero di furia perché dovevo venire qui». — «Oh, no, col cavolo, Màr'ja, e bada, per favore, di non farle bruciare come ieri». — «Oggi ci starò più attenta, signora; porgetemi la vostra mano», e le aveva baciato la mano in segno di riconciliazione. Insomma, aveva fatto ridere tutta l'aula.

«Che tipo, che tipo!», esclamò la mamma scuotendo la testa, assai contenta sia della notizia che del racconto di Andréj Petrovič, ma furtivamente ogni tanto sbirciava con inquietudine Liza.

«Fin da piccola è stata un caratterino, la signorina!», disse ridacchiando Makàr Ivànovič.

«Bile e ozio», sentenziò il dottore.

«Sarei io il caratterino? Sarei io "bile e ozio"?», disse Tat'jana Pàvlovna entrando improvvisamente, evidentemente assai soddisfatta di sé, «quanto a te, Aleksàndr Semënovič, non dovresti dire sciocchezze; mi conosci fin da quando avevi dieci anni e sai se sono mai stata in ozio; quanto alla bile, sei tu che mi stai curando da un anno intero e non riesci a guarirmi, quindi questo torna a tua vergogna. Be', finitela di farvi beffe di me; Andréj Petrovič, grazie di esserti disturbato a venire dal giudice. Be', come stai, Makàruška, è solo te che sono venuta a trovare, mica questo. (Indicò me, ma nello stesso tempo mi batté amichevolmente sulla spalla con la mano; non l'avevo mai vista prima in una disposizione di spirito così allegra). Be', allora?», concluse rivolgendosi improvvisamente al dottore e aggrottando preoccupata la fronte.

«Non vuole coricarsi e, stando così seduto, si affatica».

«Me ne starò un po' seduto a parlare con la gente», borbottò Makàr Ivànovič con viso implorante, come un bambino.

«Già, questo ci piace, ci piace; ci piace starcene a chiacchierare in crocchio, quando si riuniscono attorno a noi; lo conosco Makàruška!», disse Tat'jana Pàvlovna.

«Eh, quanto sei svelto», disse di nuovo il vecchio, sorridendo, rivolgendosi al dottore, «e non ti lasci nemmeno convincere; aspetta, lasciami parlare: mi coricherò, caro, ho sentito, ma sai come diciamo noi? "Se ti corichi, forse non ti rialzi più" — ecco che cosa mi pesa».

«Ecco, lo sapevo, i pregiudizi popolari: "Se mi corico, ho paura che non mi rialzerò più", ecco di che cosa assai spesso ha paura il popolo e preferisce passare la malattia in piedi piuttosto che ricoverarsi in ospedale. Quanto a voi, Makàr Ivànovič, sentite soltanto la nostalgia, la nostalgia dell'aria aperta e della strada maestra; ecco tutta la vostra malattia; vi siete disabituato a vivere a lungo nello stesso posto. Non siete forse un cosiddetto *strannik*? Il vagabondaggio nel nostro popolo si trasforma quasi in passione. Non è la prima volta che lo osservo. Il nostro popolo è per lo più vagabondo».

«Quindi Makàr, secondo te, è un vagabondo?», interloquì Tat'jana Pàvlovna.

«Oh, non dicevo in questo senso; ho usato questa parola in senso generale. Be', è un vagabondo religioso, per devozione, ma pur sempre un vagabondo. In senso buono, rispettabile, ma pur sempre un vagabondo... Io, come medico...».

«Vi assicuro», feci io rivolgendomi improvvisamente al dottore, «che vagabondi siamo piuttosto io e voi, e tutti quelli che sono qui, che non questo vecchio, dal quale io e voi abbiamo piuttosto da imparare, perché lui ha qualcosa di saldo nella vita, mentre noi, tutti quanti, non abbiamo nulla di saldo nella vita... Del resto, come potreste mai capire questo».

Evidentemente avevo parlato con tono aspro, ma ero venuto lì proprio con questa intenzione. In realtà non so perché continuassi a rimaner lì, ed ero quasi fuori di senno.

«Cosa vuoi dire?», chiese guardandomi sospettosamente Tat'jana Pàvlovna. «Ebbene, come l'hai trovato Makàr Ivànovič?», proseguì indicandomi con il dito.

«Che Dio lo benedica, è acuto», disse il vecchio con aria seria; ma alla parola «acuto» quasi tutti scoppiarono a ridere. Io riuscii in qualche modo a trattenermi; più di tutti rideva il dottore. Il guaio era che non sapevo dell'accordo che c'era fra di loro. Versilov, il dottore e Tat'jana Pàvlovna già tre giorni prima si erano messi d'accordo di fare ogni sforzo per distrarre la mamma dai suoi cattivi presentimenti e dai suoi timori per Makàr Ivànovic, che era ammalato in modo assai più grave e senza speranza di quanto allora non sospettassi. Ecco perché tutti scherzavano e si sforzavano di ridere. Soltanto che il dottore era uno stupido e non era affatto capace di scherzare: e fu appunto questa la causa di tutto quel che successe poi. Se fossi stato anch'io al corrente del loro accordo non avrei combinato quel guaio. Neppure Liza sapeva nulla.

Io me ne stavo lì seduto e ascoltavo pensando ad altro: avevo in testa Nastas'ja Egòrovna e le sue notizie e non riuscivo a scacciarla dalla mente; la vedevo ancora seduta davanti a me che mi guardava, e poi che si alzava con fare circospetto e andava a guardare nella stanza accanto. Improvvisamente tutti scoppiarono a ridere: Tat'jana Pàvlovna, non so assolutamente per quale motivo, a un tratto aveva dato del «senza Dio» al dottore: «Voi, dottorini, siete tutti quanti dei senza Dio!...».

«Makàr Ivànovič!», esclamò il dottore, fingendo nella maniera più stupida di essere offeso e di invocare giustizia, «sono un senza Dio, o no?».

«Tu un senza Dio? No, tu non sei un senza Dio», rispose gravemente il vecchio, fissandolo intentamente, «no, sia lode a Dio!», continuò scuotendo la testa, «tu sei un uomo allegro».

«Perché, se uno è allegro non può essere un senza Dio?», osservò ironicamente il dottore.

«Nel suo genere è un pensiero», osservò Versilov ma senza ridere affatto.

«È un grande pensiero!», esclamai involontariamente, colpito da quell'idea. Il dottore invece si voltò a guardarmi con espressione interrogativa.

«Questi sapienti, questi medesimi professori (verosimilmente prima avevano detto qualcosa a proposito dei professori)», cominciò a dire Makàr Ivànovič abbassando un po' lo sguardo, «sul principio io ne avevo paura: non osavo presentarmi davanti a loro, perché più di ogni altra cosa temevo i senza Dio. Di anime, pensavo, in me ce n'è una sola; se la perdo non riuscirò a trovarne un'altra; poi, però, mi sono fatto coraggio: "Ebbene, ho pensato, non sono degli dei, ma uomini proprio come noi". Era grande anche la curiosità: "Saprò, pensavo, che cosa vuol dire essere senza Dio". Soltanto, amico, anche questa stessa curiosità mi è passata».

Egli tacque, ma con l'intenzione di continuare, sempre con lo stesso sorriso quieto e pacato. Esiste una semplicità d'animo fiduciosa di tutti e di ognuno, perché non sospetta l'irrisione. Tali persone sono sempre limitate, perché sono pronte a tirar fuori dal cuore tutto quello che hanno di più prezioso e a esporlo davanti al primo venuto. Ma in Makàr Ivànovič mi pareva che vi fosse qualcos'altro e che fosse qualcos'altro che non la semplice ingenuità a spingerlo a parlare: mi sembrava di scorgere in lui il propagandista. Con piacere colsi nelle sue parole persino una ironia quasi maliziosa indirizzata al dottore e, forse, anche a Versilov. La conversazione, evidentemente, era una prosecuzione delle loro precedenti discussioni della settimana prima; ma in essa, disgraziatamente, venne fuori di nuovo quella stessa fatale parola che mi aveva tanto elettrizzato il giorno prima e questa mi spinse a una sortita della quale ancor oggi mi pento.

«Dell'uomo senza Dio», proseguì con espressione assorta il vecchio, «io, forse, ho paura anche oggi; solamente, amico Aleksàndr Semënovič, un senza Dio io non l'ho mai incontrato in vita mia, mentre, al suo posto, ho incontrato invece l'uomo vano, ecco il modo migliore di chiamarlo. Si tratta di persone di ogni genere; non si riesce a capire che gente sia; grandi e piccoli, stupidi e sapienti, e ce n'è anche del ceto più umile e non sono altro che vanità. Essi, infatti, leggono e spiegano tutto il loro tempo, sazi di dolcezza libresca, e loro stessi sono sempre perplessi e non sono capaci di risolvere nulla. Alcuni si sono tutti dispersi e hanno smesso di accorgersi di se stessi. Alcuni sono diventati più crudeli di una pietra, ma nel loro cuore errano i sogni; mentre alcuni sono insensibili e frivoli e non pensano che a farsi beffe di tutto. Alcuni dai libri hanno tirato fuori soltanto i fiorellini, e anche quelli secondo il loro giudizio, ma essi stessi sono vani e in loro non c'è determinazione. Ecco cos'altro vi dico: c'è una gran noia. L'uomo piccolo vive nell'indigenza, gli manca un tozzo di pane, non ha di che mantenere i figlioli, dorme sulla paglia pungente, eppure ha il cuore sempre allegro, leggero; egli pecca ed è rozzo, ma il suo cuore è sempre leggero. Mentre l'uomo grande si ubriaca, si rimpinza di cibo, sta seduto sopra un mucchio d'oro, ma in cuore ha sempre soltanto tristezza. Alcuni hanno studiato tutte le scienze, e in loro non c'è che tristezza. E io penso che quanto più intelletto si acquista, tanto più cresce la noia. Basta pensare poi a questo: si insegna da quando esiste il mondo, e che cosa sono riusciti a insegnare di buono, perché il mondo fosse il soggiorno più bello e allegro e ripieno di ogni gioia? E dirò un'altra cosa: non hanno la grazia, e nemmeno la desiderano; sono tutti perduti e ciascuno loda soltanto la propria perdizione, e non pensa a rivolgersi verso l'unica verità: ma vivere senza Dio è soltanto una sofferenza. E così accade che proprio ciò che ci illumina noi lo malediciamo, e noi stessi lo ignoriamo. E a che pro? L'uomo non può neppure esistere senza inchinarsi; un simile uomo non sopporterebbe se stesso, né nessun altro uomo ci riuscirebbe. E se rinnegherà Dio, si inchinerà a un idolo, di legno o d'oro, o del pensiero. Sono tutti quanti degli idolatri, e non dei senza Dio, ecco come bisogna chiamarli. Ma come potrebbe non esserci anche il senza Dio? Vi sono anche quelli che sono davvero senza Dio, solamente essi fanno molto più paura di quegli altri, perché vengono col nome di Dio sulle labbra. Ne ho sentito parlare più di una volta, ma non li ho mai incontrati. Vi sono uomini del genere e io penso che ci debbono essere».

«Ci sono, Makàr Ivànovič», confermò improvvisamente Versilov, «ci sono uomini del genere e "ci debbono essere"».

«Immancabilmente ci sono e "ci debbono essere"!», proruppi irrefrenabilmente e con calore io, non so perché; ma mi aveva trasportato il tono di Versilov e mi affascinava una certa idea contenuta nell'espressione «ci debbono essere». Questa conversazione era per me una cosa del tutto inattesa. In quel momento, però, accadde qualcos'altro di non meno inatteso.

IV

Era una giornata straordinariamente chiara; di solito, per ordine del dottore, nella stanza di Makàr Ivànovič non venivano sollevati i tendoni durante il giorno; ma ai vetri c'erano solo delle tendine, di modo che la parte superiore della finestra non era coperta; ciò perché il vecchio si rattristava di non vedere affatto il sole con i tendoni che c'erano prima. Noi, dunque, ce ne rimanemmo lì seduti fino al momento in cui un raggio di sole colpì improvvisamente Makàr Ivànovič proprio in volto. Preso dalla conversazione egli dapprima non vi fece caso, ma, mentre parlava, scostò macchinalmente diverse volte la testa da una parte, perché quel raggio splendente gli disturbava e irritava fortemente gli occhi malati. La mamma, che era ritta accanto a lui, aveva già guardato diverse volte la finestra con inquietudine; sarebbe stato semplicemente necessario coprirla del tutto con qualche cosa, ma, per non disturbare la conversazione, le venne l'idea di provare a spostare la panchetta sulla quale era seduto Makàr Ivànovič da un lato, verso destra: bisognava spostarla di tre palmi, quattro al massimo. Ella si era già chinata più volte e aveva afferrato la panchetta, ma non era riuscita a spostarla; la panchetta con Makàr Ivànovič sopra non si muoveva. Avvertendo i suoi sforzi, ma tutto preso dalla foga della discussione, Makàr Ivànovič aveva tentato più volte, inconsapevolmente, di alzarsi, ma le gambe non gli ubbidivano. La mamma, tuttavia, continuava a sforzarsi e a tirare, finché tutto ciò indispettì terribilmente Liza. Avevo notato alcune sue occhiate scintillanti e irritate, ma in un primo momento non sapevo a che cosa attribuirle e, inoltre, ero distratto dalla discussione. Quand'ecco che improvvisamente la si sentì pressoché inveire con asprezza contro Makàr Ivànovič:

«Ma alzatevi almeno un po', vedete come la mamma fa fatica!».

Il vecchio le lanciò una rapida occhiata, subito capì e immediatamente tentò in fretta di tirarsi su, ma non ci riuscì: si sollevò un paio di palmi e ricadde di nuovo sulla panchetta.

«Non ci riesco, cara», rispose con tono quasi lamentoso a Liza, guardandola tutto ubbidiente.

«Siete capace di raccontare un libro intero e non avete le forze di muovere un dito?».

«Liza!», gridò Tat'jana Pàvlovna. Makàr Ivànovič fece di nuovo uno sforzo sovrumano.

«Prendete la stampella, è lì accanto a voi, con la stampella riuscirete ad alzarvi!», tagliò corto di nuovo Liza.

«Hai ragione», disse il vecchio afferrando subito in fretta la stampella.

«Bisogna semplicemente sollevarlo!», esclamò Versilov alzandosi; si mosse anche il dottore, balzò in piedi anche Tat'jana Pàvlovna, ma essi non fecero neppure in tempo ad avvicinarsi: Makàr Ivànovič, appoggiandosi con tutte le sue forze sulla stampella, a un tratto si tirò su e si rizzò in piedi, guardandosi attorno felice con aria di trionfo.

«Mi sono alzato!», esclamò quasi con orgoglio, ridendo gioiosamente, «grazie, cara, di averlo insegnato alla mia mente, io invece pensavo che ormai le gambette non mi servivano più...».

Ma egli non si resse in piedi a lungo: non fece neppure in tempo a terminare le sue parole che improvvisamente la stampella, sulla quale egli si appoggiava con tutto il peso del proprio corpo, scivolò sul tappeto e, dato che le «gambette» pressoché non lo sorreggevano, egli rovinò di schianto lungo e disteso sul pavimento. Fu una cosa terribile da vedersi, ricordo. Tutti lanciarono un grido e si precipitarono a rialzarlo, ma, grazie a Dio, non si era rotto nulla; egli aveva soltanto battuto pesantemente, con fragore, entrambe le ginocchia sul pavimento, ma era tuttavia riuscito a stendere in avanti la mano destra e ad appoggiarsi a essa. Lo sollevarono e lo distesero sul letto. Era pallidissimo, non per lo spavento, ma per l'agitazione.

(Oltre a tutto il resto, il dottore gli aveva trovato anche un disturbo al cuore). La mamma era fuori di sé per lo spavento. E a un tratto Makàr Ivànovič, ancora pallido, col corpo che gli tremava tutto e non ancora del tutto ripresosi, si voltò verso Liza e con voce sommessa e quasi tenera le disse:

«No, cara, a quanto sembra le gambette non mi reggono davvero!».

Non posso esprimere l'impressione che provai allora. Il fatto è che nelle parole del povero vecchio non risuonava neppure il più piccolo accento di lamentela o di rimprovero; al contrario, era del tutto evidente che egli fin dal principio non aveva notato decisamente nulla di malevolo nelle parole di Liza, bensì aveva preso il suo rimprovero come qualcosa di doveroso, ossia come una meritata «lavata di capo» per la sua colpa. Tutto ciò colpì immensamente anche Liza. Al momento della caduta era balzata in piedi anche lei come tutti gli altri e poi era rimasta lì come tramortita, soffrendo, naturalmente, perché era lei la causa di tutto, ma sentendo quelle parole ella, quasi in un attimo, avvampò tutta per la vergogna e il pentimento.

«Basta!», comandò a un tratto Tat'jana Pàvlovna, «tutto è successo a causa delle discussioni! È ora che ognuno torni a casa sua; che cosa ci si può mai aspettare di buono quando è il dottore stesso che ha dato il via alle chiacchiere?».

«Proprio così», approvò Aleksàndr Semënovič che si dava da fare attorno al malato. «È colpa mia, Tat'jana Pàvlovna, ha bisogno di tranquillità!».

Ma Tat'jana Pàvlovna non lo ascoltava: ella guardò fissamente Liza per una trentina di secondi, in silenzio.

«Vieni qui, Liza, e da' un bacio a questa vecchia stupida, se vuoi», esclamò inaspettatamente.

E la baciò, non so per quale ragione precisamente, ma era proprio così che bisognava fare, tanto che mi lanciai quasi anch'io a baciare Tat'jana Pàvlovna. Non bisognava appunto opprimere Liza con i rimproveri, bensì accogliere gioiosamente e festeggiare il nuovo bellissimo sentimento che doveva indubbiamente essere nato in lei. Ma invece di tutti questi sentimenti, improvvisamente io mi alzai e cominciai a parlare scandendo con forza le parole:

«Makàr Ivànovič, voi avete di nuovo usato la parola "grazia", ed è proprio attorno a questa parola che mi tormento da ieri e che mi sono tormentato durante tutti questi giorni... anzi, è tutta la vita che mi tormento attorno a essa, solamente che prima non lo sapevo. Questa coincidenza di parole la considero fatale, quasi miracolosa... Dichiaro questo in vostra presenza...».

Ma mi fermarono subito. Lo ripeto: io non sapevo dell'accordo che c'era tra di loro riguardo alla mamma e a Makàr Ivànovič; ed essi certo, in base alle esperienze precedenti, mi ritenevano capace di qualsiasi scenata dello stesso genere.

«Fatelo smettere, fatelo smettere!», urlava inferocita Tat'jana Pàvlovna. La mamma si mise a tremare. Makàr Ivànovič, vedendo lo spavento generale, si spaventò a sua volta.

«Arkàdij, basta!», mi gridò severamente Versilov.

«Per me, signori», continuai io alzando ancora di più la voce, «per me, vedere tutti voi accanto a questo bambino (e indicai Makàr) è un'indecenza. Qui c'è soltanto una santa, ed è la mamma, ma anche lei...».

«Voi lo spaventate!», disse con forza il dottore.

«Io lo so di essere un nemico per tutto il mondo», provai a balbettare (o qualcosa del genere), ma, voltatomi un'altra volta, fissai Versilov con aria di sfida.

«Arkàdij!», gridò lui di nuovo, «questa stessa scena si è già ripetuta qui tra noi un'altra volta. Ti supplico, trattieniti adesso!».

Non so esprimere con quale intenso sentimento egli disse queste parole. I suoi lineamenti esprimevano una straordinaria, sincera, totale tristezza. La cosa più sorprendente era che egli aveva l'aria del colpevole: io ero il giudice e lui il delinquente. Tutto questo mi annientò.

«Sì!», gli gridai di rimando, «questa scena è già avvenuta quando ho seppellito Versilov e me lo sono strappato dal cuore... Ma poi è venuta la resurrezione dai morti, mentre ora... ora... non ci sarà più alcuna alba! Ma... ma voi tutti qui vedrete di che cosa sono capace! Voi non vi immaginate nemmeno che cosa saprò dimostrarvi!».

Detto questo mi precipitai nella mia camera. Versilov mi corse dietro...

V

Ebbi una ricaduta della mia malattia; fui colto da un fortissimo attacco di febbre e verso la notte sopravvenne il delirio. Ma non vi fu soltanto il delirio: ci furono innumerevoli sogni, un'intera sequela e senza misura. Uno di questi sogni, o un frammento di esso, mi è rimasto impresso per tutta la vita. Lo riferisco senza spiegazioni; è stato una profezia e non posso passarlo sotto silenzio.

Mi ritrovai improvvisamente con una grande e orgogliosa determinazione nel cuore in una spaziosa stanza dal soffitto altissimo; ma non da Tat'jana Pàvlovna: ricordo benissimo quella stanza; osservo questo facendo un salto in avanti. Sebbene sia solo, sento incessantemente, con inquietudine e sofferenza, di non essere affatto solo, che sono atteso e che si attende qualcosa da me. Da qualche parte, dietro la porta, ci sono delle persone in attesa di quello che farò. È una sensazione insopportabile: «Oh, se fossi solo!», mi dico. E a un tratto entra *lei*. Ella mi guarda timidamente, è terribilmente spaventata, mi scruta negli occhi. *Ho in mano il documento*. Ella sorride per affascinarmi, mi fa delle moine; io provo compassione, ma comincio anche a provare repulsione. Improvvisamente ella si copre il viso con le mani. Io getto il «documento» sul tavolo con indicibile disprezzo: «Non supplicate, tenete, non voglio niente da voi! Mi vendico di tutte le ingiurie col disprezzo!». Esco dalla stanza traboccante di smisurato orgoglio. Ma sulla porta, al buio, mi afferra Lambert: «Stupido, stupido!», mi sussurra con rabbia, trattenendomi per il braccio, «lei deve aprire una pensione per le fanciulle nobili sull'isola Vasìl'evskij». (N.B.: per vivere, nel caso che il padre, venuto a conoscenza del documento, l'avesse privata dell'eredità e cacciata di casa).

«Arkàdij Makàrovič va in cerca della "grazia"», si sente esclamare la vocetta di Anna Andréevna da qualche parte lì vicino, sulla scala; ma nelle sue parole non risuona la lode, bensì un'intollerabile derisione. Io ritorno nella stanza con Lambert. Ma, vedendolo, *lei* improvvisamente scoppia a ridere. La mia prima reazione è di terribile spavento, uno spavento tale che mi arresto e non voglio avvicinarmi a lei. La guardo e non credo ai miei occhi: è come se ella si fosse tolta la maschera: i lineamenti sono gli stessi, ma è come se ogni minimo tratto del viso fosse stato deformato da una smisurata impudenza. «Il riscatto, signora, il riscatto!», grida Lambert, ed entrambi ridono ancora più sgangheratamente, mentre a me viene meno il cuore: «Oh, possibile che questa donna spudorata sia quella medesima che faceva ardere di virtù il mio cuore?».

«Ecco di che cosa sono capaci per i soldi queste persone altere nella loro alta società!», esclama Lambert. Ma la svergognata non si scompone nemmeno davanti a questo; sghignazza proprio della mia paura. Ella è pronta a pagare il riscatto, lo vedo e... che cosa mi accade? Io non sento più né pietà, né ripugnanza; io tremo, come mai mi è accaduto prima... Mi afferra un nuovo sentimento, inesprimibile, che non ho mai provato prima, forte come il mondo intero... Oh, ormai adesso non potrei più andarmene per nulla al mondo! Oh, come mi piace una simile spudoratezza! La afferro per le mani, il contatto delle sue mani mi sconvolge dolorosamente, e avvicino le mie labbra alle sue, sfacciate, scarlatte, tremanti di riso e invitanti.

Oh, lontano da me questo ignobile ricordo! Maledetto sogno! Giuro che, prima di questo infame sogno, nella mia mente non c'era mai stato nulla di nemmeno lontanamente simile a questo vergognoso pensiero! Non c'era mai stata nemmeno una involontaria fantasticheria di questo genere (benché custodissi il «documento» cucito nella tasca e ogni tanto mi palpassi la tasca con uno strano sogghigno). Da dove mai è venuto fuori tutto ciò bell'e pronto? È perché in me c'era l'anima del ragno! Ciò significa che tutto era già stato concepito e giaceva nel mio cuore corrotto, giaceva nel mio *desiderio*, ma il cuore ancora si vergognava a manifestarlo e la mente non osava ancora figurarsi qualcosa di simile coscientemente. Ma in sogno l'anima stessa aveva rappresentato e aveva esposto tutto quello che c'era nel cuore con assoluta esattezza, tracciandone un quadro assolutamente completo e in forma profetica. Era forse *questo* che volevo *dimostrare* loro quella mattina correndo fuori dalla stanza di Makàr Ivànovič? Ma basta, per il momento non voglio dir nulla di questo! Questo sogno costituisce una delle più strane avventure della mia vita.

CAPITOLO TERZO

I

Tre giorni dopo, alzandomi il mattino, improvvisamente sentii, rizzandomi in piedi, che non mi sarei più rimesso a letto. Avvertii con tutto il mio essere che la guarigione era vicina. Non varrebbe forse neppure la pena di riportare tutti questi minuscoli particolari, ma sopravvennero allora alcune giornate le quali, benché nel corso di esse non accadesse nulla di speciale, restarono nella mia memoria come qualcosa di gioioso e di quieto, e questa è una rarità nei miei ricordi. Per il momento non definirò il mio stato d'animo; se il lettore sapesse quale esso fosse, certamente non mi crederebbe. È meglio che tutto venga chiarito in seguito attraverso i fatti. Per il momento dirò soltanto una cosa: che il lettore non dimentichi *l'anima di ragno*. E che quest'anima era in colui che voleva allontanarsi da loro e da tutto il mondo in nome della «grazia»! La brama di grazia c'era al più alto grado, questo è certo, ma in che modo essa potesse coesistere con Dio sa quali altre brame, questo è per me un mistero. Ed è sempre stato un mistero: io mi sono mille volte meravigliato di questa capacità dell'uomo (e, a quanto pare, soprattutto dell'uomo russo) di accarezzare nella propria anima il più sublime ideale accanto alla più abietta bassezza, ed entrambi con assoluta sincerità. Se questo sia una particolare larghezza di spirito dell'uomo russo che lo condurrà lontano, o semplicemente bassezza: ecco il problema!

Ma lasciamo stare. Comunque fosse, sopravvenne un periodo di calma. Avevo semplicemente capito che dovevo guarire a qualunque costo e al più presto, in modo da cominciare al più presto ad agire, e perciò decisi di vivere in maniera igienica e seguendo i consigli del dottore, (chiunque egli fosse), rinviando con straordinario buon senso (frutto della larghezza di spirito) i miei burrascosi propositi al giorno in cui avrei cominciato a uscire, ossia al giorno della mia guarigione. Come potessero andare d'accordo tutte le sensazioni di pace e il piacere della quiete con le trepidazioni ansiose e tormentosamente dolci al presentimento delle prossime burrascose decisioni, questo non lo so, ma attribuisco anche questo alla «larghezza di spirito». Tuttavia in me non c'era ormai più la precedente inquietudine provata fino a poco prima; avevo rimandato tutto fino al momento opportuno e ormai non trepidavo più davanti al futuro come ancora facevo poco tempo prima, ma mi sentivo, per così dire, come un riccone, sicuro dei propri mezzi e delle proprie forze. L'arroganza e la sfida al destino che mi attendeva aumentavano sempre più, e in parte, suppongo, ciò dipendeva dall'ormai effettiva guarigione e dalle forze vitali che mi stavano rapidamente ritornando. Sono appunto questi giorni di definitiva ed effettiva guarigione che ricordo adesso con totale piacere.

Oh, essi mi perdonarono tutto, ossia quella mia uscita, e proprio quelle persone che io avevo chiamato in viso indecenti! Questo mi piace nelle persone, questo lo chiamo intelligenza del cuore; per lo meno è questo che subito mi affascinò; fino a un certo punto, si intende. Con Versilov, ad esempio, continuavamo a parlare come ottimi conoscenti, ma fino a un certo punto; non appena si manifestava una eccessiva espansività (e si manifestava), entrambi subito ci trattenevamo, come se ci vergognassimo un po' di non so che cosa. Vi sono dei casi, nei quali il vincitore non può fare a meno di vergognarsi davanti al vinto, e precisamente del fatto che ha avuto la meglio su di lui. Il vincitore, evidentemente, ero io; ed ero quindi io che mi vergognavo.

Quella mattina, quando cioè mi alzai dal letto dopo la ricaduta della mia malattia, egli venne da me e fu allora che per la prima volta venni a sapere dell'accordo che avevano preso tutti insieme riguardo alla mamma e a Makàr Ivànovič; inoltre egli osservò che, sebbbene il vecchio stesse meglio, il dottore assolutamente non rispondeva di lui. Di tutto cuore gli promisi anch'io che in futuro mi sarei comportato con maggiore cautela. Quando Versilov mi riferì tutto questo, per la prima volta improvvisamente notai che anche lui era affezionato in maniera straordinariamente sincera a quel vecchio, assai più, cioè, di quanto mi sarei potuto aspettare da un uomo come lui, e che egli lo considerava un essere a lui per qualche ragione particolarmente caro, e non soltanto a causa della mamma. Ciò subito mi interessò, quasi mi stupì, e confesso che, non fosse stato per Versilov, non avrei notato e apprezzato molte cose in quel vecchio che ha lasciato nel mio cuore uno dei ricordi più duraturi e originali.

Versilov nutriva una certa inquietudine riguardo ai miei rapporti con Makàr Ivànovič, cioè non si fidava né della mia intelligenza, né del mio tatto, e perciò fu poi straordinariamente contento quando si avvide che anch'io talvolta sapevo capire come bisogna comportarsi con una persona di idee e di vedute totalmente diverse, che, insomma, sapevo essere, all'occorrenza, arrendevole e aperto. Riconosco anche (senza con ciò umiliarmi, penso) che in questa persona del popolo trovai anche qualcosa di assolutamente nuovo riguardo a taluni sentimenti e vedute, qualcosa di a me sconosciuto, qualcosa di assai più chiaro e confortante di quanto io vedessi tali cose prima. Ciononondimeno era assolutamente impossibile non uscire talvolta semplicemente fuori di sé di fronte a taluni veri e propri pregiudizi, ai quali egli credeva con la più irritante tranquillità e incrollabilità. Ma la colpa, qui, era tutta della sua mancanza di istruzione, mentre la sua anima era abbastanza ben organizzata, a tal punto, anzi, che non ho mai finora incontrato nulla di meglio nella gente.

II

Ciò che era innanzitutto affascinante in lui, come ho già osservato in precedenza, era la sua straordinaria purezza di cuore e l'assenza del benché minimo amor proprio; si aveva la sensazione di un cuore quasi senza peccato. C'era in lui «letizia», del cuore, e perciò anche «grazia». La parola «letizia» egli l'amava molto e la impiegava spesso. Vero è che talvolta sopravveniva in lui una sorta di morbosa esaltazione, una sorta di morbosità emotiva, in parte, ritengo, anche per il fatto che la febbre, in senso letterale, non lo abbandonava mai; ma ciò non pregiudicava la grazia. C'erano in lui anche dei contrasti: accanto a una sorprendente semplicità, che talvolta non si accorgeva assolutamente dell'ironia (con mio frequente disappunto), coesisteva in lui una specie di astuta finezza, il più sovente negli scontri polemici. Ed egli amava la polemica, ma non sempre, e a modo suo. Si vedeva che egli aveva molto peregrinato per la Russia, che aveva ascoltato molto, ma, ripeto, più di tutto gli piaceva la commozione e, perciò, tutto quello che poteva suscitarla; lui stesso, inoltre, amava raccontare cose commoventi. In generale gli piaceva molto raccontare. Ho sentito da lui moltissimi racconti, sia sulle sue peregrinazioni, sia sulle varie leggende sulla vita dei più antichi «giusti». Io non conosco questa materia, ma penso che egli travisasse molte cose in queste leggende, che a sua volta aveva appreso per lo più dalle narrazioni orali del popolo. Era semplicemente impossibile ammettere alcune cose. Ma, accanto a evidenti deformazioni o, addirittura, a vere e proprie bugie, balenava sempre una certa sorprendente interezza, piena di sentimento popolare e sempre commovente... Tra questi racconti, per esempio, me ne è rimasto impresso uno assai lungo, *La vita di Maria Egiziaca*. Di questa «vita», come di tutte le altre del genere, fino ad allora non avevo avuto idea alcuna. Lo dico francamente: era quasi impossibile ascoltarlo senza piangere, e non di commozione, ma per una sorta di strano entusiasmo: si avvertiva qualcosa di straordinario e di ardente, come quel deserto sabbioso infuocato, popolato da leoni, nel quale errava la santa. D'altronde di questo non voglio parlare, né ne ho la competenza.

A parte la commozione, mi piacevano in lui anche talune vedute, a volte straordinariamente originali, su certi fenomeni ancora assai discussi della realtà moderna. Una volta, ad esempio, mi raccontò un recente episodio riguardante un soldato congedato; di questo fatto egli era stato pressoché testimone. Un soldato, dopo il servizio militare, era tornato a casa, di nuovo in mezzo ai contadini, ma non gli era piaciuto di riprendere a vivere con i contadini, né lui stesso era piaciuto ai contadini. Egli aveva deviato dalla retta via, si era messo a bere e aveva rapinato qualcuno da qualche parte; indizi certi non ce n'erano, tuttavia egli era stato arrestato e processato. In tribunale l'avvocato era ormai quasi riuscito a farlo riconoscere innocente: non c'erano prove e basta; quando a un tratto egli si era alzato in piedi e aveva interrotto l'avvocato: «No, smettila tu di parlare», e aveva raccontato tutto, fino all'ultimo particolare; si era riconosciuto colpevole di tutto piangendo e pentendosi. I giurati si erano chiusi in camera di consiglio, poi improvvisamente escono tutti e proclamano: «No, non è colpevole». Tutti si erano messi a gridare e si erano rallegrati, il soldato invece era rimasto lì immobile come se si fosse trasformato in un palo, senza capire nulla; non aveva capito nulla nemmeno delle raccomandazioni che gli aveva fatto il presidente rimettendolo in libertà. Il soldato se ne era andato libero, continuando a non credere a se stesso. Si era intristito, si era fatto pensieroso, non mangiava, non beveva, non parlava con la gente e il quinto giorno aveva preso e si era impiccato. «Ecco che cosa vuol dire vivere con un peccato sull'anima!», concluse Makàr Ivànovič. Questo racconto, naturalmente, è insignificante e di racconti così su tutti i giornali ora se ne trovano un'infinità, ma in esso mi piacque il tono, e, soprattutto, talune parolette, nelle quali decisamente era racchiuso un nuovo pensiero. Raccontando, ad esempio, del fatto che il soldato, tornato al villaggio, non era piaciuto ai contadini, Makàr Ivànovič si espresse così: «Il soldato, si sa, è "*un contadino guastato*"». Parlando poi dell'avvocato che aveva quasi vinto la causa, usò quest'altra espressione: «L'avvocato, si sa, è "*una coscienza a nolo*"». Entrambe queste espressioni egli le enunciò senza alcuno sforzo e senza neanche badarci, mentre in esse c'era un'intera particolare concezione di questi due argomenti, se anche certo non propria di tutto il popolo, tuttavia appartenente a Makàr Ivànovič, sua propria e non presa a prestito da altri! Questi giudizi del popolo su alcuni temi sono davvero, a volte, meravigliosi per la propria originalità.

«E del peccato del suicidio, voi, Makàr Ivànovič, cosa ne pensate?», gli domandai nella stessa occasione.

«Il suicidio è il più grande dei peccati dell'uomo», mi rispose con un sospiro, «ma l'unico giudice qui è il Signore, perché a lui solo è noto tutto, ogni limite e ogni misura. Quanto a noi, dobbiamo immancabilmente pregare per un tale peccatore. Ogni volta che senti parlare di un simile peccato, prima di addormentarti prega commosso per quel peccatore; rivolgi magari anche soltanto un sospiro a Dio per lui, anche se non lo conoscevi affatto, tanto più proficua sarà la tua preghiera per lui».

«Ma gli gioverà la mia preghiera, se egli è già dannato?».

«E tu che ne sai? Molti, oh, molti non credono e confondono con ciò gli inesperti; tu dunque non stare ad ascoltarli, perché essi stessi non sanno dove vanno. La preghiera di una persona ancora vivente per un dannato in verità gli giova. Cosa ne sarà, dunque, di chi non ha nessuno che preghi per lui? Perciò, quando, prima di addormentarti, ti metterai a pregare, alla fine aggiungi: "Abbi pietà Signore di tutti coloro che non hanno nessuno che preghi per loro". E anche per tutti i peccatori che ancora sono in vita, prega: "Signore, giudica tu i loro destini e salva tutti coloro che non si sono pentiti" — anche questa è una buona preghiera».

Gli promisi che avrei pregato, sentendo che quella promessa gli avrebbe fatto straordinariamente piacere. Ed effettivamente il suo volto brillò di gioia; ma mi affretto ad aggiungere che in simili casi egli non mi trattò mai con superiorità, ossia, come si comporta un anziano con un adolescente qualsiasi; al contrario, assai spesso egli amava starmi ad ascoltare, e perfino, su vari argomenti, pendeva dalla mia bocca, ritenendo di avere a che fare certo con un giovane, ma con un giovane che aveva una cultura infinitamente superiore alla sua. Assai spesso, ad esempio, gli piaceva parlare della vita degli eremiti nel deserto, che considerava assai superiore a quella degli *strànniki*. Io lo contraddicevo appassionatamente, sottolineando l'egoismo di tali persone che, in nome dell'idea egoistica della propria salvezza, abbandonavano il mondo, rinunciando a rendersi utili all'umanità. Egli dapprima non riusciva a comprendermi, sospetto anzi che non mi abbia compreso affatto; ma difendeva strenuamente la vita degli eremiti. «Dapprima si prova pena per se stessi, naturalmente (cioè quando si va a vivere nel deserto), ma poi ogni giorno ci si rallegra sempre di più, e infine poi si vede anche Dio». Qui io sviluppai davanti a lui un quadro completo dell'utile attività nel mondo dello scienziato, del medico e, in generale, dell'amico dell'umanità, suscitando in lui un autentico entusiasmo, perché io stesso parlavo appassionatamente; ogni momento egli assentiva: «È così, mio caro, è così, tu pensi, secondo la verità, Dio ti benedica»; ma quando ebbi finito, tuttavia egli non fu del tutto d'accordo con me: «È così, certo, ma saranno forse molti quelli che riusciranno a resistere senza distrarsi? Il denaro, anche se non è Dio, è tuttavia una mezza divinità, ed è una grande tentazione; c'è poi anche il sesso femminile, e poi ci sono la presunzione e l'invidia. Così si dimenticheranno delle grandi cose e si occuperanno delle piccole cose. È forse così nell'eremitaggio? Nell'eremitaggio l'uomo si rafforza fino a esser pronto persino a qualsiasi atto eroico. Amico!», esclamò poi con enfasi esagerata. «Che cosa c'è poi nel mondo? Non è forse tutto soltanto un sogno? Prendi della sabbia e seminala sulla pietra: quando la gialla sabbia germoglierà sulla pietra, allora il tuo sogno si avvererà — ecco come si dice da noi. Cristo invece dice: "Va' e distribuisci la tua ricchezza e diventa servo di tutti". E diventerai ricco infinite volte più di prima; perché sarai felice non del cibo, degli abiti preziosi, della superbia e della concupiscenza, bensì dell'amore infinitamente moltiplicato. Acquisterai allora non una piccola ricchezza, non centomila rubli o un milione, ma il mondo intero! Ora accumuliamo senza esser mai sazi, e dissipiamo follemente, mentre allora non vi saranno più né orfani, né miseri, poiché tutti ci saranno cari, tutti li avremo acquistati, tutti, fino all'ultimo, li avremo comprati. Ora non è una rarità che l'uomo più ricco e illustre sia indifferente al numero dei suoi giorni e non sappia più quale svago inventarsi; allora, invece, i tuoi giorni e le tue ore si moltiplicheranno mille volte perché non desidererai perdere nemmeno un solo minuto, bensì lo vivrai in allegrezza di cuore. Allora conseguirai anche la saggezza non dai libri soltanto, ma sarai tu stesso faccia a faccia con Dio in persona; e la terra risplenderà più del sole e non ci saranno più né tristezza, né sospiri, ma soltanto un unico, impareggiabile paradiso...».

Erano appunto queste enfatiche tirate che Versilov amava straordinariamente. Quella volta era anche lui lì nella stanza.

«Makàr Ivànovič!», lo interruppi improvvisamente, accalorandomi io stesso oltre ogni misura (ricordo bene quella serata), «ma, se le cose stanno così, voi predicate il comunismo, l'autentico comunismo!».

E dato che egli decisamente non sapeva nulla della dottrina comunista, e anzi intendeva quella parola per la prima volta, mi misi a esporgli tutto quel che sapevo su questo argomento. Confesso che le mie conoscenze erano scarse e lacunose, e neppure ora sono competente in materia, ma, nonostante tutto, quel che sapevo lo esposi con grandissimo calore. Ancor oggi ricordo con piacere la straordinaria impressione che produssi sul vecchio. Anzi, più che impressionato, egli ne fu quasi sconvolto. Egli si interessò moltissimo ai dettagli storici: «Dove? Come? Chi lo organizzò? Chi lo disse?». A proposito, ho osservato che, in generale, è una caratteristica del popolo di non accontentarsi dell'idea generale, quando è molto interessato, bensì di pretendere immancabilmente i particolari più certi e precisi. Proprio sui dettagli, invece, io mi confondevo e, dato che era presente Versilov, mi vergognavo un po' davanti a lui, per cui mi accaloravo ancor di più. Finì che Makàr Ivànovič, intenerito, non faceva che ripetere a ogni mia parola: «Già, già!», ma ormai, evidentemente, non capiva più nulla e aveva perso il filo. Cominciai a indispettirmi, ma Versilov a un tratto interruppe la conversazione, si alzò e dichiarò che era ora di andare a dormire. In quel momento eravamo tutti riuniti ed era tardi. Quando, alcuni minuti dopo, egli fece capolino nella mia stanza, subito gli domandai come considerasse Makàr Ivànovič e, in generale, che cosa ne pensasse di lui. Versilov ridacchiò allegramente (ma assolutamente non dei miei errori sul comunismo, al contrario, di essi non fece affatto menzione). Lo ripeto di nuovo: egli si era decisamente affezionato a Makàr Ivànovič e sovente coglievo sul suo viso un sorriso straordinariamente attraente quando egli ascoltava il vecchio. D'altronde, il sorriso non escludeva affatto la critica.

«Innanzitutto Makàr Ivànovič non è un contadino, ma un domestico», rispose di buon grado, «un ex domestico e un exservo, nato servo e figlio di un servo. I domestici e i servi in passato condividevano moltissimi interessi della vita privata, spirituale e intellettuale, dei loro padroni. Nota che Makàr

Ivànovič tutt'ora si interessa soprattutto degli avvenimenti della vita dei signori e della classe superiore. Tu ancora non sai fino a che punto egli si interessa di taluni avvenimenti accaduti in Russia negli ultimi tempi. Lo sai che è un grande politico? Non dargli da mangiare del miele, ma raccontagli dove e chi combatte e se noi entreremo in guerra. Un tempo lo mandavo in estasi con discorsi del genere. Ha in gran rispetto la scienza e tra tutte le scienze ama soprattutto l'astronomia. Con tutto ciò ha elaborato dentro di sé certe opinioni così indipendenti, che per nulla al mondo riusciresti a scuotere. Ha delle convinzioni salde, abbastanza chiare... e vere. Nonostante la sua assoluta ignoranza, egli è improvvisamente capace di stupirti per la sua inattesa familiarità con taluni concetti che non avresti neppure lontanamente sospettato in lui. Loda entusiasticamente la vita eremitica, ma per nulla al mondo se ne andrebbe nel deserto o in monastero, perché lui è al più alto grado un "vagabondo", come lo ha graziosamente chiamato Aleksàndr Semënovič, contro il quale, sia detto di sfuggita, tu fai male a irritarti. Che altro c'è infine: è un po' artista, molte parole sono sue, ma altre non lo sono. Zoppica alquanto nell'esposizione logica, talvolta è molto astratto; ha degli slanci di sentimentalismo, ma di un sentimentalismo assolutamente popolare, o, per dir meglio, ha degli slanci di quell'emotività comune nel popolo, che quest'ultimo mescola così largamente al proprio sentimento religioso. Tralascio la sua purezza di cuore e la sua mancanza di malignità: non sta a noi due di mettersi a parlare di questo argomento...».

III

Per completare il profilo che ho tracciato di Makàr Ivànovič riferirò qualcuno dei racconti che egli narrava sulla sua vita privata. Il carattere di tali racconti era strano, o forse è più esatto dire che in essi non v'era alcun carattere comune; da essi non si poteva spremere una qualunque morale o un indirizzo generale, tranne il fatto che essi erano tutti più o meno commoventi. Ve n'erano tuttavia anche di non commoventi, ve n'erano perfino di assai allegri, alcuni perfino mettevano in burla certi monaci dissoluti, di modo che egli, narrandoli, andava contro persino alla sua idea, come io gli feci anche osservare, ma egli non mi capì. Talvolta era difficile capire che cosa lo spingesse tanto a raccontare, di modo che talvolta mi meravigliavo perfino di una simile verbosità che attribuivo in parte alla vecchiaia e alla malattia.

«Non è più quello di prima», mi sussurrò una volta Versilov, «una volta non era affatto così. Presto morirà, assai prima di quanto pensiamo e bisogna essere preparati».

Ho scordato di dire che avevamo preso l'abitudine di tenere delle «serate», per così dire. Oltre alla mamma, che non si scostava mai da Makàr Ivànovič, la sera veniva sempre nella sua camera Versilov; ci andavo sempre anch'io, che non sapevo dove altro stare; gli ultimi giorni ci veniva quasi sempre Liza, sebbene arrivasse un po' più tardi degli altri e rimanesse quasi sempre in silenzio. A volte veniva anche Tat'jana Pàvlovna e, sebbene di rado, anche il dottore. Con quest'ultimo a un tratto successe che feci amicizia; non molto, ma per lo meno non vi furono più villanie da parte mia come in passato. Mi piaceva quella specie di semplicità che finalmente riuscii a scorgere in lui e un certo attaccamento alla nostra famiglia, di modo che mi decisi infine a perdonargli l'alterigia dottorale e, inoltre, gli insegnai a lavarsi le mani e a pulirsi almeno le unghie, se proprio gli era impossibile portare della biancheria pulita. Gli spiegai francamente che non si trattava affatto di sfoggio di eleganza o di chissà quali belle arti, e che la pulizia, invece, faceva parte del mestiere del medico, e glielo dimostrai. Si avvicinava infine spesso alla porta in quelle serate, venendo fuori dalla sua cucina, Luker'ja, e rimaneva ritta dietro la porta ad ascoltare Makàr Ivànovič che raccontava. Versilov una volta la chiamò e la invitò a sedersi con noi. La cosa mi piacque; ma da quella volta ella smise di avvicinarsi alla porta. Era fatta così!

Riporto qui uno di questi racconti a caso, unicamente perché è quello che ricordo meglio. È la storia di un mercante e ritengo che di storie come queste nelle nostre città e cittadine ne accadano a migliaia, purché uno abbia occhi per vederle. Chi lo desidera può saltare questo racconto, tanto più che lo riferisco con il suo stile.

IV

«Da noi, nella città di Afìm'evo, sentite che miracolo è avvenuto. C'era un mercante, si chiamava Skotobòjnikov, Maksìm Ivànovič, ed era l'uomo più ricco di tutto il circondario. Aveva costruito una fabbrica di tessuti di cotone che dava da vivere ad alcune centinaia di operai e si era enormemente insuperbito. E bisogna dire che ormai egli faceva il bello e il cattivo tempo, le autorità stesse non lo ostacolavano in nulla e l'archimandrita gli era riconoscente per il suo zelo: donava grandi somme al monastero e, quando gli veniva l'estro, sospirava molto per la propria anima e si preoccupava parecchio per la vita futura. Era vedovo e senza figli; della sua consorte si diceva che egli l'avesse accoppata, forse addirittura il primo anno, e che da giovane fosse assai manesco; ma tutto questo era avvenuto molto tempo prima, tuttavia egli non aveva voluto legarsi di nuovo in matrimonio. Aveva anche un debole per il bere e, quando si ubriacava, si metteva a correre nudo per la città urlando; la città non era illustre, ma ciononondimeno era uno scandalo. Quando gli passava la sbornia era preso dalla collera e tutto quello che pensava era indovinato e tutto quello che ordinava era perfetto. La gente la pagava come gli pareva: prendeva l'abaco, inforcava gli occhiali e domandava: "A te, Fomà, quanto spetta?". — "Non ho preso niente da Natale, Maksìm Ivànovič, mi spettano trentanove rubli". — "Uh, quanti soldi! Sono troppi per te; tu tutto intero non vali tanto; non starebbe bene che tu avessi una simile somma; togliamo dieci rubli e prendine ventinove". E quello zitto, né nessun altro osa aprir bocca, se ne stanno tutti zitti.

«"Lo so io", dice, "quanto bisogna dargli. Con la gente di qui non si può fare altrimenti. La gente di qui è dissoluta; senza di me qui morirebbero tutti di fame, tutti quanti sono. Bisogna inoltre dire che la gente di qui è ladra: qualunque cosa vede, arraffa, non ha alcuna onestà. Bisogna poi aggiungere che lui è un ubriacone; se io lo pagassi per intero porterebbe tutto alla bettola e rimarrebbe nudo, senza un filo addosso. Per di più egli è anche un vigliacco: poi si metterebbe seduto su un sasso di fronte alla bettola e comincerebbe a recitare le sue litanie: 'Mammina mia cara, perché mi hai messo al mondo, me, tristo ubriacone? Avresti fatto meglio a strozzarlo, un tristo ubriacone come me!' È forse un uomo questo? È una bestia e non un uomo; per prima cosa bisogna educarlo, e poi dargli dei soldi. Lo so io quando bisogna darglieli!".

«Così parlava Maksìm Ivànovič della gente di Afìm'evo; sebbene egli parlasse male, tuttavia c'era una parte di verità: erano sfaticati e indolenti.

«Viveva in quella stessa città anche un altro mercante, il quale morì; era un uomo giovane e scriteriato, fece fallimento e perse tutto il capitale. L'ultimo anno si dibatteva come un pesce sulla rena, ma era giunta la fine per lui. Con Maksìm Ivànovič non era mai andato d'accordo ed era indebitato con lui fino al collo. Egli maledisse Maksìm Ivànovič fin sul letto di morte. Lasciò una vedova ancora giovane e cinque figli. Anche per la vedova da sola, come una rondinella senza nido, sarebbe stata una dura prova, pensate, con cinque bambinelli che non aveva di che nutrire: l'ultima piccola proprietà, una casa di legno, se la voleva prendere Maksìm Ivànovič in conto del suo credito. Allora lei li mise tutti in fila, l'uno accanto all'altro, sul sagrato della chiesa; il ragazzo più grande aveva appena otto anni e le altre erano tutte bambine, una più piccola dell'altra, tra le quali correva un anno di differenza; la maggiore aveva quattro anni e la più piccola la portava ancora in braccio e la allattava. Finita la messa Maksìm Ivànovič uscì e tutti i bambinelli si misero in ginocchio in fila davanti a lui, come lei aveva loro insegnato, e congiunsero tutti quanti le manine, mentre lei dietro di loro, col quinto bambino in braccio, davanti a tutti, gli si inchinò fino a terra: "*Bàtjuška*, Maksìm Ivànovič, abbi pietà di questi orfani, non portar loro via l'ultimo boccone, non cacciarli dal nido natio!". E tutti quelli che erano lì si misero a piangere, tanto bene ella li aveva ammaestrati. Pensava: "Davanti alla gente egli si vergognerà e ci risparmierà, renderà la casa agli orfani"; le cose, tuttavia, non andarono così. Maksìm Ivànovič si fermò e le disse: "Tu, giovane vedova, vuoi un marito e non piangi per gli orfanelli. Il defunto mi ha maledetto sul letto di morte", e andò oltre e la casa non gliela rese. "Perché imitare le loro sciocchezze (ossia, esser con loro indulgente)? Se facessi loro del bene si metterebbero a biasimarti ancora di più; tutte queste nullità prosperano e le chiacchiere aumentano ancor di più". E le chiacchiere correvano davvero, che lui, dieci anni addietro, avesse mandato qualcuno da questa vedova, quando era ancora una fanciulla, e volesse sacrificare per lei un grande capitale (era assai bella), dimenticando che questo peccato è lo stesso che profanare il tempio di Dio; ma che allora non fosse riuscito a ottener nulla. E che di infamie del genere, in città e in tutto il governatorato, ne avesse commesse non poche e che in questo caso avesse persino oltrepassato ogni misura.

«Si mise a gemere la madre con i suoi uccellini, ma lui cacciò gli orfani dalla casa, e non soltanto per la rabbia, ma perché talvolta l'uomo non sa nemmeno lui per quale impulso si ostini nel proprio proposito. Dapprima l'aiutarono, poi andò a cercar lavoro. Soltanto che da noi, a parte la fabbrica, quale lavoro volete mai che ci sia; da una parte lavava i pavimenti, da un'altra sarchiava l'orto, dall'altra riscaldava il bagno e sempre col bambino in braccio e piangendo, mentre gli altri quattro in camiciola correvano per la strada lì accanto. Quando li aveva messi in ginocchio sul sagrato portavano ancora tutti le scarpette e le vestine: per quanto fosse, erano pur sempre figli di un mercante; allora invece si erano messi a correre a piedi scalzi e gli abiti, si sa, su un bambino durano poco. Ma ai bambinetti che importa? Purché ci sia il sole si rallegrano, non immaginano la rovina, sono come uccellini, le loro vocine sono come campanelline. La vedova pensa: "Dove vi riparerò quando verrà l'inverno; se Dio almeno vi prendesse prima di allora!". Solo che non attese fino all'inverno. Dalle nostre parti c'è una tosse, la tosse asinina, che passa da un bambino all'altro. Dapprima morì la bambina in fasce, dopo di lei si ammalarono anche gli altri e in quello stesso autunno si portò via una dopo l'altra tutte e quattro le bambine. Una, a dire il vero, fu schiacciata dai cavalli nella strada. Cosa credi? Le seppellì e si mise a urlare; prima le malediceva, ma poi, quando Dio se le prese, provò dispiacere. Il cuore materno!

«Le rimase in vita soltanto il ragazzo, il maggiore, e non appena faceva fatica a respirare, lei si metteva a tremare su di lui.

Era gracile e delicato, grazioso di viso come una bambina. Lo portò alla fabbrica dal suo padrino, il direttore, mentre lei si impiegò come balia in casa di un impiegato. Solo che una volta il ragazzo stava correndo nel cortile, quando a un tratto arrivò su una pariglia Maksìm Ivànovič come a farlo apposta ubriaco; e il ragazzo, sbadatamente, scivolò correndo giù per le scale e andò a sbattere proprio contro di lui mentre scendeva dal calesse. Egli lo afferrò per i capelli e si mise a urlare: "Di chi è figlio? Le verghe! Frustatelo, dice, immediatamente, davanti a me". Il ragazzo si sentì morire, cominciarono a frustarlo e lui si mise a urlare. "Ah, così ancora gridi anche? Frustatelo finché non smetterà di gridare!". Che lo battessero tanto o poco, fatto sta che non smise di gridare finché non rimase tramortito del tutto. Allora smisero di frustarlo e si spaventarono: il ragazzo non respirava e giaceva privo di sensi. Dissero poi che lo avevano frustato poco, ma che era molto pauroso. Si spaventò anche Maksìm Ivànovič: "Di chi è figlio?", domandò; glielo dissero. "Guarda un po'! Riportatelo alla madre; cosa ci faceva qui in giro per la fabbrica?". Per due giorni dopo quel fatto rimase zitto e poi chiese: "Che ne è del ragazzo?". Col ragazzo le cose si erano messe male: si era ammalato, giaceva in un angolo nella camera della madre; lei a causa di ciò aveva dovuto lasciare il suo lavoro in casa dell'impiegato ed era risultato che aveva una polmonite. "Ma guarda un po'!", disse lui, "e perché poi? Ancora se lo avessero frustato per bene: l'hanno soltanto spaventato un po'. Anche tutti gli altri li ho fatti frustare proprio allo stesso modo e non ne è venuta fuori nessuna sciocchezza del genere". Lui si aspettava che la madre presentasse denuncia e, per orgoglio, taceva; solo che la madre non osò sporgere denuncia. Egli allora le mandò quindici rubli e un medico; e non perché avesse paura di qualcosa, ma così, perché aveva riflettuto. Poco dopo gli prese di nuovo uno dei suoi momenti e si ubriacò per tre settimane buone.

«Passò l'inverno e proprio il giorno della luminosa resurrezione di Cristo, la festa più grande di tutte, Maksìm Ivànovič di nuovo domanda: "Che ne è di quel ragazzo?", mentre per tutto l'inverno se ne era rimasto zitto senza domandare nulla. Gli dissero: "È guarito, sta con la madre; lei va sempre a lavorare a giornata". Quel giorno stesso Maksìm Ivànovič si recò dalla vedova. Non entrò in casa ma la fece venire al portone rimanendosene seduto sul calesse: "Ecco", le dice, "onesta vedova, voglio essere un vero benefattore per tuo figlio e colmarlo di favori: da ora in poi lo prendo in casa mia. E se egli mi compiacerà un po', gli lascerò per testamento un capitale sufficiente; se invece mi compiacerà in tutto lo posso nominare erede di tutto il mio patrimonio alla mia morte, come se fosse mio figlio carnale, a patto però che vostra grazia non favorisca in casa mia, tranne che nelle grandi feste. Se la cosa vi aggrada, domani mattina portatemi il ragazzo, non dovrà mica continuare per sempre a giocare". E, detto questo, se ne andò, lasciando la madre quasi fuori di sé. La gente che aveva sentito le dice: "Quando il bambino crescerà ti rimprovererà di averlo privato di una simile sorte". Lei pianse tutta la notte sopra di lui e l'indomani condusse il bambino. Il ragazzo era più morto che vivo.

«Maksìm Ivànovič lo rivestì come un signorino, assoldò un maestro e da quel momento stesso lo mise davanti a un libro; e la cosa arrivò al punto che non lo perdeva mai di vista e lo teneva sempre accanto a sé. Se appena il ragazzo si distraeva egli subito gli gridava: "Prendi il libro! Studia: voglio fare di te un uomo". Ma il ragazzo era malaticcio, da quella volta che era stato battuto aveva cominciato a tossire. "Non sta forse bene con me?", si meravigliava Maksìm Ivànovič, "quando stava da sua madre andava in giro scalzo, mangiava croste di pane, come mai è più magro di prima?". Ma il maestro gli dice: "Ogni ragazzo ha bisogno di giocare un po', non di studiare sempre; deve fare del movimento", e gli dimostrò tutto assennatamente. Maksìm Ivànovič pensò: "Tu dici il vero". E quel maestro, Pëtr Stepànovič, Dio l'abbia in gloria, era una sorta di folle; beveva forte, troppo anzi, e per questa ragione da lungo tempo gli avevano tolto ogni incarico e viveva in giro per la città pressoché soltanto di elemosina, però era di grande intelletto e forte nelle scienze. "Io non dovrei essere qui", diceva di se stesso, "dovrei fare il professore all'università, mentre qui sono immerso nel fango e le mie stesse vesti hanno ribrezzo di me".[1]

1 Citazione biblica (*Giobbe*, IX, 31).

Maksìm Ivànovič si sedette e gridò al ragazzo. "Gioca", mentre quello davanti a lui a stento respirava. E si arrivò al punto che il bambino non riusciva a sostenere nemmeno la sua voce che subito si metteva a tremare. E Maksìm Ivànovič si stupiva sempre di più: "Ma che razza di bambino è mai; io l'ho tirato fuori dal fango e l'ho vestito di *drap de dame*;[2] va in giro in stivaletti di panno e camicia ricamata, lo tengo come il figlio di un generale, perché mai non mi porta affetto? Perché se ne sta zitto come un lupacchiotto?". E anche se tutti da un pezzo avevano cessato di meravigliarsi di Maksìm Ivànovič egli li sbalordì ancora una volta: quell'uomo era uscito di senno, si era affezionato a quel bambinetto tanto che non riusciva più a staccarsene. "Che io possa morire, ma sradicherò quel suo carattere. Suo padre sul letto di morte, dopo che aveva già preso la santa comunione, mi ha maledetto, egli ha il carattere di suo padre". Eppure egli non usò mai neppure una volta la verga (da quella volta aveva paura di farlo). Lo aveva spaventato, ecco come stanno le cose. Senza bisogno della verga lo aveva spaventato.

«Un giorno accadde un guaio. Una volta, appena lui uscì, il ragazzo abbandonò subito il libro e montò sopra una sedia (in precedenza aveva gettato una palla sopra un mobile) per riprenderla, ma la manica gli si impigliò nella lampada di porcellana che era posata sul mobile e questa cadde sul pavimento andando in mille pezzi, tanto che il rumore rimbombò per tutta la casa, si trattava di una cosa preziosa, una porcellana di Sassonia. Maksìm Ivànovič, che era due camere più lontano udì e si mise a urlare. Il bambino si precipitò fuori a capofitto correndo per la paura, senza nemmeno lui sapere dove, uscì fuori sulla terrazza, attraversò il giardino e attraverso il cancelletto posteriore finì diritto sul lungofiume. Lì c'è un viale, ci sono dei vecchi salici, è un posto gaio. Egli si lanciò giù, verso l'acqua, proprio nel punto dove attracca la zattera, e la gente, vedendolo, batté le mani per lo spavento, ma egli, forse, ebbe paura dell'acqua e si arrestò come inchiodato. In quel punto il fiume è largo, la corrente rapida, passano i barconi, sull'altra riva ci sono delle botteghe, la piazza, il tempio di Dio brilla con

2 In francese, letteralmente, «stoffa da signora»: tipo di tessuto pregiato.

le sue cupole dorate. Appunto lì, per traghettare, arrivò in quel momento la moglie del colonnello Ferzing con la figlia (in città era di stanza un reggimento di fanteria). La figlia, che era anche lei una bambina di otto anni circa, vestita di bianco, guarda il ragazzo e ride. In mano aveva un minuscolo canestrino campagnolo, dentro al quale c'era un piccolo riccio. "Guardate dice, mammina, come quel bambino guarda il mio riccetto". — "No", dice la moglie del colonnello, "si è spaventato di qualche cosa. Di che cosa ti sei tanto spaventato, bel bambino? (Così tutti poi raccontavano l'episodio). Che bel bambino e com'è ben vestito; di chi sei figlio gli domanda, bambino?". E lui, che non aveva mai visto un riccio, si avvicinò a guardare e già si era scordato di tutto: beata infanzia! "Che cosa avete lì?", domanda. "È il nostro riccetto", risponde la signorinetta, "l'abbiamo appena comprato da un contadino della campagna che l'ha trovato nel bosco". — "Come sarebbe, dice, è così un riccetto?" — e già rideva e cominciava a toccarlo col ditino e il riccio rizzava gli aculei; il ragazzo piaceva alla bambina: "Lo portiamo a casa, vogliamo addomesticarlo". — "Ah, dice, regalatemi il vostro riccetto!". E domandò questo in maniera così tenera... Ma non aveva ancora finito di pronunciare queste parole che a un tratto Maksìm Ivànovič gli fu sopra: "Ah! Ecco dove sei! Prendetelo!" (Era così infuriato che era uscito lui stesso fuori di casa senza berretto per inseguirlo). Il ragazzo non appena si ricordò di tutto lanciò un grido, si lanciò verso l'acqua, si strinse entrambe le mani chiuse a pugno contro il petto, alzò gli occhi al cielo (l'hanno visto, l'hanno visto!) e giù nel fiume! La gente si mise a urlare, si lanciarono giù dalla zattera cercando di afferrarlo, ma la corrente era veloce e l'acqua lo trascinò via. Quando lo tirarono fuori era già affogato, era morto. Era debole di petto e non resse all'acqua: ce ne voleva forse molta per uno come quello? A memoria d'uomo da quelle parti non era ancora mai accaduto prima d'allora che un bambinetto così piccolo attentasse alla propria vita! Un peccato così grande! Cosa potrà mai dire un'animuccia così piccola al Signore Iddio nell'altro mondo?

«Da quel giorno, Maksìm Ivànovič si mise a riflettere su questa cosa. E quell'uomo cambiò al punto che era impossibile riconoscerlo. Si intristì terribilmente dopo di allora. Si mise a bere, bevve molto e poi smise: non gli dava sollievo. Smise anche di recarsi alla fabbrica, non stava ad ascoltare più nessuno. Se qualcuno gli diceva qualcosa, o stava zitto, o faceva un gesto di noncuranza con la mano. Tirò avanti così un paio di mesi e poi si mise a parlare da solo. Camminava e parlava da solo. Ci fu un incendio nel piccolo villaggio di Vas'kova, nei pressi della città, bruciarono nove case; Maksìm Ivànovič andò a dare un'occhiata. Lo circondarono i sinistrati piangendo, egli promise che li avrebbe aiutati e diede disposizioni, poi però chiamò il direttore e annullò tutto: "Non bisogna, dice, dar loro nulla", e non disse il perché. "Il signore ha voluto che tutti gli uomini mi calpestino, come se fossi una specie di mostro, sia dunque così. Come il vento, dice, si è dissolta la mia gloria". Si recò da lui l'archimandrita in persona, era un vecchio austero e nel monastero aveva organizzato un ospizio. "Che hai?", gli chiede severo. "Ecco che cos'ho", e Maksìm Ivànovič aprì un libro e gli indicò un passo:

"Ma chi indurrà in tentazione uno di questi pargoli che credono in me, meglio per lui sarebbe che si appendesse al collo una macina da mulino e sprofondasse negli abissi del mare" (Matteo 18, 6).

«"Sì,", rispose l'archimandrita, "sebbene non si riferisca esattamente a questo caso, tuttavia c'è una relazione. Guai se l'uomo perde la propria misura, egli perirà. E tu ti sei insuperbito".

«Maksìm Ivànovič se ne stava immobile, come di sasso. L'archimandrita continuava a guardarlo.

«"Ascolta, gli dice, e tienilo a mente. È stato detto: 'Le parole del disperato si disperdono al vento'. E ricordati anche questo, che perfino gli angeli del cielo sono imperfetti, mentre perfetto e senza peccato è soltanto il nostro Signore Gesù Cristo e gli angeli sono al suo servizio. Tu non volevi la morte di quel bambino, sei stato soltanto dissennato. Solamente, dice, ecco che cosa mi sbalordisce perfino: non hai forse commesso malvagità ancor peggiori, son forse poche le persone che hai mandato per il mondo, quelle che hai corrotto, quelle che hai mandato alla rovina, proprio come se le avessi uccise? E ancor prima di questo non sono forse morte tutte le sue sorelle, quattro bambine, sotto i tuoi occhi, si può dire? Come mai questo solo ti ha turbato? Di tutti i precedenti, credo, tu non solo non hai provato compassione, ma hai persino scordato di pensarci! Perché, allora, sei rimasto così atterrito da questo bambino, della cui morte non hai neppure particolarmente colpa?".

«"Mi appare in sogno", rispose Maksìm Ivànovič.

«"E con questo?".

«Ma egli non rivelò nient'altro, se ne stava seduto e taceva. L'archimandrita ne fu meravigliato e dopo di ciò se ne andò: non c'era nulla da fare.

«Maksìm Ivànovič mandò anche a chiamare il maestro, Pëtr Stepànovič; da quando era successo quel fatto non si erano più visti.

«"Ti ricordi?", gli fa.

«"Sì, ricordo", risponde.

«"Tu hai dipinto dei quadri per la trattoria con i colori a olio e hai fatto una copia del ritratto del vescovo. Puoi dipingermi un quadro?".

«"Io, dice, posso fare tutto; io, dice, possiedo tutti i talenti e posso fare tutto".

«"Dipingimi allora un quadro, il più grande che ci sia, che occupi tutta la parete, e su di esso per prima cosa dipingi il fiume, la discesa e la zattera, e che ci siano tutte le persone che c'erano quel giorno. Che ci siano la moglie del colonnello e la bambina e quel famoso riccetto. E dipingimi anche l'altra riva tutta quanta, che si veda com'è: la chiesa, la piazza, le botteghe, e il punto dove son fermi i vetturini, dipingi tutto com'è. E lì, all'approdo del traghetto, dipingi il ragazzo, proprio sulla riva del fiume, in quel punto preciso, e che immancabilmente si stringa i due piccoli pugni così al petto, contro i due capezzolini. Devi farmelo assolutamente così. E da quella parte, sopra la chiesa, aprimi il cielo davanti a lui e fammi tutti gli angeli, nella luce celeste, che gli volino incontro. Puoi farmelo oppure no?".

«"Io posso tutto".

«"Io potrei far venire da Mosca, o addirittura da Londra, il primo di tutti i pittori, ma tu ti ricordi il suo aspetto. Se non riuscirà somigliante o se riuscirà poco somigliante ti darò in tutto cinquanta rubli, ma se riuscirà del tutto somigliante te ne darò duecento. Ricordati gli occhietti cilestrini... E che il quadro sia grandissimo, il più grande possibile".

«Si misero d'accordo; Pëtr Stepànovič cominciò a dipingere, ma, a un tratto, si presenta a Maksìm Ivànovič:

«"No, dice, non si può dipingerlo così".

«"Come sarebbe?"

«"Perché questo peccato, il suicidio, è il più grande dei peccati. E allora come possono accoglierlo gli angeli dopo un peccato simile?"

«"Ma lui è un bambino, non gliene può esser fatta colpa".

«"No, non è un bambino, è un ragazzo: aveva già otto anni quando ciò è accaduto. Egli deve comunque risponderne in una certa misura".

«Maksìm Ivànovič era ancora più atterrito.

«"Ecco però cosa ho pensato", dice Pëtr Stepànovič. "Non apriremo il cielo e non occorre dipingere gli angeli, ma farò scendere dal cielo un raggio, come in segno di benvenuto; un unico raggio di luce: sarà pressapoco la stessa cosa".

«Così fecero scendere il raggio. E più tardi ho visto coi miei occhi quel quadro col raggio e il fiume, largo quanto tutta la parete, tutto azzurro, e il tenero fanciullo con entrambe le manine serrate contro il petto, e la piccola signorina, e il riccetto: ci aveva messo tutto. Maksìm Ivànovič, però, allora non fece vedere il quadro a nessuno, bensì lo chiuse a chiave nel suo studio, lontano dagli occhi di tutti. La gente della città accorreva ansiosa di vederlo, ma lui fece cacciar via tutti. Si sollevò un grande scalpore. Pëtr Stepànovič sembrava uscito di senno: "Io, diceva, adesso posso fare qualsiasi cosa; il mio posto, diceva, è soltanto a San Pietroburgo, alla corte". Era un'ottima persona, ma amava straordinariamente vantarsi. Rimase vittima di una disgrazia: non appena ricevette tutti i duecento rubli cominciò immediatamente a bere e a far vedere a tutti quel denaro vantandosene. Lo uccise, mentre era ubriaco, un borghese che era con lui e gli portò via i soldi; ogni cosa fu scoperta il mattino dopo.

«Tutto poi finì in maniera tale che ancor oggi laggiù se ne ricordano più che di ogni altro fatto. Improvvisamente Maksìm Ivànovič arrivò da quella stessa vedova: affittava una stanza da una borghese, in una casupola all'estremità della città. Questa volta entrò nel cortile e si inchinò davanti a lei fino a terra. Lei da quella volta era ammalata e si muoveva a stento. "Madre, gemette, onesta vedova, sposa questo mostro, fa' che io viva!". Quella lo guardava più morta che viva. "Voglio che ci nasca un altro ragazzo e se ci nascerà vorrà dire che il ragazzo ci avrà perdonato entrambi, te e me. Mi ha ordinato così il ragazzo". Lei vedeva che quell'uomo era fuori di senno, come in preda alla frenesia, ma non poté trattenersi.

«"Sono tutte sciocchezze", gli rispose, "e nient'altro che pusillanimità. È proprio a causa di questa pusillanimità che ho perduto tutti i miei bambini. Non posso nemmeno vedervi davanti a me, figuriamoci se posso accollarmi questo tormento sempiterno".

«Maksìm Ivànovič se ne andò, ma non si rassegnò. Tutta la città era a rumore per questo miracolo. Maksìm Ivànovič mandò le pronube. Aveva fatto venire dai dintorni due sue zie di condizione borghese. Zie o non zie, comunque erano sue parenti, tutto in modo decoroso, dunque; quelle cominciarono a convincerla, fecero di tutto per persuaderla, non uscivano da casa sua. Le mandò anche donne della città, mogli di mercanti, la moglie del *protopòp* della cattedrale, mogli di impiegati; tutta la città le era attorno, ma lei rifiutava perfino con ribrezzo: "Se, diceva, i miei orfani potessero resuscitare, ma ora, a che servirebbe? Di che peccato mi macchierei davanti ai miei orfanelli!". Egli tirò dalla sua anche l'archimandrita e questi le sussurrò all'orecchio: "Tu puoi far nascere in lui un uomo nuovo". Lei era atterrita. La gente si meravigliava di lei: "Come si fa a rifiutare una simile fortuna!" Ecco come, alla fine, lui riuscì a piegarla: "Nonostante tutto, dice, lui è un suicida perché non è un bambino, ma un ragazzo di otto anni ormai, che non può essere ammesso senza confessione alla santa comunione, perciò egli deve comunque rispondere in qualche misura di ciò che ha fatto. Se invece mi sposerai ti faccio una solenne promessa: costruirò una nuova chiesa solo in eterna memoria della sua anima". Di fronte a ciò ella non resistette e acconsentì. Così si sposarono.

«E con grandissima meraviglia di tutti essi, fin dal primo giorno, presero a vivere in grande e sincera concordia, adempiendo scrupolosamente ai doveri del matrimonio, come se fossero stati una sola anima in due corpi. Ella concepì quello stesso inverno ed essi cominciarono a visitare i templi divini e a temere l'ira del Signore. Si recarono a tre monasteri e ascoltarono le profezie. Egli fece erigere la chiesa che aveva promesso e fece costruire in città un ospedale e un ospizio. Donò una grossa somma alle vedove e agli orfani e si ricordò di tutti coloro che aveva trattato ingiustamente con il proposito di risarcirli; cominciò a distribuire il suo denaro senza misura, tanto che sua moglie e l'archimandrita lo trattennero dicendo che ormai bastava. Maksìm Ivànovič li ascoltò, ma poi disse: "Quella volta non ho dato a Fomà tutto quello che gli spettava". Be' risarcirono Fomà. Fomà addirittura si mise a piangere: "A me, dice, andava bene anche così... Anche senza di questo eravamo contenti di tante cose e obbligati a pregare Dio per voi in eterno". Tutti ne furono commossi e dunque è vero ciò che dicono, che è attraverso il buon esempio che l'uomo vivrà. E la gente laggiù è buona.

«Della fabbrica cominciò a occuparsi la moglie e in maniera tale che ancor oggi se ne ricordano. Egli non smise di bere, ma in quei famosi giorni lei prese a occuparsi di lui e poi anche a curarlo. I suoi discorsi si fecero pacati e persino la sua stessa voce mutò. Divenne ineguagliabilmente pietoso, persino verso gli animali: se dalla finestra vedeva un contadino bastonare sconciamente sulla testa il suo cavallo, inviava immediatamente qualcuno a comprare il cavallo per due volte il suo prezzo. Ricevette anche il dono delle lacrime: con chiunque egli parlasse, subito il suo viso si inondava di lacrime. E quando maturò il tempo di lei, il Signore, infine, ascoltò le loro preghiere e mandò loro un figlio e Maksìm Ivànovič, per la prima volta dopo di allora, di nuovo si rasserenò; distribuì molte elemosine, condonò molti debiti, invitò tutti al battesimo. Invitò tutta la città, ma l'indomani egli si risvegliò scuro come la notte. La moglie vide che gli era successo qualcosa e gli portò il neonato: "Il ragazzo, dice, ci ha perdonato, ha prestato ascolto alle nostre lacrime e alle nostre preghiere per lui". E bisogna dire che di questo argomento durante tutto quell'anno essi non avevano mai detto una parola, neppure una volta, ma se lo erano tenuti entrambi per sé. Maksìm Ivànovič la guardò cupo come la notte: "Aspetta, dice, egli, pensa, non era mai venuto per un anno intero e questa notte, invece, l'ho sognato di nuovo". — "A queste parole terribili", ricordava lei in seguito, "il mio cuore fu pervaso di terrore".

«E non per niente il ragazzo gli era apparso in sogno. Appena Maksìm Ivànovič parlò di questo, quasi, si può dire, in quello stesso istante, al neonato accadde qualcosa: improvvisamente si ammalò. La sua malattia durò otto giorni, pregarono, chiamarono i dottori, fecero anche venire da Mosca con la vaporiera il primo di tutti i dottori. Arrivò questo dottore e si adirò: "Ma come, io sono il primo dottore di Mosca, tutta la città mi aspetta". Prescrisse delle gocce e se ne andò in fretta. Si portò via ottocento rubli. Ma il bambino verso sera morì.

«Che accadde dopo questo? Maksìm Ivànovič intestò tutta la proprietà alla cara sposa, le consegnò tutti i capitali e i documenti, fece ogni cosa per bene e come prescrive la legge, e poi si presentò davanti a lei e le si inchinò fino a terra: "Lasciami andare, inestimabile consorte mia, a salvare la mia anima, finché è possibile. Se trascorrerò il mio tempo senza profitto per la mia anima, non tornerò più indietro. Sono stato duro e crudele e ho imposto molti pesi, ma penso che per i dolori e i pellegrinaggi che mi aspettano il Signore non mi lascerà senza remunerazione, poiché abbandonare tutto ciò è una non piccola croce e un non piccolo dolore". Cercò di dissuaderlo, la sposa, con molte lacrime: "Mi resti tu soltanto ora sulla terra, chi si occuperà di me? In quest'anno il mio cuore si è affezionato a te". E per un mese intero tutta la città cercò di convincerlo, lo supplicarono e decisero anche di trattenerlo con la forza. Ma egli non li ascoltò e una notte di nascosto se ne andò e non tornò più. Si dice che ancor oggi compia i suoi pellegrinaggi e faccia penitenza, e che visiti la cara sposa ogni anno...».

CAPITOLO QUARTO

I

Vengo ora alla catastrofe principale che conclude queste mie memorie. Ma, per procedere oltre, debbo prima fare un salto in avanti e spiegare qualcosa di cui, al tempo in cui agivo, non ero assolutamente al corrente, e che venni a sapere e mi spiegai completamente parecchio più tardi, ossia quando tutto fu ormai terminato. Altrimenti non saprei essere chiaro e dovrei scrivere ogni cosa per enigmi. Fornirò quindi una semplice e franca spiegazione, sacrificando in tal modo la cosiddetta artisticità, e lo farò come se non fossi io a scrivere, senza partecipazione del mio cuore, bensì come si scriverebbe un *entrefilet*[1] sul giornale.

Il fatto è che il mio amico d'infanzia Lambert avrebbe probabilmente, e anzi sicuramente, potuto essere annoverato tra i componenti di quelle spregevoli bande di piccoli lestofanti che si mettono insieme per perpetrare ciò che oggi viene chiamato *chantage*,[2] per il quale si cerca ora una definizione nel codice penale e pene adeguate. La banda della quale faceva parte Lambert si era formata in precedenza a Mosca e laggiù aveva già compiuto non poche malefatte (in seguito essa venne in parte scoperta). Venni a sapere successivamente che, per un certo tempo, avevano avuto un capo straordinariamente esperto e tutt'altro che stupido, una persona ormai anziana. Essi si imbarcavano nelle loro imprese, sia tutti quanti assieme che a gruppi. Oltre agli atti più sudici e osceni (dei quali, del resto, i giornali hanno già parlato), essi compivano anche imprese abbastanza complesse e persino astute, sotto la direzione del loro

1 «Trafiletto», in francese nel testo.
2 «Ricatto», in francese nel testo.

capo. Di talune di esse più tardi sono venuto a sapere, ma non riferirò i dettagli. Ricorderò soltanto che il loro metodo fondamentalmente consisteva nello scoprire qualche segreto di persone talora onestissime e abbastanza altolocate; in seguito essi si presentavano a tali persone minacciandole di rivelare dei documenti (di cui talora essi non erano affatto in possesso) e esigendo il pagamento di una certa somma in cambio del loro silenzio. Ci sono cose, anche non peccaminose e per nulla illecite, la cui rivelazione tuttavia può essere temuta con spavento anche da una persona per bene e di carattere forte. Essi puntavano soprattutto sui segreti familiari. Per dimostrare con quanta abilità agisse talvolta il loro capo, racconterò senza alcun particolare, in tre righe soltanto, una delle loro malefatte. In una casa assai onesta era avvenuto un fatto effettivamente peccaminoso e illecito, e precisamente la moglie di una persona nota e rispettabile aveva intrecciato segretamente una relazione amorosa con un giovane e ricco ufficiale. Essi ebbero sentore della cosa e si comportarono così: fecero sapere direttamente al giovanotto che avrebbero informato il marito. Essi non avevano la benché minima prova e il giovane lo sapeva perfettamente, né loro stessi pretendevano il contrario; ma tutta l'abilità del loro maneggio e tutta l'astuzia del calcolo consistevano in questo caso soltanto nella considerazione che il marito, una volta messo al corrente, si sarebbe comportato esattamente allo stesso modo e avrebbe compiuto gli stessi passi che se gli fossero state fornite le prove più matematiche. Essi puntavano, in questo caso, sulla conoscenza del carattere di quest'uomo e sulla conoscenza delle sue circostanze famigliari. La cosa principale era che della banda faceva parte anche un giovane appartenente all'ambiente più elevato, al quale era riuscito di ottenere le informazioni. All'amante essi scucirono una somma assai cospicua e senza alcun pericolo, dato che era la vittima stessa ad agognare il segreto.

Lambert, pur prendendo parte a talune imprese, non apparteneva tuttavia veramente a questa banda moscovita; ma, avendoci preso gusto, aveva cominciato a poco a poco, a titolo d'esperimento, ad agire per conto proprio. Anticiperò subito che egli non era del tutto tagliato per questo. Egli era assai furbo e calcolatore, ma era impetuoso e, inoltre, d'animo semplice, o, meglio, ingenuo, cioè non conosceva né le persone né la società. Egli, ad esempio, non comprendeva affatto, a quanto sembra, l'importanza di quel capo moscovita e riteneva che dirigere e organizzare tali imprese fosse assai facile. Inoltre supponeva che quasi tutti fossero dei mascalzoni esattamente come lui. Oppure, ad esempio, se immaginava che una certa persona avesse paura, o dovesse aver paura, per questo e quest'altro motivo, egli non dubitava più affatto che quella persona veramente avesse paura, come se fosse stato un assioma. Non so come esprimere questo, lo spiegherò più tardi con i fatti, ma, secondo me, egli era assai rozzamente sviluppato, e in certi sentimenti buoni e nobili non è che non credesse, ma di essi, forse, non aveva neppure l'idea.

Egli era venuto a Pietroburgo perché da molto tempo pensava a questa città come a un campo d'azione assai più vasto che Mosca, e anche perché a Mosca, da qualche parte e in qualche modo, aveva compiuto un passo falso e qualcuno lo stava cercando con le peggiori intenzioni nei suoi confronti. Giunto a Pietroburgo egli era immediatamente entrato in relazione con un suo antico compagno, ma aveva trovato un terreno povero e affari di poco conto. Le sue conoscenze poi si erano allargate, ma non riusciva a combinare niente. «La gente qui non vale nulla, non ci sono altro che ragazzetti», ebbe a dirmi lui stesso in seguito. Ed ecco che un bel mattino, all'alba, egli improvvisamente mi trova assiderato ai piedi di una recinzione e si imbatte nelle tracce di un «affare», a suo parere «succulento».

Tutto l'«affare» venne fuori dal mio parlare a vanvera mentre mi riscaldavo nel suo alloggio. Oh, allora quasi deliravo! Tuttavia dalle mie parole risultava chiaramente che, tra tutte le offese da me subite in quel giorno fatale, quella che più mi era rimasta impressa e mi opprimeva il cuore era quella ricevuta da Bohring e da *lei*: altrimenti non avrei delirato soltanto di ciò a casa di Lambert, bensì avrei parlato, ad esempio, anche di Zèrščikov, invece era venuta fuori soltanto la prima faccenda, come venni in seguito a sapere dallo stesso Lambert. Inoltre, in quella maledetta mattina, ero in preda all'entusiasmo e vedevo Lambert e Alfonsina come una sorta di liberatori e di salvatori.

Quando poi, ancora a letto convalescente, cercavo di immaginarmi che cosa Lambert fosse potuto venire a sapere dai miei discorsi sconnessi e fino a che punto mi fossi tradito, neppure una volta mi venne il sospetto che quella volta egli avesse potuto venire a conoscenza di tante cose! Oh, naturalmente, giudicando dai miei rimorsi, già anche allora sospettavo di avergli rivelato molte cose superflue, ma, ripeto, non potevo assolutamente supporre di averlo fatto a tal punto! Speravo anche e contavo sul fatto che quella volta da lui non ero in grado di pronunciare le parole distintamente, cosa di cui mi ricordavo con sicurezza, mentre in realtà risultò poi che la mia pronuncia era stata assai più chiara di quanto poi supponessi e sperassi. Ma la cosa principale è che tutto questo si seppe soltanto in seguito e molto tempo dopo, e in ciò consistette appunto la mia disgrazia.

Dal mio delirio, dal mio parlare sconnesso, dal mio balbettio, dalle mie esaltazioni ecc. egli era venuto a conoscenza, in primo luogo, di tutti i cognomi con esattezza, e persino di alcuni indirizzi. In secondo luogo si era fatta un'idea abbastanza precisa dell'importanza di queste persone (il vecchio principe, lei, Böhring, Anna Andréevna e persino Versilov); in terzo luogo aveva saputo che ero offeso e che minacciavo di vendicarmi, e, infine, in quarto luogo, e questa è la cosa più importante di tutte, era venuto a sapere che esisteva un certo documento, misterioso e nascosto da qualche parte, che, se fosse stato mostrato al vecchio principe semifolle, questi, leggendolo e venendo a sapere che sua figlia lo riteneva pazzo e già «si era consultata con dei giuristi» sulla possibilità di farlo internare, o sarebbe impazzito del tutto, o l'avrebbe cacciata di casa diseredandola, o avrebbe sposato una certa *m.lle* Versilova, con la quale già aveva l'intenzione di sposarsi e non glielo permettevano. Insomma Lambert aveva capito molte cose; senza dubbio permanevano molti lati oscuri, ma l'esperto ricattatore aveva trovato una traccia sicura. Quando poi ero sfuggito ad Alfonsina, egli immediatamente aveva trovato il mio indirizzo (nel modo più semplice, rivolgendosi all'ufficio indirizzi); poi aveva preso subito le debite informazioni e aveva accertato che tutte le persone di cui avevo sproloquiato esistevano effettivamente. A quel punto si era accinto senza indugio a compiere il primo passo.

La cosa principale era che esisteva il *documento*, che esso era in mio possesso e che questo documento aveva un grande valore: di ciò Lambert non dubitava. Tralascio qui una circostanza, della quale sarà meglio parlare in seguito e a suo luogo; accennerò tuttavia al fatto che tale circostanza ebbe un ruolo decisivo nel rafforzare la convinzione di Lambert che il documento esistesse realmente e, soprattutto, che fosse tanto importante. (Premetto che si trattava di una circostanza fatale, che io non potevo neppure lontanamente immaginare non soltanto allora, ma nemmeno fino alla fine di tutta la vicenda, quando tutto improvvisamente crollò e si chiarì da sé). Così, convinto della questione principale, per prima cosa egli si recò da Anna Andréevna.

Tra parentesi è ancor oggi per me un enigma come egli, Lambert, abbia potuto insinuarsi fino a una persona inaccessibile e superiore come Anna Andréevna, e appiccicarsi a lei come una sanguisuga. È vero che egli si era informato, ma che cosa vuol dire? È vero che era magnificamente vestito, parlava come un parigino e portava un cognome francese, ma era impossibile che Anna Andréevna non riconoscesse immediatamente in lui un furfante. Oppure si deve supporre che era proprio di un furfante che ella aveva bisogno allora? Ma possibile che fosse così?

Non sono mai riuscito a sapere i particolari del loro incontro, ma molte volte, in seguito, mi sono immaginato questa scena. Con ogni probabilità Lambert, fin dalla prima parola e dal primo gesto, recitò davanti a lei la parte dell'amico d'infanzia trepidante per il caro e amato compagno. Tuttavia è certo che, fin da quel primo incontro, egli seppe anche farle capire assai chiaramente che io ero in possesso del «documento», che ciò era un segreto, che lui soltanto, Lambert, era al corrente di questo segreto e che io mi apprestavo a vendicarmi per mezzo di tale documento della vedova del generale Achmàkov ecc. ecc. Soprattutto, egli poté spiegarle nella maniera più esatta possibile il significato e l'importanza di quel pezzo di carta. Quanto ad Anna Andréevna, ella si trovava precisamente in una posizione tale che non poteva fare a meno di aggrapparsi a una notizia del genere, non poteva non starlo ad ascoltare con straordinaria attenzione e... non poteva non abboccare all'amo «a causa della lotta per l'esistenza». Giusto in quel periodo le avevano sottratto il fidanzato e lo avevano trasferito sotto sorveglianza a Càrskoe, mentre lei stessa era tenuta sotto sorveglianza. Ed ecco che a un tratto saltava fuori una cosa del genere: qui non si trattava più di pettegolezzi di donne sussurrati all'orecchio, di lamentele accompagnate da lacrime, di raccomandazioni e di maldicenze; qui c'era una lettera, un manoscritto, ossia la dimostrazione matematica delle perfide intenzioni di sua figlia e di tutti coloro che glielo portavano via, e quindi bisognava che si salvasse, magari fuggendo, che si rifugiasse da lei, da Anna Andréevna, e che si sposasse con lei magari in ventiquattr'ore; altrimenti, appunto, lo avrebbero internato in manicomio.

Può anche darsi, però, che Lambert non usasse alcun sotterfugio con questa fanciulla, nemmeno per un istante, e che, senza ambagi, le sparasse: «*Mademoiselle*, potete scegliere tra il restar zitella, oppure diventare principessa e milionaria: c'è questo documento, io lo ruberò all'adolescente e ve lo consegnerò... voi, in cambio, mi darete una cambiale di trentamila rubli». Io penso anzi che le cose siano andate proprio così. Oh, egli riteneva tutti mascalzoni come lui; lo ripeto, in lui c'era una sorta di semplicità d'animo, di ingenuità da mascalzone... Comunque andassero le cose, è tuttavia assolutamente possibile che Anna Andréevna, anche di fronte a un approccio di questo genere, non rimanesse neppure un istante turbata, ma si sapesse perfettamente controllare e rimanesse ad ascoltare il ricattatore mentre parlava nel suo stile, e tutto per «larghezza di vedute». Be' si capisce, dapprima sarà arrossita un po', ma poi si sarà fatta forza e sarà rimasta ad ascoltare. Quando mi immagino questa fanciulla inaccessibile, altera, veramente degna e fornita di una tale intelligenza, a tu per tu con Lambert, allora... ma ecco, ecco, è proprio questo il punto, l'intelligenza! L'intelligenza russa ha dimensioni tali, è talmente portata alla larghezza di vedute... e tanto più quella di una donna, e tanto più in simili circostanze!

Farò ora un riassunto: il giorno e l'ora della mia prima uscita dopo la malattia, Lambert aveva in testa i due seguenti punti: primo, ottenere da Anna Andréevna in cambio del documento una cambiale di non meno di trentamila rubli e poi aiutarla a spaventare il principe, rapirlo e in quattro e quattr'otto fargliela sposare, insomma, qualcosa di questo genere. Era stato perfino studiato un vero e proprio piano d'azione; non attendevano che il mio aiuto, ossia il famoso documento.

Il secondo progetto era questo: tradire Anna Andréevna, abbandonarla e vendere il documento alla generalessa Achmàkova, se la cosa fosse risultata più conveniente. A questo proposito si faceva conto anche su Böhring. Ma alla generalessa Lambert non si era ancora presentato, limitandosi soltanto a tenerla d'occhio. Anche per questo aspettava me.

Oh, io gli ero necessario! Cioè, non io, ma il documento! Anche riguardo a me egli aveva ideato due piani. Il primo prevedeva che, se non fosse stato possibile fare altrimenti, egli avrebbe agito assieme a me prendendomi come socio alla pari, dopo avermi preventivamente sottomesso moralmente e fisicamente. Ma il secondo piano lo allettava assai di più; esso consisteva nell'imbrogliarmi come un bambino e nel rubarmi il documento, oppure semplicemente nel sottrarmelo con la forza. Questo piano era il suo prediletto, quello che egli accarezzava nei suoi sogni. Lo ripeto: c'era una circostanza che faceva sì che quasi egli non dubitasse del successo del secondo piano, ma, come ho già detto, questo lo spiegherò più tardi. In ogni caso egli mi attendeva con impazienza spasmodica: tutto, ogni mossa e che cosa intraprendere, dipendeva da me.

E bisogna dargliene atto: fino ad allora si era trattenuto, nonostante l'urgenza della cosa. Non si era presentato da me a casa durante la mia malattia, era venuto soltanto una volta e aveva parlato con Versilov; non mi aveva disturbato, non mi aveva spaventato, conservando nei miei confronti un'apparenza di totale indifferenza. Quanto al fatto che io avrei potuto dare a qualcun altro, o rendere noto, o distruggere il documento, su questo egli era tranquillo. Dalle mie parole, quando ero stato da lui, aveva potuto dedurre quanto io stesso ci tenessi al segreto e come temessi che qualcuno venisse a sapere del documento. Che poi mi sarei recato per prima cosa da lui e da nessun altro il primo giorno stesso dopo la mia guarigione, neppure di questo egli dubitava minimamente: Nastas'ja Egòrovna era venuta da me in parte su suo ordine ed egli sapeva che la curiosità e la paura erano ormai state eccitate e che io non avrei resistito... Inoltre egli aveva preso tutte le misure necessarie, poteva persino sapere il giorno della mia prima uscita, di modo che, quand'anche lo avessi voluto, non avrei potuto in alcun modo liberarmi di lui.

Ma se Lambert mi attendeva, ancor di più mi attendeva Anna Andréevna. Lo dirò apertamente: Lambert poteva in parte avere anche ragione, preparandosi a tradirla, e la colpa era di lei. Nonostante il loro indubbio accordo (in quale forma, lo ignoro, ma che esistesse, non ne dubito), Anna Andréevna fino all'ultimo momento non era stata del tutto franca con lui. Non si era sbottonata del tutto. Ella gli aveva soltanto fatto intendere un totale accordo da parte propria e una totale adesione alle sue richieste, ma glielo aveva lasciato soltanto intendere; era rimasta, forse, ad ascoltare tutto il suo piano fin nei minimi dettagli, ma lo aveva approvato soltanto col suo silenzio. Ho dati sicuri per pensare questo, e la causa di tutto ciò era che *aspettava me.* Ella preferiva avere a che fare con me, piuttosto che con quella canaglia di Lambert, ecco un fatto per me indubbio! Questo io lo capisco; ma il suo errore consisteva nel fatto che questo, alla fine, lo aveva capito anche Lambert. Per lui, però, sarebbe stato troppo svantaggioso se lei, mettendolo da parte, fosse riuscita a carpirmi il documento e si fosse messa d'accordo con me. Inoltre, allora egli era ormai convinto della bontà dell'«affare». Un altro, al suo posto, avrebbe avuto paura e avrebbe continuato a esitare, ma Lambert era giovane, audace, traboccante di un'impazientissima sete di guadagno, conosceva poco gli uomini e, senz'ombra di dubbio, li supponeva tutti canaglie; una persona del genere non poteva avere dubbi, tanto più che era ormai riuscito a estorcere ad Anna Andréevna tutte le più importanti conferme.

Un'ultima piccola cosa e la più importante: Versilov a quel tempo sapeva qualcosa e già allora era in qualche modo, sia pure alla lontana, partecipe dei piani di Lambert? No, no, e no, *allora* ancora no, sebbene, forse, la fatale paroletta fosse già stata pronunciata... Ma basta, basta, sto correndo troppo in avanti.

Quanto a me, poi, come stavano le cose? Sapevo qualche cosa e che cosa sapevo il giorno in cui uscii per la prima volta di casa? Cominciando questo *entrefilet* ho avvertito che non sapevo nulla il giorno in cui uscii di casa e che venni a sapere tutto molto più tardi e, addirittura, quando tutto ormai era avvenuto. Ciò è vero, ma è proprio del tutto così? No, non è così; indubbiamente io sapevo già qualcosa, sapevo perfino troppo, ma in che modo? Il lettore si ricordi del *sogno*! Se avevo potuto fare un sogno simile, se esso aveva potuto erompere dal mio cuore e prendere una forma simile, significa che non sapevo, ma *presentivo* moltissimo di ciò che ora ho appurato e che, in effetti, venni a sapere soltanto «quando tutto era ormai finito». Mancava la conoscenza, ma il cuore era già in subbuglio per i presentimenti e gli spiriti maligni si erano già impadroniti dei miei sogni. Ed ecco che ardevo dal desiderio di recarmi da un uomo del genere, sapendo perfettamente che razza d'uomo fosse e presentendo perfino i più piccoli dettagli! E perché ardevo dal desiderio di recarmi da lui? Figuratevi: ora, in questo stesso istante in cui scrivo, mi pare che già allora sapessi fin nei minimi dettagli perché ardevo dal desiderio di recarmi da lui, mentre, lo ripeto di nuovo, ancora non ne sapevo niente. Forse il lettore riuscirà a comprenderlo. Ma ora – al lavoro, e un fatto dopo l'altro!

II

Era cominciato così, che già due giorni prima della mia uscita Liza la sera era tornata a casa tutta allarmata. Ella era stata terribilmente offesa ed effettivamente le era accaduto qualcosa di intollerabile. Ho già fatto menzione dei suoi rapporti con Vasin. Ella si era recata da lui non soltanto per dimostrarci che non aveva bisogno di noi, ma anche perché effettivamente aveva stima di Vasin. La loro conoscenza risaliva ancora ai tempi di Luga e avevo sempre avuto l'impressione che Vasin non fosse indifferente nei suoi confronti. Nella sventura che l'aveva colpita era del tutto naturale che ella potesse desiderare il consiglio di un intelletto pacato, sereno e sempre elevato come quello che ella supponeva in Vasin. Inoltre le donne non sono davvero maestre nella valutazione degli intelletti degli uomini, se hanno un debole per quella persona, e scambiano volentieri i paradossi per conclusioni rigorose, se questi sono conformi ai loro desideri. Di Vasin, a Liza piaceva la simpatia per la sua situazione e, come le era parso le prime volte, la simpatia anche nei confronti del principe. Inoltre, sospettando il suo sentimento per lei, ella non poteva fare a meno di apprezzare in lui la simpatia per il suo rivale. Il principe, invece, al quale ella aveva riferito che andava talvolta a consigliarsi con Vasin, aveva accolto questa notizia con straordinaria inquietudine fin dalla prima volta; aveva cominciato a esser geloso di lei. Liza ne era rimasta offesa così che aveva continuato per ripicca i suoi rapporti con Vasin. Il principe aveva cessato di parlarne, ma era cupo. Liza stessa in seguito mi confessò (molto tempo dopo) che Vasin assai presto, allora, aveva cessato di piacerle; egli era tranquillo e proprio quella sua eterna, inalterabile tranquillità, che tanto le era piaciuta all'inizio, in seguito le era parsa alquanto squallida. Si sarebbe detto che egli fosse una persona pratica, ed effettivamente egli le aveva dato alcuni consigli apparentemente buoni, ma essi, come a farlo apposta, si erano rivelati tutti irrealizzabili. Inoltre, talvolta, giudicava troppo dall'alto e senza troppi riguardi, anzi facendosene via via sempre di meno, cosa che ella ascriveva al suo crescente e involontario disinteresse per la sua situazione. Una volta ella lo aveva ringraziato per il fatto che egli era sempre ben disposto nei miei confronti e, pur essendomi tanto superiore per intelletto, conversava con me, da pari a pari (gli aveva riferito, cioè, le mie parole). Egli le aveva risposto così:

«Non è così e non è per questo. È perché io non vedo alcuna differenza tra lui e gli altri. Io non lo ritengo né più stupido delle persone intelligenti, né più cattivo di quelle buone. Io sono uguale con tutti perché tutti ai miei occhi sono uguali».

«Ma come, possibile che non vediate le differenze?».

«Oh, naturalmente, tutti si differenziano gli uni dagli altri in qualche cosa, ma ai miei occhi non esistono differenze, perché le differenze non mi riguardano; per me tutti sono uguali e tutto fa lo stesso, e perciò io sono ugualmente buono con tutti».

«E non vi annoiate a questo modo?».

«No; io sono sempre contento di me stesso».

«E non desiderate nulla?».

«Come potrei non desiderare? Ma non molto. Non mi occorre quasi nulla, neppure un rublo di più di quel che ho. Porto un abito d'oro anche così come sono: è lo stesso; l'abito d'oro non aggiungerebbe nulla a Vasin. I buoni bocconi non mi seducono: i posti o gli onori possono forse valere il posto che merito io?».

Liza mi diede la sua parola d'onore che egli una volta si era espresso letteralmente così. D'altra parte non si può giudicare così, bisogna conoscere le circostanze nelle quali ciò è stato detto.

A poco a poco Liza era arrivata alla conclusione che anche nei confronti del principe egli aveva un atteggiamento di indulgenza forse soltanto per il fatto che per lui tutti erano uguali e «non esistevano differenze», e assolutamente non per simpatia verso di lei. Verso la fine, tuttavia, egli aveva cominciato a perdere la propria impassibilità e nei confronti del principe aveva cominciato ad atteggiarsi non solo con disapprovazione, ma anche con sprezzante ironia. Ciò aveva mandato in collera Liza, ma Vasin non si era acquietato. La cosa principale è che egli si esprimeva sempre così delicatamente, e biasimava anche perfino senza rabbia, limitandosi semplicemente a dimostrare logicamente tutta la nullità del suo eroe; ma era proprio in questa logicità che era racchiusa l'ironia. Infine egli fece quasi apertamente davanti a lei la dimostrazione di quanto fosse «irragionevole» il suo amore, di quanta testarda forzatura vi fosse in esso. «Voi nei vostri sentimenti vi siete sbagliata, e gli sbagli, una volta compresi, vanno assolutamente corretti».

Era accaduto per l'appunto quel giorno; Liza, in collera, si era alzata per andarsene, ma che cosa aveva fatto e come aveva concluso quell'uomo ragionevole? Con l'aria più nobile, e perfino con sentimento, le aveva offerto la propria mano. Liza senza pensarci due volte, gli aveva detto in faccia che era un imbecille, e se n'era andata.

Proporle di tradire uno sventurato perché questo sventurato «non è degno di lei» e, soprattutto, proporre ciò a una donna che aspetta un figlio da questo sventurato, ecco a che cosa si riduce l'intelligenza delle persone come questa! Io ciò lo definisco una spaventosa astrattezza e un'assoluta ignoranza della vita, derivante da uno smisurato amor proprio. E per soprammercato Liza si era resa conto con assoluta chiarezza che egli era perfino orgoglioso del proprio gesto, non foss'altro per il fatto, ad esempio, che era già al corrente della sua gravidanza. Piangendo per la collera, ella si era precipitata dal principe, ma questi... era riuscito persino a superare Vasin: si sarebbe detto che, dopo il suo racconto, egli avrebbe potuto convincersi che non vi era ormai motivo di esser geloso; ma qui era uscito di senno. D'altronde i gelosi sono fatti tutti così! Le aveva fatto una scenata spaventosa, offendendola in maniera tale che ella era stata lì per lì per decidersi a rompere ogni rapporto con lui.

Al suo ritorno a casa ella riusciva ancora a dominarsi, ma non aveva potuto fare a meno di confidarsi con la mamma. Oh, quella sera si erano ritrovate di nuovo vicine come un tempo: il ghiaccio era rotto; entrambe, naturalmente, erano scoppiate a piangere abbracciate l'una all'altra, e Liza, a quanto sembrava, si era calmata, sebbene fosse assai cupa. Era rimasta seduta tutta la sera da Makàr Ivànovič senza dire una parola, ma senza neppure abbandonare la stanza. Ella stava ad ascoltare attentamente quello che diceva. Da quella volta della panchetta, ella si era fatta straordinariamente e, per così dire, timidamente rispettosa nei suoi confronti, pur continuando a rimanere taciturna.

Questa volta, però, Makàr Ivànovič, chissà perché, aveva impresso una piega strana e inattesa alla conversazione; osserverò che Versilov e il dottore quella mattina avevano parlato assai preoccupati della sua salute. Osserverò anche che a casa nostra già da alcuni giorni si preparavano a festeggiare il compleanno della mamma, che ricorreva esattamente cinque giorni dopo, e ne parlavano spesso. Makàr Ivànovič, a proposito di questo compleanno, chissà perché, improvvisamente, si abbandonò ai ricordi e rievocò l'infanzia della mamma e il tempo quando ella ancora «non si reggeva sulle gambine». «Voleva sempre che la tenessi in braccio», ricordava il vecchio, «a volte le insegnavo a camminare, la mettevo in un angolo a tre passi di distanza e la chiamavo, lei, barcollando per la stanza, correva ridendo verso di me e, quando era arrivata, mi gettava le braccia al collo. Più tardi ti raccontavo le favole, Sòf'ja Andréevna; ti piacevano molto le mie favole; se ne stava seduta sulle mie ginocchia per due ore intere ad ascoltarmi. Nell'*izbà* si meravigliavano: "Guarda come si è affezionata a Makàr". Oppure ti portavo con me nel bosco, cercavo un cespuglio di lamponi, ti mettevo a sedere lì accanto e ti tagliavo uno zufolo di legno. Facevamo una lunga passeggiata e poi, tornando a casa, ti portavo in braccio: dormiva, la mia piccolina. Una volta ti sei spaventata del lupo e ti sei precipitata verso di me tutta tremante, e invece non c'era nessun lupo».

«Questo me lo ricordo», disse la mamma.

«Davvero te lo ricordi?».

«Mi ricordo di tante cose. Da quando mi ricordo ho sentito sopra di me l'amore e l'affetto vostro», disse la mamma con voce commossa, e a un tratto avvampò tutta.

Makàr Ivànovič lasciò passare un po' di tempo:

«Addio, figlioli, me ne vado. La mia vita è giunta al termine. In vecchiaia sono stato consolato di tutti i miei dolori; grazie a voi, cari».

«Smettetela, caro Makàr Ivànovič», esclamò con una certa agitazione Versilov, «poco fa il dottore mi diceva che state incomparabilmente meglio...».

La mamma tese l'orecchio spaventata.

«Cosa vuoi che sappia il tuo Aleksàndr Semënovič», replicò sorridendo Makàr Ivànovič, «è una cara persona e niente di più. Smettetela, amici, oppure pensate che abbia paura di morire? Stamani, dopo la preghiera mattutina, ho avuto nel cuore il presentimento che non uscirò ormai più di qui; è stato detto. Ebbene, sia benedetto il nome del Signore; voglio soltanto guardarvi tutti quanti a sazietà. Anche Giobbe, che sopportò tante sofferenze, guardando i suoi nuovi figlioli si consolò, ma è impossibile che dimenticasse quelli precedenti![3] Soltanto, con

3 Secondo il racconto biblico (*Giobbe*, I, 18-19), tra le prove a cui Dio sottopose Giobbe per dimostrare al diavolo la sua fede, vi fu anche la morte dei figli. Quando Giobbe ebbe superato anche questa prova, Dio lo ricompensò mandandogli nuovi figlioli.

gli anni, la tristezza, per così dire, si mescola con la letizia, si trasforma in un luminoso sospiro. Così è nel mondo: ogni anima viene messa alla prova e consolata. Ho deciso, figlioli, di farvi un breve discorsetto», proseguì poi con un sereno, stupendo sorriso che non dimenticherò mai, e improvvisamente si rivolse a me: «Tu, caro, ama con ardore la santa Chiesa, e se il tempo lo chiederà, muori per essa; ma aspetta, non spaventarti, non ora», aggiunse ridendo. «Ora, forse, neppure ci pensi, più tardi, forse, ci penserai. Soltanto una cosa ancora: quel che di buono ti verrà in mente di fare, fallo per l'amor di Dio e non per invidia. Tienti saldo all'opera intrapresa e non arrenderti per pusillanimità; agisci gradatamente, senza agitazione e senza precipitazione; ecco tutto quello che ti occorre. Soltanto impara a pregare immancabilmente ogni giorno. Te lo dico in modo che forse un giorno te ne ricorderai. Avrei voluto dire qualche cosa anche a voi, Andréj Petrovič, signore, ma Dio, anche senza di me, troverà la via del vostro cuore. È da tanto tempo, del resto, che io e voi abbiamo cessato di parlare di questo, dal tempo in cui questa freccia ha trafitto il mio cuore. Ora però, mentre sto per andarmene, vi rammenterò soltanto... ciò che allora avete promesso...».

Egli pronunciò le ultime parole quasi in un bisbiglio, abbassando la testa.

«Makàr Ivànovič!», esclamò Versilov turbato, e si alzò dalla sedia.

«Via, via, non alteratevi, signore, l'ho ricordato soltanto così... Sono più di tutti io quello che ha colpa davanti a Dio di questa faccenda; sebbene, infatti, voi foste il mio signore, io non avrei dovuto permettere questa debolezza. Perciò anche tu, Sòf'ja, non tormentare troppo la tua anima, perché tutto il tuo peccato è mio, e tu, d'altronde, così ritengo, allora ben difficilmente te ne rendevi conto, e forse neppure voi, signore, assieme a lei», aggiunse sorridendo con le labbra che gli tremavano per non so quale dolore, «e anche se avrei potuto allora correggerti, consorte mia, forse anche con la verga, e magari avrei dovuto farlo, tuttavia fui preso dalla compassione, quando ti sei inginocchiata davanti a me in lacrime senza nascondermi nulla... e hai baciato i miei piedi. Ho ricordato questo, mia diletta, non per farti un rimprovero, ma soltanto per rammentarlo ad Andréj Petrovič... poiché voi stesso, signore, ricordate la vostra promessa di gentiluomo che ogni cosa si rimette a posto con le nozze... Lo dico davanti ai figlioli, signore-*bàtjuška*...».

Egli era straordinariamente commosso e guardava Versilov come in attesa di una sua parola di conferma. Lo ripeto, tutto ciò era così inaspettato che io me ne stavo seduto immobile. Versilov era non meno commosso di lui: si avvicinò in silenzio alla mamma e l'abbracciò forte; poi la mamma si avvicinò, anche lei in silenzio, a Makàr Ivànovič e si inchinò a lui fino a terra.

Insomma ne venne fuori una scena sconvolgente; nella stanza quella volta c'eravamo soltanto noi della famiglia, non c'era neppure Tat'jana Pàvlovna. Liza si era rizzata tutta sulla sedia e ascoltava in silenzio; a un tratto ella si alzò e disse con voce ferma a Makàr Ivànovič:

«Benedite anche me, Makàr Ivànovič, per la mia grande pena. Domani si deciderà tutto il mio destino... e pregate per me oggi».

E uscì dalla stanza. Io so che Makàr Ivànovič era già stato messo al corrente di tutte le sue traversie da parte della mamma. Ma fu la prima volta che quella sera vidi Versilov e la mamma insieme; fino ad allora accanto a lui avevo veduto soltanto la sua schiava. C'erano moltissime cose ancora che non sapevo e che non avevo intuito in quell'uomo che avevo già condannato, e perciò ritornai nella mia stanza turbato. E bisogna poi dire che, proprio in quel periodo, erano divenute più fitte le mie perplessità sul suo conto; mai come allora egli mi era apparso tanto misterioso e indecifrabile; ma è proprio qui il nocciolo di tutta la storia che sto scrivendo; ogni cosa a suo tempo.

«Dunque», pensai fra di me allora, mentre mi coricavo, «ne risulta che egli ha dato a Makàr Ivànovič la sua "parola di gentiluomo" di sposare la mamma nel caso che rimanesse vedova. Questo me lo aveva taciuto quando in passato mi aveva raccontato di Makàr Ivànovič».

L'indomani Liza rimase fuori tutto il giorno e al suo ritorno, abbastanza tardi la sera, si recò direttamente da Makàr Ivànovič. Io non volevo entrare per non disturbarli, ma ben presto, avendo notato che anche la mamma e Versilov erano là dentro, entrai anch'io. Liza era seduta accanto al vecchio e piangeva sulla sua spalla mentre lui, con viso, triste le carezzava in silenzio la testolina.

Versilov mi spiegò (più tardi in camera mia) che il principe insisteva sulla sua idea e aveva stabilito di sposarsi con Liza appena fosse stato possibile, ancor prima della sentenza del tribunale. Per Liza era difficile decidersi, sebbene ormai ella non avesse quasi più il diritto di non farlo. E anche Makàr Ivànovič le «ordinava» di sposarsi. Tutto ciò, si capisce, in seguito si sarebbe risolto da solo ed ella senza dubbio si sarebbe sposata da sola, senza ordini ed esitazioni, ma in quel momento ella si sentiva così offesa da colui che amava e così umiliata anche ai propri stessi occhi da quell'amore che le era difficile decidersi. Ma oltre all'offesa era venuta ad aggiungersi anche un'altra circostanza che io non potevo neppure sospettare.

«Hai sentito che tutti quei giovani delle Peterbùrgskaja ieri sono stati arrestati?», buttò là a un tratto Versilov.

«Come? Dergačëv?», gridai io.

«Sì; e anche Vasin».

Ero costernato, soprattutto apprendendo di Vasin.

«Ma era dunque implicato in qualche cosa? Mio Dio, cosa ne sarà adesso di lui? E, come a farlo apposta, proprio dopo che Liza ne ha tanto parlato male!... Cosa ne pensate: che cosa gli potrà accadere? Qui c'è di mezzo Stebel'kòv! Ve lo giuro, qui c'è di mezzo Stebel'kòv!».

«Lasciamo stare», replicò Versilov, guardandomi con un'espressione strana (proprio con l'espressione con cui si guarda una persona che non capisce e non intuisce), «chi lo sa come stavano le cose lì fra loro e chi può sapere che cosa ne sarà di loro! Non è di questo che volevo parlare: ho sentito che domani volevi uscire. Non passerai per caso dal principe Sergèj Petròvič?».

«Per prima cosa, benché, lo confesso, la cosa mi pesi assai. Perché, volete forse che gli riferisca qualcosa?».

«No, lo vedrò io stesso. Mi dispiace per Liza. E che consigli può mai darle Makàr Ivànovič? Lui stesso non capisce nulla né degli uomini, né della vita. Ecco, cos'altro c'è, mio caro (era molto tempo che non mi chiamava "mio caro"), ci sono anche... certi giovanotti... uno di quelli è il tuo ex compagno, Lambert... Mi sembra che siano tutti quanti delle grandi canaglie... Lo dico soltanto per metterti in guardia... D'altronde, naturalmente, tutto ciò è affar tuo e mi rendo conto che io non ho il diritto...».

«Andréj Petrovič», dissi, afferrandogli la mano, senza pensarci e quasi con trasporto, come sovente mi accade (eravamo quasi al buio), «Andréj Petrovič, io sono rimasto zitto, lo avete ben visto questo, ho continuato a tacere fino adesso, e lo sapete perché? Per sfuggire i vostri segreti. Mi sono riproposto espressamente di non conoscerli mai. Io sono un vigliacco, io ho paura che i vostri segreti vi strappino del tutto dal mio cuore ed io non lo voglio. Ma se le cose stanno così, perché anche voi dovreste conoscere i miei segreti? Non curatevi neppure voi di dove io vada o non vada! Non è così?».

«Hai ragione, ma non una parola di più, te ne supplico!», replicò lui e uscì dalla mia stanza. In tal modo, senza volerlo, avemmo una piccola spiegazione. Ma egli non fece che aumentare la mia agitazione di fronte al nuovo passo nella vita che mi apprestavo a compiere l'indomani, di modo che per tutta la notte non feci che svegliarmi; tuttavia stavo bene.

III

Il giorno dopo uscii di casa sforzandomi, sebbene fossero già le dieci del mattino, di andarmene piano piano, senza salutare e senza dir nulla; per così dire, me la svignai. Perché mi comportassi così non lo so, ma, se perfino la mamma mi avesse visto uscire e mi avesse rivolto la parola, le avrei risposto con una qualche cattiveria. Quando mi ritrovai fuori e respirai la fredda aria della strada, sussultai per la fortissima sensazione, quasi animalesca, che io definirei *sensuale*. A che scopo stavo andando e dove stavo andando? Questo era del tutto indeterminato e, nello stesso tempo, *sensuale*. Provavo paura e gioia nello stesso tempo.

«Mi coprirò di fango o non mi coprirò di fango oggi?», pensavo baldanzosamente tra di me, sebbene sapessi fin troppo bene che, una volta compiuto, il passo di quel giorno sarebbe stato decisivo e irrimediabile per tutta la vita. Ma non è il caso di parlare per enigmi.

Mi recai direttamente alla prigione del principe. Erano già tre giorni che Tat'jana Pàvlovna mi aveva dato una lettera per il direttore della prigione e questi mi ricevette molto bene. Non so se egli fosse una persona buona, e questo, io penso, non è importante; comunque egli permise il mio colloquio con il principe e lo organizzò nella sua stanza, che gentilmente ci cedette. Era una stanza qualsiasi, una comune stanza dell'appartamento di servizio di un funzionario di un certo grado, anche questo ritengo superfluo descriverlo. Così io e il principe rimanemmo soli. Egli mi si presentò abbigliato in un abito da casa di foggia vagamente militare, ma con biancheria pulitissima e con una cravatta elegante, ben lavato e pettinato, ma nello stesso tempo tremendamente dimagrito e ingiallito. Questo colore giallastro lo notai persino nei suoi occhi. Insomma, egli era tanto mutato d'aspetto che mi arrestai perfino perplesso.

«Come siete cambiato!», esclamai.

«Non è nulla! Sedetevi, caro», replicò lui con una certa fatuità, indicandomi una poltrona e sedendosi di fronte a me. «Veniamo alla faccenda principale: vedete, mio caro Alekséj Makàrovič...».

«Arkàdij», lo corressi.

«Cosa? Ah, sì; be'-be', fa lo stesso. Ah, sì!», proseguì rendendosi finalmente conto, «scusate, caro, veniamo alla cosa principale...».

Insomma, aveva una fretta terribile di venire a non so che faccenda. Era tutto preso, dalla testa ai piedi, da una certa importantissima idea che desiderava formulare ed espormi. Parlava moltissimo e in fretta, spiegandosi con tensione e con sofferenza e gesticolando, ma nei primi istanti non compresi decisamente nulla.

«Per farla breve (erano già dieci volte che impiegava l'espressione "per farla breve"), per farla breve», concluse, «se vi ho disturbato, Arkàdij Makàrovič, se vi ho così insistentemente mandato a chiamare ieri attraverso Liza, è perché, benché si tratti di un incendio, tuttavia, dato che l'essenza della decisione deve essere straordinaria e definitiva, noi allora...».

«Scusate, principe», lo interruppi, «mi avete mandato a chiamare ieri? Liza non mi ha riferito assolutamente nulla».

«Come!», gridò lui fermandosi di colpo straordinariamente sconcertato e perfino quasi spaventato.

«Lei non mi ha riferito assolutamente nulla. Ieri sera è tornata a casa così sconvolta che non è riuscita a scambiare con me nemmeno una parola».

Il principe balzò su dalla sedia.

«Dite sul serio, Arkàdij Makàrovič? In tal caso questo... questo...».

«Ma cosa c'è mai, dunque? Perché vi inquietate tanto? Semplicemente se ne sarà dimenticata, o qualcosa del genere...».

Egli si sedette, ma rimase lì come impietrito. Sembrava che la notizia che Liza non mi aveva riferito nulla lo avesse semplicemente schiacciato. A un tratto, egli si mise a parlare in fretta agitando le mani, ma di nuovo era difficile capire quel che diceva.

«Aspettate!», esclamò improvvisamente, azzittendosi e sollevando il dito, «aspettate, questo... questo... se soltanto non mi sbaglio... questo è un bel tiro!...», borbottò con un sorriso da pazzo, «e questo vuol dire che...».

«Questo non vuol dire assolutamente nulla!», lo interruppi io, «e non capisco proprio perché una circostanza così priva di importanza vi tormenti tanto... Ah, principe, da quella notte, ricordate...».

«Da quale notte e che cosa?», gridò lui capricciosamente, evidentemente indispettito che lo avessi interrotto.

«Da Zèrščikov, quando ci siamo visti per l'ultima volta, prima della vostra lettera. Anche allora eravate terribilmente agitato, ma tra allora e adesso c'è una tale differenza che sono perfino spaventato per voi... Oppure non vi ricordate?».

«Ah, sì», fece lui con tono da uomo di mondo e come se a un tratto se ne sovvenisse, «ah, sì! Quella sera... Mi hanno detto... Be', come va la vostra salute e come vi sentite dopo tutto ciò, Arkàdij Makàrovič?... Veniamo, però, alla cosa principale. Io, vedete, propriamente perseguo tre scopi; davanti a me ci sono tre compiti e io...».

Egli riprese a parlare in fretta della sua «cosa principale». Finalmente compresi che avevo davanti a me una persona alla quale bisognava applicare subito per lo meno un asciugamano inzuppato d'aceto sulla testa, se non fare un salasso. Tutto il suo discorso sconclusionato, si intende, verteva sul processo e sul suo possibile esito; e anche sulla visita che egli aveva fatto il comandante del reggimento in persona e su qualcosa che questi gli aveva a lungo sconsigliato, ma egli non gli aveva dato ascolto; su un biglietto che gli aveva appena inviato non so dove; sul pubblico ministero; sul fatto che, certamente, sarebbe stato privato dei diritti e deportato da qualche parte nella Russia Settentrionale; sulla possibilità di andare a vivere come colono e di proseguire nella sua carriera a Tašként; sul fatto che avrebbe insegnato a suo figlio (quello che avrebbe avuto da Liza) certe cose e gli avrebbe trasmesso certe cose «in quei luoghi remoti, ad Archàngel'sk, a Cholmogory». «Se ho desiderato avere la vostra opinione, Arkàdij Makàrovič, credetemi, è perché ho così caro il sentimento... Se voi sapeste, se voi sapeste, Arkàdij Makàrovič, mio caro, fratello mio, che cosa significa per me Liza, che cosa ha significato per me qui, adesso, per tutto questo tempo!», esclamò improvvisamente afferrandosi la testa con entrambe le mani.

«Sergèj Petròvič, davvero volete che ella perisca seguendo il vostro destino? A Cholmogory!», proruppi irrefrenabilmente, all'improvviso. La sorte di Liza con quel pazzo, per tutta la vita, si presentò alla mia mente improvvisamente in maniera chiara e come per la prima volta. Egli mi guardò, si alzò di nuovo, fece un passo, si voltò e si sedette nuovamente, tenendosi sempre la testa tra le mani.

«Sogno di continuo ragni!», disse a un tratto.

«Siete terribilmente agitato; io vi consiglierei di mettervi a letto e di chiedere subito un dottore».

«No, scusate, per questo c'è tempo. Io, soprattutto, vi ho pregato di venire da me per chiarire la questione delle nozze. Le nozze, lo sapete, avranno luogo qui, nella chiesa, io ne ho già parlato. Per tutto quanto è stato dato il permesso, loro addirittura approvano... Per quanto riguarda Liza...».

«Principe, abbiate pietà di Liza, caro», esclamai, «non tormentatela per lo meno adesso con la vostra gelosia!».

«Come!», urlò lui guardandomi fisso con gli occhi quasi

sbarrati, mentre tutto il suo viso si contorceva in una specie di lungo sorriso insensatamente interrogativo. Era chiaro che la parola «gelosia» chissà perché lo aveva tremendamente colpito.

«Scusatemi, principe, l'ho detto senza pensarci. Oh, principe, in questi ultimi tempi ho fatto la conoscenza di un vecchio, il mio padre putativo... Oh, se voi lo incontraste, con maggiore serenità... Anche Liza lo stima tanto».

«Ah sì, Liza... ah, si tratta di vostro padre? Oppure... *pardon, mon cher*,[4] qualcosa del genere... Ricordo... lei me ne ha parlato... un vecchietto... Ne sono convinto, ne sono convinto. Anch'io conoscevo un vecchietto... *Mais passons*,[5] soprattutto per chiarire tutta la sostanza del momento, bisogna...».

Mi alzai per andarmene, Provavo sofferenza a guardarlo.

«Non capisco!», mi fece con aria severa e solenne, vedendo che mi alzavo per andar via.

«Provo sofferenza a guardarvi», dissi.

«Arkàdij Makàrovič, una parola, ancora una parola!», disse, e afferrandomi improvvisamente per le spalle con un'espressione e un gesto del tutto diversi, mi costrinse a sedermi di nuovo sulla poltrona. «Avete sentito di quelli là, voi mi capite?», chiese chinandosi verso di me.

«Ah, sì, Dergačëv. Qui sicuramente c'è la mano di Stebel'kov!», esclamai io, non riuscendo a trattenermi.

«Sì, Stebel'kòv e... voi non sapete?».

Egli si interruppe e di nuovo prese a fissarmi con quegli stessi occhi sbarrati e con quello stesso lungo, spasmodico sorriso insensatamente interrogativo, che andava via via sempre più allargandosi. Il suo viso a poco a poco impallidì. Qualcosa a un tratto sembrò che mi scuotesse: mi venne in mente lo sguardo di Versilov il giorno prima, quando mi aveva comunicato dell'arresto di Vasin.

«Oh, possibile?», proruppi spaventato.

«Vedete, Arkàdij Makàrovič, vi ho chiamato per spiegarvi... io volevo...», si mise a sussurrarmi in fretta.

«Siete stato voi a denunciare Vasin!», urlai.

4 «Scusate, mio caro», in francese nel testo.
5 «Ma lasciamo perdere», in francese nel testo

«No; vedete, c'era un manoscritto. Vasin, proprio alla vigilia dell'ultimo giorno, l'aveva dato a Liza... perché lo conservasse. E lei me lo aveva lasciato qui perché vi dessi un'occhiata, e poi il giorno dopo è successo che hanno litigato...».

«Voi avete consegnato alle autorità quel manoscritto!».

«Arkàdij Makàrovič, Arkàdij Makàrovič!».

«Dunque voi», urlai balzando in piedi e scandendo le parole, «voi, senza nessun'altra sollecitazione e senza nessun altro scopo, unicamente perché lo sventurato Vasin *era il vostro rivale*, soltanto per gelosia, avete consegnato *il manoscritto affidato a Liza*... a chi lo avete consegnato? A chi? Al pubblico ministero?».

Ma egli non fece in tempo a rispondere, e d'altronde difficilmente avrebbe potuto rispondere qualcosa perché se ne stava lì ritto impalato davanti a me, sempre con quello stesso folle sorriso e con lo sguardo fisso; improvvisamente, però, si aprì la porta ed entrò Liza. Ella rimase quasi senza fiato vedendoci assieme.

«Tu qui? Così, sei qui?», esclamò col viso alterato e afferrandomi per le mani, «dunque tu *sai*?».

Ma ella aveva ormai letto sul mio viso che io «sapevo». Rapidamente, irrefrenabilmente la abbracciai forte, forte! E, per la prima volta, in quell'istante soltanto, compresi in tutta la sua forza quale dolore disperato, sconfinato, senza via d'uscita, si fosse impadronito per sempre del destino di quella... volontaria cercatrice di tormenti!

«Si può forse parlare con lui adesso?», disse lei divincolandosi improvvisamente dal mio abbraccio. «È forse possibile stare con lui? Perché sei qui? Guardalo, guardalo! E si può forse giudicarlo?».

Sul suo viso c'erano una sofferenza e una compassione sconfinate mentre, indicando quello sventurato, esclamava queste parole. E aveva ragione: era un uomo in preda al delirio e non in possesso delle sue facoltà; e, forse, tre giorni prima non era già più in possesso delle sue facoltà. Quel mattino stesso fu ricoverato in ospedale e prima di sera era ormai in preda alla meningite.

IV

Congedatomi dal principe, che avevo lasciato con Liza, circa all'una del pomeriggio passai dal mio vecchio appartamento. Ho dimenticato di dire che era una giornata umida, grigia, con le prime avvisaglie del disgelo e un vento tiepido che avrebbe disturbato i nervi anche a un elefante. Il padrone di casa mi accolse con grande gioia, agitandosi e dimenandosi, cosa che mi dà enormemente fastidio, soprattutto in momenti del genere. Io assunsi un contegno freddo e mi recai direttamente nella mia stanza, ma egli mi seguì e, sebbene non osasse farmi domande, i suoi occhi brillavano di curiosità e per di più aveva un'aria come se fosse perfino, per così dire, in diritto di essere curioso. Ero obbligato a comportarmi con cortesia per il mio stesso vantaggio, ma sebbene mi fosse assolutamente necessario sapere da lui una certa cosa (e sapevo che l'avrei saputa), tuttavia mi ripugnava cominciare a fargli delle domande. Mi informai della salute di sua moglie e ci recammo da lei. Costei mi accolse, sebbene con attenzione, tuttavia con un'aria quanto mai indaffarata e poco propensa alle chiacchiere; ciò mi rabbonì alquanto. Per farla breve, quella volta venni a sapere cose quanto mai straordinarie.

Be', era stato lì Lambert, si capisce, ma poi era tornato altre due volte e «aveva voluto vedere tutte le camere», dicendo che, forse, ne avrebbe presa una in affitto. Era venuta diverse volte Nastas'ja Egòrovna, questa Dio solo sa perché. «Anche lei ha curiosato molto», aggiunse il padrone di casa, ma io non gli diedi soddisfazione: non gli domandai su che cosa avesse curiosato. In generale non feci domande e fu solo lui a parlare, mentre io facevo finta di frugare nella mia valigia (nella quale non era rimasto quasi nulla). La cosa che però più mi indispettiva era che anche lui giocava a fare il misterioso e, avendo notato che io mi astenevo dal fare domande, si ritenne a sua volta in dovere di esprimersi in maniera più frammentaria, quasi enigmatica.

«È stata qui anche una signorina», aggiunse guardandomi in maniera strana.

«Quale signorina?».

«Anna Andréevna; è stata qui due volte; ha fatto conoscenza con mia moglie. Una persona assai affabile, assai gradevole. Una conoscenza così la si può apprezzare perfino troppo, Arkàdij Makàrovič...». E, pronunciate queste parole, egli fece persino un passo verso di me: desiderava moltissimo che io capissi una certa cosa.

«Possibile, due volte?», chiesi meravigliato.

«La seconda volta è venuta assieme al fratellino».

«È venuta con Lambert», fu il pensiero che mi balzò involontariamente in testa.

«No, signore, non con il signor Lambert», indovinò subito lui come se fosse penetrato dentro la mia anima con quei suoi occhi, «col suo fratellino, quello vero, il giovane signor Versilov. È un *Kamer-junker*,[6] mi sembra».

Ero molto sconcertato; egli mi guardava sorridendomi in maniera tremendamente affabile.

«Ah, ecco ancora chi è stato qui a chiedere di voi, quella *mamzél'*,[7] quella francese, *mamzél'* Alfonsina de Verdegne. Ah, come canta bene e declama anche meravigliosamente in versi! Di nascosto, allora, è anche andata dal principe Nikolàj Ivànovič a Càrskoe, per vendergli, dice, un cagnolino raro, nero, grande come un pugno...».

Lo pregai di lasciarmi solo, adducendo la scusa di un mal di testa. Egli mi accontentò all'istante, senza neppure terminare la frase, e non solo lo fece senza neppure l'ombra di offesa, ma quasi con piacere, facendomi un gesto misterioso con la mano come se volesse dire: «Comprendo, signore, comprendo», e sebbene non lo dicesse, in compenso uscì dalla stanza in punta di piedi, si prese questa soddisfazione. Ci sono persone assai irritanti a questo mondo.

Me ne rimasi seduto da solo a riflettere per un'ora e mezza circa; non a riflettere, d'altronde, bensì soltanto assorto. Sebbene fossi sconcertato, tuttavia non ero affatto sorpreso. Mi aspettavo persino di più, prodigi ancora più grandi. «Forse li avranno già combinati», pensai. Ero convinto fermamente e da

6 Titolo di corte.

7 Storpiatura del francese «*mademoiselle*», «signorina».

un pezzo, fin da quando ero ancora a casa, che la loro macchina fosse già stata messa in moto e funzionasse a pieno ritmo. «Gli manco solo io, ecco», pensai di nuovo, con una sorta di soddisfazione acre e compiaciuta. Che essi mi aspettassero ansiosamente e che stessero macchinando qualcosa nel mio appartamento, era chiaro come il sole. «Non saranno per caso le nozze del vecchio principe? Stanno dandogli una vera e propria caccia. Solamente, lo permetterò questo, io, signori? Questo è il punto!», conclusi di nuovo con un sentimento di orgogliosa soddisfazione.

«Appena ricomincerò, sarò subito risucchiato di nuovo nel gorgo come un fuscello. Sono forse libero io adesso, in questo momento, oppure non sono libero? Posso ancora, tornando stasera dalla mamma, dire a me stesso, come ho fatto tutti questi giorni: "Io sono padrone di me stesso"?».

Ecco l'essenza delle mie domande, o, per meglio dire, dei palpiti del mio cuore in quell'ora e mezza che me ne rimasi seduto quella volta in un angolo, sul letto, con i gomiti sopra le ginocchia e la testa appoggiata sulle palme delle mani. Tuttavia sapevo bene, lo sapevo già allora, che tutte quelle domande erano soltanto sciocchezze e che era unicamente *lei*, lei, lei sola che mi trascinava! Finalmente l'ho detto apertamente e l'ho scritto con la penna sulla carta, perfino adesso, infatti, mentre sto scrivendo ed è passato un anno, non riesco ancora a chiamare col suo nome quel mio sentimento di allora.

Oh, provavo pena per Liza e nel mio cuore c'era un dolore del tutto immune da ipocrisia! Già questo solo sentimento di dolore avrebbe potuto, sembrerebbe, placare o cancellare in me, sia pure temporaneamente, la *sensualità* (uso di nuovo questa parola). Ma ero trascinato da una smisurata curiosità, e da una sorta di paura, e ancora da un certo sentimento, non so quale, ma so e sapevo già allora che non si trattava di un sentimento buono. Forse ardevo dal desiderio di gettarmi ai *suoi* piedi, o forse, invece, avrei voluto sottoporla a ogni sorta di tormenti e dimostrarle qualche cosa «subito, subito». Nessun dolore e nessuna compassione per Liza potevano più fermarmi. Potevo forse alzarmi e tornarmene a casa... da Makàr Ivànovič?

«Ma non posso forse andare soltanto da loro, sapere da loro

ogni cosa e improvvisamente andarmene via lasciandoli per sempre, dopo essere passato indenne accanto ai prodigi e ai mostri?».

Alle tre, dopo essermi riscosso e reso conto che ero quasi in ritardo, uscii in fretta, saltai su una vettura di piazza e volai da Anna Andréevna.

CAPITOLO QUINTO

I

Anna Andréevna, non appena mi annunciarono, gettò da parte il suo lavoro di cucito e mi si precipitò incontro nella prima delle sue due stanze, cosa che prima non era mai accaduta. Ella mi tese entrambe le mani e arrossì rapidamente. Mi condusse in silenzio nella sua stanza, si sedette di nuovo al suo lavoro e mi fece sedere accanto a sé; tuttavia non riprese a cucire e continuò a guardarmi con la medesima ardente simpatia, senza dire una parola.

«Avete mandato voi da me Nastas'ja Egòrovna», cominciai io senza ambagi, un po' imbarazzato da una simpatia così ostentata, sebbene essa mi facesse piacere.

Ella, all'improvviso, si mise a parlare senza rispondere alla mia domanda.

«Mi hanno riferito tutto, so tutto. Che notte terribile... Oh, quanto avete dovuto soffrire! È vero, è vero che vi hanno ritrovato privo di sensi, al gelo?».

«Questo ve lo ha detto... Lambert...», borbottai io arrossendo.

«Ho saputo subito tutto da lui; ma aspettavo voi. Oh, egli è venuto da me spaventato! Nel vostro appartamento... laggiù, dove giacevate malato, non gli hanno permesso di vedervi... e l'hanno accolto in modo strano... Io, veramente, non so come sia successo, ma egli mi ha raccontato tutto di quella notte: mi ha detto che voi, appena avete ripreso i sensi, gli avete parlato di me e... della vostra dedizione nei miei riguardi. Ne sono rimasta commossa fino alle lacrime, Arkàdij Makàrovič, e non so neppure come abbia potuto meritarmi una così ardente simpatia da parte vostra, e per di più in una situazione come quella in cui voi stesso vi trovavate! Ditemi, il signor Lambert è un vostro compagno d'infanzia?».

«Sì, ma questo caso fortuito... confesso di essere stato imprudente e, forse, in quell'occasione gli ho detto troppe cose».

«Oh, di questo nero, spaventoso intrigo sarei venuta a sapere anche senza di lui! Avevo sempre, sempre avuto il presentimento che vi avrebbero condotto a questo punto! Ditemi, è vero che Böhring ha osato alzare le mani su di voi?».

Ella parlava come se fosse stata esclusivamente colpa di Böhring e di *lei*, se mi ero ritrovato ai piedi di quella palizzata. Tuttavia ha ragione, mi venne pensato, ma presi fuoco:

«Se egli avesse alzato le mani su di me non sarebbe rimasto impunito e io non me ne starei qui seduto davanti a voi senza essermi prima vendicato», replicai con calore. Quel che più conta è che ebbi l'impressione che ella volesse per qualche motivo stuzzicarmi, aizzarmi contro qualcuno (d'altronde si sa contro chi); e tuttavia mi prestai al gioco.

«Se voi dite che avevate previsto che mi avrebbero condotto *a questo punto*, da parte di Katerina Nikolàevna, si capisce, c'è stata soltanto dell'incomprensione... sebbene, a dire il vero, i suoi buoni sentimenti verso di me si siano trasformati davvero troppo in fretta in questa incomprensione...».

«È proprio questo il punto, troppo in fretta!», prese la palla al balzo Anna Andréevna con una specie di partecipazione addirittura entusiastica. «Oh, se sapeste quale intrigo stanno tramando! Naturalmente, Arkàdij Makàrovič, per voi ora è difficile comprendere tutta la delicatezza della mia posizione», disse lei arrossendo e chinando la testa. «Da quel giorno, da quella mattina stessa, quando ci siamo visti per l'ultima volta, ho compiuto quel passo che non tutti sono in grado di capire e di valutare come lo può comprendere una persona col vostro cuore sensibile, fresco, non corrotto. Siate certo, amico mio, che io so apprezzare la vostra dedizione a me e che vi ricompenserò con una riconoscenza eterna. In società, certamente, scaglieranno la pietra contro di me e già l'hanno fatto. Ma, se anche essi avessero ragione dal loro ignobile punto di vista, chi tra loro potrebbe, chi oserebbe, anche in quel caso, condannarmi? Io sono stata abbandonata da mio padre fin dall'infanzia; noi, i Versilov, antica e nobile stirpe russa, viviamo d'espedienti e io mangio il pane altrui per carità. Non era forse naturale che mi rivolgessi verso colui che fin dall'infanzia mi ha fatto da padre, di cui per tanti anni ho sperimentato la benevolenza? I miei sentimenti verso di lui li vede e li giudica soltanto Dio, e io non permetto che il mondo giudichi me e il passo che ho compiuto! Quando poi qui, per soprammercato, si sta tessendo il più perfido, il più tenebroso intrigo e sua figlia stessa congiura per condurre alla rovina il proprio magnanimo, fiducioso padre, si può forse tollerare questo? No, ne vada pure della mia reputazione, ma io lo salverò! Sono pronta a fargli da balia, da custode, da infermiera, ma non permetterò che trionfi il freddo, ignobile calcolo mondano!».

Ella parlava con straordinaria animazione, a metà affettata, assai probabilmente, ma tuttavia sincera, poiché era chiaro fino a che punto ella si fosse invischiata in questa faccenda. Oh, io sentivo che ella mentiva (anche se sinceramente, poiché è possibile mentire anche sinceramente) e che ella ora era malvagia; ma è straordinario come accada con le donne: quell'aspetto per bene, quelle maniere nobili, quell'inaccessibile elevatezza mondana e quella verginale fierezza, tutto ciò mi sconcertò ed io cominciai a convenire con lei su ogni cosa, cioè fino a che rimasi lì da lei; o per lo meno non mi decisi a contraddirla. Oh, l'uomo si trova decisamente in uno stato di schiavitù morale nei confronti della donna, specialmente se è generoso! Una donna simile può convincere un uomo generoso di qualsiasi cosa. «Lei e Lambert, Dio mio!», pensavo guardandola disorientato. D'altronde, per dirla tutta, ancora adesso io non riesco a giudicarla; effettivamente Dio soltanto poteva vedere i suoi sentimenti; inoltre, l'essere umano è una macchina così complessa che in certi casi non si riesce assolutamente a raccapezzarvisi, e tanto più se tale essere umano è una donna.

«Anna Andréevna, che cosa vi attendete precisamente da me?», le chiesi tuttavia, in maniera abbastanza decisa.

«Come? Cosa significa la vostra domanda, Arkàdij Makàrovič?».

«Tutto mi fa pensare... anche in base a certe altre considerazioni...», spiegai confondendomi, «che voi abbiate mandato da me quella persona perché vi aspettate qualcosa da me; di che cosa si tratta dunque esattamente?».

Senza rispondere alla mia domanda, ella immediatamente riprese a parlare di nuovo in fretta e animatamente come prima:

«Ma io non posso, sono troppo orgogliosa per scendere a spiegazioni e a patti con persone sconosciute come il signor Lambert. La mia situazione è estrema, spaventosa, Arkàdij Makàrovič! Sono costretta a giocare d'astuzia, circondata come sono dalle insidie di quella donna, e questo è per me intollerabile. Io mi sto abbassando fin quasi all'intrigo e vi attendevo come un salvatore. Non mi si può incolpare, se mi guardo attorno ansiosamente alla ricerca di almeno un amico, e perciò non potevo non rallegrarmi di averne trovato uno: colui che perfino in una notte come quella, sul punto quasi di morire congelato, ha potuto pensare a me e ripetere soltanto il mio nome, quello mi è certamente devoto. Così ho pensato per tutto questo tempo e per questo speravo in voi».

Ella mi guardava negli occhi con espressione impazientemente interrogativa. Ed ecco che di nuovo mi mancò il coraggio di disingannarla e di spiegarle apertamente che Lambert l'aveva imbrogliata e che io, quella volta, non gli avevo assolutamente detto di esserle particolarmente devoto, e che non avevo assolutamente pronunciato «soltanto il suo nome». In tal modo, con il mio silenzio, confermai la menzogna di Lambert. Oh, lei stessa, certo, ne sono sicuro, capiva fin troppo bene che Lambert aveva esagerato e, perfino, le aveva addirittura mentito, unicamente allo scopo di avere un pretesto plausibile per venire da lei ed entrare in rapporti con lei; se tuttavia mi guardava negli occhi, come se fosse convinta che io avessi veramente detto quelle parole e che le fossi veramente devoto, era, naturalmente, perché sapeva che non avrei osato smentirla per delicatezza, per così dire, e per la mia giovinezza. Se d'altronde avessi ragione, oppure no, in questa mia supposizione, non lo so. Forse io sono terribilmente corrotto.

«Mi difenderà mio fratello», esclamò a un tratto, vedendo che non volevo risponderle.

«Mi è stato detto che siete stata assieme a lui nel mio alloggio», borbottai turbato.

«Il fatto è che il povero principe Nikolàj Ivànovič non ha dove rifugiarsi da tutto questo intrigo, o, per meglio dire, dalla sua propria figlia, se non nel vostro alloggio, ossia in casa di un amico; ha infatti ben il diritto di ritenervi per lo meno suo amico!... E allora, se voi vorrete soltanto fare qualcosa in suo favore, fatelo, se soltanto ne siete capace, se in voi c'è la magnanimità e l'audacia... e, insomma, se soltanto per davvero *siete capace di fare qualcosa*. Oh, non è per me, non è per me, ma per uno sventurato vecchio che vi ha amato, lui solo, sinceramente, che ha fatto in tempo ad affezionarsi a voi come a un figlio e che persino ora ha nostalgia di voi! Per me, io non mi aspetto nulla, nemmeno da voi, se perfino mio padre mi ha giocato un tiro così perfido, così malvagio!».

«A mio parere, Andréj Petrovič...», feci per cominciare.

«Andréj Petrovič», mi interruppe lei con amaro sarcasmo, «Andréj Petrovič quella volta, a una mia esplicita domanda, rispose, dandomene la sua parola d'onore, che non aveva mai avuto la benché minima intenzione nei riguardi di Katerina Nikolàevna, cosa di cui ero pienamente persuasa quando ho compiuto il mio passo; e invece è saltato fuori che egli è tranquillo soltanto fino a che non gli giunge la notizia di un qualsiasi signor Böhring».

«Non si tratta di questo!», esclamai io, «c'è stato un momento in cui anch'io sono stato sul punto di credere al suo amore per quella donna, ma non è così... E quand'anche fosse così, ora, tuttavia, a quanto sembra, potrebbe stare perfettamente tranquillo... dopo la rinuncia di quel signore».

«Di quale signore?».

«Di Böhring».

«Chi vi ha detto che abbia rinunciato? Forse questo signore non è mai stato tanto sulla breccia», replicò lei con un caustico sorriso; ebbi perfino l'impressione che guardasse anche me con derisione.

«Me lo ha detto Nastas'ja Egòrovna», borbottai in preda a una confusione che non ero in grado di nascondere e che ella notò fin troppo bene.

«Nastas'ja Egòrovna è una persona assai cara e, naturalmente, non posso impedirle di amarmi, ma non ha alcun mezzo per sapere ciò che non la riguarda».

Provai una fitta al cuore, e dato che lei contava appunto di suscitare la mia indignazione, l'indignazione ribollì in me, ma non contro *quell'altra* donna, bensì, per il momento, soltanto contro Anna Andréevna stessa. Mi alzai in piedi.

«Come uomo d'onore debbo avvertirvi, Anna Andréevna, che le vostre aspettative... al mio riguardo... possono risultare nella più alta misura infondate...».

Io mi aspetto che voi mi difendiate», replicò lei guardandomi con fermezza, «che difendiate me, abbandonata da tutti... vostra sorella, se lo vorrete, Arkàdij Makàrovič!».

Ancora un momento e sarebbe scoppiata a piangere.

«Be', allora è meglio che vi aspettiate nulla, perché, "forse", non accadrà nulla», farfugliai io con pena indicibile.

«Come debbo interpretare le vostre parole?», disse lei con un'aria fin troppo timorosa.

«Così: che vi pianterò in asso tutti quanti e basta!», esclamai all'improvviso quasi con furia, «e il *documento* lo straccerò. Addio!».

Le feci un inchino e uscii senza dir altro e, nello stesso tempo, senza quasi osare guardarla; ma non ero ancora giunto in fondo alle scale che mi raggiunse Nastas'ja Egòrovna con un mezzo foglio di carta da lettere ripiegato in due. Di dove fosse saltata fuori Nastas'ja Egòrovna e dove si trovasse mentre io conversavo con Anna Andréevna, non ne ho la più pallida idea. Ella non mi disse neppure mezza parola, ma mi porse soltanto il biglietto e corse indietro. Spiegai il foglietto: su di esso, in maniera chiara e distinta, era scritto l'indirizzo di Lambert; era chiaro che era lì pronto già da diversi giorni. A un tratto mi ricordai che, quando Nastas'ja Egòrovna era stata da me, mi ero lasciato sfuggire che non sapevo nemmeno dove abitasse Lambert, ma soltanto nel senso che «non lo sapevo e non volevo saperlo». Tuttavia, allora l'indirizzo di Lambert lo sapevo già, grazie a Liza, che avevo appositamente pregato di informarsi all'ufficio indirizzi. L'alzata d'ingegno di Anna Andréevna mi parve fin troppo decisiva, perfino cinica: nonostante il mio rifiuto di collaborare con lei, ella, come se non mi credesse affatto, mi mandava apertamente da Lambert. Mi divenne fin troppo chiaro che aveva già saputo tutto a proposito del documento, e da chi altro aveva potuto saperlo, se non da Lambert, dal quale appunto per questo mi mandava, perché mi mettessi d'accordo?

«Decisamente tutti quanti mi prendono per un ragazzino privo di volontà e di carattere, di cui si può fare qualsiasi cosa!», pensai con indignazione.

II

Nondimeno mi recai da Lambert. Come, infatti, avrei potuto dominare la curiosità da cui ero agitato allora? Lambert, come risultò, abitava assai lontano, nel vicolo Kosòj, vicino al Giardino d'estate, d'altronde nelle stesse camere ammobiliate; ma, quando quella volta ero fuggito via da casa sua, non avevo fatto caso alla strada e alla distanza, al punto che, quando, circa quattro giorni prima, avevo avuto il suo indirizzo da Liza, ne ero rimasto perfino sbalordito e quasi non volevo credere che egli vivesse laggiù. Davanti alla porta che conduceva alle camere ammobiliate, al secondo piano, mentre ancora stavo salendo le scale, notai due giovanotti e pensai che avessero suonato prima di me e che stessero aspettando che aprissero loro la porta. Mentre salivo, entrambi, voltata la schiena alla porta, mi osservavano attentamente. «Qui ci sono delle camere d'affitto ed essi, naturalmente, sono diretti da altri inquilini», pensai rabbuiandomi, mentre mi avvicinavo a loro. Sarebbe stato per me oltremodo spiacevole trovare qualcuno da Lambert. Sforzandomi di non guardarli protesi la mano verso il campanello.

«*Atandjé!*»,[1] mi gridò uno di loro.

«Per favore aspettate a suonare», disse con voce sonora e morbida l'altro giovanotto, strascicando alquanto le parole. «Noi adesso finiamo e poi suoneremo tutti assieme, volete?».

Io mi arrestai. Erano entrambi assai giovani, sui venti-ventidue anni; stavano facendo davanti alla porta qualcosa di strano e io con stupore cercai di capire. Quello che aveva gridato «*atandjé*» era un ragazzotto di statura assai alta, non meno di una decina di *verškì*,[2] magro e smunto, ma assai muscoloso, con una

1 Storpiatura del francese «*attendez*», «aspettate».
2 Circa un metro e ottantasei.

testa assai piccola per la sua statura e con una strana espressione, comicamente tenebrosa, per così dire, sul volto un po' butterato, ma abbastanza intelligente e perfino gradevole. I suoi occhi guardavano in maniera ingiustificatamente attenta e con una specie di decisione del tutto fuori luogo e superflua. Era assai mal vestito: portava un vecchio cappotto imbottito d'ovatta con un piccolo colletto spelacchiato di procione, troppo corto per la sua statura (fatto evidentemente per qualcun altro), stivali quasi da contadino e un cilindro terribilmente malridotto e divenuto di color marrone. Nel complesso si vedeva la persona trasandata: le mani, senza guanti, erano sporche, con le unghie orlate a lutto. Il compagno, al contrario, era vestito sfarzosamente, a giudicare dalla leggera pelliccia di puzzola, dall'elegante cappello e dai guanti chiari nuovi sulle dita sottili; era alto come me e sul suo viso fresco e giovane c'era un'espressione straordinariamente simpatica.

Il giovanotto allampanato si era tolto la cravatta, un nastro completamente logoro e bisunto, quasi una fettuccia, ormai, e il ragazzo dall'aspetto grazioso, estratta dalla tasca un'altra cravattina nera, nuova-nuova, appena comprata, l'annodava al collo dello spilungone, il quale, obbedientemente e con un'aria terribilmente seria, protendeva il lungo collo dopo aver abbassato il cappotto sulle spalle.

«No, con una camicia così sporca non si può», disse quello che annodava la cravatta, «non solo non farà nessun effetto, ma farà risaltare ancor di più la sporcizia della camicia. Ti avevo pur detto di mettere un colletto pulito. Non sono capace... non potreste farlo voi?», disse rivolgendosi improvvisamente a me.

«Cosa?», domandai.

«Ecco, sapete, annodargli la cravatta. Vedete, bisognerebbe farlo in modo che non si vedesse la sua camicia sporca, altrimenti andrebbe a monte tutto l'effetto. Gli ho comprato apposta proprio adesso una cravatta dal parrucchiere Filìpp per un rublo».

«Eh, tu, con quel rublo?», borbottò lo spilungone.

«Sì, con quello; adesso non ho più neanche un copeco. Allora, non siete capace? In tal caso bisognerà pregare Alfonsina di farlo».

«Andate da Lambert?», mi chiese bruscamente a un tratto lo spilungone.

«Sì, da Lambert», risposi io con fare non meno deciso, guardandolo negli occhi.

«Siete *Dolgorowky*?», continuò quello con lo stesso tono e la stessa voce.

«No, non sono Korovkin», ribattei io altrettanto bruscamente, avendo capito male il nome che aveva pronunciato.

«Siete *Dolgorowky*?!», ripeté, quasi urlando, lo spilungone e avanzò verso di me con fare quasi minaccioso. Il suo compagno scoppiò a ridere.

«Lui dice *Dolgorowky*, non Korovkin», mi spiegò. «Sapete, i francesi nel "Journal des débats" spesso storpiano i cognomi russi...».

«Nell'"Indépendance"», mugolò lo spilungone.

«...Be', è lo stesso, anche sull'"Indépendance". Dolgorukij, per esempio lo scrivono *Dolgorowky*, l'ho letto io stesso, e V-v diventa sempre *le comte Wallonieff*».

«*Doboyny!*», gridò lo spilungone.

«Sì, c'è anche un certo *Doboyny*; l'ho letto io stesso e ci siamo messi tutti e due a ridere: all'estero c'è una certa *Madame Doboyny*, una russa... solo, vedi, perché stare a ricordarli tutti?», fece rivolgendosi improvvisamente allo spilungone.

«Scusate, voi siete il signor Dolgorukij?».

«Sì, sono io, ma voi come fate a saperlo?».

Lo spilungone a un tratto sussurrò qualcosa al ragazzo dall'aspetto grazioso, quello aggrottò le sopracciglia e fece segno di no; ma lo spilungone improvvisamente si rivolse a me:

«*Monseigneur le prince, vous n'avez pas de rouble d'argent pour nous, pas deux, mais un seul, voulez-vous?*».[3]

«Ah, che zotico sei», esclamò il ragazzo.

«*Nous vous rendons*»,[4] concluse lo spilungone, pronunciando in maniera rozza e maldestra le parole francesi.

«Lui, sapete, è un cinico», disse sogghignando il ragazzo, «e voi pensate che non sappia il francese? Parla come un parigino,

3 «Signor principe non avete un rublo d'argento per noi, non due, ma uno soltanto, volete?», in francese nel testo.

4 «Ve lo rendiamo», in francese nel testo.

solo che prende in giro i russi che in società desiderano tremendamente parlare tra loro in francese e non lo conoscono...».

«*Dans les wagons*»,[5] spiegò lo spilungone.

«Be', sì, anche in treno; ah, come sei noioso! Non c'e bisogno che tu spieghi. È un bel gusto anche questo di farsi passare per stupido!».

Tirai fuori un rublo e lo porsi allo spilungone.

«*Nous vous rendons*», fece lui e, messo via il rublo, a un tratto si voltò verso la porta e con un'espressione del tutto impassibile e seria si mise a battere contro di essa con la punta del suo enorme e rozzo stivale e, ciò che più conta, senza la minima ombra di irritazione.

«Ah, ti accapiglierai di nuovo con Lambert!», osservò con inquietudine il ragazzo. «È meglio che suoniate voi!».

Io suonai, ma lo spilungone continuò a picchiare con lo stivale.

«*Ah, sacré...*,[6] risuonò improvvisamente la voce di Lambert dietro la porta e subito dopo egli aprì.

«*Dites donc, voulez-vous que je vous casse la tête, mon ami!*»,[7] urlò allo spilungone.

«*Mon ami, voilà Dolgorowky, l'autre mon ami*»,[8] proferì solennemente e con serietà lo spilungone, guardando fisso Lambert che era diventato tutto rosso dalla rabbia. Questi, non appena mi vide, sembrò di colpo trasformarsi completamente.

«Sei tu, Arkàdij! Finalmente! Allora, sei guarito, sei guarito, finalmente?».

Egli mi afferrò per le mani stringendomele forte; insomma, era così sinceramente rallegrato che io istantaneamente provai un immenso piacere e addirittura presi ad amarlo.

«Sei la prima persona da cui vado!».

«*Alphonsine*!», urlò Lambert.

Quella istantaneamente saltò fuori da dietro il paravento.

«*Le voilà!*».[9]

5 «In treno», in francese nel testo.
6 Esclamazione blasfema, in francese nel testo.
7 «Dite, dunque, volete che vi rompa la testa, amico mio?», in francese nel testo.
8 «Amico mio, ecco *Dolgorowky*, l'altro amico mio», in francese nel testo.
9 «Eccolo», in francese nel testo.

«*C'est lui!*»,[10] esclamò Alfonsina battendo le mani e si lanciò a braccia aperte per abbracciarmi, ma Lambert mi protesse.

«Su-su-su, a cuccia!», le gridò come se fosse stata un cagnolino. «Vedi, Arkàdij, oggi io e alcuni ragazzi ci siamo messi d'accordo di andare a pranzo dai tartari. Di certo non ti lascerò andar via, verrai con noi. Pranzeremo e poi, subito dopo, me li leverò di torno e parleremo un po'. Ma entra, entra! Adesso usciamo subito, devi solo aspettare un momento...

Io entrai e rimasi in piedi in mezzo alla stanza guardandomi intorno e rammentando. Lambert dietro al paravento intanto si cambiava in fretta. Lo spilungone e il suo compagno entrarono anch'essi dietro di noi, nonostante le parole di Lambert. Rimanevamo tutti in piedi.

«*Mademoiselle Alphonsine, voulez vous me baiser?*»,[11] mugolò lo spilungone.

«*Mademoiselle Alphonsine*», disse il più giovane, e fece per avvicinarsi a lei mostrandole la cravatta, ma quella si scagliò furiosa su entrambi.

«*Ah, le petit vilain!*»,[12] gridò al più giovane, «*ne m'approchez pas, ne me salissez pas, et vous, le grand dadais, je vous flanque à la porte tous les deux, savez-vous cela!*».[13]

Il più giovane, nonostante che lei lo respingesse con disprezzo e ripugnanza, come se veramente avesse paura di sporcarsi se lo avesse toccato (cosa che non riuscivo assolutamente a capire, dato che egli era così bellino ed era risultato così ben vestito quando si era tolto la pelliccia), il più giovane si mise a pregarla con insistenza di annodare la cravatta al suo amico spilungone, dopo avergli messo un colletto pulito di quelli di Lambert. Lei, a questa proposta, per poco non si mise a percuoterlo per la rabbia, ma Lambert, che aveva sentito, le gridò da dietro il paravento di fare senza indugio quello che le chiedevano, «altrimenti non la smetteranno più», aggiunse, e Alfonsina immediatamente afferrò un colletto e si mise ad annodare allo

10 «È lui», in francese nel testo.

11 «Signorina Alphonsine, volete baciarmi?», in francese nel testo.

12 «Ah, il piccolo villano», in francese nel testo.

13 «Non avvicinatevi a me, non mi sporcate, e voi, spilungone, vi metto alla porta tutti e due, lo sapete!», in francese nel testo.

spilungone la cravatta senza più mostrare la minima ripugnanza. Questi, proprio come poco prima sulla scala, protendeva il collo davanti a lei, mentre lei gli faceva il nodo.

«*Mademoiselle Alphonsine, avez vous vendu votre bologne?*»,[14] domandò lui.

«*Qu'est que ça, ma bologne?*».[15]

Il più giovane spiegò che «ma bologne» voleva dire il maltese.

«*Tiens, quel est ce baragouin?*».[16]

«*Je parle comme une dame russe sur les eaux minérales*»,[17] osservò *le grand dadais*, sempre col collo proteso.

«*Qu'est que ça qu'une dame russe sur les eaux minérales, et... où est donc votre jolie montre, que Lambert vous a donné?*»,[18] fece lei improvvisamente rivolgendosi al più giovane.

«Come, di nuovo non ha più l'orologio?», le fece eco con irritazione Lambert da dietro il paravento.

«Ce lo siamo mangiato!», mugolò *le grand dadais*.

«L'ho venduto per otto rubli: infatti era d'argento dorato e non d'oro, come mi avevate detto. Gli orologi così adesso si vendono al negozio per sedici rubli soltanto», rispose il più giovane a Lambert giustificandosi di malavoglia.

«Bisogna porre fine a questa faccenda!», continuò ancora più irritato Lambert. «Mio giovane amico, io non vi compro i vestiti e non vi do degli oggetti bellissimi perché voi li sperperiate per il vostro amico spilungone... Che cravatta gli avete comprato ancora?».

«È costata solo un rublo; non ho speso i vostri soldi. Non aveva più una cravatta, e bisogna comprargli anche un cappello».

«Stupidaggini!», si arrabbiò ormai sul serio Lambert, «gli ho dato denaro a sufficienza anche per il cappello, ma lui subito l'ha speso in ostriche e *champagne*. Puzza, è un pezzente; non lo

14 «Signorina Alphonsine, avete venduto il vostro maltese?», in francese sgrammaticato nel testo.
15 «Cosa sarebbe la mia "bologne"», in francese nel testo.
16 «Che razza di modo di parlare è questo», in francese nel testo.
17 «Parlo come una signora russa alle acque minerali», in francese nel testo.
18 «Cosa sarebbe questa signora russa alle acque minerali, e... dov'è dunque il bell'orologio che Lambert vi ha regalato?», in francese nel testo.

si può portare da nessuna parte. Come faccio a portarlo fuori a pranzo?».

«Con una vettura di piazza», mugolò il *dadais*. «*Nous avons un rouble d'argent que nous avons prêté chez notre nouvel ami*».[19]

«Non dar loro nulla, Arkàdij!», gridò di nuovo Lambert.

«Scusate, Lambert; io esigo immediatamente da voi dieci rubli», disse improvvisamente il ragazzo, arrabbiandosi in modo tale che perfino arrossì, il che lo rese addirittura due volte più carino, «e non azzardatevi più a dire a Dolgorukij delle sciocchezze come quella che avete detta ora. Io esigo dieci rubli per restituire subito il suo rublo a Dolgorukij e col resto comprerò immediatamente un cappello ad Andreev, lo vedrete».

Lambert uscì fuori da dietro il paravento.

«Ecco tre biglietti gialli e non vi darò più nulla fino a martedì, e non azzardatevi... altrimenti...».

Le grand dadais gli strappò di mano il denaro.

«*Dolgorowki*, eccovi il vostro rublo, *nous vous rendons avec beaucoup de grâce.*[20] Petja, andiamo!», gridò al suo compagno e poi, improvvisamente, sollevando in alto i due biglietti e agitandoli e guardando fisso Lambert si mise a urlare a squarciagola: «*Ohé, Lambert! Où est Lambert, as-tu vu Lambert?*».[21]

«Non azzardarti, non azzardarti!», si mise a urlare anche Lambert in preda a un'ira terribile; vedevo che in tutto ciò c'era qualcosa di precedente che ignoravo del tutto e guardavo con stupore. Ma lo spilungone non si spaventò affatto dell'ira di Lambert; al contrario si mise a urlare ancor più forte. «*Ohé, Lambert!*», ecc. Con questo grido i due uscirono anche sulle scale. Lambert fece per inseguirli, ma poi tornò indietro.

«Eh, presto li manderò all'inferno! Mi costano più di quanto mi rendano... Andiamo, Arkàdij! Sono in ritardo. Laggiù c'è un tale che mi aspetta, un'altra persona... che mi è necessaria... Una bestia, anche quello... Sono tutti delle bestie! Magh-maglia, magh-maglia!», si mise a gridare di nuovo quasi digrignando i denti, ma a un tratto ritornò in sé del tutto. «Sono

19 «Abbiamo un rublo d'argento che abbiamo preso a prestito dal nostro nuovo amico», in francese sgrammaticato nel testo.

20 «Ve lo rendiamo con molta riconoscenza», in francese nel testo.

21 «Ohé, Lambert! Dov'è Lambert? Hai visto Lambert?», in francese nel testo.

lieto che tu sia finalmente venuto. *Alphonsine*, non ti muovere da casa! Andiamo».

Al portone lo attendeva un cocchiere con un trottatore. Salimmo in vettura, ma anche durante tutto il tragitto egli non riuscì a trattenersi dal manifestare una sorta di rabbia contro quei due giovanotti e a calmarsi. Mi stupii che egli prendesse la cosa tanto seriamente, e inoltre che essi si comportassero con Lambert con tanto poco riguardo e che lui avesse quasi paura di loro. Per la vecchia impressione radicatasi in me fin dall'infanzia, mi pareva che tutti dovessero temere Lambert, così che, nonostante tutta la mia indipendenza, sicuramente in quel momento avevo paura di lui.

«Te lo dico io, sono tutti una tghemenda maghmaglia», non la smetteva Lambert. «Ci crederesti? Quello lungo, quello schifoso, tre giorni fa mi ha fatto disperare mentre mi trovavo in compagnia di gente per bene. Si pianta davanti a me e si mette a gridare: "*Ohé, Lambert!*". In mezzo a gente per bene! Tutti ridevano e sapevano che faceva così perché gli dessi dei soldi, ti puoi figurare. E io glieli ho dati. Oh, sono dei mascalzoni! Ci crederesti? È stato *junker* in un battaglione e lo hanno cacciato, e, figurati, è istruito; ha ricevuto un'educazione in un buon collegio, figurati! Ha delle idee, egli potrebbe... Eh, diavolo! Ed è forte come un Ercole (*Hercule*). È utile, ma poco. E, come puoi vedere, non si lava le mani. L'avevo raccomandato a una signora, una vecchia dama dell'aristocrazia, dicendole che si era pentito e che voleva uccidersi per la vergogna, e lui è andato da lei, si è seduto e si è messo a fischiettare. E quell'altro, quello bellino, è figlio di un generale; la famiglia si vergogna di lui, io l'ho tirato fuori da un processo, l'ho salvato, e lui ecco come mi ripaga! Questa non è gente per bene! Li manderò all'inferno, all'inferno!».

«Essi conoscono il mio nome; tu hai parlato loro di me?».

«Ho commesso questa stupidaggine. Per favore resta con noi a pranzo, fatti forza... Verrà anche un'altra spaventosa canaglia. Proprio così: una spaventosa canaglia, e terribilmente furba; sono tutti furfanti; non c'è una sola persona onesta! Poi, quando avremo finito, allora... Cosa ti piace? Be', non fa niente, lì si mangia bene. Pago io, non ti preoccupare. È una buona cosa che tu sia ben vestito. Ti posso dare del denaro. Vieni quando vuoi. Figurati che hanno mangiato e bevuto lì a spese mie, ogni giorno *kulebjaka*;[22] l'orologio, poi, è la seconda volta che lo vende. Quel piccolino, Trišatov — hai visto, ad Alfonsina ripugna persino guardarlo e gli proibisce di avvicinarsi a lei — al ristorante, a un tratto, in presenza degli ufficiali, salta su: "Voglio delle beccacce". E io gli ho fatto portare delle beccacce! Ma mi vendicherò».

«Ti ricordi, Lambert, quella volta che tu e io a Mosca siamo andati in quella trattoria e tu mi hai piantato una forchettata nella coscia, e tu avevi cinquecento rubli?».

«Sì, mi ricordo! Eh, diavolo, se mi ricordo! Io ti voglio bene... Lo devi credere. Nessuno ti vuole bene, mentre io te ne voglio; soltanto io, ricordatelo... Quel tale che verrà adesso, un tipo butterato, è una furbissima canaglia; se attacca discorso, tu non rispondergli, e, se comincia a farti domande, digli delle sciocchezze, sta' zitto...».

Lungo il tragitto, però, a causa della sua agitazione, non mi fece alcuna domanda. Cominciai a sentirmi perfino offeso che egli fosse tanto sicuro di me e che non sospettasse in me alcuna diffidenza; ebbi l'impressione che nutrisse la stupida idea di permettersi di comandarmi come un tempo. «E inoltre è spaventosamente maleducato», pensai mentre entravo nel ristorante.

III

A quel ristorante, sulla Morskàja, c'ero già stato al tempo della mia vergognosa caduta e della mia depravazione, e perciò l'impressione prodotta in me da quelle stanze, da quei camerieri che mi avevano adocchiato riconoscendo in me un cliente conosciuto, infine l'impressione prodotta in me dall'inquietante combriccola degli amici di Lambert, nella quale così improvvisamente mi ero venuto a ritrovare come se già appartenessi a essa indissolubilmente, e, soprattutto, l'oscuro presentimento che volontariamente mi apprestavo a compiere non so quali bassezze e che sicuramente avrei finito col commettere una

22 Pasticcio di carne al forno avvolto in pasta sfoglia.

brutta azione — la consapevolezza di tutto ciò a un tratto mi trafisse. Ci fu un momento in cui fui lì lì per andarmene, ma quel momento passò e rimasi.

Il «butterato», del quale, chissà perché, Lambert aveva tanto paura, ci stava già aspettando. Era un ometto il cui aspetto esaltava quella stupida praticità che io, si può dire fin dall'infanzia, non posso soffrire; era sui quarantacinque anni, di statura media, brizzolato, con la faccia così ben rasata da suscitare ripugnanza e con due piccoli favoriti regolari, brizzolati, ben tagliati, simili a due salsicciotti, su entrambe le gote di un viso straordinariamente piatto e cattivo. Era, si capisce, noioso, serio, poco incline alla conversazione e, secondo l'abitudine di tutta questa gentucola, chissà perché, addirittura pieno di sussiego. Egli mi osservò assai attentamente, ma non disse nemmeno una parola e Lambert fu così stupido che, pur facendoci sedere allo stesso tavolo, non ritenne necessario presentarci e, di conseguenza, quel tale poté scambiarmi per uno dei ricattatori della compagnia di Lambert. Neppure con quei due giovanotti (che erano arrivati quasi contemporaneamente a noi) egli proferì motto durante tutto il pranzo, ma era evidente che era in intimità con loro. Parlò di qualche cosa solo con Lambert e quasi bisbigliando; del resto era pressoché soltanto Lambert a parlare, mentre il butterato si limitava a ribattere con qualche parola slegata, irosa e perentoria. Egli teneva un atteggiamento altezzoso, era maligno e sarcastico, mentre Lambert, al contrario, era in preda a una grande eccitazione e, evidentemente, continuava a persuaderlo, verosimilmente cercando di convincerlo a partecipare a qualche impresa. Una volta che avevo allungato la mano verso una bottiglia di vino rosso, il butterato improvvisamente prese una bottiglia di Xeres e me la porse, mentre fino a quel momento non mi aveva mai rivolto la parola.

«Provate questo», disse tendendomi la bottiglia. A quel punto, all'improvviso, intuii che egli doveva già sapere ogni cosa al mondo di me: la mia storia, il mio nome e, forse, ciò per cui Lambert faceva affidamento su di me. Il pensiero che costui mi scambiasse per un galoppino di Lambert mi mandò di nuovo in bestia, mentre sul viso di Lambert si manifestava la più forte e la più stupida inquietudine non appena quel tale si mise a parlare con me. Il butterato se ne avvide e scoppiò a ridere. «Decisamente Lambert è in balia di tutti», pensai, odiandolo in quel momento con tutta l'anima. Pertanto, sebbene rimanessimo seduti durante tutto il pranzo alla stessa tavola, eravamo, per così dire, suddivisi in due gruppi: il butterato con Lambert, vicino alla finestra, l'uno di fronte all'altro, e io accanto al bisunto Andreev con Trišatov dirimpetto. Lambert aveva fretta e ogni momento raccomandava al cameriere di far presto a portare i piatti. Quando servirono lo *champagne*, egli improvvisamente protese verso di me la sua coppa.

«Alla tua salute, brindiamo!», disse, interrompendo la sua conversazione col butterato.

«Permettete anche a me di brindare con voi?», disse, protendendo la propria coppa attraverso la tavola, il grazioso Trišatov. Fino allo *champagne* egli era stato chissà perché assai pensieroso e taciturno. Il *dadais*, dal canto suo, non aveva parlato affatto, ma, pur tacendo, aveva mangiato molto.

«Con piacere», risposi a Trišatov. Urtammo i bicchieri e bevemmo.

«Io, invece, non berrò alla vostra salute», disse improvvisamente voltandosi verso di me il *dadais*, «non perché desideri la vostra morte, ma perché oggi qui non beviate più». Egli proferì queste parole con aria cupa e grave.

«Per voi sono sufficienti già tre bicchieri. Voi, vedo, guardate il mio pugno sudicio!», proseguì stendendo il pugno sulla tavola. «Non lo lavo e lo affitto così a Lambert per spaccare le teste altrui quando gli capita una faccenda delicata». E, pronunciate queste parole, improvvisamente egli batté il pugno sulla tavola con una tale forza che sobbalzarono tutti i piatti e i bicchieri. Oltre a noi, c'era gente che pranzava in quella stanza ad altri quattro tavoli, tutti ufficiali e svariate persone dall'aspetto imponente. Era un ristorante alla moda; tutti, per un istante, interruppero la conversazione e guardarono verso il nostro angolo; del resto, a quanto sembra, già da un pezzo avevamo suscitato una certa curiosità. Lambert arrossì tutto.

«Ah, ecco che ricomincia di nuovo! Mi sembra, Nikolàj Semënovič, di avervi pregato di comportarvi decentemente», bisbigliò rabbiosamente ad Andreev. Questi gli lanciò una lunga e lenta occhiata: «Non voglio che il mio nuovo amico *Dolgorowki* oggi qui beva molto vino».

Lambert avvampò ancor di più. Il butterato stava ad ascoltare in silenzio, ma con evidente piacere. Chissà perché l'uscita di Andreev gli era piaciuta. Soltanto, io non capivo perché non dovessi bere del vino.

«Fa così soltanto per farsi dare del denaro! Riceverete altri sette rubli, mi sentite, dopo il pranzo, soltanto lasciateci mangiare in pace, non svergognateci», gli fece Lambert digrignando i denti.

«Aha!», mugolò vittoriosamente il *dadais*. Ciò mandò in solluchero il butterato che si mise a ridacchiare.

«Senti, esageri...», disse Trišatov con inquietudine e quasi con sofferenza al proprio amico, evidentemente cercando di frenarlo. Andreev si azzittì, ma non per molto; non era questo il suo calcolo. Due tavoli più in là, a cinque passi di distanza, stavano pranzando due signori che parlavano animatamente. Erano due signori di mezza età, dall'aria oltremodo schifiltosa. Uno era alto e assai grasso, mentre l'altro era anch'egli assai grasso, ma piccolo. Parlavano in polacco degli ultimi avvenimenti di Parigi. Il *dadais* già da un pezzo li sbirciava con curiosità e tendeva l'orecchio alla loro conversazione. Il piccolo polacco, evidentemente, gli era parso un tipo buffo ed egli lo aveva subito preso in odio come accade di punto in bianco e addirittura senza alcun motivo a tutte le persone biliose e fegatose. A un tratto il piccolo polacco pronunciò il nome del deputato Madier de Montjau,[23] ma, secondo l'abitudine di moltissimi polacchi, lo pronunciò in polacco, ossia con l'accento sulla penultima sillaba, così che venne fuori non Madiér de Montjàu, bensì Màdier de Mòntjau. Era proprio ciò che occorreva al *dadais*. Egli si girò verso i polacchi e gravemente, erigendosi tutto, distintamente e ad alta voce, scandì improvvisamente come se facesse una domanda:

«Màdier de Mòntjau?».

I polacchi si voltarono verso di lui furiosi.

23 Uomo politico francese che aveva partecipato alla rivoluzione del '48 ed era stato successivamente oppositore di Napoleone, uno dei principali esponenti della sinistra dopo il 1870.

«Cosa volete?», gridò minacciosamente in russo il polacco grande e grasso. Il *dadais* lasciò trascorrere un po' di tempo.

«Màdier de Mòntjau?», ripeté improvvisamente, così da essere inteso in tutta la sala, senza aggiungere alcuna spiegazione, proprio come poco prima aveva fatto con me davanti alla porta quando, avanzando verso di me, ripeteva stupidamente: *Dolgorowki*? I polacchi balzarono in piedi, Lambert balzò in piedi anche lui e fece per lanciarsi verso Andreev, ma poi lo lasciò perdere e si precipitò dai polacchi profondendosi in umilianti scuse davanti a loro.

«È un buffone, *panie*, è un buffone!», continuava a ripetere con tono sprezzante il piccolo polacco tutto rosso come una carota per la collera. «Presto non si potrà più venire qui!». Anche agli altri tavoli ci fu del tramestio e risuonò un brusio, ma soprattutto delle risa.

«Uscite... per favore... andiamo!», borbottò del tutto smarrito Lambert, nel tentativo di condurre fuori in qualche modo Andreev dalla stanza. Questi, dopo aver scrutato attentamente Lambert, avendo indovinato che egli gli avrebbe dato subito il denaro, acconsentì a seguirlo. Verosimilmente non era la prima volta che riusciva a scucire dei soldi a Lambert con simili spudorati espedienti. Trišatov fu lì lì per correr loro dietro, ma mi guardò e rimase.

«Ah, che indecenza!», disse coprendosi gli occhi con i ditini sottili.

«È davvero un'indecenza, signore», sibilò questa volta con espressione inviperita il butterato. Nel frattempo ritornò Lambert quasi del tutto esangue e, gesticolando animatamente, si mise a bisbigliare qualcosa al butterato. Questi, che nel frattempo aveva ordinato al cameriere di sevire al più presto il caffè, stava ad ascoltarlo con aria disgustata; evidentemente non vedeva l'ora di andarsene. E tuttavia, tutto quell'episodio era stato un semplice scherzo da ragazzi. Trišatov, con la tazza di caffè in mano, si trasferì dalla mia parte del tavolo e si sedette accanto a me.

«Io gli voglio molto bene», cominciò a dire con un'aria di tale confidenza che sembrava che non avesse mai fatto altro che parlare con me di questo.

«Voi non credereste quanto Andreev è infelice. L'anno in cui ha prestato servizio egli si è mangiato e bevuto la dote della sorella e tutto quello che avevano, e vedo che adesso si tormenta. Il fatto che non si lava, poi, è per la disperazione. E ha dei pensieri terribilmente strani: a un tratto vi viene a dire che essere onesti o mascalzoni è la stessa cosa e non c'è differenza; e che non bisogna fare nulla, né di buono, né di cattivo, oppure che è lo stesso, si può fare sia il bene che il male, ma la cosa migliore è starsene a giacere senza togliersi il vestito un mese intero e bere e mangiare e dormire senza fare nient'altro. Tuttavia, credetemi, dice così tanto per dire. E, sapete, io penso perfino che adesso abbia combinato questa monelleria, perché voleva farla finita definitivamente con Lambert. Me ne aveva parlato già ieri. Ci credereste? A volte la notte, oppure quando se ne sta a lungo seduto, si mette a piangere e, sapete, piange in una maniera tutta particolare, come non piange nessuno: si mette a ululare, a ululare in una maniera terribile, e questo, sapete, fa ancora più pena... Lui che è così grande e forte, e a un tratto si mette a ululare a perdifiato. Poveretto, non è vero? Io lo voglio salvare, ma sono io stesso un ragazzetto così miserabile e smarrito, voi non lo credereste! Mi riceverete a casa vostra, Dolgorukij, se qualche volta verrò a trovarvi?».

«Oh, venite, io vi voglio perfino bene».

«E perché mai? Be', grazie. Sentite, beviamo un'altra coppa. D'altronde, che dico mai? È meglio che voi non beviate. Lui aveva ragione quando vi ha detto che voi non dovete più bere», mi disse a un tratto ammiccandomi significativamente, «io tuttavia berrò. A me non fa nulla, e poi, lo credereste? Non riesco a trattenermi in nulla. Ecco, ditemi che non posso più andare a pranzare nei ristoranti e io sarei pronto a tutto, pur di andarci. Oh, noi vogliamo sinceramente essere onesti, ve lo assicuro, soltanto rimandiamo di continuo.

E passano gli anni, tutti gli anni migliori![24]

Ma ho una paura terribile che lui si impiccherà. Così, senza

24 Verso (citato in maniera imprecisa) della poesia *Noia e tristezza* di Lérmontov.

dirlo a nessuno. È fatto così. Adesso tutti si impiccano; chissà, forse ce ne sono tanti come noi... Io, per esempio, non posso assolutamente vivere senza una quantità di denaro in più del necessario. Per me è molto più importante il denaro in più di quello necessario. Sentite, vi piace la musica? A me piace tremendamente. Quando verrò da voi vi suonerò qualcosa. Suono benissimo il piano e ho studiato per moltissimo tempo. Ho studiato seriamente. Se componessi un'opera, trarrei il soggetto dal *Faust*. Amo molto questo tema. Non faccio che comporre la scena nella cattedrale, così, soltanto nella mia testa, me la immagino. L'interno di una cattedrale gotica, cori, inni, entra Gretchen, e, sapete, dei cori medievali, in modo che si senta il profumo del quindicesimo secolo. Gretchen è triste, dapprima un recitativo, sommesso, ma terribile, tormentoso, mentre il coro rimbomba cupamente, severamente, impassibilmente:

Dies irae, dies illa![25]

E a un tratto la voce del diavolo, il canto del diavolo. Egli è invisibile, si sente soltanto il suo canto, accanto agli inni, assieme agli inni, quasi coincidente con essi e, nello stesso tempo, totalmente diverso da essi, bisogna in qualche modo riuscire a ottenere questo. Un canto lungo, incessante, un tenore, immancabilmente un tenore. Incomincia piano, dolcemente: "Ti ricordi, Gretchen, quando tu ancora innocente, ancora bambina, venivi con la mamma in questa cattedrale e balbettavi le preghiere leggendole sul vecchio libro?". Ma la canzone si fa sempre più forte, sempre più appassionata, sempre più irruente; le note si fanno più alte: in esse ci sono lacrime, inconsolabile, disperata tristezza, e, infine, disperazione: "Non c'è perdono, Gretchen, per te non c'è perdono qui!". Gretchen vorrebbe pregare, ma dal suo petto erompono soltanto delle grida — sapete, quando si prova uno spasimo al petto a causa delle lacrime — e la canzone di Satana continua incessante, penetra sempre più profondamente nell'anima come una lama, sempre più alta, e a un

25 «Il giorno dell'ira, quel giorno», primo verso di un celebre inno sacro che parla del Giudizio Universale.

tratto si interrompe quasi con un grido: "Tutto è finito, maledetta!". Gretchen cade in ginocchio con le mani congiunte davanti a sé, ed ecco a questo punto la sua preghiera, qualche cosa di molto breve, un semirecitativo, ma ingenuo, senza alcun artificio, qualcosa di medievale al massimo grado, quattro versi, quattro versi in tutto — in Stradella ci sono certe note di questo genere — e, assieme all'ultima nota, lo svenimento! Turbamento. La sollevano, la trasportano e a questo punto rimbomba il coro. È come un colpo di voci, un coro entusiastico, trionfante, irresistibile, qualche cosa sul genere del nostro *Dori-no-si-ma čin-mi*,[26] in maniera tale che tutto tremi fino alle fondamenta, e tutto trapassa in una solenne, esultante acclamazione generale: "Osanna!", come se fosse il grido di tutto l'universo, mentre continuano a trasportarla, ed ecco, a questo punto, cala il sipario! No, sapete, se potessi, riuscirei a fare davvero qualcosa! Soltanto ormai adesso non riesco più a fare nulla e non faccio altro che sognare. Continuo a sognare, a sognare; tutta la mia vita si è trasformata in un unico sogno, sogno anche di notte. Ah, Dolgorukij, avete letto *La bottega dell'antiquario* di Dickens?».

«Sì, perché?».

«Vi ricordate... aspettate, berrò un'altra coppa — vi ricordate quel passo alla fine, quando loro, quel vecchio pazzo e quella incantevole ragazzina tredicenne, sua nipote, dopo la loro fuga e le loro peregrinazioni fantastiche, si sono rifugiati infine in un remoto angolo dell'Inghilterra, vicino a non so quale cattedrale gotica medievale, e la bambina ha ottenuto un impiego, mostra la cattedrale ai visitatori... E una volta il sole sta tramontando e questa bambina, sul sagrato della cattedrale, tutta inondata dagli ultimi raggi, se ne sta lì e guarda il tramonto, mentre la sua anima infantile, meravigliata è immersa in una silenziosa, pensierosa contemplazione, come se si trovasse di fronte a non so quale enigma; infatti l'una e l'altra cosa sono due enigmi: il sole in quanto pensiero di Dio, e la cattedrale in quanto pensiero dell'uomo... non è vero? Oh, non sono capace

26 «Portato dai cori (angelici)», verso della *Cheruvìmskaja pésen'*, antico inno religioso russo.

di esprimerlo, Dio tuttavia ama questi primi pensieri dei bambini... E lì, accanto a lei, sugli scalini, quel vecchio pazzo, suo nonno, la guarda con uno sguardo imbambolato... Sapete, in questa piccola scena di Dickens non c'è niente di particolare, assolutamente nulla, ma di ciò non vi scorderete in eterno, e questo è rimasto in tutta l'Europa, perché? Ecco la bellezza! Qui c'è l'innocenza! Eh! Non so che cosa ci sia in ciò, però è bello. Al ginnasio non ho fatto altro che leggere romanzi. Sapete, ho una sorella in campagna che ha un anno soltanto più di me... Oh, laggiù ormai è già stato venduto tutto e ormai non c'è più nessuna tenuta! Una volta io e lei ce ne stavamo seduti sulla terrazza, sotto i nostri vecchi tigli, e leggevamo questo romanzo e anche laggiù il sole tramontava, e a un tratto abbiamo smesso di leggere e ci siamo detti che anche noi saremmo stati buoni, che anche noi saremmo stati stupendi; a quel tempo mi stavo preparando per gli esami di ammissione all'università... Ah, Dolgorukij, sapete, ognuno ha i propri ricordi!...».

E improvvisamente egli reclinò la sua graziosa testolina sulla mia spalla e scoppiò a piangere. Fui preso da una profonda compassione per lui. A dire il vero, egli aveva bevuto parecchio vino, ma parlava con me in maniera così fraterna e con tale sentimento... Improvvisamente, in quell'istante, dalla strada risuonò un grido e si sentì picchiare forte con le dita al nostro indirizzo dalla finestra (lì le finestre sono grandi e al pian terreno, di modo che è possibile battervi con le dita dalla strada). Era l'espulso Andreev.

«*Ohé, Lambert! Où est Lambert? As-tu vu Lambert?*», echeggiò il suo grido selvaggio dalla strada.

«Ah, ma è qui! Allora non se ne è andato?», esclamò balzando in piedi il mio ragazzetto.

«Il conto!», ringhiò Lambert al cameriere. Mentre saldava il conto gli tremavano perfino le mani dalla rabbia, ma il butterato non permise che pagasse per lui.

«Ma perché mai? Sono stato pur io a invitarvi e voi avete accettato il mio invito, non è vero?».

«No, consentite», disse estraendo il proprio borsellino il butterato, e pagò la sua parte facendosi fare un conto separato.

«Voi mi offendete, Semën Sidòrovič!».

«Voglio così», tagliò corto Semën Sidòrovič e, preso il cappello, uscì da solo dalla sala, senza salutare nessuno. Lambert gettò il denaro al cameriere e corse via in fretta dietro a lui, dimenticandosi perfino di me a causa del suo turbamento. Io e Trišatov uscimmo per ultimi. Andreev se ne stava ritto impalato all'ingresso, in attesa di Trišatov.

«Mascalzone!», esclamò Lambert, non riuscendo a trattenersi.

«Oh-oh!», gli ruggì per tutta risposta Andreev e con un sol colpo della mano gli fece cadere dal capo il cappello tondo che andò a rotolare per il marciapiede. Lambert si lanciò con posa umiliante a raccoglierlo.

«*Vingt cinq roubles!*»,[27] fece Andreev a Trišatov, mostrandogli la banconota che poco prima era riuscito a estorcere a Lambert.

«Basta», gli gridò Trišatov. «Smettila di far scenate... E perché ti sei fatto dare venticinque rubli? Doveva darcene soltanto sette».

«Perché me li sono fatti dare? Ci aveva promesso che avremmo pranzato in una sala riservata con delle ateniesi, e invece delle donne ci ha ammannito il butterato; inoltre io non ho mangiato affatto e sono rimasto a gelare al freddo per non meno di diciotto rubli. In più ci doveva dare sette rubli: ecco che fanno esattamente venticinque rubli».

«Andatevene al diavolo tutti e due!», ululò Lambert, «non ne voglio più sapere di nessuno di voi due e ve la farò vedere io...».

«Lambert, sono io che non ne voglio più sapere di voi e sono io che ve la farò vedere!», urlò Andreev. «*Adieu, mon prince,*[28] non bevete altro vino! Petja, *marsc'! Ohé, Lambert! Où est Lambert? As-tu vu Lambert?*», sbraitò per l'ultima volta allontanandosi a passi smisurati.

«Allora verrò da voi, posso?», mi sussurrò rapidamente Trišatov affrettandosi dietro al suo amico.

Rimanemmo soli, io e Lambert.

«Be'... andiamo!», fece lui come respirando a fatica e con aria perfino quasi inebetita.

27 «Venticinque rubli», in francese nel testo.
28 «Addio, mio principe», in francese nel testo.

«Dove dovrei andare? Io non verrò da nessuna parte con te!», mi affrettai a gridargli con aria di sfida.

«Come, non verrai?», replicò lui sussultando spaventato e tornando in sé di colpo. «Ma se non aspettavo altro che rimanessimo soli...».

«Ma dove dovremmo andare?». Riconosco che mi sentivo anch'io un pochino ronzare la testa a causa delle tre coppe e dei due bicchierini di Xeres.

«Per di qua, per di qua, vedi?».

«Ma qui, non vedi, c'è scritto "Ostriche fresche". Qui c'è un così cattivo odore...».

«È perché hai appena pranzato... Questo è un negozio di Miljutin;[29] noi non mangeremo ostriche e ti offrirò dello *champagne*...».

«Non ne voglio! Tu mi vuoi far ubriacare».

«Sono stati loro a dirti questo; essi si sono presi gioco di te. Tu credi a quei mascalzoni?».

«No, Trišatov non è un mascalzone. E io so essere prudente per conto mio, ecco cosa ti dico!».

«Come sarebbe, tu hai un tuo carattere?».

«Sì, io ho più carattere di te, che sei in balia del primo venuto. Ci hai coperti di vergogna, hai chiesto perdono ai polacchi come un lacchè. Si vede che le hai buscate spesso nelle trattorie...».

«Ma noi dobbiamo parlare, cghetino!», urlò lui con quella sprezzante impazienza che sembrava dire: «Ti ci metti anche tu?». «Hai forse paura? Sei mio amico, oppure no?».

«Io non sono tuo amico; tu sei un furfante. Andiamo, vengo soltanto per farti vedere che non ho paura di te. Ah, che puzza c'è qui, c'è puzza di formaggio! Che schifo!».

29 Celebre catena di negozi di gastronomia sul Nevskij Prospékt.

CAPITOLO SESTO

I

Prego ancora una volta di ricordare che mi ronzava alquanto la testa; non fosse stato per questo, avrei parlato e mi sarei comportato in maniera diversa. In quel negozio, effettivamente, nel retrobottega, si potevano mangiare delle ostriche e noi ci sedemmo a un tavolino ricoperto da una ripugnante tovaglia sporca. Lambert ordinò dello *champagne*; davanti a me comparve una coppa piena di vino freddo, di colore dorato, che mi guardava con aria invitante; ma io ero stizzito.

«Vedi, Lambert, quello che soprattutto mi fa rabbia è che tu pensi di potermi ancora dare ordini come facevi quando eravamo da Touchard, mentre tu stesso qui sei in balia di tutti».

«Cghetino! Su, brindiamo!».

«Non ti prendi neppure la briga di fingere con me; se almeno nascondessi il proposito di farmi ubriacare».

«Dici delle sciocchezze e sei ubriaco. Devi bere ancora e diventerai più allegro. Prendi dunque la coppa, prendila dunque!».

«Che cos'è questo "prendila dunque"? Me ne andrò via ed ecco fatto!».

Ed effettivamente feci per alzarmi. Egli si adirò terribilmente:

«È stato Trišatov a metterti contro di me: ho visto come sussurravate. Ciò dimostra che sei un cghetino. Ad Alfonsina perfino ripugna che lui le si avvicini... È un mascalzone. Ti racconterò io che razza di tipo è».

«Questo me l'hai già detto. Non fai altro che parlare di questa Alfonsina; sei tremendamente limitato».

«Limitato?», chiese lui che non aveva capito. «Adesso sono passati dalla parte del butterato. Ecco come stanno le cose! Ecco perché li ho cacciati. Quel butterato è un delinquente e li corromperà. Mentre io esigevo che essi si comportassero sempre in maniera nobile».

Mi sedetti e, presa in mano con un gesto vagamente meccanico la coppa, bevvi un sorso.

«Io ti sono incomparabilmente superiore per cultura», dissi. Ma egli era straordinariamente felice che mi fossi messo di nuovo a sedere e immediatamente mi versò di nuovo da bere.

«Eppure tu hai paura di loro», dissi continuando a stuzzicarlo (mentre già allora ero certamente più ignobile di lui). «Andreev ti ha fatto cadere il cappello e tu, in ricompensa, gli hai dato venticinque rubli».

«È vero, ma me la pagherà. Si ribellano, ma li metterò a posto io...».

«Il butterato ti mette tremendamente in agitazione. Sai, ho l'impressione che ora ti sono rimasto io soltanto. Tutte le tue speranze sono riposte su di me soltanto, eh?».

«Sì, Arkaška, è così: tu sei il solo amico che mi sia rimasto; hai detto proprio bene!», replicò lui, battendomi sulla spalla.

Che si poteva fare con una persona così rozza? Era assolutamente privo di intuito e scambiava la presa in giro per una lode.

«Tu potresti tirarmi fuori dai guai, se fossi un bravo compagno, Arkàdij», proseguì guardandomi carezzevolmente.

«In che modo?».

«Lo sai da te, in che modo. Tu senza di me sei come un cghetino e sicuramente ti faresti abbindolare, mentre io ti farei avere trentamila rubli e faremmo a metà, e tu sai come. Chi sei tu, guarda: non hai nulla, né un nome, né un cognome, e di colpo potresti ritrovarti un capitale; con una somma simile forse sapresti come cominciare una carriera!».

Restai semplicemente sbalordito di fronte a un simile approccio. Decisamente mi aspettavo che sarebbe ricorso a qualche astuzia, invece lui affrontò l'argomento in maniera così franca, così infantilmente franca. Mi decisi a starlo ad ascoltare per larghezza di vedute e... per la terribile curiosità.

«Vedi, Lambert, tu questo non lo capirai, ma io acconsento a starti ad ascoltare perché sono di vedute larghe», gli dissi con fermezza e di nuovo bevvi un sorso dalla coppa. Lambert mi versò subito di nuovo da bere.

«Sai una cosa, Arkàdij, se uno come Böhring osasse coprirmi di insulti e colpirmi in presenza della dama che io adoro, non so che cosa farei! Tu, invece, hai inghiottito e io ti disprezzo: sei uno straccio!».

«Come osi dire che Böhring mi ha colpito!», urlai arrossendo, «sono stato piuttosto io a colpire lui, e non lui me».

«No, è stato lui a colpire te, e non tu lui».

«Menti, io gli ho calpestato un piede!».

«Ma lui ti ha ributtato indietro col braccio e ha ordinato ai camerieri di trascinarti via... mentre lei era seduta lì, in carrozza, e guardava ridendo di te, lei sa che tu non hai un padre e che ti si può offendere».

«Non so, Lambert, stiamo facendo un discorso da bambini del quale mi vergogno. Tu fai così per stuzzicarmi, e lo fai in modo così rozzo e scoperto, come se avessi a che fare con un sedicenne qualsiasi. Ti sei messo d'accordo con Anna Andréevna!», gridai tremando dalla rabbia, mentre macchinalmente continuavo a sorseggiare dal mio bicchiere.

«Anna Andréevna è una lenza! Lei metterà nel sacco te e me e tutto il mondo! Ti aspettavo perché tu puoi farla finita in modo migliore con quella».

«Chi sarebbe "quella"?».

«Con *madame* Achmàkova. So tutto. Tu stesso mi hai detto che lei ha paura di quella lettera che è in tuo possesso...».

«Quale lettera... tu dici sciocchezze... L'hai vista?», borbottai confuso.

«L'ho vista. È bella. *Très belle*;[1] te ne intendi».

«Lo so che l'hai vista; soltanto che con lei non hai avuto il coraggio di parlare e io esigo che tu neppure ti azzardi a parlare di lei».

«Tu sei ancora piccolo, e lei si prende gioco di te, ecco come stanno le cose! Da noi a Mosca c'era una virtuosa di questa fatta: uh, quante arie si dava! Ma s'è messa a tremare, quando l'abbiamo minacciata di raccontare tutto, ed è diventata subito obbediente; e noi così abbiamo ottenuto l'una cosa e l'altra: sia il denaro che l'altra cosa, capisci che cosa? Ora di nuovo in so-

1 «Bellissima», in francese nel testo.

cietà passa per una donna inaccessibile: pfui, diavolo, come vola alto, e che carrozza, ma se tu vedessi in quale spelonca avvenne la cosa! Tu devi ancora vivere; se sapessi di quali spelonche esse non si schifano...».

«È quel che pensavo», borbottai non riuscendo a trattenermi.

«Sono depravate fino alla punta delle unghie; tu non sai di che cosa sono capaci! Alfonsina ha vissuto in una di quelle case e ne ha provato schifo».

«È proprio quello che pensavo», ripetei di nuovo.

«Tu invece ti lasci picchiare e hai compassione di loro...».

«Lambert, sei un mascalzone, un maledetto!», urlai all'improvviso, ritornando non so come in me stesso e mettendomi a tremare. «Ho visto tutte queste cose in sogno, tu eri insieme ad Anna Andréevna... Oh, sei un maledetto! Possibile che tu pensassi che io fossi un simile mascalzone? Io ho visto questo in sogno perché lo sapevo che avresti detto questo. E infine tutto ciò non può essere talmente semplice che tu ne possa parlare in maniera così esplicita e semplice!».

«Guarda, si è arrabbiato! Su-su-su!», replicò Lambert ridendo e esultando. «Be', fratello Arkaška, ora so tutto quel che mi occorre. Era appunto per questo che ti aspettavo. Ascolta, dunque, tu l'ami e vuoi vendicarti di Böhring, ecco quello che mi occorreva sapere. Avevo sempre avuto questo sospetto, durante tutto il tempo che ti ho aspettato. *Ceci posé, cela change la question.*[2] E tanto meglio, perché anche lei ti ama. Allora, quindi, sposala senza indugio, è la cosa migliore. Del resto non potresti neppure fare diversamente, hai scelto il partito più sicuro. E poi sappi, Arkàdij, che tu hai un amico, me, al quale potresti perfino mettere la sella e montare in groppa. Sarà appunto questo amico che ti aiuterà e che ti farà sposare: ti procurerò tutto quello che ti occorre, dovessi tirarlo fuori da sotto terra, Arkaška! E tu poi donerai al tuo vecchio compagno trentamila rublini per le sue fatiche, eh? Ti aiuterò, non dubitare. Tutte queste faccende io le conosco a menadito, ti daranno l'intera dote e tu sarai un riccone con una carriera davanti!».

Benché mi girasse la testa, guardavo Lambert con sbalordi-

2 «Ciò assodato, questo cambia la questione», in francese nel testo.

mento. Era serio, ossia non è che fosse serio, ma vedevo chiaramente che egli credeva fermamente nella possibilità di combinare il mio matrimonio e considerava addirittura questa idea con entusiasmo. Vedevo anche, si capisce, che egli voleva prendermi all'amo come un ragazzetto (probabilmente me ne rendevo conto già allora); ma il pensiero del matrimonio con lei mi compenetrò tutto al punto che, benché mi meravigliassi di come Lambert potesse credere a una simile fantasia, nello stesso tempo, tuttavia, vi credetti io stesso impetuosamente, pur non perdendo neppure per un istante la consapevolezza che ciò per nulla al mondo avrebbe potuto avverarsi. Tutto ciò, non so come, si ingarbugliò tutto assieme.

«Ma è forse mai possibile?», balbettai.

«Perché no? Tu le farai vedere il documento, lei si spaventerà e accetterà di sposarti per non perdere i soldi».

Avevo deciso di non fermare Lambert nelle sue bassezze, perché egli me le spiattellava davanti con tanta ingenuità, senza minimamente sospettare che io a un tratto avrei potuto irritarmi; tuttavia farfugliai che non avrei voluto sposarmi soltanto per forza.

«Per nulla al mondo vorrò costringerla con la forza; come puoi essere così vile da pensare questo di me?».

«Ma va'! Ma sarà lei a correrti dietro: non sarai tu a proporglielo, ma lei che si spaventerà e ti correrà dietro. E ti correrà dietro anche perché ti ama», aggiunse Lambert riprendendosi.

«Tu menti. Mi stai prendendo in giro. Come fai a sapere che mi ama?».

«Non c'è dubbio. Lo so. Anche Anna Andréevna lo crede. Ti dico seriamente e positivamente che Anna Andréevna lo crede. E poi, quando verrai da me, ti racconterò una cosa, e vedrai che ti ama. Alfonsina è stata a Càrskoe, e laggiù anche lei ha saputo...».

«Cosa mai è potuta venire a sapere?».

«Andiamo dunque da me e te lo racconterà lei stessa e la cosa ti farà piacere. E poi in che cosa tu sei peggio di chiunque altro? Sei bello, sei bene educato...».

«Sì, io sono educato», sussurrai respirando a fatica. Il mio cuore era in tumulto e non solo per il vino.

«Sei bello, sei ben vestito».

«Sì, sono ben vestito».

«E sei buono...».

«Sì, sono buono».

«Perché non dovrebbe acconsentire? Böhring, d'altronde, non la prenderà senza denari, e tu glieli puoi far perdere: ecco che lei si spaventerà; tu la sposerai e così ti vendicherai di Böhring. Mi hai detto tu stesso quella notte, quando hai rischiato di congelarti, che lei era innamorata di te?».

«Ti ho dunque detto questo? Sicuramente non ti ho detto così».

«No, mi hai detto proprio così».

«Ero in delirio. Certamente è stato allora che ti ho parlato anche del documento?».

«Sì, mi hai detto che avevi una certa lettera e io allora ho pensato: come fa a lasciarsi sfuggire una simile occasione se ha una lettera del genere?».

«Sono tutte fantasie e io non sono affatto così stupido da credere a questo», borbottai. «In primo luogo c'è la differenza d'età, e in secondo luogo io non ho un cognome».

«Ti sposerà, invece; non si può non farlo quando si perde tanto denaro; sistemerò io la faccenda. Inoltre ella ti ama. Tu sai che il vecchio principe è molto ben disposto verso di te; grazie alla sua protezione, sai quali relazioni potrai allacciare? Quanto poi al fatto che non hai un cognome, questo al giorno d'oggi non serve affatto: una volta che ti sarai messo in saccoccia i soldi, ne farai di strada! E tra dieci anni sarai un tale milionario che tutta la Russia parlerà di te, e allora di quale cognome avrai mai bisogno? In Austria si può comprare un titolo di barone. E non appena l'avrai sposata, prendila bene in pugno. Bisogna tenerle a stecchetto. La donna se ama, ama essere tenuta in pugno. La donna ama gli uomini di carattere. E tu non appena le avrai messo paura con la lettera, da quel momento comincerai a dimostrarle il tuo carattere. "Ah, dirà, è così giovane e ha già tanto carattere"».

Me ne stavo lì come inebetito. Con nessuno altro prima d'allora mi ero abbassato a fare dei discorsi così stupidi. Ma adesso una certa brama sensuale mi spingeva a farli. Inoltre

Lambert era così stupido e basso che non ci si poteva vergognare di lui.

«No, Lambert, sai», gli dissi a un tratto, «pensala come vuoi, ma qui c'è un sacco di sciocchezze; sono restato qui a parlare con te perché noi siamo compagni e tra noi non c'è da vergognarsi; ma con un altro per nulla al mondo mi sarei abbassato a fare discorsi simili. E, soprattutto, perché insisti che lei mi ama? Tu hai detto bene a proposito del capitale; ma vedi, Lambert, tu non conosci l'alta società: tutte queste cose tra di loro si basano sui principi più patriarcali, di stirpe, per così dire, cosicché, finché lei non conosce le mie capacità e quanto in alto io posso giungere nella vita, nonostante tutto ella si vergognerà a sposarmi. Tuttavia non ti nasconderò, Lambert, che effettivamente c'è un punto che può dare qualche speranza. Vedi, lei potrebbe sposarmi per riconoscenza, per il fatto che in tal modo la sottrarrei all'odio di una persona. E lei ha paura di questa persona».

«Ah, stai parlando di tuo padre? Perché, la ama molto?», chiese improvvisamente Lambert con straordinaria curiosità, animandosi tutto.

«Oh no!», esclamai. «Come mi fai paura e quanto sei stupido nello stesso tempo, Lambert! Potrei forse desiderare di sposarla, se lui la amasse? Comunque sia, siamo pur sempre padre e figlio, sarebbe vergognoso. Egli ama la mamma, la mamma, e io ho visto come l'ha abbracciata. Anch'io, prima, avevo pensato che egli amasse Katerina Nikolàevna, ma ora ho capito con certezza che egli, forse, l'ha amata un tempo, ma ora da un pezzo la odia... e desidera vendicarsi, e lei ne ha paura, perché ti dirò, Lambert, che egli fa terribilmente paura quando decide di vendicarsi. Diventa quasi un pazzo. Quando prende a odiarla è pronto a tutto. Si tratta di un'inimicizia alla vecchia maniera, originata da principi elevati. Ai giorni nostri la gente se ne infischia di tutti i principi generali e non esistono che i casi particolari. Ah, Lambert, tu non capisci niente: sei ottuso come un dito; ora ti sto parlando di questi principi e tu, sicuramente, non capisci niente. Sei spaventosamente ignorante. Ti ricordi che mi picchiavi? Io ora sono più forte di te, lo sai questo?».

«Arkaška, andiamo da me! Passeremo assieme la serata e berremo un'altra bottiglia, mentre Alfonsina canterà accompagnandosi con la chitarra».

«No, non ci vengo. Ascolta, Lambert, io ho un'"idea". Se la cosa non andrà in porto e non mi sposerò, mi ritirerò nella mia idea; tu invece non hai nessuna idea».

«Va bene, va bene, mi racconterai, andiamo».

«Non ci vengo!», esclamai alzandomi, «non voglio e non ci vengo. Da te ci verrò, ma tu sei un mascalzone. Ti darò trentamila rubli, sia pure, ma io sono più pulito e più elevato di te... Vedo bene che tu vuoi ingannarmi in ogni cosa. Ma a lei io ti proibisco persino di pensare: lei è più elevata di tutti e i tuoi piani sono una tale bassezza che mi stupisco perfino di te, Lambert. Voglio sposarla, questa è un'altra faccenda, ma non mi serve il patrimonio, io disprezzo il patrimonio. Sarei io a rifiutarlo, se ella me lo offrisse in ginocchio... Ma sposarla, sposarla è un'altra faccenda. E, sai, hai detto bene a proposito di tenerla in pugno. Amarla, amarla appassionatamente con tutta la generosità che ci può essere in un uomo e che non può mai esserci in una donna, ma anche comportarsi come un despota, così bisogna fare. Perché sai, Lambert, alla donna piace il dispotismo. Tu, Lambert, le donne le conosci. Ma sei straordinariamente stupido in tutto il resto. E lo sai, Lambert, tu non sei affatto così infame come sembri, tu sei un semplicione. Io ti voglio bene. Ah, Lambert, perché sei un tale furfante? Se non fossi così potremmo spassarcela tanto allegramente! Lo sai, Trišatov è un caro ragazzo».

Tutte queste ultime frasi sconnesse le balbettai nella via. Oh, rievoco tutto questo fin nei dettagli affinché il lettore veda che, nonostante tutti gli entusiasmi e tutti i giuramenti e le promesse di diventare migliore e di perseguire un comportamento nobile, allora potevo tanto facilmente cadere anche in simile fango! Giuro che, se non fossi persuaso del tutto e pienamente che adesso non sono più assolutamente quello di allora e che con l'esperienza della vita pratica mi sono forgiato un carattere, per nulla al mondo confesserei tutto ciò al lettore.

Uscimmo dalla bottega e Lambert mi sorreggeva, cingendomi leggermente col braccio. Improvvisamente lo guardai e vidi nel suo sguardo fisso, scrutatore, terribilmente attento e perfettamente lucido, quasi la stessa espressione che aveva allora, la mattina che stavo per morire assiderato, quando, mentre mi conduceva verso un vetturino, cingendomi esattamente allo stesso modo con il braccio, beveva con le orecchie e con gli occhi il mio balbettio sconnesso. Le persone che stanno per cadere in preda all'ubriachezza, ma che non sono ancora ubriache, hanno improvvisamente degli istanti della più totale lucidità.

«Per nulla al mondo verrò da te!», proferii con fermezza e distintamente, guardandolo con irrisione e scostandolo con il braccio.

«Su, basta, ordinerò ad Alfonsina di preparare del tè, basta!».

Era terribilmente sicuro che non gli sarei sfuggito; mi abbracciava e mi tratteneva con voluttà, come una piccola vittima, e certo, infatti, io gli ero necessario, precisamente quella sera e in quello stato! Il perché di tutto questo risulterà chiaro in seguito.

«Non ci verrò!», ripetei. «Vetturino!».

Proprio in quel momento passò di lì un vetturino e io saltai sulla slitta.

«Dove vai? Ma che fai!», gemette Lambert terribilmente spaventato, afferrandomi per la pelliccia.

«E non azzardarti a seguirmi!», gli gridai, «non venirmi dietro». Proprio in quell'istante la slitta si mosse e la mia pelliccia sfuggì di mano a Lambert.

«Verrai lo stesso da me!», mi gridò dietro, lui, rabbiosamente.

«Ci verrò se lo vorrò, dipende da me!», replicai voltandomi indietro verso di lui dalla slitta.

II

Naturalmente egli non mi seguì, perché non gli capitò sotto mano nessun altro vetturino e io riuscii così a sottrarmi alla sua vista. Arrivai tuttavia soltanto fino alla Sennaja e lì scesi e licenziai la slitta. Mi era venuto un terribile desiderio di fare una passeggiata a piedi. Non avvertivo né la stanchezza, né la forte ubriachezza, ma in me v'era soltanto alacrità; sentivo un afflusso di forze, una straordinaria disposizione ad affrontare qualunque impresa e avevo un'infinità di pensieri piacevoli in testa.

Il cuore mi batteva più forte e più pesantemente: avvertivo ogni battito. E trovavo tutto così attraente, così facile. Passando accanto al posto di guardia della Sennaja, mi venne una voglia terribile di avvicinarmi alla sentinella e di baciarla. Era il periodo del disgelo e la piazza si era annerita e aveva cominciato a puzzare, ma mi piaceva molto anche la piazza.

«Ora mi dirigerò all'Obùchovskij Prospékt», pensavo, «e poi svolterò a sinistra e uscirò nel Semënovskij Polk, farò un giro, è magnifico, tutto è magnifico. Ho la pelliccia aperta, come mai nessuno me la porta via, dove sono dunque i ladri? Nella Sennaja dicono che ci siano i ladri; che si avvicinino, forse darò loro la pelliccia. A che mi serve la pelliccia? La pelliccia è una proprietà. *La propriété c'est le vol.*[3] D'altronde, che sciocchezze! E come tutto è bello. È bello che ci sia il disgelo. A che serve il gelo? Il gelo non serve proprio. È bello anche dire delle sciocchezze. Cosa ho mai detto a Lambert a proposito, dei princìpi? Gli ho detto che non esistono princìpi generali, ma esistono soltanto i casi particolari; ho mentito, ho arcimentito! E di proposito, per darmi delle arie. Me ne vergogno un po', del resto, non fa niente, rimedierò. Non vergognatevi, non tormentatevi, Arkàdij Makàrovič. Arkàdij Makàrovič, voi mi piacete. Mi piacete perfino molto, mio giovane amico. Peccato che voi siate un piccolo furfantello... e... ah, sì... ah!».

Improvvisamente mi arrestai e tutto il mio cuore prese a dolermi estasiato:

«Signore! Cosa ha detto? Ha detto che lei mi ama. Oh, lui è un mascalzone e mi ha raccontato un sacco di bugie a questo proposito, perché andassi a passare la notte da lui. O forse no. Egli ha detto che anche Anna Andréevna è convinta di ciò... Bah! Anche Nastas'ja Egòrovna avrebbe potuto scoprire qual-

3 «La proprietà è un furto», in francese nel testo. Celebre definizione di Proudhon.

cosa su suo incarico: quella si intrufola dappertutto. Perché non sono andato da lui? Avrei saputo tutto! Mm! Lui ha un piano e io avevo presentito tutto questo fino all'ultimo dettaglio. Il sogno. Avete fatto un progetto in grande stile, signor Lambert, soltanto che vi sbagliate, la cosa non andrà così! O forse andrà anche così! Forse andrà anche così! Possibile che egli possa combinare il mio matrimonio? Forse sì. Egli è ingenuo e ci crede. È stupido e sfacciato come tutte le persone pratiche. Stupidità e sfacciataggine unite insieme costituiscono una grande forza. Ma confessate che tuttavia voi avete paura di Lambert, Arkàdij Makàrovič! E a che gli servono le persone oneste? Egli lo proclama con tanta serietà: qui non c'è una sola persona onesta! Ma tu stesso, chi sei? Eh, cosa dico! Non sono forse necessarie le persone oneste ai mascalzoni? Nelle furfanterie le persone oneste sono ancora più necessarie che in ogni altra cosa. Ah-ah! Questo soltanto finora non lo sapevate, Arkàdij Makàrovič, nella vostra totale innocenza. Signore! E se egli davvero combinasse il mio matrimonio?».

Mi arrestai di nuovo. Debbo qui confessare una sciocchezza (dato che ciò è già passato da tanto tempo), debbo confessare che già da molto tempo prima d'allora volevo sposarmi — cioè, non lo volevo e ciò non sarebbe mai accaduto (né accadrà in futuro, ne do la mia parola), ma più di una volta e da molto tempo prima di allora avevo pensato quanto sarebbe stato bello sposarsi — cioè un'infinità di volte , specialmente la sera prima di addormentarmi. Ciò cominciò ad accadermi da quando avevo sedici anni. Al ginnasio avevo un compagno, un mio coetaneo, Lavrovskij, un ragazzo così adorabile, quieto, bellino, che d'altronde non si distingueva per alcun'altra dote. Io non parlavo quasi mai con lui. Una volta, non so perché, eravamo seduti l'uno accanto all'altro da soli e lui era molto pensieroso. A un tratto mi fa: «Ah, Dolgorukij, cosa ne pensate, adesso sarebbe il momento di sposarsi; davvero, quando ci dovremmo sposare, se non ora? Adesso sarebbe il momento migliore, e invece è assolutamente impossibile!». Egli disse questo così francamente e improvvisamente che con tutto il cuore mi sentii d'accordo con lui perché già per conto mio avevo in testa qualcosa del genere. Poi per alcuni giorni di fila ci incontrammo e non facevamo che parlare di questo, come se fosse un segreto. Poi, non so come ciò sia accaduto, ci allontanammo e cessammo di parlarci. È da allora che ho cominciato a pensarci. Di questo, naturalmente, non sarebbe stato il caso di far menzione, ma volevo soltanto mostrare come a volte le cose comincino da lontano...

«Qui l'obiezione seria è soltanto una», continuai a fantasticare riprendendo a camminare. «Oh, naturalmente, l'insignificante differenza d'età non costituirebbe un ostacolo, ma ecco qual è il punto: lei è una simile aristocratica e io sono "semplicemente Dolgorukij"! È una cosa spaventosamente indecente! Mm! Versilov, sposando la mamma, non potrebbe chiedere al governo di legittimarmi... per le benemerenze, per così dire, del padre?... Egli, infatti, ha prestato servizio, di conseguenza ha delle benemerenze; è stato giudice di pace... Oh, che il diavolo mi porti, che schifo!».

Uscii a un tratto in questa esclamazione e, improvvisamente, per la terza volta, mi arrestai, ma questa volta come schiacciato. Il tormentoso sentimento di umiliazione per essermi potuto augurare una simile vergogna come il cambiamento di cognome in seguito all'affiliazione, questo tradimento di tutta la mia infanzia, tutto questo, pressoché in un attimo, annientò la mia precedente buona disposizione di spirito e tutta la mia gioia si volatilizzò come fumo. «No, questo non lo racconterò a nessuno», pensai arrossendo terribilmente, «mi sono umiliato a questo punto perché sono... innamorato e stupido. No, se c'è una cosa su cui Lambert ha ragione, è il fatto che al giorno d'oggi non occorrono affatto tutte queste stupidaggini e nella nostra epoca la cosa principale è l'uomo stesso e poi i suoi soldi. Ossia, non i soldi, ma il suo potere. Con un simile capitale mi getterò nella mia "idea" e tra dieci anni tutta la Russia rimbomberà della mia fama e mi vendicherò di tutti. Con *lei* poi non è il caso di fare cerimonie, anche su questo Lambert ha ragione. Si spaventerà e semplicemente mi sposerà. Acconsentirà e mi sposerà nella maniera più semplice e banale. "Non sai, non sai in quale spelonca ciò è accaduto!" — mi tornarono alla mente le parole di Lambert di poco prima. Ed è così — confermai io — Lambert ha ragione su ogni cosa, mille volte più di me, di Versilov e di tutti questi idealisti! Egli è un realista. Lei vedrà che ho del carattere e dirà: "Però, ha del carattere!". Lambert è un mascalzone e la sola cosa che vuole è fregarmi trentamila rubli, ma tuttavia è l'unico amico che abbia. Un'amicizia diversa non esiste e non può esistere, sono tutte invenzioni della gente priva di senso pratico. Lei poi non la umilio nemmeno, forse che la umilio? Per niente: tutte le donne sono così! Esiste forse una donna priva di bassezza? Appunto per questo ci dev'essere un uomo che la comandi, appunto per questo è stata creata come una creatura sottomessa. La donna è il peccato e la tentazione, mentre l'uomo è la nobiltà e la generosità. E così sarà nei secoli dei secoli. Quanto al fatto che mi appresto a far uso del "documento", ciò non significa nulla. Ciò non offuscherà né la nobiltà né la generosità. Di Schiller allo stato puro non ne esistono, li hanno inventati. Se lo scopo è splendido, non fa niente se c'è un po' di sudiciume! Poi tutto sarà lavato, tutto sarà rimediato. Adesso questo è soltanto larghezza di vedute, è soltanto vita, è soltanto verità della vita, ecco come la chiamano oggi!».

Oh, lo ripeto di nuovo: mi si perdoni se riporto fino all'ultima sillaba tutto quel mio delirio da ubriaco di allora. Naturalmente, questa è soltanto l'essenza dei miei pensieri in quel momento, ma mi sembra che parlassi esattamente con queste parole. Dovevo riportarle perché mi sono messo a scrivere allo scopo di giudicare me stesso, e che cosa ci sarebbe da giudicare, se non questo? Ci può forse essere nella vita qualcosa di più serio? Il vino non costituisce certo una scusante. *In vino veritas.*[4]

Così rimuginando, e tutto immerso nelle mie fantasticherie, non mi accorsi neppure di essere arrivato infine a casa, cioè all'appartamento della mamma. Non mi accorsi nemmeno di essere entrato nell'appartamento; ma non appena ebbi messo piede nella nostra minuscola anticamera mi resi conto immediatamente che a casa nostra era accaduto qualcosa di straordinario. Nelle stanze parlavano ad alta voce, gridavano e si sentiva la mamma piangere. Sulla soglia fui quasi travolto da Luker'ja

4 «Nel vino c'è la verità», in latino nel testo.

che correva fuori precipitosamente dalla stanza di Makàr Ivànovič diretta in cucina. Gettai in un canto la pelliccia ed entrai nella stanza di Makàr Ivànovič, perché era lì che tutti si affollavano.

Versilov e la mamma erano in piedi. La mamma era tra le sue braccia ed egli la stringeva forte al petto. Makàr Ivànovič era seduto secondo il suo solito sulla sua panchetta, ma in un tale stato di spossatezza che Liza lo tratteneva a fatica per la spalla perché non cadesse, ed era persino chiaro che egli continuava a inclinarsi in procinto di cadere. Mi precipitai verso di lui, sussultai e indovinai: il vecchio era morto.

Era appena morto, un attimo prima del mio arrivo. Ancora dieci minuti prima egli si sentiva come al solito. Con lui in quel momento c'era solo Liza; seduta accanto a lui ella gli raccontava del suo dolore ed egli, come il giorno prima, le accarezzava la testa. Improvvisamente egli aveva sussultato tutto (aveva raccontato Liza), aveva cercato di alzarsi in piedi, aveva cercato di gridare e in silenzio aveva cominciato a cadere verso sinistra. «Collasso cardiaco!», aveva detto Versilov. Liza si era messa a urlare così forte che l'avevano sentita in tutta la casa e a quel punto tutti loro erano accorsi, e tutto questo un momento prima del mio arrivo.

«Arkàdij!», mi gridò Versilov, «corri immediatamente da Tat'jana Pàvlovna. Deve essere sicuramente in casa. Pregala di venire subito. Prendi una slitta. Presto, te ne supplico!».

I suoi occhi scintillavano, questo me lo ricordo chiaramente. Sul suo viso non notai nulla che assomigliasse a un sincero dolore, né lacrime; piangevano soltanto la mamma, Liza e Luker'ja. Al contrario, e ciò mi è rimasto assai bene impresso, nel suo viso colpiva una sorta di straordinaria eccitazione, quasi un'esultanza. Io corsi da Tat'jana Pàvlovna.

Il tragitto, come si sa, non era lungo. Non presi una slitta e feci la strada tutta di corsa senza fermarmi. Nella mia testa regnava la confusione e anche quasi una sorta di esultanza. Mi rendevo conto che era accaduto qualcosa di decisivo. Quando suonai alla porta di Tat'jana Pàvlovna l'ubriachezza era completamente scomparsa, senza lasciare traccia, e assieme a essa anche tutti i pensieri ignobili.

L'estone aprì: «Non è in casa!», e avrebbe voluto richiudere immediatamente.

«Come, non è in casa?», esclamai io, irrompendo a viva forza nell'anticamera, «non può essere! Makàr Ivànovič è morto!».

«Co-osa?», risuonò improvvisamente il grido di Tat'jana Pàvlovna attraverso la porta chiusa del suo salotto.

«È morto! Makàr Ivànovič è morto! Andréj Petrovič vi prega di andare da lui immediatamente!».

«Ma tu menti!...».

Il chiavistello scattò, ma la porta si aprì soltanto di un palmo: «Che è successo, racconta!».

«Non lo so nemmeno io, sono appena tornato a casa e lui era già morto. Andréj Petrovič dice che si tratta di un collasso cardiaco».

«Vengo subito, all'istante. Corri, di' che arrivo: ma va' dunque, va', va'! Perché te ne stai lì impalato?».

Ma, attraverso la porta, socchiusa vidi chiaramente che qualcuno improvvisamente era uscito fuori da dietro la portiera dietro la quale era situato il letto di Tat'jana Pàvlovna, ed era ritto in fondo alla stanza, alle spalle di Tat'jana Pàvlovna. Macchinalmente, istintivamente afferrai la maniglia e non le permisi di richiudere la porta.

«Arkàdij Makàrovič! Davvero dunque è morto?», risuonò la voce sonora, armoniosa, calma, a me ben nota, facendo tremare tutta la mia anima: nella domanda si avvertiva qualcosa che aveva pervaso e turbato la *sua* anima.

«Se è così, allora», esclamò improvvisamente Tat'jana Pàvlovna lasciando andare la porta, «se è così, arrangiatevi da voi come volete. L'avete voluto voi!».

E uscì di corsa dall'appartamento, gettandosi addosso la pelliccia e il fazzoletto mentre passava, e si lanciò giù per le scale. Rimanemmo soli. Gettai la pelliccia, entrai e richiusi la porta dietro a me. Ella era ritta davanti a me come allora, quella volta dell'appuntamento, con il viso luminoso, con lo sguardo luminoso, e, come allora, mi tendeva ambedue le mani. Fu come se mi avessero falciato le gambe e caddi letteralmente ai suoi piedi.

III

Non so perché, fui lì lì per scoppiare a piangere; non ricordo come ella mi facesse sedere accanto a sé, ricordo soltanto, ed è un ricordo di inestimabile valore per me, come ce ne stavamo seduti l'uno accanto all'altra, mano nella mano, e parlavamo impetuosamente: lei mi domandava del vecchio e della sua morte e io le raccontavo di lui, cosicché si sarebbe potuto pensare che piangessi di Makàr Ivànovič, mentre ciò sarebbe stato il sommo dell'assurdità; e io so che lei per nulla al mondo avrebbe potuto supporre in me una simile volgarità, davvero infantile. Infine, a un tratto ritornai in me e provai vergogna. Adesso ritengo che allora piangessi unicamente per l'esultanza e penso che lei stessa comprendesse ciò assai bene, cosicché, a proposito di questo ricordo, sono tranquillo.

A un tratto mi parve assai strano che ella continuasse a farmi tante domande su Makàr Ivànovič.

«Ma dunque voi lo conoscevate?», le domandai con stupore.

«Da molto tempo. Non l'ho mai visto, ma anche nella mia vita egli ha giocato un ruolo. A suo tempo mi ha raccontato molte cose su di lui quell'uomo di cui ho paura. Voi sapete chi».

«Io so soltanto che "quell'uomo" era assai più vicino alla vostra anima di quanto voi in precedenza mi avevate rivelato», dissi, non sapendo io stesso che cosa volessi dire con questo, ma come con rimprovero e aggrottandomi tutto.

«Voi dite che egli or ora baciava vostra madre? La abbracciava? L'avete visto voi stesso?», mi continuava a chiedere lei, senza ascoltarmi.

«Sì, l'ho visto; e, credetemi, tutto ciò era al più alto grado sincero e nobile!», mi affrettai a confermare, vedendo la sua gioia.

«Dio glielo conceda!», replicò lei, facendosi il segno della croce. «Ora egli è sciolto. Solo quel bellissimo vecchio teneva legata la sua vita. Con la sua morte rinasceranno in lui di nuovo il senso del dovere e... la dignità, come sono già rinate in lui una volta. Oh, egli è innanzitutto un uomo magnanimo, egli tranquillizzerà il cuore di vostra madre, che ama più di ogni altra cosa al mondo, e si tranquillizzerà infine egli stesso, e, sia gloria a Dio, era ben ora!».

«Egli vi è molto caro?».

«Sì, mi è molto caro, sebbene non nel senso nel quale lui stesso vorrebbe e nel quale voi me lo domandate».

«E voi adesso temete per lui o per voi stessa?», le domandai a un tratto.

«Be', queste sono domande difficili, lasciamole stare».

«Lasciamole stare, naturalmente; solamente non sapevo nulla di questo, troppe cose, forse, non sapevo; ma ammettiamo che voi abbiate ragione, ora tutto sta in modo nuovo e se qualcuno è rinato, quello per primo sono io. Nei miei pensieri ho peccato di bassezza davanti a voi, Katerina Nikolàevna, e, forse, non più di un'ora fa ho commesso anche nei fatti una bassezza nei vostri confronti, ma sappiate che ora sono seduto accanto a voi e non provo alcun rimorso. Perché ora tutto è scomparso e tutto sta in modo nuovo e quell'uomo che un'ora fa ha meditato una bassezza contro di voi io non lo conosco e non lo voglio conoscere!».

«Ritornate in voi stesso», sorrise lei, «sembrate, per così dire, un po' in delirio».

«D'altronde, si può forse giudicare se stessi accanto a voi?...», continuai io, «che uno sia onesto o che sia vile, voi siete egualmente come il sole: irraggiungibile... Ditemi, come avete potuto uscir fuori per incontrarmi, dopo tutto quello che è successo? Se sapeste quello che è accaduto un'ora fa, soltanto un'ora fa!... E quale sogno si è avverato!...».

«Credo di sapere tutto», rispose lei, sorridendo sommessamente, «appena un momento fa volevate vendicarvi su di me per qualche cosa, avete giurato la mia rovina e sicuramente avreste ucciso o picchiato seduta stante chiunque avesse osato dire anche una sola parola cattiva sul mio conto».

Oh, lei sorrideva e scherzava; ma era soltanto per la sua eccessiva bontà, perché tutta la sua anima in quel momento era ricolma, come compresi più tardi, di una inquietudine così grande e di una sensazione così forte e potente che ella poteva conversare con me e rispondere alle mie vacue e irritanti domande soltanto come si risponde a qualche infantile domanda di un bambino piccolo, soltanto per sbarazzarsene. A un tratto me ne resi conto e provai vergogna, ma ormai non potevo fare a meno di insistere.

«No», esclamai non riuscendo più a padroneggiarmi, «no, io non ho ucciso colui che parlava male di voi, ma al contrario, gli ho addirittura dato ragione!».

«Oh, per l'amor di Dio, non importa, non è il caso, non raccontatemi nulla», disse improvvisamente lei, stendendo la mano per fermarmi, perfino con una certa sofferenza sul viso, ma io ero già balzato in piedi e mi ero piantato dritto davanti a lei con l'intenzione di dirle tutto, e, se lo avessi fatto, non sarebbe accaduto ciò che accadde più tardi, perché sicuramente avrei finito per confessarle tutto e restituirle il documento. Ma lei all'improvviso scoppiò a ridere:

«Non importa, non serve nulla, nessun dettaglio! Tutte le vostre malefatte le conosco da me: scommetto che volevate sposarmi, o qualcosa del genere e vi siete appena accordato a questo proposito con qualcuno dei vostri complici, dei vostri antichi compagni di scuola... Ah, a quanto sembra ho indovinato!», esclamò con serietà, scrutandomi in viso.

«Come... come avete fatto a indovinare?», balbettai come uno stupido, tremendamente sbalordito.

«Oh, ci mancherebbe altro! Ma basta, basta! Vi perdono, soltanto smettetela di parlare di questo», replicò lei, facendo un gesto di fastidio con la mano, ormai con evidente impazienza. «Anch'io sono una sognatrice e se sapeste a quali mezzi ricorro nei miei sogni nei momenti in cui non so trattenermi! Basta, voi mi fate continuamente perdere il filo. Sono assai contenta che Tat'jana Pàvlovna se ne sia andata; desideravo molto vedervi e in sua presenza non sarebbe stato possibile parlare come facciamo adesso. Mi sembra di essere in colpa nei vostri confronti per quel che è successo quella volta. È vero? È così?».

«Voi colpevole? Ma allora vi avevo tradita, mettendovi nelle *sue* mani, che cosa potevate mai pensare di me? Ci ho riflettuto per tutto questo tempo, per tutti questi giorni, da allora ogni istante non ho fatto che pensarci e soffrirne». (Non le stavo mentendo).

«Avete fatto male a tormentarvi così; allora capii fin troppo bene come tutto ciò fosse successo; semplicemente vi eravate lasciato sfuggire qualche parola di troppo con lui per la gioia di essere innamorato di me e... be', del fatto che io stavo ad ascoltarvi. Non per nulla avete vent'anni. Infatti voi lo amate più di tutti al mondo, cercate in lui un amico, l'ideale, non è vero? Lo capii fin troppo bene, ma era ormai troppo tardi; oh, sì, io stessa allora ho sbagliato: avrei dovuto chiamarvi subito e tranquillizzarvi, ma mi irritai e pregai che non vi ricevessero più in casa; così ne è venuta fuori quella scena all'ingresso e poi quella notte. E per tutto questo tempo, sapete, anch'io pensavo di incontrarmi con voi di nascosto, soltanto non sapevo come fare a combinare questo incontro. E cosa credete che temessi più di ogni altra cosa? Che voi credeste alle sue calunnie sul mio conto».

«Giammai!», esclamai.

«Apprezzo molto i nostri passati incontri; in voi mi è caro l'adolescente e persino, forse, questa vostra stessa sincerità... Io, infatti, sono una persona serissima. Fra tutte le donne d'oggi io sono la persona più seria e accigliata, sappiatelo... ah-ah-ah! Avremo ancora occasione di parlare a sazietà, ma ora mi sento un po' a disagio, sono agitata, mi sta prendendo una crisi isterica. Ma finalmente, finalmente *egli* lascerà vivere anche me!».

Questa esclamazione le era sfuggita involontariamente; lo capii subito e non volli raccoglierla, ma sussultai tutto.

«Egli sa che l'ho perdonato!», esclamò di nuovo improvvisamente, come tra di sé.

«Possibile che abbiate potuto perdonargli quella lettera? E lui come fa a sapere che lo avete perdonato?», esclamai non dominandomi ormai più.

«Come fa a saperlo? Oh, lui lo sa», ribatté lei, ma con un'espressione come se si fosse dimenticata di me e stesse parlando con se stessa. «Egli ora è ritornato in se stesso. E come farebbe a non sapere che l'ho perdonato, visto che conosce a memoria la mia anima? Egli sa, infatti, che io sono un po' del suo stesso genere».

«Voi?».

«Be', sì, ciò gli è noto. Oh, io non sono una donna appassionata, sono una donna tranquilla: ma anch'io, come lui, vorrei che tutti fossero buoni... Egli mi ha ben amato per qualche cosa».

«Ma come ha fatto a dire che in voi ci sono tutti i vizi?».

«Non erano che parole; dentro di sé egli serba un altro segreto. Non è vero che la sua lettera era tremendamente buffa?!».

«Buffa?!». (La stavo ad ascoltare con tutta la mia attenzione; ritengo che effettivamente ella fosse in preda a una specie di attacco isterico e... forse ella non parlava affatto per me; ma non potevo fare a meno di farle delle domande).

«Oh, sì, buffa, e quanto ne avrei riso se... se non avessi avuto paura. D'altronde non sono così paurosa, non credete; ma a causa di quella lettera quella notte non ho dormito, essa è stata scritta, per così dire, con una sorta di sangue malato... e dopo una lettera come quella, cosa rimane mai? Io amo la vita, ho una paura terribile per la mia vita, in ciò sono tremendamente pusillanime... Ah, ascoltate!», esclamò a un tratto di nuovo, «recatevi da lui! Egli ora è solo, non può essere ancora laggiù e sicuramente se n'è andato da qualche parte da solo: rintracciatelo al più presto, badate bene, al più presto, correte da lui, fategli vedere che voi siete un figlio amoroso, dimostrategli che siete un caro, buon ragazzo, il mio studente, che io... Oh, che Dio vi conceda la felicità! Io non amo nessuno, ed è meglio così, ma auguro a tutti felicità, a tutti, e a lui per primo, e che egli lo sappia... anche adesso stesso, ciò mi farebbe molto piacere...».

Ella si alzò e improvvisamente sparì dietro la portiera; sul suo viso in quell'istante brillavano le lacrime (lacrime isteriche succedute alle risa). Rimasi solo, commosso e turbato. Decisamente non sapevo a cosa attribuire in lei un'agitazione simile, come mai me la sarei aspettata. Provai una sorta di stretta al cuore.

Aspettai cinque minuti, poi dieci; il profondo silenzio improvvisamente mi colpì e mi decisi a far capolino dalla porta e a chiamare. Al mio richiamo comparve Màr'ja, che, con l'aria più tranquilla di questo mondo, mi annunziò che la signora da un pezzo si era vestita ed era uscita dalla porta di servizio.

CAPITOLO SETTIMO

I

Non ci mancava che questa. Afferrai la mia pelliccia e, gettandomela sulle spalle cammin facendo, corsi fuori pensando: «Mi ha ordinato di andare da lui, ma dove trovarlo?».

Ma, a parte tutto il resto, ero turbato da questa domanda: «Perché ella crede che ora sia cambiato qualcosa e che *lui* la lascerà in pace? Certamente perché egli sposerà la mamma, ma lei? Si rallegra del fatto che lui sposerà la mamma o, al contrario, è questo che la rende infelice? È per questo che l'ha presa l'attacco isterico? Perché non sono in grado di risolvere questo enigma?».

Annoto questo secondo pensiero, che balenò allora nella mia mente, alla lettera, a futura memoria: esso è importante. Quella sera fu fatale. Ed ecco che si finisce involontariamente per credere alla predestinazione: non avevo fatto neppure cento passi, diretto verso l'appartamento della mamma, che a un tratto mi imbattei in colui che cercavo. Egli mi afferrò per la spalla e mi arrestò.

«Sei tu!», esclamò gioiosamente e, nello stesso tempo, come estremamente stupito. «Figurati che sono stato da te», prese a dire in fretta, «ti ho cercato, ho domandato di te, tu sei l'unica persona che mi occorra vedere ora in tutto l'universo! Il tuo impiegato non so quali frottole mi abbia raccontato, ma tu non eri in casa e me ne sono andato dimenticandomi perfino di pregarlo di riferirti di correre subito da me, ebbene? Ciononostante sono venuto via con l'incrollabile convinzione che il destino non poteva non mandarti da me, adesso che ho bisogno di te più di qualsiasi altra cosa, ed ecco che per prima cosa incontro te! Andiamo a casa mia: non ci sei mai stato».

Insomma entrambi ci cercavamo e a ognuno di noi, a quanto pareva, era accaduto qualcosa di simile. Ci avviammo di gran fretta.

Per la strada egli proferì soltanto alcune brevi frasi a proposito del fatto che aveva lasciato la mamma con Tat'jana Pàvlovna e via di questo tono. Mi guidava tenendomi per il braccio. Egli abitava non lontano di lì e ben presto arrivammo a destinazione. Effettivamente non ero mai stato a casa sua. Si trattava di un piccolo appartamento di tre locali che egli aveva affittato (o meglio, che Tat'jana Pàvlovna aveva affittato) unicamente per quel tale «bambino in fasce». Questo appartamento anche in precedenza, era sempre stato affidato alle cure di Tat'jana Pàvlovna e in esso abitava la balia con il bambino (e ora anche Nastas'ja Egòrovna); ma c'era sempre stata anche una camera per Versilov, precisamente la prima, quella d'ingresso, una stanza abbastanza spaziosa e abbastanza ben ammobiliata con divani e poltrone, una specie di studio adatto per leggervi e scrivere. Effettivamente sul tavolo, nell'armadio e sugli scaffali c'erano molti libri (mentre quasi non ve n'erano nell'appartamento della mamma); c'erano dei fogli scritti, c'erano dei pacchi di lettere legati, tutto, insomma, aveva l'aria di un luogo abitato da lungo tempo e so che Versilov, anche in precedenza (sebbene, peraltro, abbastanza di rado) a tratti si trasferiva completamente in questo appartamento e vi restava persino per settimane intere. La prima cosa che arrestò la mia attenzione fu un ritratto della mamma appeso sopra la scrivania in una preziosa cornice di legno intagliato, una fotografia eseguita, naturalmente, all'estero, una cosa, a giudicare dalle dimensioni inconsuete, molto costosa. Non sapevo e non avevo sentito dire nulla, prima, riguardo a questo ritratto e ciò che soprattutto mi colpì fu la straordinaria somiglianza della fotografia, una somiglianza, per così dire, spirituale, come se, insomma, si trattasse di un autentico ritratto fatto da un artista, e non di un calco meccanico. Non appena entrai, mi arrestai senza volerlo davanti a esso.

«Non ti pare? Non ti pare?», ripeté a un tratto Versilov accanto a me.

Cioè «non ti pare che sia davvero somigliante?». Mi voltai a guardarlo e rimasi colpito dall'espressione del suo viso. Egli era alquanto pallido, ma il suo sguardo ardente e teso sembrava brillare di gioia e di energia: non gli avevo assolutamente mai visto prima un'espressione come quella.

«Non sapevo che amaste tanto la mamma!», tagliai corto all'improvviso, preso anch'io dall'emozione.

Egli sorrise beatamente, benché nel suo sorriso si riflettesse anche un non so che di doloroso o, per meglio dire, di umano, di sublime... non so trovare l'espressione giusta; ma le persone superiormente evolute, mi sembra, non possono avere visi trionfalmente e vittoriosamente felici. Senza rispondermi egli staccò il ritratto con entrambe le mani, se lo accostò alla bocca, lo baciò e poi lo riappese di nuovo al muro.

«Nota», mi disse, «che le fotografie assai raramente riescono somiglianti, e ciò è comprensibile: l'originale stesso, ossia, ciascuno di noi, assai raramente assomiglia a se stesso. Soltanto in rari momenti il volto umano esprime il proprio tratto principale, il proprio pensiero più caratteristico. L'artista studia un volto e scorge questo pensiero principale di esso, anche se esso non appare affatto su quel volto nel momento in cui egli lo ritrae. La fotografia, invece, coglie l'uomo come egli è, ed è del tutto possibile che Napoleone in certi momenti riuscisse stupido e Bismarck dolce. Qui invece, in questo ritratto, il sole, come a farlo apposta, ha colto Sonja nel suo momento principale, di ritroso, mite amore e di un po' selvatica, trepida verginalità. E come è stata felice quella volta, quando infine si è convinta che bramavo tanto avere il suo ritratto! Benché questa fotografia non sia stata fatta molto tempo fa, tuttavia allora lei era più giovane e più avvenente; eppure anche allora aveva le stesse gote infossate, le stesse piccole rughe sulla fronte, la stessa trepida timidezza nello sguardo che va ora quasi crescendo sempre di più con gli anni. Ci credi caro? Io adesso quasi non riesco a raffigurarmela con un altro viso, eppure anche lei un tempo è stata giovane e attraente! Le donne russe imbruttiscono alla svelta, la loro bellezza passa in un baleno e in verità ciò non dipende soltanto dalle caratteristiche etniche del tipo, ma anche dal fatto che esse sanno amare perdutamente. La donna russa, quando ama, dà tutto in una volta, l'attimo e il destino, il presente e il futuro: non sanno economizzare, non tengono nulla in serbo e la loro bellezza se ne va in fretta, portata via da colui che amano. Queste guance infossate sono anch'esse bellezza che se ne è andata via per me, per il mio piacere passeggero. Sei contento che abbia amato tua madre, non è vero, e forse neppure credevi che io l'avessi amata? Sì, amico mio, io l'ho amata molto, ma non le ho fatto altro che male... Ecco, qui c'è anche un altro ritratto, guarda anche questo».

Egli lo prese dalla scrivania e me lo porse. Era anch'esso una fotografia, di formato incomparabilmente più piccolo, in una sottile cornice di legno: il volto di una fanciulla, magro e dall'aria tisica, eppure, nonostante tutto, stupendo: pensoso e nello stesso tempo incredibilmente privo di pensieri. I tratti erano regolari, di un tipo raffinatosi nel corso di generazioni, ma lasciavano un'impressione penosa: sembrava che quella creatura fosse stata improvvisamente posseduta da non so quale pensiero immutabile, che le riusciva tormentoso proprio perché era al di sopra delle sue forze.

«È... È la fanciulla che laggiù volevate sposare e che morì di tisi... la *sua* figliastra?», proferii con una certa timidezza.

«Sì, la volevo sposare, è morta di tisi ed è la *sua* figliastra. Sapevo che sapevi... di tutti questi pettegolezzi. D'altronde, a parte i pettegolezzi, non hai potuto sapere nulla al riguardo. Lascia stare questo ritratto, amico mio, era una povera pazza e nient'altro».

«Completamente pazza?».

«Oppure un'idiota; d'altronde io credo che fosse anche pazza. Ella ha avuto un bambino dal principe Sergéj Petrovič (per pazzia, non per amore; questa è stata una delle azioni più vili del principe Sergéj Petrovič); il bambino adesso è qui, in quella stanza, è molto tempo che volevo fartelo vedere. Il principe Sergéj Petrovič non ha osato venire qui a vedere il bambino; questo era il patto che avevamo fatto all'estero. L'ho preso con me col consenso di tua madre. E col consenso di tua madre volevo sposare quella... sventurata...».

«Ma è forse possibile acconsentire a una cosa simile?», esclamai con calore.

«Oh, sì! Lei me l'ha consentito: si prova gelosia per le donne, ma quella non era una donna».

«Non era una donna per tutti, fuorché per la mamma! Per nulla al mondo potrò credere che la mamma non fosse gelosa!», gridai io.

«E hai ragione. Io l'ho indovinato quando era ormai tutto finito, ossia quando lei mi ha dato il suo consenso. Ma lascia stare questo argomento. La faccenda non andò in porto a causa della morte di Lìdija e forse non sarebbe andata in porto in ogni caso, anche se fosse rimasta in vita; comunque anche ora non permetto alla mamma di venire a trovare il bambino. Si tratta soltanto di un episodio. Mio caro, è tanto tempo che aspettavo che venissi qui. Da tanto tempo sognavo che ci saremmo incontrati qui; sai da quanto tempo? Sono già due anni che lo sognavo».

Egli mi guardò con sincerità e franchezza, in uno slancio ardente del cuore. Gli afferrai la mano.

«Perché avete indugiato, perché non mi avete chiesto prima di venire? Se sapeste che cosa sarebbe avvenuto... e che cosa non sarebbe avvenuto, se voi mi aveste chiamato prima!...».

In quell'istante portarono nella stanza il *samovàr* e Nastas'ja Egòrovna improvvisamente entrò, portando tra le braccia il bambino addormentato.

«Guardalo», mi disse Versilov, «io gli voglio bene e ho ordinato che lo portassero qui adesso, apposta perché tu lo vedessi. Be', portatelo di nuovo di là, Nastas'ja Egòrovna. Siediti vicino al *samovàr*. Mi immaginerò che noi due abbiamo sempre vissuto così e che ci siamo incontrati ogni sera, senza mai separarci. Lascia che ti guardi: siediti così, in modo che possa vedere il tuo viso! Come cercavo di immaginarmi il tuo viso quando ancora aspettavo che tu arrivassi da Mosca! Tu mi domandi perché non ti abbia mandato a chiamare prima. Aspetta, forse adesso lo capirai».

«Ma possibile che soltanto la morte di quel vecchio vi abbia ora sciolto la lingua? È strano...».

Ma sebbene avessi detto queste parole, lo guardavo con amore. Parlavamo come due amici nel senso più alto e più pieno della parola. Egli mi aveva condotto lì per spiegarmi qualcosa, per raccontare, per giustificarsi; eppure tutto era già stato spiegato e giustificato prima che egli avesse pronunciato una sola parola. Qualunque cosa avessi udito da lui adesso, il risultato era già raggiunto ed entrambi eravamo consapevoli di questo e, con la gioia di questa consapevolezza, ci guardavamo.

«Non è stata la morte di quel vecchio», rispose lui, «non è stata soltanto questa morte; c'è anche dell'altro che è venuto a coincidere con essa... Dio benedica questo istante e la nostra vita anche in futuro e per lungo tempo! Mio caro, parliamo un po'. Non faccio che perdere il filo, mi distraggo, voglio parlare di una cosa e mi perdo in mille particolari secondari. Accade sempre così quando il cuore trabocca... Ma parliamo; il tempo è venuto, ed è tanto tempo che mi sono innamorato di te, ragazzo mio...».

Egli si appoggiò contro lo schienale della poltrona e ancora una volta mi osservò.

«Com'è strano! Com'è strano udire queste parole!», ripetevo sopraffatto dalla gioia.

Ed ecco, ricordo, che sul suo viso a un tratto balenò la sua solita piega, come di tristezza e di irrisione insieme, a me così ben nota.

Egli si fece forza e come con sforzo cominciò.

II

«Vedi, Arkàdij, se ti avessi chiamato prima, che cosa ti avrei detto? In questa domanda c'è già tutta la mia risposta».

«Cioè, volete dire che ora voi siete il marito della mamma e mio padre, mentre allora... Prima non sapevate cosa dirmi riguardo alla mia posizione sociale? È così?».

«Non soltanto riguardo a ciò, caro, non avrei saputo che cosa dirti: mi sarebbe toccato tacere su molte cose. Qui ci sono anche molte cose ridicole e umilianti perché assomigliano a un gioco di prestigio, al più autentico gioco di prestigio da baraccone. Come avremmo mai fatto prima a comprenderci l'un l'altro, se io stesso ho compreso me stesso soltanto oggi, alle cinque del pomeriggio, esattamente due ore prima della morte di

Makàr Ivànovič? Mi guardi con un'aria di scontenta perplessità? Non preoccuparti: ti spiegherò questo gioco di prestigio; ma ciò che ho detto è del tutto esatto: tutta la vita trascorsa in peregrinazioni e in perplessità, e, improvvisamente, la soluzione di esse un certo giorno, alle cinque del pomeriggio! Fa perfino rabbia, non è vero? Non molto tempo fa avrei veramente provato rabbia...».

Lo ascoltavo davvero in preda a una tormentosa perplessità; emergeva con forza la vecchia piega di Versilov che non avrei voluto vedere quella sera, dopo le parole che erano state ormai dette. A un tratto esclamai:

«Dio mio! Voi avete ricevuto qualcosa da lei... oggi, alle cinque?».

Egli mi guardò fisso, evidentemente colpito dalla mia esclamazione e, forse, dalla mia espressione: «da lei».

«Saprai ogni cosa», disse con un sorriso pensieroso, «e, naturalmente, non ti nasconderò tutto ciò che occorre, poiché è per questo che ti ho portato da me, ma per il momento parliamo d'altro. Vedi, amico mio, già da lungo tempo sapevo che nel nostro Paese ci sono dei figli che, fin dall'infanzia, riflettono sulla loro famiglia, offesi dall'indegnità dei loro padri e del loro ambiente. Avevo notato questi ragazzi pensierosi fin dal tempo in cui andavo a scuola e allora avevo concluso che tutto ciò dipendeva dal fatto che essi cominciavano troppo presto a invidiare. Osserva, tuttavia, che ero anch'io uno di questi ragazzi pensierosi, ma... scusami, mio caro, io sono terribilmente distratto. Con questo volevo soltanto dirti quanto sia stato continuamente in pena per te per quasi tutto questo tempo. Io ti ho sempre immaginato come una di queste piccole creature, consapevoli delle proprie doti e desiderose di isolamento. Anch'io, come te, non ho mai amato la compagnia. Guai a questi esseri abbandonati alle loro sole forze e ai loro sogni e dotati di una appassionata, troppo precoce e quasi vendicativa sete di dignità, proprio così, "vendicativa". Ma basta, caro: di nuovo sono uscito dal seminato... Già, prima che cominciassi ad amarti, immaginavo te e i tuoi sogni solitari, selvatici... Ma basta; veramente mi sono scordato di ciò di cui volevo parlare. D'altronde bisognava che ti dicessi tutto questo. Ma prima, prima, che cosa avrei potuto dirti? Ora io vedo il tuo sguardo fisso su di me e so che è mio *figlio* che mi sta guardando; eppure, addirittura ancora ieri non potevo ancora credere che un giorno avrei potuto stare qui seduto come oggi a parlare col mio ragazzo».

Effettivamente era diventato assai distratto e, nello stesso tempo, come commosso per qualche ragione.

«Ora non mi occorre più sognare e fantasticare, ora mi bastate voi! Io vi seguirò!», dissi offrendomi a lui con tutta l'anima.

«Mi seguirai? Ma le mie peregrinazioni sono finite proprio oggi: arrivi in ritardo, mio caro. La giornata odierna è il finale dell'ultimo atto e cala il sipario. Quest'ultimo atto è durato assai a lungo. È cominciato tanto tempo fa, quando per l'ultima volta fuggii all'estero. Allora avevo abbandonato tutto, e sappi, mio caro, che in quell'occasione avevo rotto con tua madre e glielo avevo annunziato. Questo lo devi sapere. Allora le spiegai che me ne andavo per sempre e che lei non mi avrebbe mai più rivisto. Quel che è peggio è che quella volta dimenticai persino di lasciarle del denaro. Neppure a te pensai neanche per un momento. Partii con l'intenzione di restare in Europa, mio caro, e di non ritornare mai più in patria. Emigrai».

«Per unirvi a Herzen? Per collaborare al lavoro di propaganda all'estero? Voi, probabilmente, per tutta la vita avete partecipato a qualche cospirazione!», esclamai non riuscendo a trattenermi.

«No, amico mio, io non ho preso parte ad alcuna cospirazione. Ma i tuoi occhi mandano addirittura scintille; mi piacciono le tue esclamazioni, mio caro, No, semplicemente, quella volta partii per malinconia, per una malinconia improvvisa. Era la malinconia tipica dell'aristocratico russo, in verità non riesco a trovare un'espressione migliore. Una malinconia aristocratica e nulla più».

«La servitù della gleba la liberazione del popolo?», borbottai con voce strozzata.

«La servitù della gleba? Tu credi che rimpiangessi la servitù della gleba? Che non potessi tollerare la liberazione del popolo? Oh, no, amico mio, eravamo proprio noi gli emancipatori. Io emigrai senza alcun rancore. Ero appena stato giudice di pace e mi ero battutto con tutte le mie forze; mi ero battuto disinteressatamente e la ragione per cui me ne andai non fu nemmeno il fatto che avevo ricevuto troppo poco in cambio del mio liberalismo. Tutti noi allora non avevamo ricevuto nulla di nuovo, ossia tutti quelli come me. Me ne andai piuttosto per orgoglio che in cerca di espiazione, e, credimi, ero assai lontano dal pensiero che fosse giunto per me il tempo di terminare i miei giorni come umile ciabattino. *Je suis gentilhomme avant tout et je mourrai gentilhomme!*[1] Tuttavia provavo tristezza. Di persone come me in Russia ce ne sono forse mille circa; in effetti, forse, non siamo di più, ma ciò è del tutto sufficiente perché l'idea non muoia. Noi siamo i portatori di un'idea, mio caro!... Amico mio, io parlo con la bizzarra speranza che tu comprenderai tutti questi sproloqui. Ti ho chiamato per un capriccio del cuore: era già tanto tempo che sognavo di dirti qualcosa... a te, precisamente a te! D'altra parte... d'altra parte...».

«No, parlate», esclamai, «vedo di nuovo la sincerità sul vostro viso... Ebbene, l'Europa vi resuscitò allora? E in che cosa consisteva la vostra "malinconia aristocratica"? Perdonatemi, caro, ancora non capisco».

«Se l'Europa mi resuscitò? Ma se allora andavo a seppellirla!».

«A seppellirla?», ripetei con meraviglia.

Egli sorrise.

«Amico Arkàdij, ora la mia anima si è intenerita e il mio spirito si è turbato. Non dimenticherò mai i primi momenti del mio soggiorno di allora in Europa. Avevo soggiornato anche in precedenza in Europa, ma quello era un momento particolare e mai mi ero recato laggiù con una tale sconsolata tristezza e... con un tale amore come quella volta. Ti racconterò una delle mie prime impressioni di allora, un mio sogno d'allora, un vero sogno. Ciò accadde in Germania. Ero appena partito da Dresda e per distrazione avevo oltrepassato la stazione dove avrei dovuto cambiar treno, andando così a finire su un'altra linea ferroviaria. Mi fecero subito scendere; erano le due del pomeriggio e la giornata era serena. Era una piccola cittadina tedesca. Mi indicarono l'albergo. Dovevo aspettare: il treno successivo passava alle undici di sera. Ero persino conten-

1 «Sono innanzitutto un gentiluomo e morrò gentiluomo», in francese nel testo.

to di quell'avventura perché non avevo alcuna fretta particolare. Vagabondavo, amico mio, vagabondavo. L'albergo risultò misero e piccolo, ma in mezzo al verde e tutto circondato da aiuole di fiori, come è usuale laggiù. Mi assegnarono una cameretta angusta e, dato che avevo viaggiato tutta la notte, dopo aver pranzato mi addormentai alle quattro del pomeriggio.

«Feci un sogno per me del tutto inatteso, perché non ne avevo mai fatto di simili prima d'allora. Nella pinacoteca di Dresda c'è un quadro di Claude Lorrain indicato in catalogo come *Aci e Galatea*; io però l'ho sempre chiamato *L'età dell'oro*, non so nemmeno io perché. L'avevo già visto anche in precedenza, e adesso, tre giorni prima, di sfuggita l'avevo notato nuovamente. Sognai appunto questo quadro, ma non come un quadro, bensì come se fosse la realtà. D'altronde non so che cosa sognassi veramente: proprio come nel quadro, un angoletto dell'arcipelago greco e anche il tempo, inoltre, sembrava essere tornato indietro di tremila anni; le onde azzurre e carezzevoli, isole e scogli, una costiera lussureggiante, in lontananza un magico panorama, un tramonto affascinante: a parole non si riesce a descrivere tutto ciò. È qui che l'umanità europea ricorda di aver avuto la propria culla e la consapevolezza di ciò riempì anche la mia anima di amore filiale. Qui è stato il paradiso terrestre dell'umanità: gli dei scendevano dai cieli e stringevano legami di parentela con gli uomini... Oh, qui vivevano degli uomini meravigliosi! Essi si destavano e si addormentavano felici e innocenti; i prati e i boschi echeggiavano dei loro canti e delle loro allegre grida; la grande sovrabbondanza di forze intatte veniva profusa nell'amore e nella gioia innocente. Il sole li inondava di calore e di luce rallegrandosi dei propri splendidi figli... Meraviglioso sogno, sublime illusione dell'umanità! L'età dell'oro è il sogno più inverosimile tra tutti, ma per esso gli uomini hanno dato tutta la propria vita e tutte le proprie forze, per esso sono morti e sono stati uccisi i profeti, senza di esso i popoli non vogliono vivere e non possono neppure morire! E tutta questa sensazione io l'ho come vissuta in questo sogno; gli scogli e il mare e i raggi obliqui del sole che tramontava, tutto questo mi sembrava ancora di vederlo quando mi svegliai e aprii gli occhi letteralmente intrisi di lacrime.

Ricordo che ero contento. Una sensazione di felicità ancora a me sconosciuta mi trafisse il cuore fino a farmi male; era l'amore per l'umanità intera. Era ormai sera; dalla finestra della mia piccola camera, attraverso i fiori sul davanzale, entrava un fascio di raggi obliqui inondandomi di luce. Ed ecco, amico mio, ed ecco che questo sole al tramonto del primo giorno dell'umanità europea che avevo visto nel mio sogno, quando mi svegliai, nella realtà, si trasformò per me immediatamente nel sole al tramonto dell'ultimo giorno dell'umanità europea! Allora in particolare sembravano risuonare sopra l'Europa i rintocchi della campana a morto. Non parlo soltanto della guerra[2] e delle Tuileries;[3] anche senza di ciò sapevo che, presto o tardi, tutto sarebbe finito, tutto il volto del vecchio mondo europeo; ma io, come europeo russo, non potevo ammetterlo. Sì, allora essi avevano appena bruciato le Tuileries... Oh, non preoccuparti, so che era "logico" e capisco fin troppo bene l'inoppugnabilità delle idee correnti, ma, come portatore del pensiero culturale russo superiore, non potevo ammetterlo, perché il pensiero culturale russo superiore è la riconciliazione generale di tutte le idee. E chi allora, in tutto il mondo, avrebbe potuto comprendere un simile pensiero? Io peregrinavo da solo. Non parlo di me personalmente, parlo del pensiero russo. Laggiù c'erano la rissa e la logica; laggiù il francese era soltanto un francese e il tedesco soltanto un tedesco, e ciò più intensamente che in tutta la loro storia; di conseguenza mai il francese ha tanto danneggiato la Francia, e il tedesco la Germania, quanto proprio in quel periodo! Allora, in tutta l'Europa non v'era un solo europeo! Io soltanto, in mezzo a tutti i "petrolieri", potevo dir loro in faccia che le loro Tuileries erano state un errore; e soltanto io, in mezzo a tutti i conservatori-vendicatori, potevo dire ai vendicatori che le Tuileries, sebbene fossero state un delitto, erano tuttavia la logica. E questo perché, ragazzo mio,

2 La guerra franco-prussiana del 1870.

3 Il palazzo delle Tuileries, già residenza dell'imperatore Napoleone III e contenente innumerevoli opere d'arte, fu distrutto da un incendio nel maggio del 1871 nel corso degli ultimi combattimenti tra i Comunardi e l'esercito del governo di Versailles. La stampa governativa russa ed europea incolpò dell'incendio i Comunardi soprannominandoli «petrolieri».

io solo, in quanto russo, ero allora *l'unico europeo* in Europa. Non sto parlando di me, sto parlando di tutto il pensiero russo. Io peregrinavo, amico mio, peregrinavo ed ero fermamente consapevole che dovevo tacere e peregrinare. Ma, tuttavia, provavo tristezza. Io, ragazzo mio, non posso fare a meno di avere un alto concetto della mia nobiltà. Tu ridi, mi sembra?».

«No, non rido», replicai commosso, «non rido affatto: voi avete sconvolto il mio cuore con la vostra visione dell'età dell'oro e, credetemi, comincio a comprendervi. Ma più di tutto sono lieto che abbiate tanta stima di voi stesso. Mi affretto a dichiararvelo. Non mi sarei mai aspettato questo da voi!».

«Ti ho già detto che mi piacciono le tue esclamazioni, caro», disse lui sorridendo di nuovo della mia ingenua esclamazione e, alzatosi dalla poltrona, cominciò, senza accorgersene, a camminare avanti e indietro per la stanza. Mi alzai anch'io. Egli continuava a parlare nel suo strano linguaggio, ma con un'acutissima penetrazione di pensiero.

III

«Sì, ragazzo, ti ripeto che io non posso fare a meno di avere un alto concetto della mia nobiltà. Da noi, nel corso dei secoli si è formata una sorta di tipo culturale superiore mai visto ancora da nessun'altra parte, di cui non v'è l'uguale nel mondo intero, il tipo della sofferenza universale per tutti. Si tratta di un tipo russo, ma, dato che esso scaturisce dallo strato superiore del popolo russo, io ho l'onore di appartenervi. Esso porta in sé il futuro della Russia. Noi siamo forse soltanto mille persone, forse più, forse meno, ma tutta la Russia finora ha vissuto soltanto per produrre questi mille. Si dirà che sono pochi, ci si indignerà del fatto che per mille persone siano stati spesi tanti secoli e tanti milioni di vite. Secondo me, però, non sono pochi».

Ascoltavo tutto teso. Veniva fuori la convinzione, l'indirizzo di tutta una vita. Quei «mille uomini» lo manifestavano in maniera così accentuata! Sentivo che la sua espansività con me derivava da non so quale trauma esteriore. Egli mi faceva tutti quei discorsi ardenti animato da amore per me; ma la causa per cui improvvisamente si era messo a parlare e per cui aveva tanto desiderato di parlare precisamente con me, mi rimaneva ancora sconosciuta.

«Emigrai», proseguì, «e non rimpiangevo nulla di quello che mi ero lasciato dietro. Fino a quando vi ero rimasto, avevo servito la Russia per quanto era nelle mie forze; dopo averla lasciata continuavo egualmente a servirla, soltanto per il fatto che avevo ampliato la mia idea. Ma, servendola in questo modo, la servivo assai più che se fossi stato soltanto un russo, analogamente a come il francese era allora soltanto un francese e il tedesco un tedesco. In Europa questo ancora non lo capiscono. L'Europa ha creato i nobili tipi del francese, dell'inglese, del tedesco, ma del suo uomo futuro essa non sa ancora quasi nulla. E, a quanto sembra, per adesso non vuole saperne nulla. E si capisce: essi non sono liberi, mentre noi siamo liberi. Soltanto io in Europa, con la mia malinconia russa, ero libero.

«Prendi nota, amico mio, di una stranezza: ogni francese può servire non soltanto la sua Francia, ma anche l'umanità, alla sola condizione di rimanere soprattutto un francese; lo stesso l'inglese e il tedesco. Il russo soltanto, anche nel nostro tempo, cioè assai prima che sia stata tirata la somma generale, è stato già dotato della capacità di diventare maggiormente russo precisamente solo quando egli è più europeo. È appunto questa la caratteristica che più essenzialmente ci distingue da tutti gli altri e da nessun'altra parte al mondo, a questo riguardo, le cose stanno come da noi. Io, in Francia, sono un francese, con un tedesco sono un tedesco, con un greco antico sono un greco e con ciò stesso sono al più alto grado russo. Con ciò stesso sono un autentico russo e servo maggiormente la Russia, perché ne propugno il pensiero principale. Io sono il pioniere di questo pensiero. Allora ero emigrato, ma avevo forse abbandonato la Russia? No, continuavo a servirla. Mettiamo pure che in Europa io non facessi nulla, mettiamo pure che mi recassi laggiù, soltanto per vagabondare (e io sapevo che mi recavo laggiù soltanto per vagabondare), ma era sufficiente anche il fatto che mi recavo laggiù, con il mio pensiero e la mia coscienza. Avevo portato laggiù la mia malinconia russa. Oh, non era soltanto il sangue di allora a spaventarmi, e nemmeno le Tuileries, ma tutto quello che doveva seguire. È destino che essi si battano ancora a lungo perché essi sono ancora troppo tedeschi e troppo francesi e non hanno ancora portato a termine il loro compito in questi ruoli. E mi addolorano le distruzioni che avverranno per tutto questo tempo. Al russo l'Europa è altrettanto cara della Russia: gli è cara ogni pietra di essa. L'Europa è la nostra patria altrettanto che la Russia. Oh, di più! Non si può amare la Russia più di quanto la ami io, ma non mi sono mai rimproverato per il fatto che Venezia, Roma, Parigi, i tesori delle loro scienze e delle loro arti, mi sono più cari della Russia. Oh, ai russi sono care queste vecchie pietre straniere, questi miracoli del vecchio mondo del Creatore, queste schegge di sacri miracoli; e ciò ci è addirittura più caro che a loro stessi! Essi ora hanno altri pensieri e altri sentimenti e hanno cessato di aver care le vecchie pietre... Laggiù il conservatore lotta soltanto per la sopravvivenza e il petroliere si agita soltanto per il diritto a un boccone di pane. Soltanto la Russia vive non per sé, ma per il pensiero e, lo ammetterai, amico mio, è significativo il fatto che è già un secolo ormai che la Russia vive decisamente non per se stessa, ma esclusivamente per l'Europa! E loro? Loro sono destinati a passare attraverso spaventose sofferenze prima di raggiungere il regno di Dio».

Confesso che lo stavo ad ascoltare con grande disagio; persino il tono della sua voce mi spaventava, sebbene non potessi non essere colpito dai suoi pensieri. Avevo una tormentosa paura della menzogna. A un tratto, con voce severa, feci questa osservazione:

«Avete appena detto: "il regno di Dio". Ho sentito dire che laggiù voi predicavate Dio, che portavate il cilicio...».

«Lascia stare il mio cilicio», replicò lui sorridendo, «questa è tutta un'altra faccenda. Allora non predicavo nulla, ma avevo nostalgia del loro Dio, questo è vero. Essi allora avevano proclamato l'ateismo... una manciata di loro, ma fa lo stesso; si trattava soltanto dei cavalli che guidano la mandria, ma era il primo passo *esecutivo*, era questo ciò che importava. In ciò di nuovo si manifestava la loro logica, ma nella logica è sempre racchiusa la malinconia. Io appartenevo a un'altra cultura e il mio cuore non ammetteva questo. L'irriconoscenza con la quale essi si congedavano dall'idea, quei fischi e quelle manciate di fango mi erano intollerabili. La volgarità da ciabattini del processo mi spaventava. D'altronde la realtà sa sempre di stivale, anche quando è protesa nella maniera più vivida verso l'ideale, e io, naturalmente, questo lo dovevo sapere; tuttavia, però, io ero un uomo di un altro tipo; io ero libero di scegliere, mentre loro no, e io piangevo, piangevo per loro, piangevo per la vecchia idea e, forse, piangevo lacrime autentiche, senza retorica».

«Credevate così fortemente in Dio?», domandai con incredulità.

«Amico mio, questa domanda, forse, è superflua. Mettiamo pure che io non ci credessi molto, ma ciononostante non potevo fare a meno di provare nostalgia per l'idea. A momenti non potevo fare a meno di figurarmi come sarebbe vissuto l'uomo senza Dio e se ciò sarebbe stato mai possibile. Il mio cuore ha sempre concluso che è impossibile; ma per un certo periodo, forse, è possibile... Io addirittura non dubito che tale periodo verrà; ma a questo punto mi figuravo sempre un'altra scena...».

«Quale?».

A dire il vero egli aveva già dichiarato prima che era felice; naturalmente, nelle sue parole c'era molta enfasi e in questo senso io intendo molto di ciò che egli allora disse. Avendo stima di quest'uomo, indubbiamente non mi deciderò a mettere ora sulla carta tutto ciò che ci dicemmo allora; tuttavia però riporterò qui alcuni tratti della strana scena che riuscii a tirargli fuori. Soprattutto mi aveva sempre tormentato quel «cilicio» e desideravo chiarire quella faccenda: per questo avevo insistito. Talune delle idee fantastiche e straordinariamente strane da lui espresse in quell'occasione sono rimaste impresse nel mio cuore per sempre.

«Io mi figuro, mio caro», prese a dire con un sorriso pensieroso, «che i combattimenti siano cessati e la lotta si sia sopita. Dopo le maledizioni, le manciate di fango e i fischi, è sopravvenuto il silenzio e gli uomini sono rimasti *soli*, come desideravano: la grande idea precedente li ha abbandonati; la grande sorgente di forze che fino a quel momento li aveva nutriti e riscaldati è scomparsa, come il grandioso, struggente sole nel quadro di Claude Lorrain, ma questo è già, per così dire, l'ultimo giorno dell'umanità. E gli uomini improvvisamente hanno compreso di essere rimasti completamente soli e a un tratto si sono sentiti profondamente orfani. Mio caro ragazzo, io non mi sono mai potuto immaginare gli uomini ingrati e istupiditi. Secondo me, dunque, gli uomini rimasti orfani comincerebbero subito a stringersi gli uni agli altri in modo più intimo e amoroso; si prenderebbero per mano comprendendo che ora essi soli sono tutto gli uni per gli altri. Scomparsa la grande idea dell'immortalità sarebbe necessario sostituirla e tutta la grande sovrabbondanza del precedente amore per Colui che era l'immortalità, in tutti si rivolgerebbe verso la natura, verso il mondo, verso gli uomini, verso ogni filo d'erba. Essi comincerebbero ad amare la terra e la vita, irresistibilmente, e nella misura in cui gradualmente prendessero coscienza della propria transitorietà e finitezza e di un amore speciale, diverso da quello di prima. Essi comincerebbero a notare e scoprirebbero nella natura fenomeni e segreti che neppure mai avevano supposto prima perché guarderebbero la natura con occhi nuovi, con lo sguardo con cui l'innamorato guarda l'amata. Essi si sveglierebbero e si affretterebbero a baciarsi l'un l'altro, ansiosi di amarsi, essendo consapevoli che i giorni sono brevi e che ciò è tutto quello che loro resta. Essi lavorerebbero gli uni per gli altri e ognuno darebbe a tutti tutto ciò che ha e di ciò solo sarebbe felice. Ogni bambino saprebbe e sentirebbe che ognuno sulla terra è per lui come un padre e una madre. "Domani sia pure il mio ultimo giorno", penserebbe ognuno, guardando il sole che tramonta, "ma anche se io morirò, rimarranno tutti loro e dopo di loro i loro figli", e il pensiero che essi rimarrebbero continuando ad amarsi e a trepidare gli uni per gli altri, sostituirebbe il pensiero dell'incontro oltre la tomba. Oh, essi si affretterebbero ad amarsi per soffocare la grande tristezza che c'è nei loro cuori. Essi sarebbero fieri e audaci riguardo a se stessi, ma diventerebbero timorosi l'uno per l'altro; ognuno trepiderebbe per la vita e la felicità dell'altro. Essi diventerebbero teneri gli uni con gli altri e non se ne vergognerebbero come ora, e si accarezzerebbero a vicenda come bambini. Incontrandosi, essi si guarderebbero l'un l'altro con uno sguardo profondo e pieno di comprensione e nei loro sguardi ci sarebbe amore e tristezza...

«Mio caro», si interruppe improvvisamente con un sorriso, «tutto questo è fantasia e anche della più inverosimile, ma me lo sono figurato fin troppo spesso, perché per tutta la mia vita non potevo vivere senza di ciò e non potevo fare a meno di pensarci. Non sto parlando della mia fede: la mia fede non è grande, io sono un deista, un deista in senso filosofico, come tutto il nostro migliaio, così ritengo, ma... è degno di nota il fatto che io sempre terminassi il mio piccolo quadro con la visione, come in Heine, di *Cristo sul mar Baltico*.[4] Non potevo fare a meno di Lui, non potevo fare a meno di immaginarmelo, infine, in mezzo agli uomini divenuti orfani. Egli giungeva tra loro, protendeva le braccia verso di loro e diceva: "Come avete potuto dimenticarlo?". E a questo punto cadrebbe dagli occhi di tutti il velo e risuonerebbe il grande, solenne inno della nuova e ultima resurrezione...

«Lasciamo questo argomento, amico mio; quanto al mio "cilicio", è una sciocchezza; non te ne curare. E poi un'altra cosa: tu sai che sono schivo e lucido nel parlare; se ora mi sono lasciato andare è stato... per vari sentimenti e perché parlavo con te; a nessun altro avrei mai parlato così. Dico questo per tranquillizzarti».

Ma io ero perfino commosso. Della menzogna di cui avevo paura non c'era ombra ed ero particolarmente lieto del fatto che ormai mi fosse diventato chiaro che egli effettivamente era stato triste e aveva sofferto ed effettivamente, indubbiamente, aveva molto amato, e questa per me era la cosa che aveva più valore di ogni altra. Glielo dissi con trasporto.

«Ma sapete», aggiunsi improvvisamente, «a me tuttavia sembra che, nonostante tutta la vostra malinconia, voi allora dovete esser stato straordinariamente felice, non è vero?».

Egli scoppiò in un'allegra risata.

«Oggi le tue osservazioni sono particolarmente acute», replicò. «Be', sì, ero felice: potevo forse essere infelice con una tale malinconia? Non c'è nessuno più libero e felice del vagabondo russo europeo appartenente al nostro migliaio. Lo dico davvero senza ridere e in ciò c'è molto di serio. Sì, non avrei

4 Immagine tratta dalla poesia di Heine *Pace*, compresa nel ciclo *Il mare del Nord*.

scambiato la mia malinconia con nessun'altra felicità. In questo senso io sono sempre stato felice, mio caro, per tutta la mia vita. E per la felicità, allora per la prima volta in vita mia, cominciai ad amare tua madre».

«Come, per la prima volta in vita vostra?».

«Proprio così. Peregrinando in preda alla malinconia, improvvisamente cominciai ad amarla come mai prima d'allora e mandai subito a prenderla».

«Oh, raccontatemi anche di questo, raccontatemi della mamma».

«È appunto per questo che ti ho fatto venire e, sai», disse sorridendo allegramente, «già temevo che tu mi avessi perdonato per la mamma, per Herzen o per qualche cospirazioncella...».

CAPITOLO OTTAVO

I

Dato che parlammo allora per tutta la sera e che ci intrattenemmo fino a tarda notte, non riporterò tutti i discorsi, limitandomi invece a riferire ciò che finalmente mi chiarì un punto misterioso della sua vita.

Comincerò dal fatto che per me era indubbio che egli amasse la mamma e se l'aveva abbandonata e «aveva rotto» con lei andandosene, naturalmente ciò era avvenuto perché era stato sopraffatto dalla noia, o qualcosa del genere, cosa che, d'altronde, accade a tutti al mondo, ma che è sempre difficile spiegare. All'estero, d'altra parte, dopo lungo tempo, egli improvvisamente aveva ripreso ad amare la mamma da lontano, ossia nei suoi pensieri, e aveva mandato a prenderla. Si dirà, forse, che sia stato un capriccio, ma io sono di opinione diversa: qui, secondo me c'era tutto ciò che ci può essere di serio nella vita dell'uomo nonostante l'apparente sconsideratezza, che io, forse, in parte ammetto. Ma giuro che per me la sua malinconia europea è fuori dubbio e la pongo, non solo alla pari, ma anche incomparabilmente al di sopra di qualunque odierna attività pratica di costruzione di strade ferrate. Considero il suo amore per l'umanità un sentimento sincerissimo e profondissimo, senza alcun trucco, mentre il suo amore per la mamma, sebbene, forse, un po' fantasioso, lo considero assolutamente indiscutibile. All'estero, immerso «nella malinconia e nella felicità», e, aggiungo io, vivendo nella più severa solitudine monacale (questa informazione particolare la ricevetti più tardi da Tat'jana Pàvlovna), improvvisamente egli si sovvenne della mamma e precisamente gli tornarono alla mente le sue «guance incavate», e subito la mandò a prendere.

«Amico mio», gli sfuggì detto tra l'altro, «improvvisamente mi resi conto che il servizio dell'idea non mi liberava affatto, in quanto essere morale e ragionevole, dall'obbligo di rendere praticamente felice almeno una persona nel corso della mia vita».

«Possibile che la causa di tutto fosse un pensiero così libresco?», domandai perplesso.

«Questo non è un pensiero libresco. D'altronde forse sì. Qui tutto è mescolato assieme: infatti amavo tua madre davvero, sinceramente, non in modo libresco. Se non l'avessi amata così, non l'avrei mandata a prendere e avrei "reso felice" il primo tedesco, o la prima tedesca, che mi fossero capitati sotto mano, visto che avevo concepito questa idea. Tuttavia porrei come precetto per ogni persona evoluta di rendere immancabilmente felice in qualche modo almeno una creatura, ma praticamente, cioè realmente; così come imporrei per legge, oppure come *corvée*, a ogni contadino, di piantare almeno un albero nel corso della propria vita, vista la distruzione dei boschi che sta avendo luogo in Russia; d'altronde, un albero solo non basterebbe, si potrebbe anche ordinare che ne piantassero uno all'anno. L'uomo superiore ed evoluto, perseguendo un'idea superiore, talvolta si astrae totalmente dal quotidiano, diventa ridicolo, capriccioso e freddo, anzi, te lo dirò semplicemente, diventa stupido, e non solo nella vita pratica, ma, alla fine, persino nelle sue teorie. Pertanto l'obbligo di occuparsi della pratica e di rendere felice anche un solo essere reale, veramente rimetterebbe tutto a posto e rinfrancherebbe lo stesso benefattore. Come teoria ciò è assai ridicolo, ma, se entrasse nella pratica e divenisse un costume, sarebbe tutt'altro che stupido. L'ho sperimentato su me stesso: non appena cominciai a sviluppare quest'idea di un nuovo comandamento, e dapprima, si capisce, per scherzo, improvvisamente cominciai a comprendere tutta l'intensità dell'amore per tua madre che era nascosto nel mio animo. Fino ad allora non avevo capito affatto che l'amavo. Fino a che avevo vissuto con lei, mi ero soltanto divertito con lei, finché era stata bella, e poi mi ero messo a fare i capricci. Soltanto in Germania compresi che l'amavo. Tutto cominciò dalle sue guance incavate che non riuscivo a ricordare, e talvolta anche a vedere, senza provare una sofferenza al cuore, una sofferenza in senso letterale, autentico, fisico. Vi sono dei ricordi penosi, mio caro, che provocano una sofferenza autentica; quasi ognuno ne ha, soltanto, la gente se ne dimentica, ma accade che improvvisamente li rammenta, magari anche un tratto soltanto, e non riesce più a liberarsene. Cominciai a ricordare migliaia di particolari della mia vita con Sonja; alla fine essi cominciarono a venirmi in mente da soli e si affollavano nella mia mente, tormentandomi in maniera quasi insopportabile, mentre la stavo aspettando. Ciò che mi tormentava più di tutto era il ricordo della sua eterna umiltà nei miei confronti e del fatto che ella si considerava sempre incommensurabilmente al di sotto di me sotto tutti i rispetti, perfino dal punto di vista fisico, figurati. Ella si vergognava e avvampava quando talvolta le guardavo le dita e le mani che non sono per nulla aristocratiche. E non si vergognava solo delle dita, ma di ogni cosa in lei, nonostante che io amassi la sua bellezza. Ella è sempre stata vergognosa con me fino alla selvatichezza, ma il guaio è che in questo suo pudore traspariva sempre una specie di paura. Insomma, ella considerava se stessa rispetto a me una nullità, oppure addirittura qualcosa di indecente. Veramente, talvolta, all'inizio ho pensato che ella continuasse a considerarmi come il suo padrone e che avesse paura di me, ma non si trattava assolutamente di questo. Per contro, giuro che ella era capace di intuire i miei difetti meglio di chiunque altro, e che in vita mia non ho mai incontrato una donna che avesse un cuore così fine e perspicace. Oh, com'era infelice quando io all'inizio, quand'era ancora bella, esigevo che si vestisse con eleganza. In ciò v'era sia dell'orgoglio che anche un certo sentimento di offesa: ella comprendeva che non sarebbe mai stata una signora e che, abbigliata con abiti che non erano i suoi, sarebbe stata soltanto ridicola. Ella, come donna, non voleva sentirsi ridicola nel proprio abito e comprendeva che ogni donna deve avere il *suo* abito, cosa che migliaia e centinaia di migliaia di donne non riescono a comprendere, tutte prese come sono a correr dietro alla moda. Temeva che ridessi di lei, ecco come stanno le cose! Ma era particolarmente triste per me ricordare quei suoi sguardi profondamente stupiti che spesso avevo colto fissi su di me durante tutto il tempo in cui eravamo stati assieme: in essi si manifestava la perfetta comprensione del proprio destino e del futuro che l'attendeva, tanto che io stesso provavo una sensazione di pena a causa di quegli sguardi, sebbene, lo confesso, allora non scendessi mai in discussioni con lei e trattassi tutto ciò un po' altezzosamente. E sai, in realtà lei non è sempre stata così timorosa e selvatica come adesso; anche adesso accade che improvvisamente diventi allegra e bella come una ventenne, ma allora, da giovane, ella talvolta amava chiacchierare e ridere, naturalmente, nel suo ambiente, con le cameriere, con le parenti povere; e come sussultava quando talvolta la sorprendevo mentre rideva, come arrossiva rapidamente e come mi guardava impaurita! Una volta, poco prima della mia partenza per l'estero, ossia poco prima che rompessi con lei, entrai nella sua camera e la trovai sola, seduta al tavolino, non intenta a nessun lavoro, coi gomiti appoggiati sul tavolino, tutta pensierosa. Non le accadeva quasi mai di starsene seduta senza lavorare. A quell'epoca avevo già smesso da molto tempo di trattarla con tenerezza. Riuscii ad avvicinarmi a lei senza far rumore, in punta di piedi, e ad abbracciarla e a baciarla all'improvviso... Ella balzò in piedi e io non dimenticherò mai l'esultanza, la gioia sul suo viso, ma a un tratto tutto ciò lasciò il posto a un rapido rossore e i suoi occhi scintillarono. Sai che cosa lessi in quel suo sguardo scintillante? "Mi hai fatto l'elemosina, ecco che cosa!". Ella scoppiò in un pianto isterico adducendo il pretesto che l'avevo spaventata, ma già allora la cosa mi aveva fatto riflettere. In generale tutti questi ricordi sono una cosa penosissima, amico mio. È come nelle opere dei grandi artisti, nelle quali talvolta ci sono delle scene *dolorose* che ricordi poi per tutta la vita con pena, come, ad esempio, il monologo di Otello in Shakespeare, Evgenij ai piedi di Tat'jana,[1] o l'incontro dell'ergastolano evaso con la bambina accanto al pozzo in una notte fredda nei *Misérables* di Victor Hugo; ciò la prima volta trafigge il cuore e poi la ferita resta per tutta la vita. Oh, come attendevo Sonja e come desideravo riabbracciarla al più presto! Con spasmodica impazienza fantasticavo di un programma di vita completamente nuovo; sognavo di distruggere

1 Nell'*Evgénij Onegin* di Puškin.

nella sua anima gradualmente, con uno sforzo metodico, questo costante timore nei miei confronti, di spiegarle il suo valore e tutte le cose in cui ella era addirittura superiore a me. Oh, sapevo fin troppo bene anche allora che prendevo sempre ad amare tua madre quando ci separavamo e che sempre, di nuovo, all'improvviso mi raffreddavo nei suoi confronti quando di nuovo ci riunivamo, ma qui non si trattava di questo, quella volta non si trattava di questo».

Io ero meravigliato: «*Ma lei?*», mi balenò per la testa.

«Ebbene, come vi siete incontrati quella volta, voi e la mamma?», domandai con cautela.

«Quella volta? Quella volta non ci incontrammo affatto. Lei arrivò soltanto fino a Koenigsberg e lì rimase, mentre io ero sul Reno. Io non mi recai da lei e le ordinai di rimanere lì e di aspettare. Ci vedemmo parecchio tempo dopo, oh, molto tempo dopo, quando mi recai da lei a chiederle il permesso di sposarmi...».

II

Riferirò a questo punto soltanto la sostanza della cosa, ossia ciò che riuscii ad afferrare io stesso; egli, infatti, cominciò a raccontare sconnessamente. Il suo modo di parlare divenne di colpo dieci volte più sconnesso e disordinato non appena arrivò a questo punto.

Egli aveva incontrato Katerina Nikolàevna all'improvviso, precisamente quando stava aspettando la mamma, quando la sua attesa era più impaziente. Tutti loro a quel tempo erano sul Reno, alle acque, e facevano le cure termali. Il marito di Katerina Nikolàevna era già quasi sul punto di morire, per lo meno i dottori lo davano per spacciato. Fin dal primo incontro ella lo aveva colpito, lo aveva stregato in non so quale maniera. Era stata una fatalità. È degno di nota il fatto che, annotandolo e rievocandolo adesso, io non ricordo che nel suo racconto egli non impiegasse mai, nemmeno una volta, la parola amore, o affermasse di essere stato «innamorato». Ricordo invece la parola «fatalità».

E naturalmente era stata la fatalità. Egli non lo *aveva voluto*, «non aveva voluto innamorarsi». Non so se riuscirò a rendere ciò chiaramente, soltanto tutta la sua anima era piena di turbamento per il fatto che questo avesse potuto succedergli. Tutta la libertà che c'era in lui di colpo fu annientata al cospetto di questo incontro, e quell'uomo si era ritrovato incatenato per l'eternità a una donna che non voleva saperne di lui. Egli non aveva desiderato questa schiavitù della passione. Lo dirò ora in maniera diretta: Katerina Nikolàevna è un tipo raro di donna di mondo — un tipo che in questo ambiente può esistere e di solito non c'è. Si tratta di un tipo di donna semplice e retta d'animo al più alto grado. Ho sentito dire, cioè so con certezza, che per questo fatto appunto ella era irresistibile in società, quando vi faceva le sue apparizioni (sovente, infatti, se ne allontanava completamente). Versilov, si intende, allora, al primo incontro con lei, non credette che ella fosse così, credette anzi esattamente il contrario, ossia che lei fosse una simulatrice e una donna gesuitica. Riferirò qui, facendo un salto in avanti, l'opinione di lei su di lui: ella affermava che egli non poteva pensare diversamente di lei, «perché l'idealista, quando batte la fronte contro la realtà, è sempre incline, prima degli altri, a sospettare ogni sorta di bassezza». Non so se ciò in generale sia vero a proposito degli idealisti, ma, naturalmente, era pienamente vero per quanto riguarda lui. Inserirò qui, forse, anche il mio giudizio personale, balenatomi per la mente quella volta mentre lo stavo ad ascoltare: pensai che egli amava la mamma più, per così dire, di un amore umanitario e universale che del semplice amore col quale si amano in genere le donne, e non appena aveva incontrato una donna della quale si era innamorato di questo semplice amore, subito lo aveva rifiutato, probabilmente per mancanza d'abitudine. D'altronde, forse, questo pensiero è inesatto; a lui, naturalmente, non lo espressi, sarebbe stato indelicato; e poi giuro che egli era in uno stato tale che bisognava usargli dei riguardi: era eccitato; in certi punti del racconto talvolta egli semplicemente si interrompeva e taceva per alcuni minuti, andando avanti e indietro per la stanza con un'espressione cattiva sul volto.

Ben presto allora ella era venuta a conoscenza dei suoi segreti; oh, forse aveva anche di proposito fatto la civetta con lui:

persino le donne di animo più elevato in questi casi si comportano ignobilmente, è un loro istinto invincibile. Era andata a finire tra loro con una rottura lacerante ed egli, a quanto sembra, voleva ucciderla; egli l'aveva spaventata e l'avrebbe uccisa, forse, «ma tutto ciò, di colpo, si era tramutato in odio». Era sopravvenuto poi uno strano periodo: egli a un tratto era stato preso da una strana idea: tormentarsi con l'ascesi, «quella stessa che praticano i monaci. Tu, gradualmente e con una pratica metodica, hai ragione della tua volontà, a cominciare dalle cose più minute e ridicole, e finisci con l'acquisire un completo dominio della tua volontà e diventi libero». Egli aggiunse che nel caso dei monaci questa è una faccenda seria perché è stata elevata a scienza, grazie a un'esperienza millenaria. Ma la cosa più degna di nota è che a questa idea della disciplina egli allora non si era dedicato assolutamente per sottrarsi a Katerina Nikolàevna, ma nella più piena convinzione, non solo di non amarla più, ma addirittura di odiarla al limite estremo. Egli aveva creduto a tal punto al suo odio per lei che, addirittura, a un tratto gli era saltato in mente di innamorarsi e di sposare la sua figliastra ingannata dal principe, si era convinto perfettamente di questo suo nuovo amore e aveva fatto irresistibilmente innamorare di sé la povera idiota, procurandole con questo amore, negli ultimi mesi della sua vita, una perfetta felicità. Perché egli, invece di lei, allora non si ricordasse della mamma che continuava ad aspettarlo a Koenigsberg, questo è un punto che è rimasto per me non chiarito... Al contrario, della mamma improvvisamente egli si era dimenticato del tutto, non le mandava neppure il denaro che le serviva per sopravvivere, così che quella volta ella era stata salvata da Tat'jana Pàvlovna; a un tratto, tuttavia, egli si era recato da lei «per chiederle il permesso» di sposare quella tale fanciulla col pretesto che «una sposa come quella non era una donna». Oh, forse tutto questo è soltanto il ritratto di «un uomo fatto di libri», come ebbe a esprimersi sul suo conto in seguito Katerina Nikolàevna; ma perché questi «uomini di carta» (se è vero che sono di carta) tuttavia sono capaci di tormentarsi in maniera così reale e di arrivare a simili tragedie? D'altronde, allora, quella sera, la pensavo un po' diversamente e fui scosso da un pensiero:

«Tutta la vostra evoluzione e tutta la vostra anima sono una conquista ottenuta attraverso la sofferenza e la lotta di tutta la vostra vita, mentre tutta la sua perfezione le è stata data gratis. Qui sta la differenza... Per questo la donna è irritante». Non pronunciai assolutamente queste parole per ingraziarmelo, ma con calore e persino con rabbia.

«Perfezione? La sua perfezione? Ma in lei non c'è nessuna perfezione!», esclamò lui improvvisamente, quasi sbalordito dalle mie parole. «È la donna più ordinaria che ci sia, è persino una donna dappoco... Ma lei è obbligata ad avere tutte le perfezioni!».

«Perché mai è obbligata?».

«Perché disponendo di un tale potere è obbligata ad avere tutte le perfezioni!», esclamò con rabbia.

«La cosa più triste è che voi anche adesso siate così esulcerato».

«Adesso? Esulcerato?», egli ripeté nuovamente le mie parole, arrestandosi davanti a me come perplesso. Ed ecco che improvvisamente un silenzioso, lungo, pensoso sorriso gli illuminò il viso ed egli alzò il dito davanti a sé come se stesse riflettendo. Poi, ritornato ormai completamente in sé, egli afferrò una lettera dissuggellata che giaceva sul tavolo e la gettò davanti a me:

«Ecco, leggi! Tu devi assolutamente sapere tutto... Ma perché mai mi hai lasciato scavare tanto in queste vecchie assurdità?... Non ho fatto altro che avvelenarmi e irritarmi il cuore!...».

Non so come esprimere il mio sbalordimento. Era una lettera inviatagli da lei, di quel giorno, ricevuta circa alle cinque del pomeriggio. La lessi quasi tremando per l'agitazione. Non era lunga, ma era scritta in maniera così franca e sincera che, leggendola, mi sembrava di vederla davanti a me e di udire le sue parole. Ella, in maniera quanto mai sincera (e perciò quasi commovente), gli confessava la propria paura e poi semplicemente lo supplicava «di lasciarla in pace». In conclusione, lo informava che ora avrebbe senza tentennamenti sposato Böhring. Prima di allora ella non gli aveva mai scritto.

Ed ecco quel che compresi allora delle sue spiegazioni.

Non appena poco prima aveva letto quella lettera, aveva notato in se stesso un fenomeno assolutamente inatteso: per la prima volta in quei due fatali anni egli non aveva avvertito neppure il più piccolo odio verso di lei e neppure il più piccolo sconvolgimento, mentre fino a poco prima «usciva di senno» al solo sentir parlare di Böhring. «Al contrario, le ho mandato la mia benedizione di tutto cuore», mi disse con profondo sentimento. Io ascoltai queste parole con esultanza. Quindi tutta la passione e la sofferenza che c'erano state in lui erano sparite di colpo, da sole, come un sogno, come un incantesimo durato due anni. Senza ancora credere a se stesso, poco prima egli si era affrettato a recarsi dalla mamma ed era entrato precisamente nell'istante in cui lei era diventata *libera* e il vecchio, che il giorno prima in punto di morte l'aveva affidata a lui, era morto. Erano state appunto queste due coincidenze a sconvolgere la sua anima. Poco dopo egli si era precipitato a cercarmi e questo suo così repentino pensare a me io non lo dimenticherò mai.

Né dimenticherò la fine di quella serata. Quell'uomo improvvisamente si trasformò tutto di nuovo. Ci intrattenemmo fino a tarda notte. Dell'effetto che tutte queste «notizie» produssero su di me racconterò poi a suo luogo, qui voglio solo aggiungere alcune parole conclusive su di lui. Adesso, riflettendo, comprendo che ciò che allora più mi affascinò fu, per così dire, la sua umiltà nei miei confronti, la sua franca sincerità con me, un ragazzo! «È stato uno smarrimento, ma sia benedetto anch'esso!», egli esclamò. «Senza questo accecamento forse non avrei saputo trovare dentro al mio cuore, con tanta interezza e per l'eternità, la mia unica regina, la mia martire: tua madre». Sottolineo in maniera particolare, in vista di quel che seguì, queste parole entusiastiche che gli sfuggirono irrefrenabilmente. Tuttavia, allora, egli afferrò e conquistò la mia anima.

Ricordo che verso la fine fummo presi da una tremenda allegria. Egli fece portare dello *champagne* e brindammo alla mamma e «al futuro». Oh, egli era così pieno di vita e aveva tanta ansia di vivere! Ma la nostra improvvisa terribile allegria non era provocata dal vino: bevemmo in tutto due bicchieri a testa. Non so il perché, ma verso la fine ridevamo quasi irrefrenabilmente. Ci mettemmo a parlare di argomenti del tutto estranei; egli cominciò a raccontare delle storielle e io feci altrettanto.

Sia il nostro riso che le nostre storielle non erano assolutamente cattivi e maliziosi, semplicemente ci sentivamo allegri. Egli non avrebbe mai voluto lasciarmi andar via: «Resta, resta ancora!», ripeteva e io restavo. Uscì perfino per accompagnarmi; era una serata deliziosa; aveva leggermente gelato.

«Ditemi: *le* avete già mandato una risposta?», domandai all'improvviso, del tutto casualmente, stringendogli per l'ultima volta la mano a un incrocio.

«No, non ancora, ma fa lo stesso. Vieni domani, vieni prima... Ah, ecco un'altra cosa: tronca completamente con Lambert e il "documento" strappalo, e al più presto. Addio!».

Detto questo egli all'improvviso se ne andò; io invece rimasi lì impalato, a tal punto sconcertato che non mi decisi a richiamarlo. Mi colpì in particolare l'espressione «il documento»: da chi, se non da Lambert, egli aveva potuto venire a sapere la cosa, e in termini così precisi? Tornai a casa in preda a un grande turbamento. E poi, mi balenò all'improvviso per la testa, come aveva potuto accadere che un simile «incantesimo durato due anni» fosse scomparso come un sogno, come un miraggio, come una visione?

CAPITOLO NONO

I

Tuttavia la mattina dopo mi risvegliai più fresco e più sereno. Mi rimproverai persino spontaneamente e di tutto cuore quella certa leggerezza e quella specie di alterigia con le quali, come mi venne in mente, il giorno prima ero stato ad ascoltare taluni passaggi della sua «confessione». Anche se essa era stata in parte disordinata, anche se talune rivelazioni erano state un po', come dire, fumose e persino sconnesse, forse che lui, invitandomi la sera prima a casa sua, si era preparato a tenere un discorso da oratore? Egli mi aveva soltanto fatto un grandissimo onore rivolgendosi a me come suo unico amico in un momento come quello, e questo io non lo dimenticherò mai. Al contrario, la sua confessione era stata «toccante», per quanto si voglia ridere di me a causa di questa espressione, e se anche in essa a tratti era balenato qualcosa di cinico e persino di un po' ridicolo, io ero di vedute troppo ampie per non comprendere e per non ammettere un certo realismo, che d'altronde non intaccava l'ideale. La cosa principale era che finalmente avevo compreso quell'uomo e in parte perfino mi dispiaceva e, per così dire, mi faceva rabbia che tutto fosse risultato così semplice: quell'uomo, nel mio cuore, io l'avevo sempre collocato a un'altezza straordinaria, nelle nuvole, e immancabilmente avevo avviluppato il suo destino in una specie di mistero, cosicché era naturale che desiderassi che lo scrigno si aprisse in maniera un po' più complicata. D'altra parte, nel suo incontro *con lei* e nelle sue sofferenze protrattesi due anni, vi era parecchio di complicato: «Egli aveva respinto la fatalità della vita; egli aveva bisogno della libertà, e non della schiavitù della fatalità; a causa della schiavitù della fatalità egli era stato costretto a offendere la mamma che era ad attenderlo a Koenigsberg...». Inoltre, in ogni caso, consideravo quell'uomo un predicatore: egli portava nel cuore l'età dell'oro e conosceva il futuro dell'ateismo; ed ecco che l'incontro con lei aveva spezzato e deformato tutto! Oh, io non l'avevo tradita, ma tuttavia avevo preso le parti di lui. La mamma, per esempio, pensavo, anche se egli l'avesse sposata, non avrebbe affatto ostacolato il suo destino. Questo lo comprendevo; era tutt'altra cosa che l'incontro *con quella*. A dire il vero, nemmeno la mamma gli avrebbe dato la tranquillità, ma questo sarebbe stato persino meglio: le persone come queste vanno giudicate diversamente e Dio voglia che la loro vita sia sempre così; ciò non è affatto indecente, al contrario, sarebbe indecente se esse si tranquillizzassero, o se in generale essi diventassero simili a tutte le persone medie. Le lodi che egli aveva elevato alla nobilità e le sue parole: «*Je mourrai gentilhomme*», non mi avevano affatto sconcertato: avevo capito di che genere di *gentilhomme* si trattava, si trattava di un tipo di persona che donava tutto e si faceva propugnatore del principio della cittadinanza universale e dell'idea russa fondamentale dell'«unione universale delle idee». E, se anche tutto ciò fosse stato una sciocchezza, voglio dire l'«unione universale delle idee» (il che, naturalmente, è impensabile), tuttavia era bello anche il solo fatto che egli per tutta la vita aveva adorato un'idea e non lo stupido vitello d'oro. Dio mio! Forse che io stesso, dopo aver concepito la mia idea, avevo adorato il vitello d'oro, avevo forse bisogno del denaro? Lo giuro, non avevo bisogno d'altro che dell'idea! Giuro che, se avessi avuto cento milioni, non avrei fatto tappezzare una sola sedia, un solo divano di velluto e avrei mangiato lo stesso piatto di minestra con un pezzetto di manzo che mangio ora!

Mi vestii e irresistibilmente mi affrettai a recarmi da lui. Aggiungerò che, anche quanto alla sua uscita del giorno precedente riguardo al «documento», ero cinque volte più tranquillo del giorno prima. In primo luogo speravo di avere una spiegazione con lui, e in secondo luogo, cosa c'era di strano nel fatto che Lambert si fosse intrufolato anche fino a lui e avesse parlato con lui di certe cose? Ma la mia gioia consisteva soprattutto di un'unica sensazione straordinaria: era il pensiero che egli ormai «non l'amava più»; in ciò io credevo terribilmente e sentivo che qualcuno mi aveva come tolto uno spaventoso macigno dal cuore. Ricordo anche un'intuizione che mi balenò allora per la testa: proprio l'indecenza e l'insensatezza di quella sua ultima vampata di rabbia quando aveva saputo di Böhring e l'invio di quella lettera di insulti, proprio quell'eccesso poteva esser stato come una profezia e una premonizione del cambiamento più radicale dei suoi sentimenti e del suo imminente ritorno al buon senso; doveva essere avvenuto, pensavo, quasi come in una malattia, ed egli aveva dovuto appunto toccare l'estremo opposto: un caso clinico e niente più! Questo pensiero mi rese felice.

«E sia, sia pure, che ella disponga del proprio destino come vuole, sposi pure il suo Böhring tutte le volte che vuole, purché soltanto lui, mio padre, il mio amico, non l'ami più», esclamai. D'altronde qui c'era un certo mistero riguardo ai miei propri sentimenti, sui quali tuttavia qui, in queste mie memorie, non voglio dilungarmi.

Basta dunque così. E ora riferirò tutto l'orrore che seguì e tutto l'intrico dei fatti, senza alcun commento.

II

Alle dieci, proprio mentre mi apprestavo a uscire (per recarmi da lui, naturalmente), comparve Nastas'ja Egòrovna. Le domandai lietamente: «Vi ha mandata lui?», e con irritazione venni a sapere che non era venuta affatto da parte sua, bensì di Anna Andréevna e che lei, Nastas'ja Egòrovna, «appena aveva albeggiato era uscita dall'appartamento».

«Da quale appartamento?».

«Ma da quello di ieri. Infatti l'appartamento di ieri, quello dove sta il bambino, ora è intestato a mio nome, ma l'affitto lo paga Tat'jana Pàvlovna...».

«Ma a me che importa?», la interruppi con irritazione. «Lui, almeno, è in casa? Ve lo troverò?».

E con mia sorpresa venni a sapere da lei che egli se n'era andato ancor prima; quindi, lei era uscita «appena aveva albeggiato» e lui ancora prima.

«Be', dunque adesso sarà tornato...».

«No, signore, sicuramente non è tornato, e, forse, non tornerà affatto», proferì lei guardandomi con quegli stessi occhi pungenti e furtivi e senza distogliere lo sguardo da me, proprio come durante quella visita che ho già descritta quando ero a letto malato. Ciò che soprattutto mi mandava in bestia era il fatto che anche in questo caso venivano fuori non so che misteri e sciocchezze, e che le persone come quella, evidentemente, non potevano fare a meno di misteri e di astuzie.

«Perché avete detto: sicuramente non tornerà? Cosa intendete dire? Egli è andato dalla mamma, ecco tutto!».

«M-m, non lo so, signore».

«E voi, dunque, perché mi avete fatto l'onore di questa visita?».

Ella mi dichiarò che era venuta per incarico di Anna Andréevna e che quest'ultima mi invitava a recarmi da lei e che mi attendeva immediatamente, altrimenti «sarebbe stato tardi». Quest'altra paroletta enigmatica mi fece uscire fuori di me:

«Perché tardi? Non voglio andarci e non ci andrò! Non permetterò che ci si impadronisca di nuovo di me! Me ne infischio di Lambert, diteglielo, e ditele che, se mi manderà il suo Lambert, lo caccerò a calci, ditele così!».

Nastas'ja Egòrovna si spaventò terribilmente.

«Ah, no, signore», disse facendo un passo avanti verso di me e congiungendo le mani come supplicandomi. «Aspettate un po', non siate precipitoso. Qui si tratta di una faccenda importante, assai importante per voi stesso, come per loro, e anche per Andréj Petrovič, e per la vostra mammina, per tutti... Andate subito a far visita ad Anna Andréevna perché loro non possono assolutamente attendere più... di questo vi do la mia parola d'onore... e poi prenderete una decisione».

La guardavo con sbalordimento e ripugnanza.

«Sciocchezze, non accadrà nulla, non verrò!», gridai ostinatamente e con malignità, «da ora in poi tutto andrà in modo diverso! Questo siete in grado di capirlo? Addio, Nastas'ja Egòrovna, di proposito non verrò, di proposito non vi farò domande. Voi mi confondete soltanto le idee. Non voglio scervellarmi sui vostri enigmi».

Ma dato che lei non se ne andava e continuava a rimanere lì impalata, afferrata la pelliccia e il colbacco, uscii io stesso lasciandola in mezzo alla camera. Nella mia stanza non v'erano lettere o altre carte e anche le altre volte, andandomene, non chiudevo quasi mai la porta a chiave. Ma non avevo ancora fatto in tempo ad arrivare al portone d'ingresso che il mio padrone di casa, Pëtr Ippolìtovič, mi rincorse giù per le scale, senza cappello e in uniforme.

«Arkàdij Makàrovič! Arkàdij Makàrovič!».

«Che altro volete?».

«Non avete alcuna disposizione da dare, prima di andarvene?».

«Nessuna».

Egli mi guardò con sguardo penetrante e con evidente inquietudine:

«Riguardo all'alloggio, per esempio, signore?».

«Che c'è riguardo all'alloggio? A suo tempo vi ho ben fatto avere il denaro, no?».

«Ma no, signore, non sto parlando del denaro», mi rispose facendomi improvvisamente un lungo sorriso e continuando a fissarmi.

«Ma cosa avete tutti quanti?», esclamai infine quasi inferocito, «che altro volete?».

Egli attese ancora alcuni secondi, sempre come se si attendesse qualcosa da me.

«Be', allora vuol dire che darete disposizioni più tardi... se adesso non siete di umore adatto», borbottò con un sorriso ancora più prolungato, «andate, signore, anch'io, del resto, devo andare in ufficio».

Egli corse su per le scale a casa sua. Naturalmente tutto ciò poteva far riflettere. Di proposito non tralascio neppure il più piccolo tratto di tutta quella insensata e meschina faccenda di allora, perché ogni più piccolo tratto entrò poi a far parte del quadro finale, dove trovò il suo posto, come il lettore avrà modo di convincersi. Ma che allora essi effettivamente mi confondessero le idee, questo era vero. Se ero così agitato e irritato, ciò dipendeva appunto dal fatto che avevo colto di nuovo nelle loro parole quel tono di intrighi e di enigmi che tanto mi era venuto a noia e che mi faceva venire in mente il passato. Ma proseguo.

A casa Versilov non c'era, ed effettivamente se n'era andato all'alba. «Naturalmente è andato dalla mamma», continuavo caparbiamente a ripetermi. Alla balia, una donna alquanto stupida, non feci domande e, a parte lei, in casa non c'era nessun altro. Corsi dalla mamma e, lo confesso, ero in preda a una tale inquietudine che a metà strada presi una vettura. *Dalla mamma non ero più stato dalla sera prima.* Con la mamma c'erano soltanto Tat'jana Pàvlovna e Liza. Liza, non appena entrai, si preparò per uscire.

Erano tutte di sopra, nella mia «bara». Nel nostro salotto, da basso, era steso sul tavolo Makàr Ivànovič e un vecchio che non conoscevo leggeva sopra di lui i salmi con tono cadenzato. Ora non descriverò più nulla di quello che non riguarda direttamente la faccenda principale, ma osserverò soltanto che la bara, che erano già riusciti a far fabbricare e che era lì nella stanza, non era una di quelle ordinarie, benché fosse nera, ma era tappezzata di velluto, mentre il drappo che copriva la salma era di quelli costosi, un lusso che non si addiceva al vecchio e alle sue convinzioni, ma tale era stato l'insistente desiderio della mamma e di Tat'jana Pàvlovna in combutta con lei.

Non mi attendevo, si capisce, di trovarle allegre, ma la particolare opprimente tristezza mescolata a preoccupazione e inquietudine, che lessi nei loro occhi, subito mi colpì e all'istante conclusi che «sicuramente non era solo il morto la causa di essa». Tutto questo, lo ripeto, mi è rimasto perfettamente impresso.

Ciononostante abbracciai teneramente la mamma e subito domandai *di lui*. Nello sguardo della mamma, istantaneamente, brillò un'allarmata curiosità. In fretta le raccontai che il giorno prima io e lui avevamo passato insieme tutta la serata fino a tarda notte, ma che oggi era uscito di casa fin dall'alba, mentre la sera prima era stato lui stesso a invitarmi a recarmi da lui quel giorno quanto più presto possibile. La mamma non rispose nulla, mentre Tat'jana Pàvlovna, colto il momento adatto, mi minacciò con il dito.

«Addio, fratello», tagliò corto all'improvviso Liza, uscendo rapidamente dalla stanza. Io, si capisce, la rincorsi, ma ella si fermò soltanto quando fu giunta alla porta d'ingresso.

«Lo sapevo che avresti indovinato di scendere», mi bisbigliò in fretta.

«Liza, che succede là dentro?».

«Non lo so nemmeno io, ma ci sono molte cose. Probabilmente, lo scioglimento della "storia eterna". Lui non è venuto, ma loro hanno qualche notizia in proposito. A te non diranno nulla, non preoccuparti, ma tu non fare domande, se sei intelligente; la mamma tuttavia è distrutta. Nemmeno io ho chiesto nulla. Addio».

Ella aprì la porta.

«Liza, e tu non hai nulla?», le chiesi uscendo dietro di lei sul terrazzino d'ingresso. Il suo aspetto terribilmente abbattuto, disperato, mi trafiggeva il cuore. Ella mi guardò non tanto con rabbia, ma persino quasi con ferocia, sorrise biliosamente e fece un gesto di stizza con la mano.

«Se almeno morisse, ne ringrazierei Dio!», mi lanciò dalla scala e se ne andò. Ella disse questo alludendo al principe Sergéj Petrovič, che in quel momento giaceva in preda alla febbre e privo di sensi. «La storia eterna! Ma di quale storia eterna si tratta mai?», pensai con tono di sfida, e a un tratto fui preso dal desiderio di raccontar loro assolutamente almeno una parte delle impressioni suscitate in me, il giorno prima, dalla sua confessione notturna, nonché la confessione stessa. «Ora esse pensano di lui qualcosa di cattivo, che dunque sappiano tutto!», mi balenò per la testa.

Ricordo che riuscii assai abilmente a trovare un pretesto per cominciare il mio racconto. Istantaneamente sui loro volti si manifestò una tremenda curiosità. Questa volta anche Tat'jana Pàvlovna mi fissava tutta intenta; la mamma, invece, era più riservata; ella era molto seria, ma un lieve sorriso, bellissimo, sebbene vagamente disperato, aleggiava sul suo viso durante quasi tutta la durata del mio racconto. Io, naturalmente, parlavo bene, sebbene sapessi che per loro quel che dicevo era pressoché incomprensibile. Con mio stupore Tat'jana Pàvlovna non cavillava, non insisteva perché precisassi i particolari, non arzigogolava secondo il suo solito, come faceva ogni volta che cominciavo a dire qualcosa. Soltanto raramente serrava le labbra e socchiudeva gli occhi come per lo sforzo di seguirmi. A tratti mi parve persino che esse comprendessero ogni cosa, sebbene ciò fosse pressoché impossibile. Ad esempio parlai delle sue convinzioni, ma soprattutto dei suoi trasporti del giorno prima, del suo entusiasmo per la mamma, del suo amore per lei, del fatto che aveva baciato il suo ritratto... Ascoltando ciò esse si scambiarono un rapido sguardo in silenzio e la mamma avvampò tutta, sebbene entrambe continuassero a tacere. Poi... poi, naturalmente, non potevo, *in presenza della mamma*, parlare dell'argomento principale, ossia dell'incontro *con lei* e di tutto il resto, ma soprattutto della lettera che *lei* gli aveva inviato il giorno prima e della sua «resurrezione» morale dopo quella lettera; e questa appunto era la cosa principale, di modo che tutti i suoi sentimenti del giorno prima, con i quali pensavo di rallegrare tanto la mamma, naturalmente rimasero incomprensibili, sebbene, certo, non per mia colpa, dato che tutto ciò che si poteva raccontare lo raccontai loro splendidamente. Terminai in preda alla più grande perplessità; il loro silenzio non si interruppe e cominciai a sentirmi assai a disagio con loro.

«Certamente ora sarà tornato e mi starà aspettando a casa mia», dissi e mi alzai per andarmene.

«Va', va'!», mi incoraggiò senza esitazione Tat'jana Pàvlovna.

«Sei stato da basso?», mi domandò, quasi sussurrando, la mamma mentre ci salutavamo.

«Sì, mi sono inchinato a lui e ho pregato per lui. Che aspetto sereno e nobile ha, mamma! Vi ringrazio, mamma, di non aver badato a spese per la bara. Dapprima ciò mi è parso strano, ma ho subito pensato che avrei fatto anch'io lo stesso».

«Ci verrai domani in chiesa?», chiese lei e le tremarono le labbra.

«Che dite mai, mamma?», esclamai meravigliato, «verrò anche oggi per la funzione funebre; e... inoltre, domani è il giorno del vostro compleanno, mamma, amica mia cara! Per tre giorni soltanto non ha vissuto fino a vederlo!».

Uscii in preda a un doloroso stupore: come si fa a rivolgere simili domande, se sarei andato oppure no al funerale in chiesa? E se questa, dunque, era l'opinione che esse avevano di me, cosa mai pensavano *di lui*?

Sapevo che Tat'jana Pàvlovna mi sarebbe venuta dietro e di proposito mi soffermai sulla porta d'ingresso; ma ella, raggiuntomi, mi spinse con la mano fin sulla scala, uscì dietro a me e accostò la porta dietro a sé.

«Tat'jana Pàvlovna, voi dunque non aspettate nemmeno Andréj Petrovič, né oggi né domani? Sono spaventato...».

«Taci. Importa assai che sei spaventato. Parla: che cosa non hai detto quando hai raccontato delle assurdità di ieri?».

Non ritenni necessario tenerglielo nascosto e, quasi irritato contro Versilov, le riferii della lettera che Katerina Nikolàevna gli aveva inviato il giorno prima e dell'effetto di tale lettera, cioè della sua resurrezione a nuova vita. Con mio stupore la notizia della lettera non la stupì affatto e indovinai che ella ne era già al corrente.

«Te lo sei inventato?».

«No, non me lo sono inventato».

«Pensa un po'», fece poi con un sorriso velenoso come stesse riflettendo, «è resuscitato! Da lui c'è da aspettarsi anche questo! Ma è vero che ha baciato il ritratto?».

«È vero, Tat'jana Pàvlovna».

«L'ha baciato con sentimento, non fingeva?».

«Fingeva? Ha mai forse finto? Vergogna, Tat'jana Pàvlovna! Avete un animo rozzo, da donna». Dissi questo con calore, ma lei sembrava che non avesse sentito: pareva che stesse riflettendo di nuovo su qualcosa, nonostante il forte freddo che c'era sulla scala. Io ero in pelliccia, mentre lei non aveva addosso che il vestito.

«Ti affiderei un incarico, ma il guaio è che sei così stupido», disse con disprezzo e quasi con dispetto. «Senti, fa' una capatina da Anna Andréevna e vedi un po' che cosa accade lì da lei... Anzi no, non andare; un babbeo resta sempre un babbeo! Va', *marsch*, perché te ne stai lì impalato?».

«Difatti non ci andrò da Anna Andréevna! È stata Anna Andréevna stessa a mandarmi a chiamare».

«Ti ha mandato a chiamare lei? Ha mandato da te Nastas'ja Egòrovna?», disse lei voltandosi rapidamente verso di me; ella aveva già fatto per andarsene e aveva persino aperto la porta, ma la richiuse di nuovo.

«A nessun patto andrò da Anna Andréevna!», ripetei con maligno piacere, «e non ci andrò perché mi hanno appena dato del babbeo, mentre non sono mai stato tanto perspicace come oggi. Tutte le vostre faccende le vedo come se le avessi sul palmo della mano, ma tuttavia da Anna Andréevna non ci andrò!».

«Lo sapevo!», esclamò lei, ma di nuovo non riferendosi affatto alle mie parole, ma continuando a seguire il suo pensiero. «Ora la prenderanno per bene al laccio e poi stringeranno il cappio!».

«Anna Andréevna?».

«Imbecille!».

«Ma allora di chi state parlando? Non parlerete forse di Katerina Nikolàevna? Di quale cappio state parlando?». Mi ero terribilmente spaventato. Un certo pensiero confuso, ma spaventoso, mi attraversò l'anima. Tat'jana Pàvlovna mi guardò con occhi penetranti.

«Che c'entri tu?», mi domandò a un tratto. «Qual è la tua parte in tutto questo? Ho sentito dire qualcosa anche su di te, oh, bada!».

«Ascoltate, Tat'jana Pàvlovna: vi comunicherò un terribile segreto, soltanto non adesso, adesso non c'è tempo, ma domani, a tu per tu, però voi ditemi adesso tutta la verità e che cos'è questo cappio... perché sto tremando tutto...».

«Me ne infischio se tremi!», esclamò lei. «Quale altro segreto vuoi raccontarmi domani? Per davvero sai forse qualcosa?», e mi scrutò con aria interrogativa. «Eppure non le avevi forse giurato tu stesso che avevi bruciato la lettera di Kraft?».

«Tat'jana Pàvlovna, ve lo ripeto, non tormentatemi», proseguii io, non rispondendo a mia volta alla sua domanda perché ero fuori di me, «badate, Tat'jana Pàvlovna, a causa di quel che mi nascondete può venirne fuori qualcosa di ancora peggiore... ieri, infatti, egli ha vissuto una piena, totale resurrezione!».

«Eh, vattene, buffone! Magari anche tu sei innamorato come un passero: padre e figlio innamorati della stessa donna! Puah, svergognati!».

Ella sparì sbattendo irosamente la porta. Furioso per lo sfrontato, impudente cinismo delle sue ultime parole, un cinismo di cui può essere capace soltanto una donna, corsi fuori profondamente offeso. Ma, come ho già promesso, non starò a descrivere le mie confuse sensazioni; continuerò limitandomi esclusivamente ai fatti che ora forniranno la soluzione di tutto. Naturalmente feci di corsa una capatina a casa sua e di nuovo seppi dalla balia che non era rincasato affatto.

«E non verrà per niente?».

«Dio solo lo sa».

III

Ai fatti, ai fatti!... Ma il lettore riesce a capire qualcosa? Ricordo come io stesso ero oppresso da questi stessi fatti che mi impedivano di fare qualsiasi ragionamento, così che verso la fine di quella giornata nella mia testa regnava la più totale confusione. Farò perció un piccolo salto in avanti!

Tutti i miei tormenti derivavano da questo: se il giorno prima egli era resuscitato e aveva cessato di amarla, in tal caso, dove avrebbe dovuto andare oggi? Risposta: innanzitutto da me, dalla persona che il giorno prima aveva abbracciato, e poi immediatamente dalla mamma, di cui il giorno prima aveva baciato il ritratto. Ed ecco invece che al posto di questi due passi naturali, egli «fin dall'alba» manca da casa e sparisce non si sa dove, mentre Nastas'ja Egòrovna delira che «difficilmente ritornerà». Non solo: Liza assicura che ci sarà non so che scioglimento della «storia eterna» e che la mamma ha gia certe informazioni recentissime su di lui; inoltre laggiù indubbiamente sanno anche della lettera di Katerina Nikolàevna (me ne sono avveduto io stesso) e tuttavia non credono alla sua «resurrezione a nuova vita», sebbene mi abbiano ascoltato attentamente. La mamma è distrutta e Tat'jana Pàvlovna fa battute sarcastiche sulla parola «resurrezione». Ma se tutto ciò è vero, allora significa che nel corso della notte in lui è avvenuto di nuovo un cambiamento, una crisi, e questo dopo l'entusiasmo, la commozione, il pathos di ieri! Significa che tutta questa resurrezione è scoppiata come una vescica gonfiata, ed egli, forse, ora si dibatte di nuovo da qualche parte freneticamente, come quella volta dopo la notizia di Böhring! Che ne sarà, viene da domandarsi, della mamma, di me, di tutti noi e... e infine che cosa ne sarà *di lei*? Di quale «cappio» aveva cianciato Tat'jana qundo voleva mandarmi da Anna Andréevna? Dunque, è là, appunto, che c'è questo «cappio», a casa di Anna Andréevna! Perché mai da Anna Andréevna? Naturalmente farò una capatina da Anna Andréevna; l'ho detto apposta, soltanto per dispetto, che non ci sarei andato; ci andrò subito. Ma cos'ha detto Tat'jana a proposito del «documento»? E non mi ha detto lui stesso, ieri: «Brucia il documento»?

Ecco quali erano i miei pensieri, ecco che cosa soffocava anche me come un cappio; ma soprattutto avevo bisogno *di lui*. Con lui, lo sentivo, avrei sciolto ogni dubbio; ci saremmo intesi a vicenda in due parole! Lo avrei preso per le mani, gliele avrei strette; avrei trovato nel mio cuore parole ardenti — andavo fantasticando con incrollabile sicurezza. Oh, avrei saputo dominare la follia!... Ma dov'era? Dov'era? Non mancava proprio altro che in un momento come quello mi capitasse tra i piedi Lambert, quand'ero in un simile stato di esaltazione! A pochi passi da casa mia improvvisamente, mi imbattei in Lambert; egli, vedendomi, lanciò un grido di gioia e mi afferrò per il braccio:

«È già la teghza volta che vengo da te... *Enfin*![1] Andiamo a far colazione!».

«Aspetta, sei stato a casa mia? Non c'era lì Andréj Petrovič».

«No, lì non c'era nessuno. Lasciali perdere tutti! Tu, cghetino, ieri ti sei arrabbiato; eri ubriaco, ma io ho una cosa importante da dirti; ho saputo oggi delle notizie deliziose su ciò di cui parlavamo ieri...».

«Lambert», lo interruppi parlando precipitosamente, col fiato che mi mancava e, involontariamente, con tono enfatico, «se mi sono fermato a parlarti è stato unicamente per farla finita con te definitivamente. Te l'ho già detto ieri, ma tu continui a non capire. Lambert tu sei un bambino e sei stupido come un

1 «Finalmente», in francese nel testo.

francese. Tu continui a pensare di essere come quando eravamo da Touchard e che io sia stupido come allora... Ma io non sono più stupido come quando eravamo da Touchard... Ieri ero ubriaco, ma non per il vino, bensì perché anche senza di quello ero eccitato; e se ho dato retta alle tue ciance è stato soltanto per astuzia, per scoprire i tuoi intenti. Ti ho ingannato e tu te ne sei rallegrato, ci hai creduto e hai continuato a cianciare. Sappi che l'idea che io la sposi è una tale sciocchezza che non ci crederebbe neppure un ginnasiale della classe preparatoria. Si può mai pensare che ci creda io? Eppure tu ci hai creduto! Ci hai creduto perché non ti ricevono nell'alta società e non sai affatto come vadano le cose in quell'ambiente. Tra loro, nell'alta società, le cose non vanno così semplicemente ed è impossibile che vadano così semplicemente, che una così, sui due piedi, prenda e si sposi... Ora ti dirò chiaramente quello che tu vuoi: tu vuoi combinare il mio matrimonio per ubriacarmi e far sì che io ti dia il documento e acconsenta ad architettare assieme a te qualche furfanteria ai danni di Katerina Nikolàevna! Ebbene, ti sbagli! Non mi metterò mai in combutta con te e sappi che domani stesso o, immancabilmente, dopodomani quella carta sarà nelle sue mani, perché quel documento le appartiene, dato che lo ha scritto lei, e glielo consegnerò io stesso personalmente e, se vuoi sapere dove, allora sappi che glielo consegnerò attraverso Tat'jana Pàvlovna, la sua conoscente, nell'appartamento di Tat'jana Pàvlovna, in presenza di Tat'jana Pàvlovna, e che non pretenderò da lei nulla in cambio di quel documento... E ora *marsch*, vattene via da me per sempre, altrimenti... altrimenti, Lambert, non userò più tanti riguardi...».

Al termine di questa tirata tremavo tutto come una foglia. La cosa più importante e la peggiore abitudine nella vita, quella che guasta tutto in ogni faccenda, è... è se uno assume delle pose. Era stato il diavolo a spingermi ad accalorarmi davanti a lui a tal punto che, concludendo il mio discorso, scandendo con voluttà le parole e alzando la voce, a un tratto ero stato preso da una tale foga che avevo buttato là il particolare del tutto fuori luogo che avrei consegnato il documento per mezzo di Tat'jana Pàvlovna e a casa sua! Ma a un tratto avevo provato un desiderio così forte di sbalordirlo! Quando avevo blaterato in maniera così esplicita a proposito del documento e a un tratto avevo visto il suo stupido spavento, improvvisamente avevo provato il desiderio di schiacciarlo ancor maggiormente con l'esattezza dei particolari. E appunto questa chiacchiera vanagloriosa da donnetta fu successivamente la causa di spaventose disgrazie, perché questo particolare riguardo a Tat'jana Pàvlovna e al suo appartamento si impresse immediatamente nella sua memoria, da quel furfante e da quella persona pratica che era nelle piccole cose. Negli affari importanti e di vasta portata egli era una nullità e non capiva nulla, ma per le faccende dappoco egli aveva tuttavia del fiuto. Se me ne fossi rimasto zitto su Tat'jana Pàvlovna sarebbero stati evitati grandi guai. Tuttavia, dopo essere rimasto ad ascoltarmi, in un primo momento egli si smarrì completamente.

«Ascolta», borbottò, «Alfonsina... Alfonsina ci canterà qualcosa... Alfonsina è stata *da lei*; ascolta: io ho una lettera, quasi una lettera, nella quale l'Achmàkova parla di te, me l'ha procurata il butterato, te lo ricordi il butterato? Adesso vedrai, vedrai, andiamo!».

«Menti, mostrami la lettera!».

«È a casa, ce l'ha Alfonsina, andiamo!».

Naturalmente mentiva e vaneggiava, tutto tremante, perché non me ne andassi; ma a un tratto lo piantai in mezzo alla strada e quando fece per venirmi dietro, mi fermai e lo minacciai col pugno. Egli però si era già fermato meditabondo e mi lasciò andar via: forse gli era già balenato per la testa un nuovo piano. Tuttavia per me le sorprese e gli incontri non erano ancora terminati... E quando penso a tutta quella disgraziata giornata ho sempre l'impressione che tutte quelle sorprese e quei casi fortuiti si fossero come messi d'accordo per piombarmi in testa tutti assieme come uscendo fuori da un qualche maledetto corno dell'abbondanza. Non avevo nemmeno fatto in tempo ad aprire la porta dell'appartamento che, ancora nell'ingresso, mi imbattei in un giovane di alta statura, dal volto allungato e pallido, di aspetto imponente ed «elegante», con una magnifica pelliccia. Aveva sul naso un *pince-nez*; ma, non appena mi vide, se lo tolse (evidentemente per cortesia) e, sollevando gentilmente il cilindro, ma, d'altra parte, senza fermarsi, mi disse con uno squisito sorriso: «*Ah, bonsoir*»[2] — e mi passò accanto uscendo sulla scala. Ci riconoscemmo all'istante l'un l'altro, sebbene io l'avessi veduto soltanto una volta in vita mia, di sfuggita, a Mosca. Era il fratello di Anna Andréevna, il *kammer-junker*, il giovane Versilov, il figlio di Versilov e quindi, di conseguenza, quasi mio fratello. Lo accompagnava la padrona dell'appartamento (il padrone non era ancora ritornato dall'ufficio). Quando egli fu uscito mi lanciai subito su da lei.

«Che faceva lui qui? È stato nella mia camera?».

«Non è stato affatto nella vostra camera. Egli è venuto in visita da me...», tagliò corto seccamente lei e si voltò per tornare nella sua camera.

«No, così non si può», gridai io, «vogliate rispondermi: perché è venuto?».

«Ah, Dio mio! Ma allora bisogna forse raccontarvi ogni volta perché la gente viene? Noi, mi sembra, possiamo avere anche i nostri interessi. Forse quel giovane voleva prendere a prestito dei soldi ed è venuto a chiedermi un indirizzo. Forse glielo avevo promesso fin dall'altra volta...».

«Quale altra volta?».

«Ah, Dio mio! Ma non è mica la prima volta che viene qui!».

Ella se ne andò. Soprattutto compresi che lì il tono stava cambiando: essi cominciavano a parlare con me in maniera villana. Era chiaro che c'era sotto un altro segreto; i segreti si accumulavano a ogni passo, a ogni momento. La prima volta il giovane Versilov era venuto con la sorella, con Anna Andréevna, quando ero malato; questo me lo ricordavo fin troppo bene, così come ricordavo che Anna Andréevna il giorno prima aveva sorprendentemente buttato là che, forse, il vecchio principe sarebbe venuto a stare per un po' nell'appartamento dove alloggiavo io... ma tutto ciò era così sconnesso e informe che non riuscivo assolutamente a raccapezzarmici. Dopo essermi battuto una mano sulla fronte e senza neppure sedermi un attimo a riposare, corsi da Anna Andréevna: non era in casa e dal portiere seppi «che si era recata a Càrskoe e che sarebbe stata di ritorno solo l'indomani, all'incirca a quell'ora».

2 «Ah, buona sera», in francese nel testo.

«Lei è andata a Càrskoe, certamente dal vecchio principe, e suo fratello ispeziona il mio appartamento! No, ciò non accadrà!», esclamai digrignando i denti, «e se qui c'è realmente un cappio, proteggerò la "povera donna"».

Uscito dalla casa di Anna Andréevna non tornai a casa mia perché nel mio cervello infiammato improvvisamente balenò il ricordo della trattoria sul canale dove Andréj Petrovič aveva l'abitudine di recarsi in certe sue ore di tetraggine. Rallegrato per questa intuizione, corsi immediatamente laggiù; erano ormai passate le tre e cominciava a imbrunire. Nella trattoria mi comunicarono che egli era venuto: «È stato qui un po' e se n'è andato, può darsi che venga ancora». A un tratto decisi fermamente di attenderlo e mi feci servire il pranzo; per lo meno era apparsa una speranza.

Pranzai, mangiai persino di più per avere il diritto di rimanere il più a lungo possibile e rimasi lì, penso, circa quattro ore. Non sto a descrivere la mia tristezza e la mia febbrile impazienza; era come se tutto dentro di me fosse in subbuglio e tremasse. Quell'organetto, quella clientela, oh, tutta quella malinconia si impresse nella mia anima forse per tutta la vita! Non descrivo neppure i pensieri che si sollevavano nella mia testa come in autunno un nugolo di foglie secche sollevate da un turbine; effettivamente accadeva qualcosa di simile a ciò e, lo confesso, sentivo che, a tratti, la ragione mi abbandonava.

Ma ciò che mi tormentava fino alla sofferenza (collateralmente si intende, rispetto al tormento principale) era un'insistente, velenosa impressione, insistente come una mosca in autunno, alla quale non fate caso, ma che vi ronza attorno, vi infastidisce e a un tratto vi punge in modo dolorosissimo. Si trattava soltanto di un ricordo, di un fatto, del quale non ho ancora mai parlato a nessuno al mondo. Ecco di che cosa si tratta, dato che bisogna pure che racconti anche questo, prima o poi.

IV

Quando a Mosca era stato ormai deciso che sarei partito per Pietroburgo, mi era stato fatto sapere attraverso Nikolàj Semënovič che aspettassi l'invio del denaro per il viaggio. Chi doveva mandarmi quel denaro non lo avevo domandato; sapevo che era da parte di Versilov e dato che allora sognavo giorno e notte, col cuore che mi mancava e costruendo piani grandiosi, il mio incontro con Versilov, cessai completamente di parlare di lui ad alta voce, persino con Màr'ja Ivànovna. Ricorderò, d'altra parte, che avevo anche già per conto mio i soldi per il viaggio; ma tuttavia avevo deciso di aspettare; tra l'altro supponevo che il denaro mi sarebbe arrivato per posta.

Improvvisamente, un giorno Nikolàj Semënovič, tornando a casa, mi annunciò (brevemente e senza dilungarsi in particolari superflui secondo la sua abitudine) che il giorno successivo dovevo recarmi sulla Mjasnìckaja, alle undici del mattino, nella casa e nell'appartamento del principe V-skij, dove il *kammerjunker* Versilov, il figlio di Andréj Petrovič, arrivato da Pietroburgo e ospitato presso il suo compagno di liceo, principe V-skij, mi avrebbe consegnato la somma che mi era stata inviata per il mio trasferimento. Apparentemente la faccenda era assai semplice: non c'era niente di strano nel fatto che Andréj Petrovič avesse affidato questa commissione a suo figlio, invece di mandarmi il denaro per posta, ma tuttavia questa notizia mi oppresse e mi spaventò in maniera innaturale. Non c'era dubbio che Versilov volesse farmi incontrare con suo figlio, con mio fratello; così si delineavano gli intenti e i sentimenti dell'uomo che sognavo; ma mi si presentava un problema enorme: come mi sarei comportato e come avrei dovuto comportarmi in questo incontro del tutto inatteso, e ciò non sarebbe forse andato in qualche modo a scapito della mia dignità?

Il giorno successivo, alle undici in punto, mi presentai nell'appartamento del principe V-skij, un appartamento da scapolo, ma, come immaginavo, sfarzosamente ammobiliato, con camerieri in livrea. Mi fermai nell'anticamera. Dalle stanze interne proveniva il suono di una conversazione ad alta voce interrotta da risate: evidentemente, dal principe, oltre al *kammerjunker* suo ospite, c'erano anche altri visitatori. Ordinai al cameriere di annunciare il mio arrivo e, a quanto sembra, lo feci con espressione un po' altera: per lo meno, andandosene per annunciarmi, mi parve che egli mi lanciasse uno sguardo strano, persino non così rispettoso come sarebbe convenuto. Con mia sorpresa egli, non so perché, impiegò molto tempo ad annunciarmi, cinque minuti circa, e nel frattempo dalle altre stanze continuavano ad arrivare le stesse risate e lo stesso brusio di conversazione.

Io, si capisce, lo aspettavo in piedi, ben sapendo che per me, che ero «un signore non meno di loro», sarebbe stato sconveniente mettermi a sedere nell'anticamera dove stavano i camerieri. Io poi, di mia volontà, senza un invito esplicito, per nulla al mondo volevo entrare nella sala, per orgoglio, per orgoglio esasperato, forse, ma così bisognava. Con mia sorpresa i camerieri rimasti (erano due) osarono mettersi a sedere nonostante la mia presenza. Io mi girai dall'altra parte facendo finta di non essermene accorto e, tuttavia, cominciai a tremare in tutto il corpo. A un tratto, mi voltai e, avvicinatomi a un cameriere, gli *ordinai* di andare *all'istante* ad annunciarmi un'altra volta. Nonostante il mio sguardo severo e la mia straordinaria eccitazione, il cameriere mi guardò pigramente senza alzarsi e fu l'altro a rispondere al suo posto:

«Siete già stato annunciato, non preoccupatevi!».

Decisi di aspettare ancora un altro minuto soltanto o, forse, ancora meno di un minuto, e poi di *andarmene immancabilmente.* Soprattutto ero abbigliato in maniera quanto mai decente: l'abito e il cappotto erano pur sempre nuovi, e la biancheria perfettamente fresca (di ciò, in vista di questa occasione, si era data cura Màr'ja Ivànovna in persona). Ma a proposito di questi camerieri sono venuto a sapere *con certezza*, ormai molto più tardi, a Pietroburgo, che attraverso il servitore che era arrivato assieme a Versilov, avevano saputo già la vigilia che «sarebbe venuto un fratello naturale del padrone, uno studente». Questo ora lo so con certezza.

Il minuto passò. È una strana sensazione quella che si prova quando si pondera una decisione e non si riesce a decidersi. «Andarsene oppure no, andarsene oppure no?», ripetevo ogni momento in preda quasi alla febbre; improvvisamente comparve il servitore che si era allontanato per annunciarmi. In mano, tra le dita, gli oscillavano quattro banconote rosse, quaranta rubli.

«Ecco, signore, favorite ricevere quaranta rubli!».

Mi sentii ribollire tutto. Un simile affronto! Per tutta la notte precedente avevo sognato l'incontro tra i due fratelli organizzato da Versilov; per tutta la notte avevo fantasticato in preda alla febbre su come dovevo contenermi senza compromettere tutto l'edificio delle idee che avevo maturato nella mia solitudine e delle quali potevo andare orgoglioso in qualunque ambiente. Avevo sognato come sarei stato nobile, orgoglioso e triste, forse, perfino in compagnia del principe V-skij, e in tal modo sarei stato introdotto in società (oh, non mi risparmio, e sia, sia pure così: è così che bisogna scrivere di ciò, esattamente con questi particolari!). E a un tratto, quaranta rubli per mezzo di un cameriere, nell'anticamera, e per di più dopo dieci minuti di attesa, e per di più direttamente in mano, dalle dita di un cameriere, e non su un vassoio, in una busta!

Mi misi a urlare contro il cameriere così forte che quello sussultò e si ritrasse; gli ordinai di riportare immediatamente indietro quel denaro e che fosse «il signore stesso a portarmelo», insomma la mia richiesta era, naturalmente, assurda e, naturalmente, incomprensibile per un cameriere. Tuttavia urlai in maniera tale che quello se ne andò. Per di più nella sala, a quanto sembra, avevano udito le mie grida e le voci e le risa improvvisamente cessarono.

Quasi immediatamente udii dei passi, solenni, senza fretta, felpati, e la figura alta di un giovanotto bello e altero (allora egli mi parve ancora più pallido e sottile che nell'incotro di quel giorno) apparve sulla soglia della porta dell'anticamera, rimanendo anzi un *aršin*[3] al di là della soglia. Indossava una splendida vestaglia di seta rossa, era in pantofole e aveva un *pince-nez* sul naso. Senza pronunciare una sola parola egli indirizzò verso di me il *pince-nez* e si mise a osservarmi. Io, inferocito, feci un passo verso di lui e mi misi a fissarlo con aria di sfida. Ma egli mi osservò soltanto per un momento, dieci secondi soltanto; improvvisamente affiorò sulle sue labbra il più impercettibile dei sorrisi, e, tuttavia, il più caustico, caustico appunto perché quasi impercettibile; egli si voltò in silenzio e si ritirò di nuovo nelle stanze interne, sempre senza fretta, sem-

3 Vedi la nota 4 a pag. 36.

pre silenziosamente e morbidamente come era venuto. Oh, simili insolenti vengono ammaestrati fin dall'infanzia, nelle loro famiglie, dalle loro madri, a offendere! Naturalmente mi smarrii... Oh, perché allora mi smarrii!

Quasi nello stesso istante comparve di nuovo lo stesso cameriere di prima con le stesse banconote in mano:

«Favorite riceverle, vi sono state inviate da Pietroburgo; il signore non può ricevervi personalmente; vi riceverà forse un'altra volta, quando avrà più tempo». Intuii che queste ultime parole egli le aveva aggiunte di suo. Tuttavia il mio smarrimento continuava; presi il denaro e mi avviai alla porta; lo avevo accettato appunto a causa del mio smarrimento, infatti non avrei dovuto accettarlo; ma il cameriere, desiderando evidentemente ferirmi, si permise una sua ultima uscita da cameriere: improvvisamente spalancò con forza la porta davanti a me e tenendola spalancata proferì solennemente e scandendo le sillabe mentre gli passavo accanto:

«Favorite, signore!».

«Mascalzone!», gli urlai e all'improvviso feci il gesto di colpirlo con un pugno, ma non stesi la mano, «e anche il tuo padrone è un mascalzone! Riferisciglielo subito!», aggiunsi e uscii rapidamente sulla scala.

«Non azzardatevi a parlare così! Se riferissi subito ciò al signore, voi potreste immediatamente essere accompagnato al commissariato con un bigliettino. E non azzardatevi neppure ad alzare le mani...».

Io mi avviai giù per le scale. Era uno scalone tutto aperto e dall'alto mi si poteva vedere fino in fondo, mentre scendevo sul tappeto rosso. Tutti e tre i camerieri uscirono fuori e si affacciarono dalla balaustra in alto. Io, naturalmente, decisi di tacere: non era ammissibile mettersi a litigare con dei domestici. Discesi tutta la scala senza affrettare il passo e persino, mi pare, rallentandolo.

Oh, non importa se vi sono dei filosofi (vergogna su di loro) che diranno che queste sono tutte sciocchezze, un'irritazione da lattante, sia pure; per me tuttavia questa è stata una ferita, una ferita che ancor oggi non si è rimarginata, perfino nel momento stesso in cui scrivo e quando ormai tutto è finito ed è stato persino vendicato. Oh, lo giuro, io non serbo rancore e non sono vendicativo. Senza dubbio desidero sempre vendicarmi, persino in maniera morbosa, quando mi offendono, ma, lo giuro, soltanto e unicamente con la generosità. Sia pure così, io lo ripagherò soltanto con la generosità, ma a patto che egli ciò lo senta, che lo capisca, e io sarò vendicato! A proposito, aggiungerò una cosa: non sono vendicativo, ma serbo rancore, anche se sono generoso: accade anche agli altri? Quella volta, oh quella volta mi ero recato lì con sentimenti generosi, sentimenti forse ridicoli, ma sia pure: meglio ridicoli, ma generosi, che non ridicoli e bassi, comuni, mediocri! Di questo incontro con «mio fratello» non ho mai parlato con nessuno, nemmeno con Màr'ja Ivànovna, nemmeno a Pietroburgo, a Liza; quell'incontro per me è stato come uno schiaffo ricevuto in maniera disonorante. Ed ecco che a un tratto mi imbatto di nuovo in questo signore quando meno me lo aspettavo ed egli mi sorride, si toglie il cappello e del tutto amichevole mi dice: «*Bonsoir*».

Naturalmente c'era di che riflettere... Ma la ferita si riaprì!

V

Dopo esser rimasto ad aspettare per quattro ore buone alla trattoria, improvvisamente corsi fuori come un pazzo e, si capisce, mi precipitai di nuovo da Versilov che, si capisce, di nuovo non trovai in casa: non era rincasato affatto; la balia si annoiava e improvvisamente mi chiese di mandarle Nastas'ja Egòrovna; oh, non avevo proprio altro a cui pensare! Feci pure una capatina a casa della mamma, ma non entrai, limitandomi a chiamar fuori Luker'ja nell'ingresso; da lei seppi che lui non era stato neppure lì e che neppure Liza era in casa. Vedevo che anche Luker'ja voleva domandarmi qualcosa e, forse, darmi anche lei qualche incarico, ma avevo ben altro per la testa! Restava un'ultima speranza, che egli fosse andato a casa mia, ma a ciò ormai non credevo.

Ho già premesso che avevo pressoché perduto la ragione. Ed ecco che nella mia camera trovo Al'fonsinka e il mio padron di casa. A dire la verità essi ne stavano uscendo e Pëtr Ippolìtovič aveva in mano una candela.

«Cos'è mai questo!», urlai quasi come un forsennato, avventandomi contro il padron di casa, «come avete osato far entrare questa poco di buono nella mia stanza?».

«*Tiens!*», esclamò Al'fonsinka, «*et les amis?*».[4]

«Fuori!», ululai io.

«*Mais c'est un ours!*»,[5] replicò lei, fingendosi spaventata, e sgattaiolò nel corridoio, sparendo immediatamente nella stanza della padrona. Pëtr Ippolìtovič, ancora con la candela in mano, si avvicinò a me con aria severa e mi disse:

«Permettetemi di farvi osservare, Arkàdij Makàrovič, che avete un po' trasceso; per quanto rispetto noi nutriamo per voi, tuttavia *mamzél*[6] Alfonsina non è una poco di buono, anzi proprio al contrario, ed è qui come ospite e non da voi, ma da mia moglie, della quale già da qualche tempo è una conoscente».

«Ma voi, come avete osato farla entrare nella mia camera?», ripetei io afferrandomi con le mani la testa che quasi all'improvviso aveva preso a dolermi terribilmente.

«Per puro caso, signore. Sono stato io a entrare per chiudere lo sportello della finestra che avevo aperto per dare un po' d'aria alla camera, e, dato che io e Al'fonsina Kàrlovna continuavamo la conversazione iniziata in precedenza, così, parlando, lei è entrata nella vostra stanza, unicamente per accompagnarmi».

«Non è vero, Al'fonsina è una spia, Lambert è una spia! Forse anche voi siete una spia! E Al'fonsina è entrata nella mia stanza per rubarmi qualcosa».

«Come volete. Oggi vi degnate di dire una cosa, domani un'altra. Tuttavia il mio appartamento per qualche tempo l'ho affittato e io e mia moglie ci sistemeremo nello stanzino, di modo che Al'fonsina Kàrlovna ora è una pigionante quasi come voi, signore».

«Voi avete affittato l'appartamento a Lambert?», gridai quasi in preda al terrore.

4 «Toh, e gli amici?», in francese nel testo.
5 «Ma è un orso!», in francese nel testo.
6 Pronuncia deformata del francese «*mademoiselle*», «signorina».

«Nossignore, non a Lambert», replicò lui con lo stesso lungo sorriso di poco prima, nel quale, d'altronde, si scorgeva ormai la fermezza che aveva preso il posto della perplessità del mattino, — ritengo che voi stesso vi degniate di sapere a chi l'ho affittato, ma soltanto fate inutilmente finta di non saperlo, unicamente per decenza, e per questo andate in collera. Buona notte, signore!».

«Sì, sì, lasciatemi in pace, lasciatemi in pace!», risposi io con un gesto di fastidio, quasi sul punto di scoppiare a piangere, tanto che egli a un tratto mi guardò con meraviglia; tuttavia uscì. Chiusi subito la porta col chiavistello e mi lasciai cadere sul letto affondando il viso nel cuscino. Così dunque trascorse per me quella prima terribile giornata delle tre ultime fatali giornate con le quali si concluderanno le mie memorie.

CAPITOLO DECIMO

I

Ritengo tuttavia ancora una volta necessario, precorrendo il corso degli eventi, spiegare al lettore qualcosa in anticipo, perché al corso logico di questa vicenda si sono mescolati tanti eventi casuali che, se non li si spiega in anticipo, è impossibile raccapezzarvisi. Si trattava appunto di quel «cappio» a cui aveva accennato Tat'jana Pàvlovna. E questo cappio consisteva nel fatto che Anna Andréevna si era infine arrischiata a compiere il passo più audace che si potesse immaginare nella sua situazione. Che carattere, veramente! Sebbene il vecchio principe, col pretesto della sua salute, fosse stato tempestivamente sequestrato a Càrskoe Selò, così che la notizia del suo matrimonio con Anna Andréevna non aveva potuto diffondersi in società ed era stata temporaneamente soffocata, per così dire, sul nascere, tuttavia il debole vecchietto, del quale si poteva fare qualsiasi cosa, per nulla al mondo avrebbe acconsentito a rinunciare alla propria idea e a tradire Anna Andréevna che gli aveva proposto di sposarla. Sotto questo aspetto egli era un cavaliere, di modo che, prima o poi, egli poteva improvvisamente alzarsi e procedere a mettere in atto la propria intenzione con forza irresistibile, come si verifica assai spesso con i caratteri deboli, poiché per essi esiste un punto al quale non bisogna mai farli arrivare. Inoltre egli era perfettamente consapevole di tutta la delicatezza della posizione di Anna Andréevna (che rispettava infinitamente) ed era consapevole della possibilità dei pettegolezzi mondani, dei motteggi e della cattiva fama di cui in società avrebbe potuto essere vittima. Lo teneva tranquillo e lo fermava, per il momento, solamente il fatto che Katerina Nikolàevna neppure una volta, nemmeno con una parola o con un'allusione, si era arrischiata in sua presenza a dir qualcosa di Anna Andréevna con intenzione malevola, o a manifestare una qualsiasi opinione contro la sua intenzione di contrarre matrimonio con lei. Al contrario, ella manifestava la più viva cordialità e attenzione nei riguardi della promessa sposa di suo padre. Pertanto Anna Andréevna si era venuta a trovare in una situazione straordinariamente imbarazzante, comprendendo benissimo col proprio fiuto femminile che la più piccola insinuazione da parte sua contro Katerina Nikolàevna (che il principe venerava al pari di lei, e ora più che mai, proprio perché ella con tanta bontà d'animo e rispettosità gli consentiva di sposarsi), che la più piccola insinuazione contro di lei, dico, avrebbe suscitato in lui diffidenza nei propri confronti e persino, forse, indignazione. Era pertanto su questo campo che per il momento si svolgeva la battaglia: entrambe le rivali, per così dire, gareggiavano l'una con l'altra in delicatezza e pazienza e il principe alla fin fine non sapeva più di quale delle due meravigliarsi di più e, secondo la consuetudine di tutte le persone deboli, ma di cuore tenero, finì col cominciare a soffrire e a dare a sé soltanto la colpa di tutto. Dicevano che la sua tristezza era arrivata a sconfinare nella malattia; i suoi nervi erano veramente sconvolti e, al posto di rimettersi in buona salute a Càrskoe, a quanto assicuravano, era ormai sul punto di cadere ammalato.

Riferirò qui, tra parentesi, di un fatto di cui sono venuto a conoscenza assai più tardi: sembra che Böhring avesse proposto esplicitamente a Katerina Nikolàevna di trasferire il vecchio all'estero, convincendolo con qualche inganno, diffondendo nello stesso tempo confidenzialmente in società la voce che egli avesse completamente perduto il senno, per poi, una volta all'estero, procurarsi una certificazione medica di ciò. Ma Katerina Nikolàevna non aveva acconsentito a ciò a nessun patto; così, per lo meno, si affermava in seguito. Si diceva che ella avesse respinto questo progetto con indignazione. Tutto questo non è che una vaga voce, ma io ci credo.

Ed ecco che, quando la faccenda era, per così dire, giunta completamente a un punto morto, Anna Andréevna improvvisamente viene a sapere attraverso Lambert che esiste una lettera nella quale la figlia si consultava con un giurista sui mezzi per far dichiarare pazzo il padre. La sua mente fiera e vendicativa ne era stata eccitata al massimo grado. Ricordando le sue precedenti conversazioni con me e riflettendo su una quantità di minute circostanze ella non poteva aver dubbi sull'attendibilità della notizia. Allora in quel fermo e inflessibile cuore femminile era maturato in maniera irresistibile il piano di un colpo di mano. Il piano consisteva nel rivelare improvvisamente, senza alcun preambolo o insinuazione, ogni cosa al principe, nello spaventarlo e scuoterlo, dimostrandogli che lo attendeva inevitabilmente il manicomio, e, quando egli si fosse impuntato, si fosse indignato, avesse dichiarato di non crederci, nel mostrargli la lettera della figlia dicendogli: «Vedete, c'è già stata una volta l'intenzione di farvi dichiarare pazzo; tanto più può esserci ora per impedire il matrimonio». Poi avrebbero preso il vecchio atterrito e distrutto e lo avrebbero trasferito a Pietroburgo, *proprio nel mio appartamento.*

Si trattava di un rischio terribile, ma ella confidava fermamente nel proprio potere. A questo punto, discostandomi per un istante dal corso del racconto, comunicherò, facendo un lungo salto in avanti, che ella non si era ingannata sull'effetto del suo colpo di mano; anzi tale effetto superò di gran lunga tutte le sue aspettative. La notizia di quella lettera produsse sul vecchio principe un effetto di parecchie volte più forte di quanto ella e tutti noi ci aspettassimo. Io non avevo mai sentito prima d'allora che il principe fosse già venuto a sapere qualcosa in precedenza di quella lettera, ma, secondo la consuetudine di tutte le persone deboli e timide, non aveva creduto a questa voce e l'aveva respinta con tutte le proprie forze per preservare la sua tranquillità; anzi si era accusato di ignobile credulità. Aggiungerò che il fatto dell'esistenza di quella lettera produsse anche su Katerina Nikolàevna un effetto incomparabilmente più forte di quanto io stesso allora non mi attendessi... Insomma, quel pezzo di carta si dimostrò assai più importante di quanto io stesso, che lo portavo in tasca, non supponessi. Ma sto precorrendo troppo gli eventi.

Ma perché, si chiederà, proprio nel mio appartamento? Perché trasferire il principe nei nostri miseri bugigattoli e, forse, spaventarlo con la nostra misera sistemazione? Se era impossibile portarlo a casa sua (perché lì avrebbero potuto in un attimo mandare a monte tutto il piano), perché non in un appartamento tutto per lui, «ricco», come proponeva Lambert? Ma in questo, appunto, consisteva tutto il rischio del passo straordinario di Anna Andréevna.

Il punto principale consisteva nell'esibire al principe il documento, non appena questi fosse arrivato lì; ma io non volevo consegnar loro a nessun patto il documento. E dato che ormai non c'era più tempo da perdere, Anna Andréevna, confidando nel proprio potere, si risolse a dare avvio al suo piano anche senza il documento, ma con l'intenzione di portare il principe direttamente da me. Perché? Ma allo scopo di cogliere di sorpresa, con questo stesso passo, anche me, prendendo, per così dire, come dice il proverbio, due piccioni con una fava. Ella contava di fare effetto anche su di me con la scossa, il turbamento, la sorpresa. Ella riteneva che, vedendo il vecchio in casa mia, vedendo il suo spavento, la sua impotenza e sentendo le loro richieste congiunte, mi sarei arreso e avrei esibito il documento! Riconosco che il calcolo era astuto, intelligente, psicologico, ci mancò poco anzi che ella raggiungesse lo scopo... Quanto al vecchio, Anna Andréevna lo persuase e fece sì che le credesse per lo meno sulla parola, grazie al fatto che gli dichiarò apertamente che lo avrebbe condotto *da me*. Tutto questo lo venni a sapere più tardi. Persino la sola notizia che quel documento era nelle mie mani annullò nel suo timido cuore gli ultimi dubbi sull'attendibilità del fatto, a tal punto egli mi amava e mi stimava!

Osserverò ancora che la stessa Anna Andréevna non dubitava neppure lontanamente del fatto che il documento fosse ancora nelle mie mani e che non l'avessi ancora consegnato a nessuno. Soprattutto, ella aveva male interpretato il mio carattere e cinicamente contava sulla mia ingenuità, sulla mia semplicità d'animo, persino sulla mia sensibilità; d'altro canto riteneva che, se anche mi fossi deciso a consegnare la lettera, per esempio, a Katerina Nikolàevna, ciò sarebbe avvenuto soltanto in seguito a certe speciali circostanze, ed è appunto queste circostanze che ella aveva fretta di prevenire con la sorpresa, con una incursione, con un colpo di mano.

Infine, tutto questo glielo aveva confermato Lambert. Ho già detto che la posizione di Lambert a quell'epoca era assai critica: quel traditore desiderava con tutte le proprie forze distaccarmi da Anna Andréevna per indurmi poi a vendere assieme a lui il documento all'Achmàkova, cosa che per qualche motivo riteneva più vantaggiosa. Ma, dato che io fino all'ultimo momento non avevo voluto a nessun patto consegnare il documento, egli aveva deciso, in caso estremo, di collaborare anche con Anna Andréevna per non rimanere a mani vuote, e per questo, fino all'ultimo, continuò a offrirle i propri servigi, e so che le propose persino di procurare, in caso di necessità, un sacerdote... Anna Andréevna, però, con un sorriso sprezzante lo aveva pregato di non far cenno di ciò. Lambert le sembrava terribilmente volgare e suscitava in lei una totale ripugnanza; per prudenza, tuttavia, ella accettava i suoi servigi che consistevano, per esempio, nel fare la spia. A proposito, non so con sicurezza nemmeno oggi se essi avessero comprato Pëtr Ippolìtovič, il mio padrone di casa, oppure no, e se egli abbia ricevuto per lo meno qualcosa da loro per i suoi servigi, oppure se egli si fosse messo in combutta con loro semplicemente per il piacere dell'intrigo; in ogni caso sia lui che sua moglie mi spiavano, questo lo so con sicurezza.

Il lettore comprenderà ora che io, sebbene fossi in parte al corrente della cosa, tuttavia non potevo in alcun modo immaginare che l'indomani o il giorno successivo avrei trovato il vecchio principe in casa mia e in una simile situazione. Né avrei mai potuto supporre una tale impudenza da parte di Anna Andréevna! A parole si può dire e alludere a ciò che si vuole, ma decidersi, dare avvio e attuare effettivamente una cosa del genere! No, dico la verità, ha del carattere!

II

Continuo.

La mattina dopo mi svegliai a tarda ora, dopo un sonno straordinariamente profondo e senza sogni, cosa che ricordo con stupore, di modo che, risvegliandomi, mi sentii di nuovo insolitamente alacre moralmente, come se tutto il giorno precedente non fosse mai esistito. Dalla mamma stabilii di non andare, con l'intenzione di recarmi direttamente alla chiesa del cimitero per tornare dopo la cerimonia a casa della mamma e rimanere con lei tutto il giorno. Ero fermamente convinto che in ogni caso quel giorno, prima o poi, l'avrei immancabilmente incontrato dalla mamma.

Né Al'fonsinka, né il padrone di casa da un pezzo erano più in casa. Alla padrona non volevo domandare nulla e, in generale, avevo deciso di interrompere qualsiasi rapporto con loro e addirittura di lasciare l'appartamento il più presto possibile; perciò, non appena mi ebbero portato il caffè, mi richiusi di nuovo in camera col chiavistello. Improvvisamente però bussarono alla porta; con mia sorpresa era Trišatov.

Gli aprii subito e, rallegrato, lo pregai di entrare, ma egli non volle.

«Voglio dirvi soltanto due parole sulla soglia... o anche entrare, perché, a quanto sembra, qui bisogna parlare sottovoce; soltanto non mi metterò a sedere. Guardate che cappotto indecente: Lambert mi ha tolto la pelliccia».

Effettivamente aveva indosso un cappotto malandato, vecchio e troppo lungo per la sua statura. Egli se ne stava ritto davanti a me con un'aria tetra e triste, le mani in tasca e senza togliersi il cappello.

«Non mi metterò a sedere, non mi metterò a sedere. Ascoltate, Dolgorukij, non so niente di preciso, ma so che Lambert sta preparando ai vostri danni non so che tradimento, prossimo e inevitabile, e questo è certo. Perciò state in guardia. Se l'è lasciato sfuggire il butterato, vi ricordate del butterato? Ma non mi ha detto di che si tratta, di modo che non sono in grado di dirvi altro. Sono venuto soltanto ad avvisarvi, addio».

«Ma sedetevi, caro Trišatov! Sebbene abbia fretta, sono talmente contento che siate venuto...», esclamai.

«Non mi metterò a sedere, non mi metterò a sedere; ma del fatto che siete contento della mia venuta mi ricorderò. Eh, Dolgorukij, perché ingannare gli altri: coscientemente e di mia propria volontà io ho acconsentito a ogni sorta di atto ignobile e anche a tali bassezze che provo persino vergogna a dirlo davanti a voi. Ora stiamo col butterato... Addio. Io non sono degno di mettermi a sedere in casa vostra».

«Basta, Trišatov, caro...».

«No, vedete, Dolgorukij, davanti a tutti io sono sfrontato e mi darò subito alla gozzoviglia. Presto mi farò fare una pelliccia ancora migliore e andrò in giro su trottatori di razza. Ma dentro di me, tuttavia, saprò che, nonostante tutto, a casa vostra non mi sono seduto, perché io stesso mi sono giudicato troppo basso nei vostri confronti. Nonostante tutto, mi farà piacere ricordare questo quando farò ignobilmente gozzoviglia. Addio, dunque, addio! E non vi do neppure la mano; Al'fonsina, infatti, rifiuta di stringermi la mano. E, per favore, non venitemi dietro e non venite da me; abbiamo fatto un patto».

Lo strano ragazzo si voltò e uscì. In quel momento non avevo tempo, ma stabilii di rintracciarlo immancabilmente quanto prima, non appena avessi sistemato le nostre faccende.

Non starò poi a descrivere tutta quella mattinata, sebbene si possano ricordare parecchie cose. Al funerale in chiesa Versilov non c'era e, a quanto sembrava, a giudicare dal loro aspetto, si poteva concludere, ancora prima che la salma venisse trasportata fuori, che in chiesa non lo aspettavano. La mamma pregava devotamente e sembrava tutta assorta nella preghiera. Accanto alla bara c'erano soltanto Tat'jana Pàvlovna e Liza. Ma non descriverò nulla, nulla. Dopo la sepoltura tutti ritornarono a casa, si sedettero a tavola e, di nuovo, a giudicare dal loro aspetto conclusi che neppure a tavola, verosimilmente lo attendevano. Quando ci alzammo da tavola mi avvicinai alla mamma, la abbracciai con calore e le feci gli auguri per il suo compleanno; dopo di me fece lo stesso Liza.

«Ascolta, fratello», mi sussurrò di nascosto Liza, «lo stanno aspettando».

«Lo indovino, Liza, lo vedo».

«Verrà di sicuro».

Dunque hanno delle notizie precise, pensai, ma non feci domande. Sebbene non descriva i miei sentimenti, dirò tuttavia che tutto questo mistero, nonostante la mia alacrità di spirito, improvvisamente oppresse il mio cuore come un macigno. Ci sedemmo tutti in salotto al tavolo rotondo, attorno alla mamma. Oh, come mi piaceva allora stare con lei e guardarla! La mamma a un tratto mi chiese di leggere qualche passo del Vangelo. Io lessi un capitolo di Luca. Ella non piangeva e non era neppure molto triste, ma mai il suo volto mi era parso tanto pieno di significato spirituale. Nel suo sguardo tranquillo brillava un'idea, ma non notai affatto che ella attendesse qualcosa con inquietudine. La conversazione era animata; si cominciò a rievocare molte cose sul defunto, anche Tat'jana Pàvlovna raccontò parecchie cose su di lui, che assolutamente prima non conoscevo. E, in generale, se se ne fosse preso nota, si sarebbero trovate parecchie cose curiose. Persino Tat'jana Pàvlovna sembrava completamente cambiata: era assai sommessa, assai carezzevole e, soprattutto, anche lei assai tranquilla, sebbene parlasse molto per distrarre la mamma. Ma un particolare mi rimase impresso più di ogni altro: la mamma era seduta sul divano e a sinistra del divano, sopra un tavolino rotondo da parte, era posata orizzontalmente un'immagine sacra che sembrava preparata per qualche scopo particolare, un'antica icona senza rivestimento, soltanto con le coroncine sulle teste dei santi raffigurati che erano due. Questa immagine era appartenuta a Makàr Ivànovič, questo lo sapevo, come sapevo anche che il defunto non si separava mai da questa icona e la riteneva miracolosa. Tat'jana Pàvlovna ogni tanto la guardava.

«Ascolta, Sòf'ja», disse a un tratto, cambiando discorso, «perché lasciamo lì quell'icona? Non sarebbe meglio metterla sul tavolo, appoggiata alla parete, e accendere davanti a essa un lumino?».

«No, è meglio che stia lì com'è adesso», replicò la mamma.

«Hai ragione, altrimenti la cosa sarebbe troppo solenne...».

Allora non compresi nulla, ma la faccenda consisteva in questo: quell'immagine Makàr Ivànovič l'aveva verbalmente lasciata in eredità ad Andréj Petrovič e la mamma ora si accingeva a consegnargliela.

Erano già le cinque del pomeriggio; la nostra conversazione continuava, quando improvvisamente sul viso della mamma notai come un tremito; ella rapidamente si raddrizzò e tese l'orecchio, mentre Tat'jana Pàvlovna, che stava parlando in quel momento, continuava il suo discorso senza accorgersi di nulla.

Io mi girai immediatamente verso la porta e un attimo dopo vidi sulla soglia Andréj Petrovič. Egli non era passato dal terrazzino d'ingresso, ma dalla scala di servizio, attraversando la cucina e il corridoio, e soltanto la mamma tra tutti noi aveva avvertito i suoi passi. Ora descriverò tutta la folle scena successiva, gesto dopo gesto, parola per parola; essa fu breve.

Innanzitutto sul suo viso, per lo meno a prima vista, non si notava il benché minimo cambiamento. Era abbigliato come sempre, ossia quasi con ricercatezza. In mano aveva un piccolo, ma costoso mazzo di fiori freschi. Egli si avvicinò e con un sorriso lo porse alla mamma; questa dapprima lo guardò con timorosa perplessità, ma prese il mazzolino e improvvisamente il rossore ravvivò leggermente le sue guance pallide e nei suoi occhi balenò un lampo di gioia.

«Lo sapevo che lo avresti accettato, Sonja», disse lui. Dato che noi tutti ci eravamo alzati in piedi al suo ingresso, egli, avvicinatosi al tavolo, prese la poltrona di Liza che era a sinistra, accanto alla mamma, e, senza avvedersi che occupava il posto altrui, si sedette su di essa. Così egli venne a trovarsi proprio accanto al tavolino sul quale giaceva l'immagine.

«Buongiorno a tutti. Sonja, io volevo assolutamente portarti oggi questo mazzo di fiori per il tuo compleanno e perciò non sono venuto al funerale, per non comparire davanti al morto con un mazzo di fiori, in mano; d'altra parte tu stessa non mi aspettavi al funerale, lo so. Il vecchio, certamente, non si arrabbierà per questi fiori, perché è stato lui stesso a prescriverci la gioia, non è vero? Io penso che egli sia qui da qualche parte, in questa stanza».

La mamma lo guardò in modo strano; Tat'jana Pàvlovna ebbe come un sussulto.

«Chi è qui in questa stanza?», domandò.

«Il defunto. Lasciamo stare. Sapete che l'uomo che non crede per niente a tutti questi miracoli è il più incline ai pregiudizi. Ma è meglio che parli del mazzo di fiori: non capisco come sia riuscito a portarlo fin qui. Almeno tre volte per la strada ho provato il desiderio di gettarlo sulla neve e di calpestarlo».

La mamma sussultò.

«Ne ho provato un desiderio terribile. Abbi compassione di

me e della mia povera testa, Sonja. E l'ho desiderato perché è bello. Che cosa c'è di più bello di un fiore tra tutte le cose? Io ce l'ho in mano e attorno a me c'è la neve e il gelo. Il nostro gelo e i fiori: quale contraddizione! D'altra parte non è a questo che pensavo: semplicemente volevo calpestarlo perché era bello. Sonja, anche se adesso scomparirò di nuovo, ritornerò assai presto perché, mi sembra, mi spaventerò. E se mi spaventerò, chi mai mi guarirà dallo spavento, dove trovare un angelo come Sonja?... Cos'è questa immagine che avete qui? Ah, è quella del defunto, ricordo. Apparteneva alla sua famiglia, al nonno; per tutta la sua vita non se n'è mai separato; lo so, ricordo, egli me l'ha lasciata in eredità; ricordo perfettamente... e, mi sembra, è un'immagine scismatica... fatemela vedere».

Egli prese in mano l'icona, l'accostò alla candela e la osservò attentamente, ma dopo averla tenuta in mano soltanto pochi secondi, la posò sul tavolo, questa volta davanti a sé. Io ero meravigliato, ma tutti quei suoi strani discorsi furono pronunciati così improvvisamente che non riuscivo ancora a comprendere nulla. Ricordo soltanto che un doloroso spavento compenetrò il mio cuore. Lo spavento della mamma trapassò in perplessità e compassione; innanzitutto ella vedeva in lui soltanto un infelice; anche in passato era accaduto che egli parlasse in maniera quasi altrettanto strana di adesso. Liza, chissà perché, si fece improvvisamente assai pallida e mi accennò a lui con la testa, in modo strano. Ma più di tutti era spaventata Tat'jana Pàvlovna.

«Ma cosa vi accade Andréj Petrovič, tesoro?», disse con circospezione.

«Davvero non lo so, cara Tat'jana Pàvlovna, che cosa mi accada. Non preoccupatevi, mi ricordo ancora che voi siete Tat'jana Pàvlovna e che siete cara. Tuttavia sono passato con l'intenzione di restare soltanto un momento; vorrei dire a Sonja qualche cosa di buono e sto cercando le parole giuste, sebbene il mio cuore sia pieno di parole che non sono capace di pronunciare; a dire la verità sono tutte parole alquanto strane. Sapete, mi sembra come di sdoppiarmi», egli girò intorno lo sguardo osservandoci tutti con un desiderio di comunicare assolutamente sincero. «Davvero mi sdoppio mentalmente e ho una paura terribile di ciò. È come se accanto a voi fosse ritto il vostro sosia; voi siete intelligenti e ragionevoli, mentre quello accanto a voi vuole assolutamente fare qualche assurdità e talvolta qualcosa di estremamente buffo, e improvvisamente vi accorgete che voi stessi volete fare quella cosa buffa, e Dio solo sa perché, ossia lo volete senza volerlo, lo volete resistendo con tutte le vostre forze. Un tempo ho conosciuto un dottore che al funerale di suo padre improvvisamente si mise a fischiare. In verità oggi ho avuto paura di venire al funerale perché, chissà come, mi è venuto in mente che immancabilmente mi sarei messo a fischiare o sarei scoppiato a ridere, come quello sventurato dottore che andò a finire piuttosto male... E davvero non so come mai oggi mi continui a venire in mente quel dottore, a tal punto che non riesco a liberarmene. Sai, Sonja, ora ho preso in mano di nuovo l'immagine (egli l'aveva presa in mano e la rigirava tra le mani) e sai, adesso, in questo istante, provo un desiderio terribile di sbatterla contro la stufa, proprio qui, contro questo spigolo. Sono convinto che essa si spaccherebbe di colpo in due pezzi, né più, né meno».

Soprattutto egli proferì tutto ciò senza la benché minima ombra di affettazione e nemmeno come se si trattasse di una trovata; egli lo disse con tutta semplicità, ma ciò era ancor più spaventoso; e, a quanto sembra, egli aveva effettivamente una paura terribile di non so che cosa; a un tratto notai che le sue mani tremavano leggermente.

«Andréj Petrovič!», gridò la mamma battendo le mani.

«Lascia, lascia l'immagine, Andréj Petrovič, lasciala, posala!», saltò su Tat'jana Pàvlovna, «spogliati e mettiti a letto. Arkàdij, corri a chiamare il dottore!».

«Però... però... come vi siete inquietati!», disse lui sommessamente, girando attorno lo sguardo e fissandoci uno per uno. Poi improvvisamente, posati i gomiti sul tavolo e appoggiata la testa sulle mani, disse:

«Io vi spavento, ma sentite una cosa, amici miei: consolatemi un po', rimettetevi a sedere e calmatevi un po', almeno per un minuto! Sonja, non sono assolutamente venuto qui per parlare di questo; sono venuto per comunicarvi qualcosa, ma di tutt'altro genere. Addio, Sonja, me ne vado di nuovo in pelle grinaggio, come già diverse volte me ne sono andato da te... Be', naturalmente un giorno ritornerò di nuovo da te: in questo senso tu sei inevitabile. Da chi altro dovrei andare quando tutto ciò finirà? Credimi, Sonja: ora sono venuto da te come da un angelo e assolutamente non come da un nemico: quale nemico, quale nemico puoi mai essere tu per me! Non pensare che sia venuto per fare a pezzi questa immagine, perché, sai, Sonja, nonostante tutto, in verità avrei voglia di farla a pezzi...».

Quando poco prima Tat'jana Pàvlovna aveva gridato: «Lascia l'immagine!», aveva strappato l'icona dalle sue mani e la teneva nelle proprie. Improvvisamente, mentre pronunciava queste ultime parole, egli balzò in piedi impetuosamente, in un baleno strappò l'immagine dalle mani di Tat'jana e con un gesto selvaggio la sbatté con tutte le proprie forze contro lo spigolo della stufa di ceramica. L'immagine si spaccò esattamente in due pezzi... Egli a un tratto si voltò verso di noi e il suo volto pallido improvvisamente arrossì tutto, divenne quasi purpureo, e ogni minimo tratto in esso prese a tremare e ad agitarsi:

«Non prenderla per una allegoria, Sonja, non è l'eredità di Makàr Ivànovič che ho infranto... Ma pur tuttavia ritornerò da te, dall'ultimo angelo! D'altra parte prendila pure per un'allegoria; infatti è stato indubbiamente così!...».

E improvvisamente uscì in fretta dalla stanza, passando di nuovo attraverso la cucina (dove erano rimasti la sua pelliccia e il suo bastone). Non sto a descrivere nei dettagli la reazione della mamma: ella era lì ritta, mortalmente spaventata, con le mani alzate e congiunte sopra la testa, e a un tratto gli gridò dietro:

«Andréj Petrovič, ritorna indietro, congediamoci almeno, caro!».

«Verrà, Sòf'ja, verrà! Non preoccuparti!», urlò Tat'jana tutta tremante, in preda a un terribile accesso di rabbia, di una rabbia belluina. «L'hai ben sentito, ha promesso lui stesso che ritornerà! Lascia per un'ultima volta che quella testa matta se la spassi. Invecchierà e allora, davvero, quando non lo reggeranno più le gambe, chi, all'infuori di te, vecchia balia, lo accudirà? Lo dice bene apertamente lui stesso, non se ne vergogna...».

Quanto a noi, Liza era svenuta. Io fui lì lì per corrergli dietro, ma mi lanciai verso la mamma. La abbracciai e la tenni stretta tra le braccia. Luker'ja accorse con un bicchier d'acqua per Liza. Ma la mamma ben presto si riprese; si lasciò cadere sul divano, si coprì il volto con le mani e scoppiò a piangere.

«Però, però... però raggiungilo, dunque!», si mise improvvisamente a gridare con tutte le sue forze Tat'jana Pàvlovna come tornando in sé. «Va'... va'... raggiungilo, non ti discostare da lui nemmeno d'un passo, va', va'!», continuò tentando con tutte le proprie forze di staccarmi dalla mamma, «ah, gli correrò dietro io stessa!».

«Arkaša, ah, corrigli dietro, presto!», gridò a un tratto anche la mamma.

Io mi precipitai fuori a rompicollo, passando anch'io attraverso la cucina e il cortile, ma egli non era ormai più da nessuna parte. In lontananza, sul marciapiede, nereggiavano dei passanti; mi lanciai al loro inseguimento e quando li raggiungevo li scrutavo a uno a uno in viso mentre li superavo correndo. Così arrivai di corsa fino all'incrocio.

«Non ci si arrabbia con i pazzi», mi balenò improvvisamente per la testa, «invece Tat'jana era fuori di sé dalla rabbia contro di lui; dunque egli non è affatto pazzo...». Oh, continuavo ad avere la sensazione che si fosse trattato di *una allegoria* e che egli avesse avuto l'intenzione di farla assolutamente finita con qualcosa come aveva fatto con quell'immagine sacra, e di far vedere questo a noi, alla mamma, a tutti. Tuttavia anche il «sosia» era indubbiamente presente accanto a lui; su questo non v'era alcun dubbio...

III

Non lo trovai da nessuna parte, né era il caso di correre a casa sua; era difficile immaginare che egli si fosse semplicemente diretto a casa. Improvvisamente un'idea mi balenò per la testa e mi precipitai a rotta di collo a casa di Anna Andréevna.

Anna Andréevna era già rincasata e mi fecero subito entrare. Entrai cercando di controllarmi più che potevo. Senza mettermi a sedere le raccontai francamente la scena appena svoltasi, ossia le parlai del «sosia». Non dimenticherò mai e non le perdonerò la curiosità avida, ma spietatamente calma e piena di sicurezza, con la quale ella mi stette ad ascoltare, rimanendo anche lei in piedi.

«Dov'è? Voi, forse, lo sapete?», conclusi con fare insistente. «Ieri Tat'jana Pàvlovna voleva che venissi da voi...».

«Già ieri vi avevo pregato di venire. Ieri egli è stato a Càrskoe, ed è stato anche da me. E adesso (ella gettò un'occhiata all'orologio), adesso sono le sette... Dunque certamente è a casa sua».

«Vedo che voi sapete tutto, dunque parlate, parlate!», esclamai.

«So molte cose, ma non so tutto, Naturalmente non è il caso di nascondervi nulla...», disse lei misurandomi con uno strano sguardo, sorridendo come se stesse riflettendo. «Ieri mattina, in risposta alla sua lettera, egli ha fatto una formale proposta di matrimonio a Katerina Nikolàevna».

«Non è vero!», proruppi sgranando gli occhi.

«La lettera è passata attraverso le mie mani; l'ho portata io stessa non suggellata all'Achmàkova. Questa volta egli si è comportato "da cavaliere" e non mi ha tenuto nascosto nulla».

«Anna Andréevna, io non ci capisco nulla!».

«Naturalmente, è difficile capire, ma egli è come un giocatore che getta sul tavolo la sua ultima moneta da dieci rubli e in tasca ha già pronta la rivoltella, ecco il senso della sua proposta. Ci sono nove probabilità su dieci che lei non accetti la sua proposta; ma, nonostante tutto, egli conta su un decimo delle probabilità, e confesso che ciò è assai curioso, secondo me d'altra parte... d'altra parte può essersi trattato di un attacco di follia, di quello stesso "sosia", come avete così ben detto dianzi».

«E voi ne ridete? E posso forse credere che la lettera sia stata trasmessa attraverso di voi? Non siete forse la fidanzata di suo padre? Abbiate pietà di me, Anna Andréevna!».

«Egli mi ha pregato di sacrificare il mio destino alla sua felicità, d'altronde non è che me lo abbia chiesto realmente: tutto si è svolto in maniera abbastanza silenziosa, tutto questo l'ho soltanto letto nei suoi occhi. Ah, mio Dio, ma cos'altro occorre: non è ben andato a Koenigsberg, da vostra madre, a chiederle il permesso di sposare la figliastra di *madame* Achmàkova? Ciò assomiglia bene al fatto che ieri mi abbia scelta come sua plenipotenziaria e confidente».

Ella era alquanto pallida. Ma la sua calma serviva soltanto ad accentuare il suo sarcasmo. Oh, io le perdonai molte cose in quell'istante, quando gradualmente cominciai a raccapezzarmi nella faccenda. Per un momento riflettei; ella taceva e aspettava.

«Sapete», dissi a un tratto sogghignando, «voi avete trasmesso la lettera perché per voi non c'era alcun rischio, dato che il matrimonio non può avvenire, ma lui? Lei, finalmente? Lei, si capisce, respingerà la sua proposta e allora... che cosa potrà succedere allora? Dov'è lui adesso, Anna Andréevna?», gridai. «Qui ogni istante è prezioso, a ogni istante può accadere una disgrazia!».

«È a casa sua, ve l'ho detto. Nella sua lettera di ieri a Katerina Nikolàevna, che io ho consegnato, egli le chiedeva *in ogni caso* un incontro a casa sua, oggi, esattamente alle sette di sera. Lei ha promesso che ci sarebbe andata».

«Lei ha promesso di recarsi a casa sua? Com'è possibile?».

«Perché mai? Quell'appartamento appartiene a Nastas'ja Egòrovna: entrambi potevano benissimo incontrarsi da lei come suoi ospiti...».

«Ma lei ha paura di lui... egli potrebbe ucciderla!».

Anna Andréevna si limitò a sorridere.

«Katerina Nikolàevna, nonostante tutta la sua paura, che io stessa ho notato in lei, ha sempre nutrito fin dai tempi passati una certa venerazione e una certa meraviglia per la nobiltà delle regole e per l'elevatezza di spirito di Andréj Petrovič. Questa volta ella si è fidata di lui per farla finita con lui una volta per sempre. Nella propria lettera egli le ha dato la sua parola più solenne, da cavaliere, che non aveva nulla da temere... Insomma, io non ricordo le espressioni della lettera, ma ella ha deciso di fidarsi di lui... per l'ultima volta, per così dire... e, per così dire, dimostrando a sua volta i più eroici sentimenti. C'è potuta essere una certa gara cavalleresca da entrambe le parti».

«Ah, il sosia, il sosia!», esclamai io. «Egli è davvero uscito di senno!».

«Dando ieri la propria parola di presentarsi all'appuntamento, verosimilmente Katerina Nikolàevna non ha preso in considerazione questa eventualità».

All'improvviso mi voltai e mi precipitai fuori di corsa... Diretto a casa sua, a casa sua, si capisce! Ma dalla sala tornai da lei ancora per un secondo.

«Ma forse a voi è proprio quel che occorre, che lui la uccida!», esclamai e corsi fuori dalla casa.

Sebbene tremassi tutto come preso da un accesso, entrai nell'appartamento piano piano, attraverso la cucina, e sussurrando chiesi che chiamassero Nastas'ja Egòrovna, ma quella comparve subito di sua iniziativa e in silenzio mi piantò gli occhi in faccia con uno sguardo tremendamente interrogativo.

«Lui non è in casa, signore».

Ma io, sussurando, in fretta le esposi francamente e con precisione tutto quello che mi aveva detto Anna Andreévna, e le dissi che era proprio da casa sua che venivo.

«Nastas'ja Egòrovna, dove sono?».

«Sono nella sala; nella stessa stanza dove siete stato voi due giorni fa, seduti davanti al tavolo...».

«Nastas'ja Egòrovna, lasciatemi andare di là!».

«Ma com'è possibile?».

«Non nella stanza dove sono loro, in quella accanto. Nastas'ja Egòrovna, forse Anna Andréevna stessa vuole questo. Se non lo avesse voluto, non mi avrebbe detto che erano qui. Non mi sentiranno... lei stessa lo desidera...».

«E se non è vero?», ribatté senza distogliermi di dosso il suo sguardo insistente Nastas'ja Egòrovna.

«Nastas'ja Egòrovna, io ricordo la vostra Olja... lasciatemi passare».

Improvvisamente presero a tremarle le labbra e il mento:

«Caro, lo faccio soltanto per Olja... per il tuo sentimento... Non abbandonare Anna Andréevna, caro! Non l'abbandonerai, vero? Non l'abbandonerai?».

«Non l'abbandonerò!».

«Dammi la tua parola d'onore che non entrerai nella loro stanza e che non ti metterai a gridare se ti farò entrare di là».

«Ve lo giuro sul mio onore, Nastas'ja Egòrovna!».

Ella mi afferrò per la finanziera, mi condusse in una stanza buia, adiacente a quella dove si trovavano loro, mi accompagnò camminando silenziosamente sul morbido tappeto fino alla porta, mi fece accostare alla portiera abbassata e, sollevando un minuscolo angolo di essa, me li mostrò.

Io rimasi e lei se ne andò. Si capisce che rimasi. Mi rendevo conto che stavo origliando, che ascoltavo di nascosto i segreti altrui, ma rimasi. Ci sarebbe mancato altro che non rimanessi: e il sosia? Egli aveva ben infranto l'immagine sacra davanti a me!

IV

Essi erano seduti l'uno di fronte all'altra, allo stesso tavolo intorno al quale il giorno prima io e lui avevamo brindato alla sua «resurrezione»; potevo vedere perfettamente i loro volti. Ella indossava un semplice abito nero ed era bellissima e, evidentemente, calma come sempre. Era lui a parlare, e lei lo stava ad ascoltare con attenzione straordinaria e piena di riguardo. Forse in lei c'era anche una certa timidezza. Egli, dal canto suo, era terribilmente eccitato. Arrivai nel bel mezzo della conversazione e perciò per qualche tempo non capii nulla. Ricordo che a un tratto lei chiese:

«E sono stata io la causa?».

«No, la causa sono stato io», rispose lui, «mentre voi siete stata soltanto colpevole senza colpa. Lo sapete che esistono i colpevoli senza colpa? Sono queste le colpe più imperdonabili e quasi sempre subiscono una punizione», aggiunse scoppiando a ridere in modo strano. «E io che per un momento avevo davvero pensato di avervi del tutto dimenticato e che ora ridevo della mia stupida passione... ma questo voi lo sapete. Ma tuttavia che me ne importa dell'uomo che vi apprestate a sposare? Ieri vi ho fatto una proposta di matrimonio, perdonatemi per questo, è una sciocchezza, e tuttavia non avevo assolutamente nessun'altra alternativa... cosa avrei potuto fare, se non questa sciocchezza? Non lo so...».

Dicendo queste parole egli scoppiò a ridere con aria smarrita e improvvisamente sollevò gli occhi su di lei; fino a quel momento aveva parlato come guardando da una parte. Se fossi stato al posto di lei mi sarei spaventato al suono di quella risata. Egli improvvisamente si alzò in piedi.

«Ditemi, come avete potuto acconsentire a venire qui?», domandò a un tratto come se si fosse ricordato della cosa principale. «Il mio invito e tutta la mia lettera sono una sciocchezza... Aspettate, io posso anche indovinare in che modo sia avvenuto che abbiate acconsentito a venire, ma perché siete venuta, ecco il problema! Possibile che siate venuta unicamente per la paura?».

«Sono venuta per vedervi», replicò lei scrutandolo con timida cautela. Entrambi per mezzo minuto circa tacquero. Versilov si lasciò ricadere di nuovo sulla sedia e con voce remissiva, ma appassionata, prese a dire:

«Era moltissimo tempo che non vi vedevo, Katerina Nikolàevna; era tanto tempo che quasi non ritenevo più possibile un giorno stare seduto così, accanto a voi, come faccio ora, guardare il vostro viso, ascoltare la vostra voce... Per due anni non ci siamo visti, per due anni non abbiamo parlato. Non avrei mai pensato di parlare ancora con voi. Ma sia pure, quel che è passato è passato, e ciò che è adesso, domani svanirà come fumo, sia pure! Sono d'accordo, perché di nuovo non ho alternativa, ma ora non andatevene così», aggiunse improvvisamente con tono quasi supplichevole, «se dunque mi avete fatto l'elemosina e siete venuta, non andatevene ora così: rispondete alla mia domanda!».

«A quale domanda?».

«Noi non ci vedremo mai più, cosa può dunque farvi? Ditemi la verità, rispondete una volta per tutte a una domanda che le persone intelligenti non fanno mai: mi avete mai amato, o io... mi sono sbagliato?».

Ella avvampò.

«Vi ho amato», replicò.

Mi aspettavo appunto che diceste questo: oh, che donna veritiera, sincera, onesta!

«E ora?», continuò lui.

«Ora non vi amo».

«E ridete di me?».

«No, ora ho sorriso involontariamente, perché mi aspettavo che avreste domandato: "E adesso?". Per questo ho sorriso... perché quando si indovina qualcosa si sorride sempre...».

Trovavo la cosa persino strana: non l'avevo mai vista così prudente, timida perfino e così pronta a confondersi. Egli la divorava con gli occhi.

«Lo so che non mi amate... e non mi amate affatto?».

«Forse non vi amo affatto. Io non vi amo», aggiunse lei con voce ferma e questa volta senza sorridere e senza arrossire. «Sì, vi ho amato, ma per breve tempo. Ben presto quella volta cessai di amarvi...».

«Lo so, lo so, vi siete accorta che non era ciò di cui avevate bisogno, ma... di che cosa avete bisogno? Spiegatemelo ancora una volta...».

«Ve l'ho forse già spiegato un'altra volta? Di che cosa ho bisogno? Ma io sono una donna assolutamente comune; io sono una donna tranquilla, mi piacciono... mi piacciono le persone allegre».

«Allegre?».

«Vedete? non riesco nemmeno a parlare con voi. Mi sembra che se voi poteste amarmi di meno, allora io potrei amarvi», disse lei, sorridendo di nuovo timidamente. Nella sua risposta brillò la più completa sincerità: possibile che ella non riuscisse a rendersi conto che la sua risposta costituiva la formula più definitiva dei loro rapporti, quella che spiegava e risolveva tutto? Oh, come avrebbe dovuto capirlo lui! Ma egli la guardò e sorrise in modo strano.

«Böhring è una persona allegra?», continuò a chiederle.

«Egli non deve inquietarvi affatto», rispose lei con una certa frettolosità. «Lo sposo soltanto perché assieme a lui starò più tranquilla che con quasiasi altro. Tutta la mia anima resterà con me».

«Si dice che abbiate ripreso ad amare la società, il bel mondo».

«Non la società. So bene che nella nostra società regna lo stesso disordine che ovunque; ma esteriormente le forme sono ancora belle, di modo che se bisogna vivere soltanto per passare accanto, meglio qui che in qualsiasi altro posto».

«Ho cominciato a sentir ripetere spesso la parola "disordine"; a quel tempo sono stati il mio disordine, il cilicio, le mie idee, le mie sciocchezze a spaventarvi?».

«No, non è stato assolutamente questo...».

«Che cosa allora? Per l'amor di Dio, ditemi tutto francamente».

«Be', ve lo dirò francamente, perché vi ritengo una persona di grandissima intelligenza... Mi è sempre parso che in voi ci fosse qualcosa di ridicolo».

Pronunciate queste parole ella improvvisamente avvampò come se si fosse resa conto di aver commesso un'enorme imprudenza.

«Ecco, per il fatto che mi avete detto questo vi posso perdonare molte cose», proferì lui con un'aria strana.

«Non mi sono espressa fino in fondo», si affrettò ad aggiungere lei, facendosi tutta rossa, «sono io che sono ridicola... se non altro per il fatto che parlo con voi come una stupida».

«No, voi non siete ridicola, voi siete soltanto una corrotta donna di mondo!», ribatté lui impallidendo terribilmente. «Dianzi neanch'io mi sono espresso fino in fondo, quando vi ho domandato perché siete venuta. Volete che esprima tutto il mio pensiero? Esiste una lettera, un documento, di cui voi avete una terribile paura, perché vostro padre, se venisse in possesso di tale lettera, vi potrebbe maledire in vita e legittimamente privare dell'eredità nel suo testamento. Voi avete paura di questo documento e siete venuta qui per ottenerlo», proferì lui tremando e quasi battendo i denti. Ella lo ascoltò con espressione triste e piena di pena sul volto.

«So che voi potete causarmi un'infinità di dispiaceri», disse lei come respingendo con un gesto di fastidio le sue parole, «ma sono venuta non tanto per persuadervi a non perseguitarmi, quanto per vedervi. Era addirittura molto tempo che desideravo di incontrarvi... Ma vi ho trovato identico a prima», aggiunse improvvisamente come trascinata da un pensiero particolare e decisivo, e persino con un certo strano e subitaneo sentimento.

«Speravate di vedermi diverso? Dopo la mia lettera sulla vostra dissolutezza? Ditemi, siete venuta qui senza alcuna paura?».

«Sono venuta perché un tempo vi ho amato; ma, sapete, ve ne prego, non minacciatemi, per favore, finché stiamo insieme, non ricordatemi i miei cattivi pensieri e sentimenti. Se voi poteste parlare con me di qualche altro argomento ne sarei assai felice. Le minacce le farete dopo, ma ora parlatemi d'altro... Io, veramente, sono venuta per vedervi e ascoltarvi per un istante. Se poi non potete, allora uccidetemi addirittura, ma soltanto non minacciate e non tormentatevi voi stesso davanti a me», concluse guardandolo con una strana aria d'attesa, come se davvero supponesse che egli potesse ucciderla. Egli si alzò di nuovo dalla sedia e, fissandola con uno sguardo ardente, proferì con fermezza:

«Voi ve ne andrete di qui senza aver subito la più piccola offesa».

«Ah già, la vostra parola d'onore!», disse sorridendo.

«No, non soltanto perché nella lettera vi avevo dato la mia parola d'onore, ma perché voglio pensare a voi e penserò a voi per tutta la notte...».

«Per tormentarvi?».

«Vi raffiguro sempre nella mia mente quando sono solo. Non faccio altro che parlare con voi. Mi addentro nei tuguri e nelle tane e, per contrasto, voi immediatamente apparite davanti a me. Ma voi ridete sempre di me, come fate anche adesso...». Egli disse queste parole come fuori di sé.

«Io non ho mai, mai riso di voi!», esclamò lei con voce appassionata e con la più grande compassione dipinta sul volto. «Se sono venuta, ho cercato con tutte le mie forze di farlo in modo tale che ciò non fosse in alcun modo offensivo per voi», aggiunse a un tratto. «Sono venuta qui per dirvi che quasi vi amo... Perdonatemi, forse non mi sono espressa bene», aggiunse di nuovo in fretta.

Egli scoppiò a ridere:

«Perché non siete capace di fingere? Perché siete una simile semplicione, perché non siete come tutte le altre... Ma come si fa a dire alla persona che si respinge: "quasi vi amo"?».

«È solo che non ho saputo esprimermi bene», si affrettò a replicare lei, «non volevo dire questo; e ciò accade perché davanti a voi mi sono sempre vergognata e non sono mai stata capace di parlare, fin dal nostro primo incontro. E se mi sono espressa male, dicendo con le parole che "quasi vi amo", è perché nel pensiero era quasi così, ecco perché l'ho detto, sebbene io vi ami di un certo... di un certo amore *generale*, quello con cui uno ama tutti e che non è vergogna ammettere...».

Egli rimase ad ascoltarla in silenzio, senza distogliere da lei il suo sguardo ardente.

«Io, naturalmente, vi offendo», riprese lui come fuori di sé. «Deve trattarsi veramente di ciò che chiamano passione... Io so soltanto una cosa, che con voi sono finito e senza di voi pure. Fa lo stesso se sono senza di voi o assieme a voi, ovunque voi siate voi siete assieme a me. So anche che posso odiarvi molto, più di quanto non vi ami... D'altronde, da molto tempo non penso più a nulla, tutto mi è indifferente. Mi rincresce soltanto di essermi innamorato di una come voi».

La voce gli si spezzava in gola; egli proseguì come se gli mancasse il respiro.

«Cosa pensate? Trovate strano che vi parli così?», disse con un pallido sorriso. «Io penso che, se soltanto ciò avesse potuto conquistarvi, me ne sarei stato ritto come uno stilita per trent'anni sopra una gamba sola... Lo vedo: provate compassione di me; il vostro viso dice: "Ti amerei, se potessi, ma non posso"... Vero? Non fa niente, io sono privo di orgoglio. Sono pronto, come un mendicante, ad accettare da voi qualsiasi elemosina, mi sentite, qualsiasi... Quale orgoglio ha mai un mendicante?».

Ella si alzò e si avvicinò a lui.

«Amico mio!», disse toccandogli con la mano la spalla con un inesprimibile sentimento sul viso, «non posso sentire parole come queste! Penserò a voi per tutta la mia vita come a una persona inestimabile, come al cuore più grande, come a qualcosa di sacro tra tutto ciò che io posso rispettare e amare. Andréj Petrovič, comprendete le mie parole: c'è bene una ragione se ora sono venuta, caro, caro prima e anche ora! Non dimenticherò mai come voi avete scosso la mia mente nei nostri primi incontri. Separiamoci dunque come amici e voi sarete il più serio e il più caro dei miei pensieri per tutta la mia vita!».

«Separiamoci e allora vi amerò, vi amerò, però separiamoci. Ascoltate», disse lui pallidissimo, «fatemi un'altra elemosina; non amatemi, non vivete con me, non ci vedremo mai; io sarò il vostro schiavo, se mi chiamerete, e sparirò subito se non vorrete più vedermi né sentirmi, soltanto... *soltanto non sposate nessuno*!».

Il cuore mi si strinse fino a farmi male quando udii queste parole. Questa ingenua e umiliante richiesta era tanto più pietosa, tanto più trafiggeva il cuore, quanto più era scoperta e impossibile. Sì, certo, egli chiedeva l'elemosina! Poteva mai pensare che ella avrebbe acconsentito? Ciononostante egli si era umiliato fino a fare il tentativo: egli aveva provato a chiedere! Era impossibile guardare questo estremo grado di avvilimento. Tutti i tratti del viso di lei improvvisamente si deformarono per la sofferenza, ma prima che ella avesse il tempo di pronunciare una parola egli improvvisamente si riprese.

«Io vi *distruggerò*!», disse a un tratto con una voce strana, alterata, che non era la sua.

Ma anche lei gli rispose in maniera strana, anche lei con una voce inaspettata, che non era la sua:

«Se io vi facessi l'elemosina», disse a un tratto fermamente, «voi vi vendichereste su di me a causa di essa in modo ancor peggiore di quanto ora minacciate di fare, perché non dimenticheresti mai di esservi umiliato davanti a me come un mendicante... Non posso sopportare le vostre minacce!», concluse quasi con ira, guardandolo pressoché con aria di sfida.

«"Da voi delle minacce", ossia da un simile mendicante! Ho scherzato», replicò lui sommessamente sorridendo. «Non vi farò nulla di male, non temete, andate... e quel documento farò di tutto per inviarvelo, solamente, andate, andate! Vi ho scritto una lettera stupida e voi avete risposto alla mia stupida lettera venendo: siamo pari. Per di qua», aggiunse indicandole la porta (ella voleva passare per la stanza nella quale ero nascosto io dietro la portiera).

«Perdonatemi, se potete», disse lei arrestandosi sulla soglia.

«E se ci incontrassimo un giorno come veri amici e rievocassimo questa scena con una schietta risata?», fece lui improvvisamente; ma tutti i tratti del suo viso tremavano come quelli di un uomo preso da un attacco di nervi.

«Oh, lo voglia Iddio!», esclamò lei congiungendo le mani davanti a sé, ma scrutando timorosamente il suo viso come se cercasse di indovinare quel che voleva dire

«Andate. C'è molto intelletto in entrambi noi, ma voi... Oh, voi siete una persona della mia specie! Io vi ho scritto una lettera folle e voi avete acconsentito a venire per dirmi che "quasi mi amate". No, io e voi siamo altrettanto pazzi! Siate sempre così pazza, non cambiate e ci incontreremo come amici, questo ve lo profetizzo, ve lo giuro!».

«E allora vi amerò immancabilmente, infatti lo sento fin da adesso!». La donna in lei non resistette e gli lanciò dalla soglia queste ultime parole.

Ella uscì. Io passai in fretta e senza far rumore nella cucina e quasi senza gettare nemmeno uno sguardo a Nastas'ja Egòrovna che era lì ad aspettarmi, mi precipitai giù per la scala di servizio e attraverso il cortile nella strada, ma feci soltanto in tempo a vederla salire su una vettura di piazza che la stava attendendo accanto all'ingresso della casa. Mi misi a correre per la strada.

CAPITOLO UNDICESIMO

I

Arrivai di corsa a casa di Lambert. Oh, per quanto mi sforzassi di dare un aspetto logico e di trovare anche un minimo buon senso nei miei atti durante quella sera e tutta quella notte, tuttavia, neppure ora, quando ormai posso rendermi conto di tutto, non sono in nessun modo in grado di raffigurarmi la faccenda come si conviene, nella sua chiara concatenazione. Agiva su di me un sentimento, o, per meglio dire, un intero caos di sentimenti, in mezzo ai quali dovevo naturalmente smarrirmi. A dire il vero, il sentimento principale, che mi opprimeva e che prevaleva su tutti gli altri, era uno solo, ma... devo decidermi a confessarlo? Tanto più che non ne sono sicuro...

Entrai di corsa da Lambert; ero, si capisce, fuori di me. Lui e Al'fonsinka ne furono addirittura spaventati. Ho sempre notato che i francesi, anche i più scavezzacollo e dissoluti, sono smisuratamente attaccati alle proprie abitudini domestiche, a un certo tipo di ordine borghese, al più prosaico sistema di vita quotidiano e rituale, fissato una volta per sempre. D'altronde Lambert assai presto comprese che era accaduto qualcosa e andò in visibilio vedendomi infine a casa sua, al pensiero di essersi finalmente *impadronito di me*. Tutti quei giorni non aveva fatto che pensare a questo, giorno e notte! Oh, come gli ero necessario! Ed ecco che, quando aveva ormai perduto ogni speranza, improvvisamente comparivo di mia iniziativa a casa sua, e, per di più, così sconvolto, cioè precisamente nello stato che gli occorreva.

«Lambert, del vino!», gridai, «beviamo, scateniamoci. Al'fonsinka, dov'è la chitarra?».

Non descrivo la scena, è superfluo. Bevemmo, e io gli raccontai tutto, tutto. Egli mi stette ad ascoltare avidamente. Apertamente, io per primo, gli proposi un complotto, un incendio. Innanzitutto dovevamo convocare da noi Katerina Nikolàevna con una lettera...

«Questo si può fare», assentì Lambert che beveva ogni mia parola.

In secondo luogo, per essere più convincenti, bisognava trascrivere in questa lettera per intero il suo «documento», in modo che ella potesse convincersi con i propri occhi che non la ingannavano.

«È così che si deve fare, è così che occorre fare!», assentì Lambert, scambiando incessantemente occhiate con Al'fonsinka.

In terzo luogo, doveva essere Lambert stesso, a proprio nome, a invitarla a casa sua, fingendo di essere uno sconosciuto, giunto da Mosca, mentre io avrei dovuto condurre lì Versilov...

«Si può far venire anche Versilov», assentì Lambert.

«Si deve, non "si può"!», gridai, «è indispensabile! È proprio per lui che si fa ogni cosa!», chiarii, bevendo dal bicchiere una sorsata dopo l'altra. (Bevevamo tutti e tre, ma, credo, fui io a bermi da solo tutta una bottiglia di *champagne*, mentre loro facevano solo finta). «Io e Versilov staremo nascosti nella stanza accanto (Lambert, bisogna procurarsi un'altra stanza!) — e quando a un tratto lei acconsentirà a tutto, sia a pagare in denaro, sia *all'altra cosa*, perché le donne sono tutte abiette, allora io e Versilov usciremo fuori e la smaschereremo nella sua abiezione, e Versilov, vedendo quanto ella è infame, di colpo guarirà e la caccerà a calci. Ma bisogna che sia presente anche Böhring, perché anche lui la veda com'è!», aggiunsi fuori di me.

«No, Böhring no», si provò a obiettare Lambert.

«Sì, sì!», urlai di nuovo, «tu non capisci niente, Lambert, perché sei uno stupido! Al contrario, che scoppi pure uno scandalo nell'alta società: così ci vendicheremo sia sull'alta società che su di lei e lei sarà punita! Lambert, lei ti darà la cambiale... A me i soldi non occorrono, io ci sputo sopra ai soldi, mentre tu ti chinerai a raccoglierli e te li metterai in tasca assieme ai miei sputi, ma in compenso io la schiaccerò!».

«Sì, sì», continuava ad assentire Lambert, «tu sei così...». Egli non faceva che scambiare occhiate con Al'fonsinka.

«Lambert! Lei ha una venerazione tremenda per Versilov; poco fa me ne sono convinto», gli balbettai.

«Hai fatto bene a spiare ogni cosa: non avrei mai sospettato che tu fossi una simile spia e che avessi tanto cervello!». Disse questo per adularmi.

«Menti, francese, io non sono una spia, ma ho molto cervello! Però, lo sai, Lambert? Ella lo ama davvero!», continuai, sforzandomi con tutte le mie forze di esprimere il mio pensiero. «Ma non lo sposerà, perché Böhring è un ufficiale della Guardia Imperiale, mentre Versilov è soltanto una persona generosa e un amico dell'umanità, quindi, secondo loro, un tipo ridicolo e nient'altro! Oh, lei è consapevole di questa passione e ne esulta, fa la civetta, lo stuzzica, ma non lo sposerà! È una donna, è un serpente! Ogni donna è un serpente, e ogni serpente è una donna! Bisogna curarlo; bisogna strappargli il velo dagli occhi: che veda che cos'è lei, e guarirà. Lo condurrò a casa tua, Lambert!».

«È proprio così che bisogna fare», continuava a incoraggiarmi Lambert, versandomi continuamente da bere.

Soprattutto egli aveva una gran paura di farmi arrabbiare per qualche motivo e faceva di tutto per evitare di contraddirmi e perché bevessi quanto più possibile. La cosa era così rozza ed evidente che persino allora non potevo fare a meno di avvedermene. Ma già per conto mio ormai non ero più in grado di andarmene per nulla al mondo; continuavo a bere e a parlare e desideravo terribilmente esprimermi fino in fondo. Quando Lambert uscì per andare a prendere un'altra bottiglia, Al'fonsinka suonò sulla chitarra un motivo spagnolo e io per poco non scoppiai in lacrime.

«Lambert, vuoi sapere tutto?», esclamai con profondo sentimento. «Quell'uomo bisogna assolutamente salvarlo perché attorno a lui... c'è un incantesimo. Se lei accettasse di sposarlo, egli l'indomani, dopo la prima notte, la caccerebbe a calci... perché è così che succede. Perché un amore del genere, coatto, selvaggio, agisce come un accesso, come un cappio, come una malattia e, non appena ha raggiunto il soddisfacimento, immediatamente cade il velo e appare il sentimento opposto: la ripugnanza e l'odio, il desiderio di sterminare, di schiacciare. Conosci la storia di Abisag,[1] Lambert, l'hai letta?».

«No, non ricordo; è un romanzo?», borbottò Lambert.

«Oh, Lambert, non sai proprio niente! Sei spaventosamente, spaventosamente incolto... ma me ne infischio. Fa lo stesso. Oh, lui ama la mamma; ha baciato il suo ritratto; caccerebbe quell'altra il mattino dopo e ritornerebbe dalla mamma; ma sarebbe troppo tardi e perciò bisogna salvarlo adesso...».

Verso la fine cominciai a piangere amaramente, ma continuavo a parlare e bevevo spaventosamente. Un tratto estremamente singolare fu che Lambert, durante tutta la sera, non mi chiese neppure una volta del «documento», cioè dove esso fosse, che glielo mostrassi, che lo mettessi sul tavolo. Che cosa sarebbe stato più naturale che chiedermi di ciò nel momento in cui ci mettevamo d'accordo per agire? E un altro tratto singolare fu che non facemmo altro che parlare del fatto che bisognava fare questa cosa, che noi l'avremmo fatta immancabilmente, ma da dove, come e quando ciò sarebbe avvenuto non dicemmo neppure una parola! Egli non faceva che assentire a quel che dicevo e scambiare occhiate con Al'fonsinka, nient'altro! Naturalmente, allora non riuscii a raccapezzarmi, ma tuttavia la cosa mi rimase impressa.

Andò a finire che mi addormentai lì sul divano, senza svestirmi. Dormii molto a lungo e mi svegliai assai tardi. Rammento che, dopo essermi risvegliato, per un certo tempo rimasi a giacere sul divano come istupidito, cercando di raccapezzarmi e di ricordare, e fingendo di continuare a dormire. Ma Lambert nella stanza non c'era già più: se n'era andato. Erano ormai le nove passate; crepitava la stufa accesa, esattamente come quella volta, quando mi ero ritrovato a casa di Lambert dopo la famosa notte. Ma da dietro i paraventi mi sorvegliava Al'fonsinka: me ne accorsi subito perché un paio di volte fece capolino e mi guardò, ma ogni volta io richiusi gli occhi e feci finta di dormire. Agii così perché mi sentivo oppresso e perché avevo biso-

1 Secondo la Bibbia i servi portarono al Re Davide ormai vecchio una fanciulla di questo nome perché lo riscaldasse (*Re*, III, 1, 2-4).

gno di riflettere sulla mia situazione. Con terrore avvertii tutta l'assurdità e l'abiezione della mia confessione notturna a Lambert, del mio accordo con lui, dell'errore che avevo fatto rivolgendomi a lui! Ma, grazie a Dio, il documento era ancora in mano mia, cucito come prima nella mia tasca laterale; lo palpai con la mano: era lì! Dunque era sufficiente che ora saltassi su e corressi via, e di vergognarsi in seguito di fronte a Lambert non era proprio il caso: egli non valeva tanto.

Ma era di fronte a me stesso che mi vergognavo! Ero io stesso il mio giudice e, mio Dio, che cosa c'era nella mia anima! Ma non starò a descrivere quell'infernale, insopportabile sentimento e quella consapevolezza di sozzura e di bassezza. Tuttavia debbo confessare, perché, a quanto sembra, è venuto il tempo di farlo. Nelle mie memorie questo deve essere registrato. E dunque, che si sappia che volevo disonorarla e che mi apprestavo a essere testimone di come ella avrebbe ceduto al ricatto di Lambert (oh, bassezza!), non per salvare il folle Versilov e restituirlo alla mamma, ma perché... perché, forse, io stesso ero innamorato di lei, ero innamorato e ne ero geloso! Di chi ero geloso: di Böhring, di Versilov? Di tutti quelli che durante i balli ella avrebbe guardato e coi quali avrebbe parlato, mentre io me ne sarei stato in un angolo, vergognandomi di me stesso?... Oh, scandalo!

Insomma, io non so di chi fossi geloso, ma soltanto sentivo, e me ne ero persuaso la sera prima come due più due fa quattro, che ella per me era perduta, che quella donna mi avrebbe respinto e deriso per la mia falsità e per la mia insensatezza! Lei era sincera e onesta, mentre io, io ero una spia intenta a intrigare con i documenti!

Tutto questo da allora io l'ho tenuto nascosto nel mio cuore, ma ora è venuto il tempo e... tiro le somme. Tuttavia lo ripeto e per l'ultima volta: forse per una buona metà, o addirittura per il settantacinque per cento ho mentito ai miei propri danni! Quella notte l'ho odiata come un forsennato e poi come un ubriaco furioso. Ho già detto che era un caos di sentimenti e di sensazioni nel quale io stesso non riuscivo a capirci nulla. Ma tuttavia bisognava parlarne, perché almeno una parte di questi sentimenti era davvero presente in me.

Con un irrefrenabile disgusto e con un'irrefrenabile decisione di rimettere tutto a posto, a un tratto balzai su dal divano, ma, non appena balzai su, in un lampo saltò fuori Al'fonsinka. Afferrai la pelliccia e il colbacco e le ordinai di riferire a Lambert che la sera prima avevo delirato, che avevo calunniato quella donna, che di proposito avevo scherzato e che Lambert non osasse mai più venire da me... Dissi tutte queste cose in qualche modo, alla rinfusa, in fretta, in francese e, si capisce, in maniera straordinariamente confusa, ma, con mio stupore, Al'fonsinka comprese perfettamente tutto, e, ciò che era più sorprendente, sembrò persino per qualche ragione rallegrarsi.

«*Oui, oui*», assentì, «*c'est une honte! Une dame... Oh, vous êtes généreux, vous! Soyez tranquille, je ferai voir raison à Lambert...*».[2]

Cosicché anche allora avrei dovuto rimanere perplesso vedendo un così inatteso cambiamento nei suoi sentimenti, e quindi, forse, anche in quelli di Lambert. Tuttavia uscii senza dir nulla; nella mia anima regnava la confusione e ragionavo male! Oh, poi capii tutto, ma allora era ormai troppo tardi! Oh, che macchinazione infernale ne venne fuori! A questo punto mi fermerò e la spiegherò per intero, perché altrimenti al lettore risulterebbe impossibile capire.

Il fatto è che fin dal mio primo incontro con Lambert, quella volta che mi ero scongelato nel suo appartamento, come uno stupido gli avevo farfugliato che il documento era cucito nella mia tasca. Quella volta a un tratto mi ero assopito per un certo tempo lì da lui, sul divano, in un angolo, e Lambert immediatamente aveva palpato la mia tasca e si era convinto che in essa era veramente cucito un foglio di carta. Poi diverse volte egli si era assicurato che quella carta fosse ancora lì: per esempio durante il nostro pranzo dai tartari ricordo come di proposito mi aveva abbracciato diverse volte alla vita. Essendosi reso conto, infine, quanto fosse importante quella carta, aveva escogitato un suo piano del tutto particolare, del quale io non avevo alcuna idea. Come uno stupido, per tutto il tempo, continuavo a

2 «Sì, sì, è una vergogna! Una signora... Oh, siete generoso, voi! State tranquillo, farò intendere ragione a Lambert», in francese nel testo.

immaginarmi che egli mi invitasse così insistentemente a casa sua unicamente per convincermi a mettermi in combutta con lui e ad agire soltanto assieme a lui. Ma, ahimè! Era tutt'altra la ragione per cui mi invitava! Egli mi invitava per farmi ubriacare fino a perdere i sensi e, quando fossi caduto esanime, privo di conoscenza, e mi fossi messo a russare, scucirmi la tasca e impossessarsi del documento. Appunto così avevano agito, lui e Al'fonsinka, quella notte; era stata Al'fonsinka a scucirmi la tasca. Dopo aver tirato fuori la lettera, *la sua lettera*, il mio documento moscovita, avevano preso un pezzo di comune carta da lettere delle medesime dimensioni e l'avevano messo allo stesso posto, ricucendo poi di nuovo la tasca come se non fosse accaduto nulla, di modo che io non potessi accorgermi di nulla. Era stata Al'fonsinka a ricucire la tasca. E io, io, fin quasi alla fine, per un altro giorno e mezzo ho continuato a credere di essere il possessore del segreto e che la sorte di Katerina Nikolàevna fosse ancora nelle mie mani!

Un'ultima cosa: questo furto del documento fu la causa di tutto, di tutte le successive disgrazie!

II

Siamo arrivati così all'ultimo giorno delle mie memorie ed eccomi veramente alla fine.

Erano, credo, circa le dieci e mezza, quando, eccitato, e, a quanto ricordo, stranamente sopra pensiero, ma con una decisione definitiva nel cuore, arrivai al mio alloggio. Non mi affrettavo, ormai sapevo come avrei agito. E all'improvviso, appena ebbi messo piede nel nostro corridoio, immediatamente compresi che era accaduta una nuova disgrazia che rendeva la faccenda straordinariamente più complicata: il vecchio principe, appena portato lì da Càrskoe Selò, si trovava nel nostro appartamento e con lui c'era Anna Andréevna!

Essi lo avevano sistemato nella mia camera e nelle due stanze dei padroni accanto alla mia. Già la vigilia, come venni a sapere, in queste stanze erano state effettuate delle modifiche ed erano stati apportati degli abbellimenti, d'altronde i più lievi.

Il padrone e sua moglie si erano trasferiti nel bugigattolo dell'inquilino butterato e stizzoso, di cui ho già fatto menzione in precedenza, mentre quest'ultimo, per quel periodo, fu confinato non so dove.

Mi accolse il padron di casa che era immediatamente sgattaiolato nella mia camera. Egli non appariva più deciso come il giorno prima, ma era in uno stato d'animo straordinariamente eccitato, all'altezza degli avvenimenti, per così dire. Non gli dissi nulla, ma, ritiratomi in un angolo e afferratami la testa fra le mani, rimasi lì così per un momento. Egli dapprima pensò che «posassi», ma infine non resistette e si spaventò.

«Qualcosa forse non va?», borbottò. «Vi aspettavo appunto per chiedervi», aggiunse, vedendo che non rispondevo, «se non voleste per caso aprire quella porta, in modo da comunicare direttamente con le stanze del principe... invece di dover passare dal corridoio», egli accennò alla porta laterale, sempre chiusa, che comunicava con le due stanze padronali, e ora, quindi, con l'alloggio del principe.

«Sentite una cosa, Pëtr Ippolìtovič», dissi rivolgendomi a lui con aria severa, «vi prego cortesemente di recarvi da Anna Andréevna e di invitarla a venire qui perché le debbo parlare. È molto che sono qui?».

«Sarà già quasi un'ora».

«Allora andate».

Egli andò e ritornò con una strana risposta, che Anna Andréevna e Nikolàj Ivànovič mi attendevano con impazienza da loro; Anna Andréevna, dunque, non aveva voluto degnarsi. Io rassettai e ripulii la mia finanziera che s'era gualcita durante la notte, mi lavai, mi pettinai, tutto ciò senza fretta, e, consapevole di come dovessi essere cauto, mi recai dal vecchio.

Il principe era seduto sul divano davanti a un tavolino rotondo, mentre Anna Andréevna, in un altro angolo della stanza, davanti a un tavolo anch'esso ricoperto con una tovaglia, sul quale bolliva il *samovàr* dei padroni lustrato come mai lo era stato prima d'allora, gli stava preparando il tè. Io entrai con la stessa aria severa di poco prima e il vecchietto, avvedutosene all'istante, sussultò e il sorriso sul suo volto rapidamente lasciò il posto decisamente allo spavento; io però non resistetti e subito scoppiai a ridere e gli protesi le braccia; il poveretto si lanciò a ricambiare il mio abbraccio.

Senz'ombra di dubbio, mi resi conto immediatamente con chi avevo a che fare. In primo luogo mi divenne chiaro come due più due fa quattro che di un vecchio ancora piuttosto vivace e fornito, nonostante tutto, di un certo intelletto e anche di un certo carattere, essi, durante il periodo in cui io e lui non ci eravamo visti, avevano fatto una specie di mummia, un vero bambino pauroso e diffidente. Aggiungerò che egli sapeva perfettamente perché lo avessero condotto lì e tutto era accaduto esattamente come, facendo un salto in avanti, ho spiegato più sopra. Lo avevano proprio scosso, distrutto, schiacciato con la notizia del tradimento di sua figlia e del manicomio. Egli aveva acconsentito a che lo conducessero via, rendendosi conto a malapena, a causa della paura, di quel che stesse facendo. Gli avevano detto che io ero il detentore del segreto e che possedevo la chiave della soluzione definitiva di tutta la questione. Dirò in anticipo che era proprio di questa soluzione definitiva e di questa chiave che egli aveva paura più che di ogni altra cosa al mondo. Egli si aspettava che mi sarei presentato a lui con una condanna scritta sulla fronte e con quella carta in mano, e fu terribilmente contento del fatto che per il momento io fossi disposto a ridere e a chiacchierare di tutt'altro argomento. Quando ci abbracciammo scoppiò in lacrime. Confesso che un pochino piansi anch'io, ma improvvisamente provai una grande compassione per lui... Il cagnolino di Al'fonsinka abbaiava a perdifiato con la sua vocina sottile, simile a un campanellino, e si lanciò verso di me saltando giù dal divano. Da quando l'aveva acquistato, egli ormai non si separava più neppure per un momento da questo minuscolo cagnolino e dormiva perfino con lui.

«*Oh, je disais qu'il a du coeur!*»,[3] esclamò indicandomi rivolto ad Anna Andréevna.

«Come vi siete ben rimesso in salute, principe, che aspetto magnifico, fresco e sano avete!», osservai. Ahimè, era esattamente il contrario: era una mummia e dissi così soltanto per rincuorarlo.

3 «Oh, lo dicevo che ha del cuore», in francese nel testo.

«*N'est-ce pas, n'est-ce pas?*»,[4] ripeté lui gioiosamente. «Oh, mi sono meravigliosamente rimesso in buona salute».

«Tuttavia prendete il vostro tè, e se me ne offrirete una tazza, lo prenderò anch'io con voi».

«Magnifico! "Berremo e godremo...", come dice il poeta? Ci sono dei versi del genere... Anna Andréevna dategli del tè, *il prend toujours par les sentiments...*[5] dateci del tè, cara».

Anna Andréevna servì il tè, ma a un tratto si rivolse verso di me e cominciò a parlare in modo straordinariamente solenne.

«Arkàdij Makàrovič, noi due, io e il mio benefattore, il principe Nikolàj Ivànovič, ci siamo rifugiati qui da voi. Io considero che siamo venuti da voi, da voi solo, ed entrambi vi preghiamo di concederci asilo. Ricordatevi che praticamente tutto il destino di quest'uomo santo, di quest'uomo nobilissimo e offeso, è nelle vostre mani... Noi attendiamo una parola risolutiva dal vostro cuore veritiero!».

Ma ella non poté finire; il principe fu preso dal terrore e cominciò quasi a tremare dallo spavento:

«*Après, après, n'est-ce pas? Chère amie!*»,[6] ripeteva sollevando le mani verso di lei.

Non so dire che effetto sgradevole ebbe anche su di me la sortita di lei. Non risposi nulla e mi accontentai di un freddo inchino pieno di sussiego; poi mi sedetti a tavola e di proposito mi misi perfino a parlar d'altro, di non so quali sciocchezze, cominciando a ridere e a fare lo spiritoso... Il vecchio mi era evidentemente riconoscente e si fece entusiasticamente allegro. Ma la sua allegria, sebbene entusiastica era, evidentemente, alquanto instabile e in un attimo avrebbe potuto lasciare il posto a un totale abbattimento; era chiaro fin dal primo sguardo.

«*Cher enfant*, ho sentito che sei stato malato... Ah, *pardon!* Tu, a quanto ho sentito, per tutto questo tempo non hai fatto che occuparti di spiritismo!».

«Non m'è neppure passato per la testa», replicai sorridendo.

«No? Ma chi mi ha dunque parlato di spi-ri-tismo?».

«È stato l'impiegato che sta qui, Pëtr Ippolìtovič, a parlarve-

4 «Nevvero, nevvero», in francese nel testo.
5 «Prende sempre attraverso i sentimenti», in francese nel testo.
6 «Dopo, dopo, nevvero? Cara amica», in francese nel testo.

ne poco fa», spiegò Anna Andréevna. «È una persona molto divertente e conosce un'infinità di aneddoti; volete che lo chiami?».

«*Oui, oui, il est charmant...*[7] conosce degli aneddoti, ma è meglio che lo chiamiamo dopo. Lo chiameremo ed egli ci racconterà tutto, *mais après*.[8] Figurati che poco fa stavamo apparecchiando la tavola ed egli ha detto: "Non preoccupatevi, non volerà via: non siamo degli spiriti". Gli spiriti fanno forse volare i tavoli?».

«Davvero non lo so; si dice che facciano alzare le gambe dei tavoli».

«*Mais c'est terrible ce que tu dis*»,[9] fece lui guardandomi spaventato.

«Oh, non preoccupatevi, sono tutte fandonie».

«È quel che dico anch'io. Nastàs'ja Stepànovna Saloméeva... la conosci... ah, no, tu non la conosci... figurati che anche lei crede allo spiritismo e, figuratevi, *chère enfant*», così dicendo si girò verso Anna Andréevna, «io le dico: eppure anche nei ministeri ci sono dei tavoli e su ognuno di essi sono posate otto paia di mani di impiegati che non fanno che scrivere, perché lì allora i tavoli non ballano? Figurati se a un tratto si mettessero a ballare! Una ribellione dei tavoli al ministero delle finanze o a quello dell'istruzione pubblica, non ci mancherebbe che questa!».

«Dite proprio cose deliziose, come un tempo, principe», esclamai sforzandomi di ridere di cuore.

«*N'est-ce pas? Je ne parle pas trop, mais je dis bien*».[10]

«Condurrò qui Pëtr Ippolìtovič», disse Anna Andréevna alzandosi. Il suo viso brillava di soddisfazione: ella si rallegrava vedendo come ero affettuoso col principe. Ma non appena fu uscita, improvvisamente il viso del vecchio di colpo mutò. Egli lanciò in fretta un'occhiata verso la porta, si guardò attorno e, chinatosi verso di me dal divano sul quale era seduto, mi sussurrò con voce spaventata:

7 «Sì, sì, è delizioso», in francese nel testo.
8 «Ma dopo», in francese nel testo.
9 «Ma è terribile quel che tu dici», in francese nel testo.
10 «Non è vero? Io non parlo troppo, ma parlo bene», in francese nel testo.

«*Cher ami!* Oh, se potessi vederle entrambe qui assieme! *Oh, cher enfant!*».

«Calmatevi, principe...».

«Sì, sì, ma... noi le riconcilieremo, *n'est-ce pas?* Non è altro che un futile, meschino litigio tra due degnissime donne, *n'est-ce pas?* Tutte le mie speranze sono riposte su di te... Noi rimetteremo tutto a posto; e che strano appartamento è questo», proseguì guardandosi attorno quasi con paura, «e, sai, questo padrone di casa... ha una faccia... Dimmi, non è pericoloso?».

«Il padrone di casa? Oh, no. In che cosa potrebbe essere pericoloso?».

«*C'est ça.*[11] Tanto meglio. *Il sembre qu'il est bête, ce gentilhomme.*[12] *Cher enfant*, per l'amor di Cristo, non dire ad Anna Andréevna che qui ho paura di tutto; fin dal primo momento non ho fatto che parlar bene di tutto qui, e anche del padron di casa ho parlato bene. Ascolta, la sai la storia di Von Sohn, te la ricordi?».[13]

«Ebbene?».

«*Rien, rien du tout... Mais je suis libre ici, n'est-ce pas?*[14] Che ne pensi: qui non mi può succedere niente... dello stesso genere?».

«Ma ve lo assicuro, caro... abbiate pazienza!».

«*Mon ami! Mon enfant!*», esclamò lui improvvisamente congiungendo le mani davanti a sé e senza ormai più nascondere il proprio spavento, «se veramente tu hai qualcosa... dei documenti... se hai qualcosa da dirmi, allora non dirmela; per l'amor di Dio, non dirmi niente; anzi è meglio che tu non parli affatto... non parlare quanto più a lungo è possibile...». Egli fece per lanciarsi ad abbracciarmi; le lacrime cominciarono a scorrergli per il viso; non so dire come mi si stringesse il cuore: il povero vecchio assomigliava a un bambino infelice, debole, impaurito che gli zingari avevano rapito dal suo nido natio portandolo in mezzo a gente sconosciuta. Ma non ci fu concesso di abbracciarci: la porta si aprì ed entrò Anna Andréevna,

11 «Si capisce», in francese nel testo.

12 «Sembra che sia stupido questo gentiluomo», in francese nel testo.

13 Nel 1869 un impiegato di questo nome era stato assassinato in una casa di tolleranza di Mosca. Il fatto aveva avuto vasta risonanza sui giornali.

14 «Ma sono libero qui, non è vero?», in francese nel testo.

ma non col padrone di casa, bensì con suo fratello, il *kamer-junker*. Questa novità mi lasciò sbalordito; mi alzai e mi diressi alla porta.

«Arkàdij Makàrovič, permettete che vi presenti», disse ad alta voce Anna Andréevna, di modo che, mio malgrado, dovetti fermarmi.

«Conosco già *fin troppo bene* il vostro fratellino», scandii ponendo particolarmente l'accento sulla parola «troppo».

«Ah, qui c'è un terribile malinteso! E io sono talmente in colpa, caro And... Andréj Makàrovič», prese a biascicare il giovanotto avvicinandosi a me con fare quanto mai disinvolto e afferrando la mia mano che non fui in grado di ritrarre, «la colpa è tutta del mio Stepàn; quella volta a Mosca egli mi annunciò la vostra visita in maniera così stupida che vi scambiai per un altro», spiegò alla sorella, «poi tentai in ogni modo di rintracciarvi per chiarire l'equivoco, ma mi ammalai, domandatelo a lei... *Cher prince, nous devons être amis même par droit de naissance...*».[15]

E lo sfrontato giovanotto osò persino mettermi un braccio sulle spalle, il che era davvero il colmo della familiarità. Io mi scostai, ma, in preda alla confusione, preferii piuttosto andarmene senza dire una parola. Entrato nella mia stanza mi sedetti sul letto tutto agitato e assorto nei miei pensieri. L'intrigo mi soffocava, ma non potevo affrontare così apertamente Anna Andréevna e tagliarle le gambe. Improvvisamente sentii che anche lei mi era cara e che la sua situazione era orribile.

III

Come mi attendevo fu lei stessa a entrare nella mia camera, dopo aver lasciato il principe col fratello, il quale cominciò a raccontargli non so quali pettegolezzi mondani, i più freschi e appena sfornati, col che in un attimo rasserenò l'influenzabile vecchietto. In silenzio e con aria interrogativa mi alzai dal letto.

15 «Caro principe, noi dobbiamo essere amici anche per diritto di nascita», in francese nel testo.

«Io vi ho detto tutto, Arkàdij Makàrovič», cominciò a dire lei senza ambagi, «il nostro destino è nelle vostre mani».

«Eppure io vi avevo avvertito che non posso... I più sacri doveri mi impediscono di fare ciò su cui voi contate...».

«Sì? È questa la vostra risposta? Be', sia pure, io sono perduta, ma il vecchio? Cosa credete: vedete bene che prima di sera egli impazzirà!».

«No, egli impazzirà se gli mostrerò la lettera della figlia nella quale essa si consiglia con un avvocato su come far dichiarare pazzo il padre!», esclamai con calore. «Ecco ciò che non sopporterà. Sappiate che egli non crede a questa lettera, egli me l'ha gia detto!».

Andai al di là del vero, affermando che me lo aveva già detto, ma la cosa cadde a proposito.

«Ve l'ha già detto? Era quello che pensavo! In tal caso sono perduta; egli ha già pianto e chiesto di tornare a casa».

«Ditemi in che cosa precisamente consiste il vostro piano», chiesi con fare indiscreto.

Ella arrossì, per così dire, per orgoglio ferito, tuttavia si fece forza e rispose:

«Con questa lettera di sua figlia in mano noi siamo giustificati agli occhi del mondo. Io manderò subito a chiamare il principe V-skij e Borìs Michàjlovič Peliščev, suoi amici fin dall'infanzia; entrambi sono persone stimate e influenti in società e, questo lo so, due anni fa hanno già reagito con indignazione a certi atti della sua spietata e avida figlia. Essi, naturalmente, lo rinconcilieranno con la figlia, su mia preghiera, e sarò io stessa a insistere su questo; ma in compenso la situazione cambierà completamente. Inoltre ritengo che allora anche i miei parenti, i Fanariotov, si decideranno a sostenere i miei diritti. Ma ciò che per me viene prima di tutto è la sua felicità; voglio che egli comprenda finalmente e apprezzi chi davvero gli è devoto! Senza dubbio io conto soprattutto sulla vostra influenza su di lui, Arkàdij Makàrovič: voi gli volete tanto bene... Chi gli vuol bene, a parte voi ed io? Egli non ha fatto che parlare di voi in questi ultimi giorni; aveva nostalgia di voi, voi siete "il suo giovane amico". Si intende che per tutta la vita poi la mia riconoscenza non avrà limiti...».

Ella mi faceva già intravedere la ricompensa, del denaro, forse. Io la interruppi bruscamente:

«Qualunque cosa voi diciate, non posso», replicai con l'aria di chi ha preso una decisione incrollabile, «io vi posso ricompensare soltanto con la stessa franchezza ed esporvi le mie intenzioni definitive: io rimetterò, entro il più breve termine di tempo, questa fatale lettera nelle mani di Katerina Nikolàevna, ma alla condizione che di tutto ciò che è ora accaduto non si faccia uno scandalo e che lei mi dia in anticipo la sua parola che non ostacolerà la vostra felicità. Ecco tutto ciò che posso fare».

«Ciò è impossibile!», replicò lei arrossendo tutta. Il solo pensiero che Katerina Nikolàevna l'avrebbe *risparmiata* la faceva andare in collera.

«Non muterò la mia decisione, Anna Andréevna».

«Forse invece la cambierete».

«Rivolgetevi a Lambert!».

«Arkàdij Makàrovič, voi non sapete quali disgrazie possono accadere a causa della vostra cocciutaggine», disse lei aspramente e con esasperazione.

«Accadranno delle disgrazie, questo è sicuro... mi gira la testa. Abbiamo parlato a sufficienza: ho deciso e basta. Soltanto, per l'amor di Dio, non conducete qui da me vostro fratello, ve ne prego».

«Ma egli vuole appunto riparare...».

«Non c'è nulla da riparare! Non ne ho bisogno, non voglio, non voglio!», esclamai afferrandomi la testa. (Oh, forse allora la trattai troppo altezzosamente!). «Ditemi, tuttavia, dove passerà la notte oggi il principe? Possibile che la passi qui?».

«Egli pernotterà qui, in casa vostra e con voi».

«Prima di sera traslocherò in un altro alloggio!».

E dopo aver pronunciato queste parole spietate afferrai il colbacco e presi a indossare la pelliccia. Anna Andréevna mi osservava in silenzio con uno sguardo aspro. Provavo compassione, oh, provavo compassione per quella fanciulla orgogliosa! Ma corsi fuori dall'appartamento senza lasciarle neppure una parola di speranza.

IV

Cercherò di riassumere. La mia decisione era stata presa in maniera irrevocabile e io mi diressi da Tat'jana Pàvlovna. Ahimè! Si sarebbe potuta evitare una grande disgrazia se allora l'avessi trovata in casa, ma, come a farlo apposta, quel giorno la sfortuna mi perseguitava in maniera particolare. Naturalmente passai da casa della mamma, in primo luogo per far visita alla povera mamma, e in secondo luogo perché contavo quasi con sicurezza di trovare lì Tat'jana Pàvlovna; ma lei non era neppure lì, se ne era appena andata per recarsi da qualche parte; la mamma, per parte sua, era a letto malata e con lei era rimasta soltanto Liza. Liza mi pregò di non entrare e di non svegliare la mamma: «Non ha dormito tutta la notte, non ha fatto che tormentarsi; sia grazie a Dio che almeno adesso si è addormentata». Abbracciai Liza e le dissi soltanto due parole sul fatto che avevo preso un'enorme e fatale decisione e che ora l'avrei messa in atto. Ella mi ascoltò senza particolare stupore, come se si trattasse delle parole più usuali. Oh, a quel tempo tutti avevano fatto l'abitudine alle mie incessanti «decisioni definitive» e alle successive pusillanimi revoche di esse. Ma ora, ora la faccenda era diversa! Per la strada, tuttavia, entrai nella trattoria sul canale e rimasi lì per un po' per far passare il tempo, in modo da trovare in casa con sicurezza Tat'jana Pàvlovna. D'altronde spiegherò perché a un tratto mi era divenuta così necessaria quella donna. Il fatto è che volevo mandarla subito da Katerina Nikolàevna per chiedere a quest'ultima di venire a casa sua e, in presenza di Tat'jana Pàvlovna, restituirle il documento, spiegandole ogni cosa una volta per tutte... Insomma volevo solamente fare il mio dovere; volevo riabilitarmi una volta per tutte. Una volta sistemata questa faccenda avevo immancabilmente e con fermezza stabilito di dire, immediatamente dopo, alcune parole in favore di Anna Andréevna e, se possibile, di prendere con me Katerina Nikolàevna e Tat'jana Pàvlovna (come testimone) e di condurle a casa mia, ossia dal principe, lì di riconciliare le due donne in dissidio tra loro, di resuscitare il principe e... e... insomma di rendere tutti felici, per lo meno lì, in quel gruppo di persone, in modo che rimanessero fuori unicamente il solo Versilov e la mamma. Non potevo dubitare del successo: Katerina Nikolàevna, riconoscente per la restituzione della lettera (per la quale non le avrei chiesto nulla), non poteva rifiutarsi di soddisfare una simile preghiera. Ahimè! Io continuavo a immaginare di essere in possesso del documento. Oh, in che situazione stupida e indegna mi trovavo senza saperlo!

Faceva ormai quasi buio ed erano già circa le quattro quando mi recai di nuovo a casa di Tat'jana Pàvlovna. Màr'ja mi rispose villanamente che «non era venuta». Ora mi ricordo perfettamente lo strano sguardo di sottecchi di Màr'ja, ma, si capisce, allora non poté venirmi in mente nulla. Al contrario, all'improvviso fui dolorosamente colpito da un altro pensiero: mentre indispettito e alquanto sconsolato scendevo le scale della casa di Tat'jana Pàvlovna, mi ricordai del povero principe che poco prima aveva proteso le braccia verso di me, e improvvisamente mi rimproverai amaramente di averlo abbandonato forse, addirittura, per dispetto personale. Con inquietudine cominciai a immaginarmi che, durante la mia assenza, tra loro avesse potuto accadere persino qualcosa di molto brutto e in fretta mi diressi verso casa. Lì tuttavia si erano verificate soltanto le seguenti circostanze.

Anna Andréevna, uscendo poco prima dalla mia stanza in collera, non si era ancora persa d'animo. Bisogna far presente che ella, fin dal mattino, aveva mandato qualcuno a casa di Lambert, poi l'aveva mandato a cercare una seconda volta e, dato che Lambert era sempre irreperibile, aveva infine inviato suo fratello a rintracciarlo. La poveretta, vedendo la mia resistenza, aveva riposto su Lambert e sulla sua influenza su di me le sue ultime speranze. Ella aspettava Lambert con impazienza e si meravigliava soltanto che lui, che fino a quel giorno non si era scostato da lei di un passo e non aveva fatto che gironzolarle attorno, improvvisamente l'avesse del tutto abbandonata e fosse scomparso. Ahimè! Non le poteva certo venire nemmeno in mente che Lambert, essendo ora in possesso del documento, aveva ormai preso tutt'altre decisioni e perciò, naturalmente, si nascondeva e la sfuggiva addirittura di proposito.

Pertanto Anna Andréevna, in preda all'inquietudine e vieppiù allarmata non aveva quasi la forza di distrarre il vecchio la cui inquietudine, nel frattempo, era cresciuta fino ad assumere proporzioni allarmanti. Egli faceva delle domande strane e piene di timori, aveva cominciato perfino a guardarla con sospetto e diverse volte si era messo a piangere. Il giovane Versilov era rimasto lì per breve tempo. Dopo di lui Anna Andréevna aveva condotto finalmente dal principe Pëtr Ippolìtovič, sul quale riponeva tante speranze, ma questi non era affatto piaciuto e aveva addirittura suscitato avversione. In generale, chissà perché, il principe guardava Pëtr Ippolìtovič via via con sempre maggior diffidenza e sospetto. Dal canto suo il padrone di casa, come a farlo apposta, si era messo di nuovo a discettare di spiritismo e di certi giochi di prestigio ai quali diceva di aver lui stesso assistito durante una rappresentazione, e, precisamente come un ciarlatano venuto da fuori, davanti a tutto il pubblico, aveva mozzato delle teste umane in modo da far scorrere il sangue che tutti avevano visto, e poi le aveva riattaccate al collo, anche questo in presenza del pubblico, e che ciò sarebbe avvenuto nel cinquantanove. Il principe si era a tal punto spaventato e, nello stesso tempo, era andato tanto in collera, che Anna Andréevna era stata costretta ad allontanare immediatamente il narratore. Per fortuna era arrivato il pranzo, ordinato appositamente la vigilia da qualche parte nelle vicinanze (se ne erano occupati Lambert e Al'fonsinka) a un rinomato cuoco francese che, al momento, non aveva un posto e cercava una sistemazione in una casa aristocratica o in un club. Il pranzo con lo *champagne* aveva messo di buon umore il vecchio; egli aveva mangiato parecchio e aveva scherzato molto. Dopo il pranzo, naturalmente, si era sentito appesantito e gli era venuto sonno, e, dato che egli dormiva sempre dopo pranzo, Anna Andréevna gli aveva preparato il letto. Addormentandosi, egli aveva continuato a baciarle le mani, dicendole che lei era il suo paradiso, la sua speranza, la sua urì, il suo «fiore d'oro», insomma si era lanciato nelle espressioni più orientali. Infine si era addormentato e fu a questo punto che io ritornai.

Anna Andréevna si precipitò nella mia stanza, congiunse le mani davanti a me e disse che ormai non per se stessa, ma per il principe mi supplicava di non andarmene e di recarmi da lui quando si sarebbe svegliato. Che senza di me egli sarebbe morto, che avrebbe avuto un collasso nervoso e che ella temeva che non avrebbe resistito neppure fino alla notte... Ella aggiunse che doveva assentarsi, forse, addirittura per due ore, e che, di conseguenza, era a me soltanto che affidava il principe. Con calore le diedi la mia parola che sarei rimasto fino a sera e che, quando si sarebbe svegliato, avrei fatto ogni sforzo per distrarlo.

«E io farò il mio dovere!», concluse lei con energia.

Ella se ne andò. Aggiungerò, facendo un salto in avanti, che si recò ella stessa in cerca di Lambert; era la sua ultima speranza; inoltre passò anche a casa del fratello e dai suoi parenti Fanariotov; si capisce in quale stato d'animo ella dovesse far ritorno lì.

Il principe si risvegliò circa un'ora dopo la sua partenza. Udii attraverso la parete i suoi gemiti e corsi subito da lui; lo trovai seduto sul letto, in veste da camera, ma a tal punto spaventato dalla solitudine, dalla fioca lampada e dalla stanza sconosciuta che, quando entrai, sussultò, balzò su e lanciò un grido. Io mi precipitai verso di lui e, quando egli mi ebbe ravvisato, si mise ad abbracciarmi con lacrime di contentezza.

«Ma mi avevano detto che tu ti eri trasferito non so dove, in un altro appartamento, che ti eri spaventato ed eri fuggito via».

«Chi mai ha potuto dirvi questo?».

«Chi ha potuto? Vedi, forse me lo sono inventato io stesso, o forse qualcuno me lo ha detto davvero. Figurati, adesso ho fatto un sogno: entra un vecchio con la barba e con un'icona spezzata in due e a un tratto dice: "Così si spezzerà la tua vita!"».

«Ah, Dio mio, voi certamente avete saputo già da qualcuno che ieri Versilov ha spezzato l'icona!».

«*N'est-ce pas?* L'ho saputo, l'ho saputo! L'ho saputo già stamane da Nastas'ja Egòrovna! Ella ha portato qui la mia valigia e il cagnolino».

«E così lo avete sognato».

«Be', fa lo stesso; e figurati che quel vecchio continuava a minacciarmi con il dito. Ma dov'è Anna Andréevna?».

«Sarà di ritorno tra poco».

«Da dove? È andata via anche lei?», esclamò lui con dolore.

«No, no, sarà qui tra un momento e mi ha pregato di star qui con voi».

«*Oui*, verrà. Dunque il nostro Andréj Petrovič è uscito di senno; "come per caso e tanto in fretta".[16] Gliel'avevo sempre predetto che sarebbe finito così. Amico mio, aspetta...».

Egli a un tratto mi afferrò per la finanziera e mi tirò verso di sé.

«Poco fa il padrone di casa», si mise a sussurrarmi, «a un tratto mi ha portato delle fotografie, delle schifose fotografie femminili, tutte donne nude in vari atteggiamenti orientali, e ha cominciato a mostrarmele con la lente... Io, vedi, le ho lodate a denti stretti, ma loro avevano appunto condotto delle donnacce da quell'infelice per poterlo poi più facilmente ubriacare...».

«Continuate a pensare a Von Sohn... Via, basta, principe! Il padron di casa è un imbecille e nulla di più!».

«Un imbecille e nulla di più! *C'est mon opinion!*[17] Amico mio, se puoi portami via in salvo da qui!», esclamò improvvisamente, congiungendo le mani davanti a me.

«Principe, farò tutto ciò che posso! Io sono tutto vostro... Caro principe, pazientate un poco e forse riuscirò a sistemare ogni cosa!».

«*N'est-ce pas?* Prenderemo e fuggiremo, e la valigia la lasceremo qui per l'apparenza, in modo che egli pensi che ritorneremo».

«Dove fuggiremo? E Anna Andreévna?».

«No, no, assieme ad Anna Andréevna... *Oh, mon cher*, ho in testa una tale confusione... Aspetta: lì, nella borsa da viaggio, a destra, c'è il ritratto di Katja; poco fa l'ho infilato, lì di nascosto, in modo che Anna Andréevna e soprattutto quella Nasta-s'ja Egòrovna non se ne accorgessero; tiralo fuori, per l'amor di Dio, alla svelta, con cautela, bada che non ci sorprendano... Ma non si può chiudere la porta col chiavistello?».

Effettivamente trovai nella borsa da viaggio un ritratto fotografico di Katerina Nikolàevna racchiuso in una cornice ovale.

16 Citazione approssimativa dal dramma di Griboedov *Che disgrazia l'ingegno!*
17 «È la mia opinione», in francese nel testo.

Egli lo prese in mano, lo accostò alla luce, e a un tratto le lacrime presero a scorrergli per le guance gialle e smagrite.

«*C'est un ange, c'est un ange du ciel!*»,[18] esclamò. «Per tutta la vita sono stato in colpa nei suoi confronti... ed ecco che ora! *Chère enfant*, io non credo a niente, non credo a niente! Amico mio, dimmi: si può forse immaginare che mi vogliano rinchiudere in manicomio? *Je dis des choses charmantes et tout le monde rit...*[19] e a un tratto una persona così la portano al manicomio?».

«Ciò non è mai accaduto!», esclamai io. «Si tratta di un malinteso. Io conosco i suoi sentimenti».

«Anche tu conosci i suoi sentimenti? Allora benissimo! Amico mio, tu mi hai resuscitato. Quali fandonie mi hanno mai raccontato sul tuo conto? Amico mio, fa' venire qui Katja e che loro due si bacino davanti a me, e io le condurrò a casa e il padrone di casa lo cacceremo!».

Egli si alzò in piedi, congiunse le mani e a un tratto si inginocchiò davanti a me.

«*Cher*», sussurrò in preda a una folle paura, tremando tutto come una foglia, «amico mio, dimmi tutta la verità: dove mi metteranno adesso?».

«Dio mio!», esclamai rialzandolo e facendolo sedere sul letto, «ma dunque non credete più nemmeno a me; pensate che anch'io faccia parte del complotto? Ma io non permetterò a nessuno qui di toccarvi nemmeno con un dito!».

«*C'est ça*, non permetterlo», balbettò lui afferrandomi con forza per i gomiti di entrambe le braccia e continuando a tremare. «Non permettere che nessuno mi tocchi! E non mentirmi su nulla... perché, è dunque possibile che mi portino via di qui? Ascolta, questo padron di casa, Ippolìt, o come si chiama, non è... non è un dottore?».

«Quale dottore?».

«Questo... questo non è un manicomio, proprio qui, in questa stanza?».

Ma in quell'istante improvvisamente si aprì la porta ed entrò Anna Andréevna. Ella doveva essere rimasta ad origliare

18 «È un angelo, è un angelo del cielo», in francese nel testo.
19 «Dico delle cose deliziose e tutti quanti ridono», in francese nel testo.

dietro la porta e, non resistendo, aveva aperto troppo all'improvviso, di modo che il principe, che sussultava a ogni fruscio, lanciò un grido e si lanciò a faccia all'ingiù sul cuscino. Era stato preso infine da una specie di crisi di nervi che sfociò in un pianto dirotto.

«Questi sono i frutti delle vostre azioni», le dissi indicando il vecchio.

«No, questi sono i frutti delle vostre azioni!», replicò lei aspramente, alzando la voce. «Per l'ultima volta mi rivolgo a voi, Arkàdij Makàrovič: volete svelare l'infernale intrigo tessuto ai danni di un vecchio indifeso e sacrificare "i vostri folli e infantili sogni d'amore", al fine di salvare la vostra sorella *carnale*?».

«Vi salverò tutti, ma soltanto nel modo che vi ho detto poco fa! Corro via di nuovo; forse tra un'ora sarà qui Katerina Nikolàevna stessa! Vi riconcilierò tutti e tutti saranno felici!», esclamai con tono quasi ispirato.

«Portala qui, portala qui», disse il principe riscuotendosi. «Conducetemi da lei! Voglio Katja, voglio vedere Katja e benedirla!», esclamava sollevando le braccia e cercando di alzarsi dal letto.

«Vedete», dissi indicandolo ad Anna Andréevna, «sentite che cosa dice: nessun "documento" ormai vi potrebbe essere d'aiuto».

«Lo vedo, ma esso mi aiuterebbe a giustificare il mio comportamento agli occhi del mondo, mentre ora sono disonorata! Basta; la mia coscienza è pura. Sono stata abbandonata da tutti, persino dal mio fratello carnale che ha avuto paura dell'insuccesso... Ma io adempirò al mio dovere e rimarrò accanto a questo sventurato, come la sua balia, la sua infermiera!».

Ma non c'era tempo da perdere e io uscii di corsa dalla stanza.

«Ritornerò tra un'ora e non ritornerò da solo!», gridai dalla soglia.

CAPITOLO DODICESIMO

I

Finalmente trovai in casa Tat'jana Pàvlovna! D'un fiato le riferii tutto, tutto quel che riguardava il documento e tutto ciò che stava succedendo nel mio appartamento. Sebbene ella stessa comprendesse fin troppo bene quegli avvenimenti e fosse in grado di afferrare la faccenda in due parole, tuttavia il mio racconto ci prese, penso, una decina di minuti. Parlavo io solo, dicendo tutta la verità senza vergognarmi. Lei se ne stava seduta sulla sedia, diritta come un ferro da calza, in silenzio e immobile, con le labbra serrate, senza distogliere gli occhi da me, e mi ascoltava con tutta la sua attenzione. Ma quando ebbi finito, all'improvviso balzò su dalla sedia e in maniera così impetuosa che anch'io scattai in piedi.

«Ah, moccioso! Allora questa lettera ce l'avevi veramente cucita nel vestito, ed era stata quella stupida di Màr'ja Ivànovna a cucirtela! Ah, furfanti, svergognati! Dunque tu sei venuto quaggiù per far strage di cuori, volevi conquistare il bel mondo, vendicarti sul primo venuto del fatto che sei un figlio bastardo?».

«Tat'jana Pàvlovna», gridai, «non azzardatevi a ingiuriarmi! Può darsi che siate stata voi, con i vostri insulti, la causa, fin dall'inizio, del mio accanimento. Sì, sono un figlio bastardo e forse volevo davvero vendicarmi del fatto che sono un figlio bastardo, e forse effettivamente volevo farlo sul primo venuto, perché il diavolo stesso qui non troverebbe il colpevole; ma ricordatevi che io ho respinto l'alleanza con i mascalzoni e che ho vinto le mie passioni! Io deporrò in silenzio il documento davanti a lei e me ne andrò senza nemmeno attendere una parola da lei, voi sarete testimone!».

«Dammi, dammi subito la lettera, mettila subito qui sul tavolo! Forse tu menti...».

«È cucita nella mia tasca; è stata Màr'ja Ivànovna stessa a cucirmela; poi qui, quando mi sono fatto fare una finanziera nuova, l'ho tirata fuori da quella vecchia e l'ho cucita io stesso in quella nuova; eccola, è qui, tastate, non mento, signora!».

«Dammela, tirala fuori!», imperversava Tat'jana Pàvlovna.

«Per nulla al mondo, signora, ve lo ripeto; la deporrò davanti a lei in vostra presenza e me ne andrò senza stare ad aspettare nemmeno una parola da lei; ma bisogna che ella sappia e veda con i propri occhi che sono io, io stesso che gliela consegno, di mia volontà, senza costrizione e senza ricompensa».

«Vuoi di nuovo pavoneggiarti? Sei innamorato, moccioso?».

«Dite tutte le sconcezze che volete: sia pure, me lo sono meritato, ma non mi offendo. Oh, che io appaia pure ai suoi occhi come un meschino ragazzaccio che le ha fatto la posta e che ha escogitato un complotto contro di lei; ma che ella sappia che io ho piegato me stesso e che ho messo la *sua* felicità al di sopra di ogni altra cosa al mondo! Non fa niente, Tat'jana Pàvlovna, non fa niente! Io grido a me stesso: coraggio e speranza! Sia questo il primo passo del mio ingresso nell'arena del mondo, in compenso esso è finito bene, nobilmente! E che importa se io l'amo?», continuai con tono ispirato e con gli occhi che mi scintillavano, «io non mi vergogno di questo: la mamma è un angelo del cielo, mentre *lei* è la regina della terra! Versilov ritornerà dalla mamma e davanti a lei io non ho nulla di cui vergognarmi; ho sentito, infatti, quel che si dicevano lei e Versilov, ero nascosto dietro la portiera... Oh, noi tre "siamo malati della stessa follia"! Sono parole sue, di Andréj Petrovič! Ma sapete che forse siamo più di tre a essere malati della stessa follia? Scommetto che voi siete la quarta, malata di questa follia! Volete che ve lo dica: scommetto che voi stessa siete stata innamorata per tutta la vita di Andréj Petrovič, e forse continuate a esserne innamorata anche ora...».

Lo ripeto, ero in preda all'ispirazione e a una sorta di felicità, ma non riuscii a terminare il mio discorso: ella all'improvviso con un'innaturale rapidità mi afferrò con una mano per i capelli e per due volte mi tirò verso il basso con tutta la sua forza... poi a un tratto mi lasciò andare, se ne andò in un angolo e, ritta contro il muro, si coprì il viso con il fazzoletto.

«Moccioso! Non osare mai più dirmi questo!», disse piangendo.

Tutto ciò fu così inatteso che io, naturalmente, rimasi sbalordito. Me ne stavo lì in piedi e la guardavo senza sapere ancora quello che avrei fatto.

«Puah! Stupido! Vieni qua, bacia questa stupida!», disse lei all'improvviso piangendo e ridendo assieme, «e non osare, non osare ripetermi mai più questa cosa... Io ti voglio bene e ti ho voluto bene per tutta la vita... stupido».

Io la baciai. Dirò tra parentesi che da allora io e Tat'jana Pàvlovna siamo diventati amici.

«Ah, sì! Ma che faccio!», esclamò lei a un tratto battendosi la fronte. «Cosa dici: il vecchio principe è a casa vostra? Davvero?».

«Ve lo assicuro».

«Ah, Dio mio! Oh, mi sento male!», esclamò, girando e agitandosi per la camera. «Ed essi fanno di lui quel che vogliono! Eh, agli stupidi vanno tutte lisce! E fin da stamane? E brava Anna Andréevna! E brava la monachella! E certamente quella Militrisa non sa nulla!».[1]

«Quale Militrisa?».

«Ma la tua regina della terra, il tuo ideale! Eh, che fare adesso?».

«Tat'jana Pàvlovna!», esclamai ritornando in me stesso, «noi diciamo sciocchezze e ci siamo scordati della cosa principale: ero corso qui appunto per parlare con Katerina Nikolàevna e laggiù mi aspettano di nuovo».

E le spiegai che avrei consegnato il documento a Katerina Nikolàevna soltanto a patto che ella desse la sua parola che si sarebbe immediatamente riconciliata con Anna Andréevna e avesse anche acconsentito al suo matrimonio...

«Magnifico», mi interruppe Tat'jana Pàvlovna, «gliel'ho ripetuto anch'io cento volte. Egli, infatti, morirà prima del matrimonio e in ogni caso non si sposerà, e se le lasciasse del de-

1 Personaggio di un'antica fiaba russa.

naro per testamento, dico ad Anna, non cambierebbe nulla: il lascito è gia scritto nel testamento...».

«Possibile che a Katerina Nikolàevna dispiaccia solo per i soldi?».

«No, ella ha sempre temuto che il documento fosse nelle mani di Anna, e anch'io l'ho temuto. Per questo l'abbiamo tenuta d'occhio. La figlia non voleva che il vecchio ricevesse questo colpo; al tedescaccio, invece, a Böhring, in verità dispiaceva anche per il denaro».

«E dopo di questo ella può sposare Böhring?».

«Che cosa vuoi farle, a quella stupida? Te L'ho detto: è una stupida, e stupida rimarrà in eterno. Lui, vedi, le garantirà non so quale tranquillità: "Bisogna pure, dice lei, che sposi qualcuno; con lui avrò la vita più facile"; lo vedremo quanto sarà più facile. Si metterà le mani tra i capelli, ma sarà troppo tardi».

«Ma perché allora voi lo permettete? Voi l'amate, non è vero? Le avete ben detto esplicitamente che siete innamorata di lei!».

«Ne sono innamorata e l'amo più di tutti voi presi assieme, ma tuttavia è una stupida scriteriata!».

«Allora correte subito a prenderla e noi risolveremo ogni cosa e la porteremo noi stessi da suo padre».

«Ma non si può, non si può, sciocccherello! È questo appunto il problema! Ah, che fare? Ah, mi sento male!», disse lei, ricominciando a correre su e giù per la stanza, dopo aver afferrato, però, il *plaid*. «Ah, se fossi venuto quattro ore prima, ma adesso sono le sette passate e lei poco fa è uscita per andare a cena dai Pelìščev e poi recarsi con loro all'opera».

«Signore, ma non si può dunque fare un salto all'opera... ma no, non si può! Cosa ne sarà dunque del vecchio? Forse stanotte morirà!».

«Ascolta, non andare laggiù, va' dalla mamma, pernotta lì e domattina presto...».

«No, per nulla al mondo abbandonerò il vecchio, qualunque cosa accada».

«E non lasciarlo; fai bene. E io, sai... nonostante tutto farò una corsa da lei e le lascerò un biglietto... sai, le scriverò con parole nostre (lei capirà!) che il documento è qui e che domattina alle dieci in punto venga da me! Non preoccuparti, verrà, a me darà retta: qui metteremo tutto a posto in una volta sola. Tu dunque corri laggiù e tira per le lunghe col vecchio più che puoi, mettilo a letto, forse ce la farà a sopravvivere fino a domattina! Non spaventare neppure Anna: infatti voglio bene anche a lei; tu sei ingiusto nei suoi confronti perché non riesci a capire la sua situazione: ella è offesa, fin dall'infanzia è offesa; oh, devo pensare io a tutti quanti! E non scordarti di dirle da parte mia che di questa faccenda mi occuperò io stessa con tutto il mio cuore e che stia tranquilla che il suo orgoglio non ne soffrirà... Devi sapere che in questi ultimi giorni io e lei ci siamo coperte di insulti, di sputi, di improperi! Su, corri... aspetta, mostrami ancora la tasca... ma è vero, è vero? Oh, è vero?! Su, dammi questa lettera per lo meno per questa notte, a che ti serve? Lasciamela, non la mangerò mica. Da qui a domani, infatti, forse te la farai portar via... cambierai idea...».

«Per nulla al mondo!», gridai, «ecco, tastate, guardate, ma per nulla al mondo ve la lascerò!».

«Vedo che si tratta di un foglio di carta», fece lei tastando con le dita. «E va bene, va', e io, forse, la raggiungerò forse anche a teatro, hai detto bene! Ma corri dunque, corri!».

«Tat'jana Pàvlovna, aspettate, come sta la mamma?».

«È viva».

«E Andréj Petrovič?».

Ella fece un gesto di fastidio con la mano.

«Ritornerà in sé!».

Corsi via rinfrancato, pieno di speranza, anche se le cose erano andate diversamente da come avevo previsto. Ma ahimè, il destino aveva disposto altrimenti e mi attendeva qualcosa di diverso: esiste veramente il fato in questo mondo!

11

Fin dalle scale udii un frastuono che proveniva dal nostro appartamento e la porta di esso risultò aperta. Nel corridoio c'era un cameriere sconosciuto in livrea. Pëtr Ippolìtovič e sua moglie, entrambi, non so perché, spaventati, si trovavano anch'essi nel corridoio in attesa di qualcosa. La porta della stanza del principe era aperta e da lì proveniva una voce tonante che riconobbi subito: era la voce di Böhring. Non avevo ancora fatto in tempo a fare due passi che a un tratto vidi che Böhring e il suo accompagnatore, il barone R. (quello stesso che era venuto da Versilov per le trattative) conducevano fuori nel corridoio il principe in lacrime e tremante. Il principe singhiozzava forte abbracciando e baciando Böhring. Böhring gridava contro Anna Andréevna che uscì anche lei nel corridoio dietro il principe; egli la minacciava e, mi sembra, batteva perfino i piedi, insomma, nonostante tutta la sua «alta società», si manifestava per quel rozzo soldato tedesco che era. Si venne in seguito a sapere che, chissà perché, allora gli era passata per la testa l'idea che Anna Andréevna fosse colpevole di qualcosa anche sotto qualche aspetto penale e che ora sicuramente avrebbe dovuto rispondere del suo gesto anche in tribunale. Non conoscendo la faccenda, egli, come succede a molti, la esagerava e perciò si riteneva in diritto di essere quanto mai scortese. Soprattutto non era ancora riuscito a raccapezzarsi: lo avevano informato anonimamente, come risultò più tardi (di ciò farò cenno poi), ed egli era piombato lì, in quello stato di furiosa irritazione, nel quale anche le persone più ricche di ingegno di quella nazionalità sono pronte talvolta a trascendere alle vie di fatto, come semplici calzolai. Anna Andréevna accolse questa aggressione con la massima dignità, ma io non avevo assistito alla scena. Vidi soltanto che, dopo aver condotto il vecchio fuori nel corridoio, Böhring a un tratto lo lasciò nelle mani del barone R. e, giratosi impetuosamente verso Anna Andréevna, le urlò, rispondendo verosimilmente a una qualche sua osservazione.

«Voi siete un'intrigante! Avete bisogno dei suoi soldi! Da questo momento vi siete disonorata agli occhi della società e risponderete di ciò in tribunale!...».

«Siete voi che abusate di uno sventurato malato e lo avete portato fino alla soglia della follia... e alzate la voce contro di me perché sono una donna e non ho nessuno che mi difenda...».

«Ah già! Voi siete la sua fidanzata, la fidanzata!», sghignazzò Böhring fuori di sé per la rabbia.

«Barone, barone... *Chère enfant, je vous aime*»,[2] piagnucolò il principe tendendo le braccia verso Anna Andréevna.

«Venite, principe, venite: contro di voi era stato ordito un complotto, e forse addirittura contro la vostra vita!», urlò Böhring.

«*Oui, oui, je comprends, j'ai compris au commencement...*».[3]

«Principe», replicò Anna Andréevna alzando la voce, «voi mi offendete e permettete che venga offesa!».

«Via!», le urlò improvvisamente Böhring.

Questo non lo potevo sopportare.

«Mascalzone!», gli strillai. «Anna Andréevna, vi difenderò io!».

A questo punto non starò a descrivere il fatto particolareggiatamente, né sarei in grado di farlo. Ne venne fuori una scena terribile e disgustosa e parve che io a un tratto perdessi la ragione. A quanto sembra mi lanciai e lo colpii, o per lo meno gli diedi un forte spintone. Egli mi colpì a sua volta con tutte le sue forze alla testa, dimodoché caddi sul pavimento. Ripresa conoscenza, mi lanciai dietro a loro giù per le scale; ricordo che perdevo sangue dal naso. Davanti al portone li attendeva una carrozza e, mentre vi facevano salire il principe, corsi verso di essa e, nonostante che il cameriere tentasse di respingermi, mi lanciai di nuovo su Böhring. A questo punto, non ricordo come, venne fuori la polizia. Böhring mi afferrò per il bavero e ordinò minacciosamente all'agente di portarmi al commissariato. Io urlavo che lui doveva venire con noi in modo che assieme potessimo far redigere un verbale e che non si azzardassero a prelevarmi dal mio appartamento. Ma, dato che la faccenda si svolgeva nella via, e non nell'appartamento, e dato che io urlavo, imprecavo e mi dibattevo come un ubriaco, e dato che Böhring era in divisa, l'agente portò via me. Ma a questo punto io uscii definitivamente dai gangheri e, resistendo con tutte le mie forze, a quanto sembra colpii anche l'agente. Poi ricordo che ne saltò fuori un altro e mi portarono via. A malapena ricordo come mi condussero in una stanza fumosa dove c'era una

2 «Cara fanciulla, io vi amo», in francese nel testo.
3 «Sì, sì, capisco, l'ho capito fin dall'inizio», in francese nel testo.

moltitudine di persone in piedi e sedute che attendevano e scrivevano; continuai anche lì a gridare, esigendo che si redigesse un verbale. Ma ormai non era più questione soltanto di un verbale: la faccenda si era aggravata e ora ero accusato di violenza e resistenza alla polizia. Inoltre ero in uno stato troppo indecente. Qualcuno all'improvviso si mise a urlare contro di me. L'agente intanto mi accusava di rissa e raccontava del colonnello...

«Il vostro cognome?», mi urlò qualcuno.

«Dolgorukij», urlai a mia volta.

«Principe Dolgorukij?».

Fuori di me risposi con un'imprecazione assai volgare e poi... poi ricordo che mi trascinarono in uno stambugio buio «a smaltire la sbornia». Oh, non protesto. Il pubblico ha letto poco tempo fa sui giornali le lamentele di un tale che ha passato tutta la notte in stato d'arresto, legato, anche lui nella cella degli ubriachi, ma egli, a quanto pare, era innocente; io invece ero colpevole. Mi lasciai cadere sul tavolaccio, in compagnia di due altri sconosciuti che dormivano come sassi. Mi faceva male la testa, sentivo un battito nelle tempie e mi palpitava il cuore. Devo aver perso conoscenza ed esser caduto nel delirio. Ricordo soltanto che mi svegliai a notte fonda e mi misi a sedere sul tavolaccio. Di colpo ricordai e capii tutto e, appoggiati i gomiti sulle ginocchia e la testa sulle mani, mi immersi in una profonda riflessione.

Oh! Non starò a descrivere i miei sentimenti, né ne ho il tempo, ma annoterò soltanto una cosa: forse non ho mai vissuto momenti più gioiosi nella mia anima che in quei minuti di riflessione a notte fonda, sul tavolaccio, chiuso in cella. Ciò potrà sembrare strano al lettore, che lo scambierà per vanteria, per il desiderio di brillare per originalità, e tuttavia tutto ciò è stato proprio così come dico. Era uno di quei momenti che forse ognuno ha, ma che si verificano soltanto una volta nella vita. Nei momenti come questi si decide il proprio destino, si determina il proprio modo di vedere e si dice a se stessi una volta per sempre: «Ecco dov'è la verità ed ecco dove bisogna andare per raggiungerla». Sì, quegli istanti sono stati la luce della mia anima. Offeso dall'altezzoso Böhring e con la speranza di esserlo l'indomani da quella donna del gran mondo, sapevo perfettamente che avrei potuto vendicarmi di loro in maniera terribile, ma decisi che non lo avrei fatto. Decisi che, nonostante qualsiasi tentazione, non avrei rivelato il documento, non lo avrei reso noto a tutta l'alta società (come già mi era frullato per il capo); andavo ripetendomi che l'indomani stesso avrei deposto dinnanzi a lei quella lettera e, se necessario, avrei sopportato persino il suo sorriso altero in luogo della riconoscenza, ma ciononostante non avrei detto una sola parola e mi sarei allontanato da lei per sempre... D'altronde, non è il caso di dilungarsi. A tutto ciò che mi sarebbe accaduto lì l'indomani, a come mi avrebbero portato davanti a qualche funzionario di polizia e a quel che ne sarebbe stato di me, dimenticai quasi di pensare. Mi feci con amore il segno della croce, mi coricai sul tavolaccio e mi addormentai di un sonno sereno, da bambino.

Mi svegliai tardi, quando si era già fatto giorno. Nella cella ero ormai solo. Mi sedetti e mi misi ad aspettare in silenzio. Aspettai a lungo, quasi un'ora; dovevano essere già le nove circa quando improvvisamente mi chiamarono. Potrei entrare in dettagli più minuti; ma non ne vale la pena perché tutto ciò ora è secondario; vorrei soltanto riferire l'essenziale. Mi limiterò a osservare che, con mia grandissima sorpresa, mi trattarono con inattesa cortesia: mi chiesero qualcosa, io risposi loro qualcosa e subito mi diedero il permesso di andarmene. Uscii in silenzio e nei loro sguardi lessi con piacere addirittura una certa meraviglia di fronte a un uomo che, persino in una situazione come quella, era capace di non smarrire la propria dignità. Se non lo avessi notato non lo scriverei ora. All'uscita mi attendeva Tat'jana Pàvlovna. Spiegherò in due parole come mai quella volta me la sia cavata così a buon mercato.

Il mattino presto, forse già alle otto, Tat'jana Pàvlovna era piombata nel mio appartamento, cioè da Pëtr Ippolìtovič, sperando di trovare ancora lì il principe, e a un tratto aveva saputo di tutti gli orrori del giorno prima, e soprattutto del fatto che ero stato arrestato. Immediatamente, allora, si era precipitata da Katerina Nikolàevna (la quale già la sera prima, ritornando dal teatro, si era incontrata col padre che le era stato riportato), l'aveva svegliata, l'aveva spaventata e le aveva chiesto imperiosamente la mia liberazione. Con un suo biglietto poi era volata da Böhring e si era subito fatta dare da lui un secondo biglietto «per chi di dovere» con la più conveniente richiesta dello stesso Böhring di liberarmi immediatamente, «in quanto arrestato per un malinteso». Con questo biglietto ella si era presentata al commissariato e la richiesta di Böhring era stata esaudita.

III

Continuerò ora a parlare della faccenda principale.

Tat'jana Pàvlovna, portatomi via con sé, mi fece salire su una vettura di piazza e mi condusse a casa sua, lì ordinò di preparare immediatamente il *samovàr* e mi lavò e ripulì ella stessa in cucina. Sempre in cucina mi disse ad alta voce che alle undici e mezza sarebbe venuta da lei Katerina Nikolàevna, come poco prima avevano concordato, per incontrarsi con me. Fu allora che lo sentì Màr'ja. Alcuni minuti dopo ella portò in tavola il *samovàr* e altri due minuti dopo, quando a un certo punto Tat'jana Pàvlovna la chiamò, ella non rispose: si scoprì che per qualche motivo era uscita. Prego il lettore di tenere a mente questo: erano in quel momento, credo, le dieci meno un quarto. Sebbene Tat'jana Pàvlovna si irritasse per la sua scomparsa senza permesso, tuttavia pensò soltanto che ella fosse uscita per recarsi alla bottega e subito dopo, per il momento, si scordò della cosa. Avevamo, del resto, ben altro a cui pensare; parlavamo senza tregua perché c'era di che parlare, dimodoché io, ad esempio, alla scomparsa di Màr'ja non feci quasi alcuna attenzione; prego il lettore di ricordare anche questo.

Inutile dire che ero come in preda all'ebbrezza; esprimevo i miei sentimenti e, soprattutto, attendevamo Katerina Nikolàevna, e il pensiero che tra un'ora finalmente mi sarei incontrato con lei e per di più in un momento così decisivo per la mia vita, mi faceva trepidare e tremare. Finalmente, dopo che ebbi bevuto due tazze di tè, Tat'jana Pàvlovna improvvisamente si alzò in piedi, prese dal tavolo un paio di forbici e disse:

«Porgimi la tasca, bisogna tirar fuori la lettera, non ci possiamo mica mettere a scucirla davanti a lei!».

«Sì!», esclamai e sbottonai la finanziera.

«Che pasticcio è mai questo? Chi l'ha cucita?».

«L'ho cucita io stesso, Tat'jana Pàvlovna».

«Be', si vede che sei stato tu. Ah, eccola...».

Estraemmo la lettera; la vecchia busta era la stessa, ma in essa c'era un foglio bianco.

«E questo cos'è?...», esclamò Tat'jana Pàvlovna rigirando il foglio tra le mani. «Che ti succede?».

Ma io me ne stavo lì in piedi, incapace di parlare, pallido... e a un tratto ricaddi esanime sulla sedia; ci mancò davvero poco che non avessi uno svenimento.

«Ma che cos'altro è questo?», strillò Tat'jana Pàvlovna. «Dov'e il tuo biglietto?».

«Lambert!», indovinai a un tratto, balzando in piedi e battendomi una mano sulla fronte.

In fretta e col fiato che mi mancava le spiegai tutto: la notte a casa di Lambert e il nostro complotto; d'altronde questo complotto gliel'avevo già confessato il giorno prima.

«Me l'hanno rubato! Me l'hanno rubato!», gridavo, battendo i piedi sul pavimento e strappandomi i capelli.

«Questo è un guaio!», concluse Tat'jana Pàvlovna appena si rese conto di ciò di cui si trattava. «Che ora è?».

Erano circa le undici.

«Eh, Màr'ja non c'è!... Màr'ja, Màr'ja!».

«Cosa volete, signora?», fece eco improvvisamente Màr'ja dalla cucina.

«Sei qui? Ma che fare adesso? Correrò da lei... Eh tu, buono a nulla, buono a nulla!».

«E io andrò da Lambert!», gridai io, «e lo strozzerò se occorre!».

«Signora!», strillò improvvisamente Màr'ja dalla cucina, «qui c'è una tale che chiede insistentemente di voi...».

Ma non aveva fatto in tempo a finire la frase che «quella tale» impetuosamente, gridando e gemendo, irruppe dalla cucina. Era Al'fonsinka. Non starò a descrivere la scena in tutti i particolari; quella scena era un inganno e una finzione, ma bisogna dire che Al'fonsinka la recitò magnificamente. Con lacrime di pentimento e con gesti esagitati ella si mise a strepitare (in francese, si intende), che era stata lei stessa a scucire la lettera, che essa si trovava ora nelle mani di Lambert e che Lambert assieme a «quel bandito», *cet homme noir*,[4] voleva invitare a casa sua *Madame la générale*[5] per ucciderla, subito, tra un'ora... che ella aveva saputo tutto questo da loro e che a un tratto si era terribilmente spaventata perché aveva visto che avevano una pistola, *le pistolet*, e subito si era precipitata da noi affinché andassimo, salvassimo, prevenissimo... *Cet homme noir...*».

Insomma tutto ciò era straordinariamente verosimile, persino la stessa stupidità di talune spiegazioni di Al'fonsinka accentuava la verosimiglianza.

«Quale *homme noir?*», gridò Tat'jana Pàvlovna.

«*Tiens, j'ai oublié son nom... Un homme affreux... Tiens, Versiloff*».[6]

«Versilov? Non è possibile!», strillai io.

«Ah no, è possibile!», urlò Tat'jana Pàvlovna. «Ma tu, *màtuška*,[7] parla con ordine e senza agitare le mani; cosa vogliono quelli? Spiegacelo, *màtuška*, per bene: non posso credere che vogliano spararle...».

La «*màtuška*» spiegò la faccenda così (N.B.: avverto di nuovo che era tutta una menzogna): *Versiloff* sarebbe rimasto nascosto dietro la porta e Lambert, non appena lei fosse entrata, le avrebbe fatto vedere *cette lettre*,[8] a questo punto *Versiloff* sarebbe saltato fuori e loro le... *Oh, ils feront leur vengeance!*[9] Che lei, Al'fonsinka, aveva paura che accadesse qualche disgrazia, dato che aveva anche lei preso parte alla faccenda, e che *cette dame, la générale*, si sarebbe immancabilmente recata lì, «subito, subito», perché essi le avevano mandato una copia della lettera e lei avrebbe visto subito che loro erano effettivamente in possesso della lettera e sarebbe andata da loro, che a scriverle era stato il solo Lambert, mentre di Versilov lei non sapeva nulla; e che Lambert si era presentato come una persona venuta da Mosca da parte di una signora moscovita, *une dame de Moscou* (N.B.: Màr'ja Ivànovna!).

4 «Quell'uomo nero», in francese nel testo.
5 «La signora generalessa», in francese nel testo.
6 «Ah, ho dimenticato il suo nome... Un uomo terribile... Ah, sì, Versilov», in francese nel testo.
7 Letteralmente: «madrina», appellativo affettuoso, ma qui ironico, che in russo si rivolge all'interlocutore di sesso femminile nel linguaggio popolare.
8 «Quella lettera», in francese nel testo.
9 «Loro eseguiranno la loro vendetta», in francese nel testo.

«Ah, mi sento male! Ah, mi sento male!», esclamava Tat'jana Pàvlovna.

«*Sauvez-la, sauvez-la!*»,[10] gridava Al'fonsinka.

Naturalmente, già a prima vista, in quella storia folle c'era qualcosa di sconclusionato, ma non v'era tempo di riflettere perché, in sostanza, tutto era terribilmente verosimile. Si poteva anche supporre, e con estrema probabilità, che Katerina Nikolàevna, ricevuto l'invito di Lambert, sarebbe passata prima da noi per chiarire la faccenda; ma per contro ciò avrebbe potuto anche non accadere ed ella avrebbe potuto recarsi direttamente da loro, e in tal caso era perduta! Era difficile anche credere che lei si precipitasse a quel modo da uno sconosciuto come Lambert alla prima chiamata, ma di nuovo anche questo per qualche ragione avrebbe potuto accadere, ad esempio se ella, vedendo la copia della lettera, si fosse convinta che essa era veramente in loro possesso, e allora guai! Soprattutto non ci rimaneva neppure un briciolo di tempo per riflettere.

«Versilov la sgozzerà! Se si è abbassato fino a Lambert, la sgozzerà! Qui c'è di mezzo il sosia!», gridai io.

«Ah, questo "sosia"!», replicò Tat'jana Pàvlovna torcendosi le mani. «Be', non abbiamo nulla da fare qui», decise a un tratto, «prendi il colbacco e la pelliccia e andiamo insieme, *marsc*! *Màtuška*, portaci direttamente da loro. Ah, è distante! Màr'ja, Màr'ja, se Katerina Nikolàevna venisse qui, dille che sarò di ritorno tra un momento, che si sieda e che mi aspetti, e se non vorrà aspettare, chiudi a chiave la porta e trattienila con la forza. Dille che sono stata io a ordinare questo! Ci sono cento rubli per te, Màr'ja, se saprai farmi questo servizio.

Corremmo fuori sulle scale. Senza dubbio non si sarebbe potuto escogitare nulla di meglio, perché, in ogni caso, il guaio più grosso era nell'appartamento di Lambert, e se per davvero Katerina Nikolàevna si fosse recata prima da Tat'jana Pàvlovna, in tal caso Màr'ja avrebbe potuto sempre trattenerla. E tuttavia Tat'jana Pàvlovna, dopo che aveva già chiamato un vetturino, improvvisamente mutò proposito.

«Va' tu con lei!», mi ordinò lasciandomi con Al'fonsinka, «e

10 «Salvatela, salvatela», in francese nel testo.

laggiù muori, se necessario, capisci? Io ti seguirò tra un momento, ma prima voglio fare un salto da lei, chissà che non la trovi ancora in casa, perché, di' quel che vuoi, ma la cosa mi sembra sospetta!».

E volò a casa di Katerina Nikolàevna. Io e Al'fonsinka, invece, ci precipitammo a casa di Lambert. Io incitavo il vetturino e, durante il viaggio, continuavo a interrogare Al'fonsinka, ma Al'fonsinka per lo più se la cavava con delle esclamazioni e, alla fine, anche mettendosi a piangere. Ci protesse tutti, però, e ci salvò Dio, quando ormai tutto era appeso a un filo. Non avevamo percorso nemmeno un quarto della strada, quando improvvisamente udii risuonare un grido dietro di me: qualcuno mi chiamava per nome. Mi voltai: ci stava inseguendo su una vettura di piazza Trišatov.

«Dove vai?», gridò spaventato, «e con lei, con Al'fonsinka!».

«Trišatov!», gli gridai a mia volta, «avevate detto la verità: una disgrazia! Vado da quel mascalzone di Lambert! Andiamoci insieme, siamo in numero sempre maggiore!».

«Tornate indietro, tornate indietro subito!», urlò Trišatov. «Lambert ti inganna e anche Al'fonsinka ti inganna. Mi ha mandato il butterato; non sono a casa: ho appena incontrato Lambert e Versilov; sono andati a casa di Tat'jana Pàvlovna... adesso sono lì...».

Fermai il vetturino e saltai sulla carrozza di Trišatov. Ancora adesso non so come abbia potuto prendere una decisione così all'improvviso, ma di colpo gli credetti e mi decisi. Al'fonsinka si mise a strillare in maniera spaventosa, ma noi la piantammo in asso e non so se abbia fatto dietro front e ci abbia seguito, oppure se si sia diretta a casa, fatto sta che non la vidi più.

In carrozza Trišatov mi comunicò in qualche modo e ansimando che era in atto non so quale macchinazione, che Lambert si era messo d'accordo col butterato, ma quest'ultimo all'ultimo momento lo aveva tradito e aveva mandato Trišatov da Tat'jana Pàvlovna per avvertirla di non credere a Lambert e ad Al'fonsinka. Trišatov aggiunse che non sapeva altro perché il butterato non gli aveva comunicato nient'altro, non avendone avuto il tempo, che lui stesso aveva fretta, dovendosi recare in un certo posto e che tutto era avvenuto di fretta. «Vi ho visto partire», proseguì Trišatov, «e vi ho inseguito». Naturalmente era chiaro che il butterato sapeva tutto, dato che aveva mandato Trišatov direttamente da Tat'jana Pàvlovna; ma questo era già un altro enigma.

Tuttavia, per non fare confusione, prima di descrivere la catastrofe che seguì, spiegherò come stavano effettivamente le cose, facendo per l'ultima volta un salto in avanti.

IV

Quella volta, dopo avermi rubato la lettera, Lambert si era subito messo in contatto con Versilov. Di come Versilov avesse potuto mettersi in combutta con Lambert per il momento non parlerò: questo verrà dopo; il fattore principale qui è stato il «sosia»! Ma dopo essersi messo in combutta con Versilov, Lambert doveva attirare nel modo più astuto possibile Katerina Nikolàevna in qualche luogo. Versilov affermava senza esitazione che ella non sarebbe venuta. Ma Lambert fin dal momento in cui, la sera di due giorni prima, ci eravamo incontrati per la strada e io, pavoneggiandomi, gli avevo dichiarato che le avrei restituito la lettera nell'appartamento di Tat'jana Pàvlovna e in presenza di Tat'jana Pàvlovna, Lambert, dico, da quel medesimo istante aveva organizzato una specie di spionaggio sull'appartamento di Tat'jana Pàvlovna, e precisamente aveva assoldato Màr'ja. A Màr'ja egli aveva regalato venti rubli e poi, il giorno dopo, quando era avvenuto il furto del documento, era stato per la seconda volta a trovare Màr'ja e in quell'occasione si era accordato con lei definitivamente e le aveva promesso duecento rubli per i suoi servigi.

Ecco perché Mar'ja, non appena poco prima aveva udito che alle undici e mezza Katerina Nikolàevna sarebbe venuta a casa di Tat'jana Pàvlovna e che ci sarei stato anch'io, immediatamente era corsa via di casa e con una vettura di piazza si era recata al galoppo da Lambert a portargli la notizia. Era precisamente di questo che ella doveva dare comunicazione a Lambert, in questo consisteva il servigio che doveva rendergli. Proprio in quel momento da Lambert c'era Versilov che in un attimo aveva escogitato quell'infernale stratagemma. Si dice che i pazzi in certi momenti siano tremendamente astuti.

Lo stratagemma consisteva nell'attirare a qualsiasi costo noi due, Tat'jana ed io, fuori dall'appartamento, anche soltanto un quarto d'ora prima dell'arrivo di Katerina Nikolàevna, nell'aspettare nella strada e, non appena io e Tat'jana Pàvlovna fossimo usciti, nell'entrare di corsa nell'appartamento, che Màr'ja avrebbe loro aperto, e lì attendere Katerina Nikolàevna. Al'fonsinka, nel frattempo, doveva far di tutto per trattenerci dove e come voleva. Katerina Nikolàevna doveva arrivare, come aveva promesso, alle undici e mezza, ossia certamente molto prima che noi potessimo essere di ritorno. (Va da sé che Katerina Nikolàevna non aveva ricevuto alcun invito da parte di Lambert e che Al'fonsinka ci aveva detto un sacco di menzogne, era appunto questo il trucco che Versilov aveva inventato in tutti i particolari, mentre Al'fonsinka si era limitata a recitare la parte della traditrice spaventata). Naturalmente avevano rischiato, ma il loro ragionamento era giusto: «Se riuscirà, bene, se non riuscirà, nulla ancora è perduto perché il documento è pur sempre in mano nostra». Ma lo stratagemma era riuscito, né avrebbe potuto non riuscire perché noi non potevamo assolutamente fare a meno di correr dietro ad Al'fonsinka anche per la sola considerazione che poteva essere tutto vero. Lo ripeto di nuovo: non c'era stato tempo di ragionare.

V

Io e Trišatov entrammo di corsa nella cucina e trovammo Màr'ja atterrita. Ella era stata colpita dal fatto che, quando aveva fatto entrare Lambert e Versilov, a un tratto aveva notato una rivoltella in mano a Lambert. Sebbene ella avesse accettato il denaro, tuttavia la rivoltella non rientrava assolutamente nei suoi calcoli. Ella era sgomenta e, non appena mi vide, si lanciò su di me e disse:

«La generalessa è arrivata e loro hanno la pistola!».

«Trišatov, rimanete qui in cucina», diedi disposizione io, «e non appena griderò, accorrete più in fretta che potete in mio aiuto».

Màr'ja mi aprì la porta che dava sul corridoietto e io scivolai nella camera da letto di Tat'jana Pàvlovna, cioè in quello stesso bugigattolo dove entrava a stento soltanto il letto di Tat'jana Pàvlovna e nel quale già una volta avevo origliato. Mi sedetti sul letto e subito trovai uno spiraglio nella portiera.

Nell'altra stanza c'era già frastuono e parlavano ad alta voce; osserverò che Katerina Nikolàevna era entrata nell'appartamento esattamente un minuto dopo di loro. Il frastuono e le voci le avevo udite già dalla cucina; era Lambert che gridava. Ella era seduta sul divano e Lambert era in piedi davanti a lei e urlava come un imbecille. Adesso so perché egli si era smarrito così stupidamente: aveva fretta e temeva che li sorprendessero; spiegherò in seguito di chi precisamente egli avesse paura. Aveva in mano la lettera. Ma Versilov nella stanza non c'era; mi preparai a lanciarmi su di lui al primo segno di pericolo. Riferisco soltanto il senso della conversazione e forse molte cose non le ricordo in modo esatto, ma in quel momento ero troppo agitato per poter ricordare tutto con la massima precisione.

«Questa lettera costa trentamila rubli e voi vi meravigliate! Essa ne vale centomila e io ve ne chiedo soltanto trentamila!», diceva ad alta voce e accalorandosi terribilmente Lambert.

Katerina Nikolàevna, sebbene fosse evidentemente spaventata, tuttavia lo guardava con una sorta di sprezzante stupore.

«Vedo che qui mi è stata tesa una specie di trappola e non comprendo nulla», disse lei, «ma se questa lettera è veramente in vostro possesso...».

«Ma eccola, la vedete voi stessa! Non è forse questa? Una cambiale da trentamila rubli e non un copeco di meno!», la interruppe Lambert.

«Io non ho denaro».

«Scrivete una cambiale, ecco la carta. Poi andrete a procurarvi il denaro e io aspetterò, ma una settimana, non di più. Quando mi porterete il denaro, vi restituirò la cambiale e assieme anche la lettera».

«Voi parlate con me in un modo così strano... Ma vi sbagliate. Oggi stesso vi toglieranno quel documento, se andrò a denunciarvi».

«A chi? Ah-ah-ah! E lo scandalo? Faremo vedere la lettera al principe! Come faranno a portarmela via? I documenti non li tengo a casa mia. La mostrerò al principe attraverso una terza persona. Non siate testarda, signora, e ringraziatemi che ancora non vi chiedo molto, un altro al mio posto, oltre a questo, vi chiederebbe anche certi servigi... sapete quali... quelli che nessuna donna graziosa rifiuta in determinate circostanze, ecco quali... Eh-eh-eh! *Vous êtes belle, vous!*».[11]

Katerina Nikolàevna si alzò impetuosamente dal divano arrossendo tutta e gli sputò in faccia. Poi fece per avviarsi rapidamente verso la porta. Fu a questo punto che quell'imbecille di Lambert estrasse la rivoltella. Da quell'imbecille di mente ristretta che era, egli credeva ciecamente nell'effetto del documento, ossia, soprattutto, non si era reso conto con chi aveva a che fare, proprio perché, come ho già detto, riteneva che tutti fossero di sentimenti bassi come lui. Fin dalle prime parole egli l'aveva irritata con la sua rozzezza, mentre lei, forse, non sarebbe stata aliena dall'entrare con lui in qualche trattativa pecuniaria.

«Ferma!», strillò, infuriato per lo sputo, afferrandola per la spalla e mostrandole la rivoltella, soltanto per incuterle paura, si capisce. Ella lanciò un grido e si lasciò cadere sul divano. Io mi precipitai nella stanza; ma in quel medesimo istante dalla porta che dava nel corridoio corse fuori anche Versilov. (Egli era nascosto lì dietro in attesa). In un batter d'occhio strappò la rivoltella dalle mani di Lambert e lo colpì con essa alla testa con tutte le sue forze. Lambert barcollò e cadde privo di conoscenza; il sangue gli sprizzò dalla testa sul tappeto.

Lei, vedendo Versilov, impallidì di colpo come un cencio; per alcuni istanti lo guardò immobile con indicibile terrore e, all'improvviso cadde svenuta. Versilov si slanciò verso di lei. Tutto questo, come un sogno, mi balena davanti agli occhi. Ricordo che allora notai con terrore il suo viso rosso, quasi purpureo, e gli occhi iniettati di sangue. Penso che, sebbene mi avesse visto nella stanza, tuttavia fu come se non mi avesse ri-

11 «Siete bella, voi», in francese nel testo.

conosciuto. Egli afferrò il suo corpo esanime, con forza incredibile la sollevò sulle braccia, come una piuma, e come un insensato si mise a portarla su e giù per la stanza come se fosse stato un bambino. La stanza era minuscola, ma egli girava da un angolo all'altro, evidentemente senza capire perché lo facesse. Di colpo aveva perduto la ragione. Io gli correvo dietro e, soprattutto, avevo paura a causa della rivoltella che egli, inconsapevolmente, continuava a stringere nella mano destra, proprio accanto alla testa di lei. Avrei voluto gridare per far accorrere Trišatov, ma temevo di irritare il pazzo. Finalmente a un tratto scostai la portiera e mi misi a pregarlo di deporla sul letto. Egli si avvicinò al letto e ve la depose, poi si fermò accanto a lei, la fissò in volto intensamente per un minuto e, improvvisamente, piegatosi, la baciò due volte sulle labbra pallide. Oh, finalmente compresi che era un uomo ormai completamente fuori di sé. A un tratto egli alzò il braccio per colpirla con la pistola, ma poi, come se avesse indovinato quel che doveva fare, girò la rivoltella e gliela puntò sul viso. Fulmineamente lo afferrai con tutte le mie forze per il braccio e nello stesso tempo gridai per chiamare Trišatov. Ricordo che lottammo, ma lui riuscì a liberare il braccio e a sparare contro se stesso. Egli voleva sparare prima a lei e poi a se stesso. Ma quando noi gli impedimmo di sparare a lei, egli si appoggiò la rivoltella diritto contro il cuore, ma io riuscii a spingergli il braccio verso l'alto e la pallottola gli si conficcò nella spalla. In quell'istante irruppe urlando Tat'jana Pàvlovna; ma egli già giaceva privo di conoscenza sul tappeto, accanto a Lambert.

CAPITOLO TREDICESIMO
Conclusione

I

Sono ormai passati sei mesi da quella scena e molte cose sono svanite, molte sono cambiate del tutto e per me da un pezzo è cominciata ormai una nuova vita... Ma è venuto il tempo che lasci libero il lettore.

Per me almeno, sia allora che per molto tempo in seguito, il primo problema è stato come avesse potuto, Versilov, mettersi con uno come Lambert e quale scopo avesse avuto in mente. A poco a poco sono arrivato a chiarirmi un po' la cosa: secondo me Versilov in quei momenti, cioè durante tutto quell'ultimo giorno e la vigilia, non poteva avere assolutamente nessuno scopo preciso e persino, credo, non ragionava affatto, ma era sotto l'influenza di una specie di turbine di sentimenti. D'altronde io escludo assolutamente una vera e propria pazzia, tanto più che egli neppure ora è per niente pazzo. Ma il «sosia» lo ammetto indubbiamente. Che cos'è precisamente il sosia? Il sosia, per lo meno in base al libro di medicina di un esperto che ho letto appositamente in seguito, il sosia, dico, non è nient'altro che il primo stadio di un serio disturbo mentale che può condurre a un esito abbastanza funesto. Era stato del resto lo stesso Versilov durante quella scena con la mamma a spiegarci con spaventosa sincerità il suo «sdoppiamento» di sentimenti e di volontà di allora. Ma lo ripeto di nuovo: sebbene quella scena a casa della mamma con quell'icona spezzata fosse indiscutibilmente avvenuta sotto l'influenza di un autentico sosia, tuttavia ho sempre avuto l'impressione che in ciò fosse in parte racchiusa anche una maligna allegoria, una sorta di odio per le attese di quelle due donne, una certa rabbia nei confronti dei loro diritti e del loro giudizio, e così lui, assieme al suo sosia, aveva spezzato quell'icona! Come se avesse voluto dire: «Così andranno in pezzi anche le vostre aspettative!». Insomma, se pure il sosia esisteva, si trattava anche di un semplice ghiribizzo... Ma tutto ciò è soltanto una mia congettura; stabilire la cosa con sicurezza è difficile.

A dire il vero, nonostante la sua adorazione per Katerina Nikolàevna, in lui si era sempre annidata anche la più sincera e profonda sfiducia riguardo alle sue qualità morali. Io ritengo con sicurezza che quella volta, nascosto dietro la porta, egli si aspettasse appunto la sua degradazione di fronte a Lambert. Ma desiderava forse egli questo, se pure se lo aspettava? Lo ripeto di nuovo: io credo fermamente che egli non volesse nulla e che persino non ragionasse affatto. Desiderava soltanto star lì, poi balzar fuori, dirle qualcosa, e forse... forse anche offenderla, forse anche ucciderla... Tutto avrebbe potuto accadere allora, ma soltanto, arrivando lì con Lambert, egli non sapeva affatto ciò che sarebbe successo. Aggiungerò che la rivoltella era di Lambert, mentre lui era venuto disarmato. Vedendo però il comportamento fiero e pieno di dignità di lei e, soprattutto, non tollerando più che quel mascalzone di Lambert la minacciasse, egli era saltato fuori, dopo di che aveva perduto la ragione. Voleva davvero ucciderla in quell'istante? Secondo me egli stesso non lo sapeva, ma certamente l'avrebbe uccisa se noi non avessimo distolto la sua mano.

La sua ferita risultò non mortale e guarì, ma egli rimase a letto abbastanza a lungo, a casa della mamma, naturalmente. Ora, mentre sto scrivendo queste righe, è primavera, siamo a metà maggio, è una giornata stupenda e in casa nostra sono aperte le finestre. La mamma è seduta accanto a lui; egli le accarezza le guance e i capelli con la mano e la fissa negli occhi con tenerezza. Oh, è solo la metà del Versilov di un tempo; dalla mamma ormai egli non si stacca più, né si staccherà mai. Egli ha persino ricevuto «il dono delle lacrime», come si era espresso l'indimenticabile Makàr Ivànovič nel suo racconto sul mercante; d'altra parte mi sembra che Versilov vivrà a lungo. Con noi adesso egli è del tutto spontaneo e sincero, come un bambino, senza per questo perdere il senso della misura e del riserbo, né parlare troppo. In lui sono rimasti intatti tutta la sua intelligenza e tutta la sua indole morale, sebbene tutto quello di idealistico che c'era in lui sia emerso ancor di più in primo piano. Dirò francamente che non l'ho mai amato tanto quanto adesso e che mi dispiace di non avere né tempo né spazio per parlare di più di lui. D'altronde racconterò un aneddoto recente (ve ne sono molti): per la Quaresima egli era ormai guarito e alla sesta settimana dichiarò che avrebbe digiunato. Erano una trentina d'anni o forse più che non digiunava. La mamma era contenta; cominciarono a preparare piatti di magro, d'altronde abbastanza costosi e raffinati. Dall'altra stanza lo udii il lunedì e il martedì intonare tra sé e sé *Ecco lo sposo che viene*, inebriato dalla melodia e dai versi. In quei due giorni egli parlò alcune volte stupendamente di religione; ma il mercoledì il digiuno improvvisamente fu interrotto. Qualcosa a un tratto lo irritò, non so quale «buffo contrasto», come si espresse ridendo. Non gli piacque qualcosa nell'aspetto del sacerdote, nell'atmosfera; comunque egli tornò a casa e improvvisamente disse con un quieto sorriso: «Amici miei, io amo molto Dio, ma non sono fatto per queste cose». Lo stesso giorno a pranzo servirono del *roast beef*. Tuttavia so che la mamma anche ora sovente si siede accanto a lui e con voce sommessa e con un quieto sorriso talvolta si mette a parlare con lui degli argomenti più astratti: adesso improvvisamente ella, non si sa come, *ha preso coraggio* davanti a lui, ma come ciò sia avvenuto, non lo so. Ella si siede accanto a lui e gli parla, per lo più sussurrando. Egli la ascolta con un sorriso, le accarezza i capelli, le bacia le mani e il suo viso è illuminato dalla più completa felicità. A volte egli è preso da accessi quasi isterici. Egli allora prende la sua fotografia, quella stessa che quella sera aveva baciato, la guarda con le lacrime agli occhi, la bacia, si abbandona ai ricordi, ci chiama a sé, ma in quei momenti parla poco... Di Katerina Nikolàevna è come se si fosse completamente dimenticato e non ha mai menzionato neppure una volta il suo nome. Neppure del matrimonio con la mamma si è ancora parlato. Volevamo portarlo a passare l'estate all'estero, ma Tat'jana Pàvlovna ha insistito perché non lo portassimo e lui stesso non ha voluto. Passeranno l'estate da qualche parte in campagna, nei dintorni di Pietroburgo. A proposito, per il momento viviamo tutti delle risorse di Tat'jana Pàvlovna. Aggiungerò una cosa: mi dispiace terribilmente che nel corso di queste memorie sovente mi sono permesso di trattare quest'uomo irrispettosamente e dall'alto in basso. Ma ho scritto raffigurando troppo me stesso precisamente tale quale ero in ognuno dei momenti che ho descritto. Giunto al termine di queste memorie e dopo aver scritto l'ultima riga, improvvisamente ho sentito di aver rieducato me stesso precisamente attraverso il processo di rievocazione e di registrazione. Ora respingo molto di quello che ho scritto, specialmente il tono di talune frasi e pagine, ma non cancellerò né correggerò una sola parola.

Ho detto che su Katerina Nikolàevna egli non dice nemmeno una parola, ma io penso perfino che forse sia del tutto guarito. Di Katerina Nikolàevna parliamo talvolta soltanto io e Tat'jana Pàvlovna, e in segreto. Adesso Katerina Nikolàevna è all'estero; mi sono incontrato con lei prima della sua partenza e sono stato da lei diverse volte. Dall'estero mi ha già scritto due volte e io le ho risposto. Ma del contenuto delle nostre lettere e di ciò di cui abbiamo parlato salutandoci prima della sua partenza non parlerò: questa è già un'altra storia, del tutto *nuova*, e forse tutta ancora di là da venire. Persino con Tat'jana Pàvlovna di talune cose non parlo; ma basta così. Aggiungerò soltanto che Katerina Nikolàevna non si è sposata e che è in viaggio con i Peliščev. Suo padre è morto e lei è la più ricca delle vedove. In questo momento ella è a Parigi. La sua rottura con Böhring è avvenuta rapidamente e come da sé, ossia nel modo più naturale. D'altronde questo lo racconterò.

La mattina in cui avvenne quella terribile scena, il butterato, quello stesso dalla parte del quale erano passati Trišatov e il suo amico, fece in tempo ad avvertire Böhring della malefatta che stava per essere perpetrata. Ciò avvenne nella maniera seguente: Lambert era tuttavia riuscito a convincerlo a partecipare all'impresa e, entrato in possesso del documento, gliene aveva comunicato tutti i particolari e tutte le circostanze e, infine, anche il momento conclusivo del loro piano, ossia lo stratagemma inventato da Versilov per ingannare Tat'jana Pàvlovna. Ma nel momento decisivo il butterato aveva preferito tradire Lambert, avendo più buon senso di tutti loro e prevedendo nei loro progetti la possibilità di qualche strascico penale. Soprattutto considerava la riconoscenza di Böhring assai più solida del piano fantasioso dell'inesperto e focoso Lambert e di quel pazzo accecato dalla passione di Versilov. Tutto ciò lo venni a sapere più tardi da Trišatov. A proposito, io non conosco e non comprendo i rapporti intercorrenti tra Lambert e il butterato e perché Lambert non potesse sbrigarsela senza di lui. Ma sarebbe ancora più interessante sapere perché Lambert avesse bisogno di Versilov, quando, essendo già in possesso del documento, avrebbe benissimo potuto fare a meno del suo aiuto. La risposta ora mi è chiara: egli aveva bisogno di Versilov in primo luogo per la sua conoscenza delle circostanze e, soprattutto, gli era necessario, se le cose fossero andate male e fosse successo qualche guaio, per riversare su di lui tutta la responsabilità. Inoltre, dato che Versilov non era interessato al denaro, Lambert aveva ritenuto il suo aiuto tutt'altro che superfluo. Ma Böhring quella volta non riuscì ad arrivare in tempo. Egli arrivò un'ora dopo lo sparo, quando l'appartamento di Tat'jana Pàvlovna presentava ormai un aspetto ben diverso. E precisamente: circa cinque minuti dopo che Versilov era caduto sul tappeto insanguinato, Lambert, che tutti noi ritenevamo morto, aveva sollevato la testa e si era rialzato in piedi. Egli si era guardato attorno con stupore, improvvisamente si era raccapezzato ed era uscito dirigendosi nella cucina senza dire una parola, lì aveva indossato la sua pelliccia ed era scomparso per sempre. Il «documento» lo aveva lasciato sul tavolo. Venni a sapere che egli non stette neppure male, a parte una lieve indisposizione; la botta con la rivoltella lo aveva soltanto tramortito facendogli uscire del sangue, ma non aveva provocato danni più seri. Nel frattempo Trišatov era già corso a chiamare un dottore, ma prima che questi arrivasse tornò in sé anche Versilov, e prima di ciò Tat'jana Pàvlovna, dopo aver rianimato Katerina Nikolàevna, aveva fatto in tempo a riportarla a casa sua. Pertanto, quando Böhring irruppe nella stanza, nell'appartamento di Tat'jana Pàvlovna ci trovavamo soltanto io, il dottore, l'infermo Versilov e la mamma, ancora malata, ma accorsa da lui fuori di sé, quando Trišatov era andato ad avvisarla. Böhring guardò la scena perplesso e, non appena seppe che Katerina

Nikolàevna se ne era già andata, si diresse immediatamente a casa sua senza aver proferito lì da noi neppure una parola.

Egli era turbato; vedeva chiaramente che ora lo scandalo e la divulgazione della cosa erano inevitabili. Tuttavia non si verificò un grande scandalo, ma circolarono soltanto delle voci. Non si riuscì a tener nascosto il colpo di pistola, questo è vero; ma tutta la faccenda principale, nella sua sostanza, rimase pressoché sconosciuta; l'inchiesta stabilì soltanto che un certo V., innamorato, benché cinquantenne e con famiglia, in uno slancio di passione e mentre dichiarava tale passione a una persona degna del massimo rispetto, ma che non condivideva affatto i suoi sentimenti, in un accesso di follia si era sparato un colpo di rivoltella. Non trapelò nient'altro e sotto questa forma la notizia giunse per vie oscure anche ai giornali, che la pubblicarono senza i nomi propri, mettendo soltanto le iniziali dei cognomi. Per lo meno so che Lambert, ad esempio, non venne affatto disturbato. Ciononondimeno Böhring, conoscendo la verità, si spaventò. A questo punto, come a farlo apposta, egli riuscì a venire a sapere dell'incontro a quattr'occhi avvenuto, ancora due giorni prima della catastrofe, tra Katerina Nikolàevna e Versilov, innamorato di lei. Questo gli fece perdere le staffe ed egli, abbastanza incautamente, si permise di farle osservare che, dopo di ciò, non si meravigliava che le potessero capitare delle storie così fantastiche. Katerina Nikolàevna seduta stante ruppe il fidanzamento, senza collera, ma anche senza esitazioni. La sua convinzione, fondata su un pregiudizio, della ragionevolezza del matrimonio con quell'uomo, svanì come fumo. Forse, già da molto tempo prima, ella aveva capito che uomo fosse, o forse, dopo la scossa provata, improvvisamente erano mutate talune sue vedute e sentimenti. Ma qui di nuovo mi astengo dal dire di più. Aggiungerò soltanto che Lambert fuggì a Mosca e laggiù finì nei guai per non so quale faccenda. Quanto a Trišatov, l'ho perduto di vista da molto tempo, fin quasi da quel giorno, per quanti sforzi abbia fatto fino a tutt'oggi di rintracciarlo. Egli sparì dopo la morte del suo amico *«le grand dadais»*, che si era sparato.

II

Ho fatto menzione della morte del vecchio principe Nikolàj Ivànovič. Questo buono e simpatico vecchio morì ben presto dopo l'accaduto, tuttavia un mese intero più tardi; morì di notte, nel suo letto, per un attacco nervoso. Non l'avevo più visto fin dal giorno che egli aveva trascorso nel mio appartamento. Di lui si diceva che in quel mese fosse diventato incomparabilmente più ragionevole, persino più severo, non si spaventava più, non piangeva e durante tutto questo tempo non aveva neppure più detto nemmeno una parola su Anna Andréevna. Tutto il suo amore si era riversato sulla figlia. Una volta, una settimana prima della sua morte, Katerina Nikolàevna gli aveva proposto di farmi chiamare per distrarlo, ma egli si era persino rabbuiato: riferisco questo fatto senza alcuna spiegazione. Il suo patrimonio risultò in ordine e inoltre si scoprì che possedeva un notevole capitale. Un terzo circa di questo capitale, in base al testamento del vecchio, si dovette distribuirlo alle sue innumerevoli figliocce; ma a tutti apparve straordinariamente strano che in tale testamento non fosse fatta menzione alcuna di Anna Andréevna: il suo nome era stato omesso. Ecco, tuttavia, che cosa mi risulta come un fatto attendibile: soltanto pochi giorni prima della propria morte il vecchio, fatta venire sua figlia e i suoi amici Pelìščev e il principe V-skij, aveva ingiunto a Katerina Nikolàevna, nell'eventualità della sua prossima scomparsa, di assegnare immancabilmente sessantamila rubli di questo capitale ad Anna Andréevna. Egli aveva espresso la propria volontà con precisione, chiaramente e concisamente, senza lasciarsi andare nemmeno a una esclamazione né a una sola spiegazione. Dopo la sua morte, e quando le faccende furono ormai chiarite, Katerina Nikolàevna informò Anna Andréevna attraverso una propria persona di fiducia che ella poteva ricevere questi sessantamila rubli quando avesse voluto, ma Anna Andréevna respinse seccamente e senza parole superflue questa proposta: ella si rifiutò di accettare del denaro, nonostante tutte le assicurazioni che tale effettivamente era stata la volontà del principe. Il denaro è ancor oggi depositato in attesa che lei modifichi la propria decisione; ma questo non accadrà, e io lo so di sicuro perché adesso sono uno dei più intimi conoscenti e amici di Anna Andréevna. Il suo rifiuto suscitò un certo scalpore e di ciò si parlò. Sua zia, la Fanariòtova, dapprima irritata dalla sua storia scandalosa col vecchio principe, a un tratto cambiò la propria opinione e, dopo che ebbe rifiutato il denaro, le manifestò solennemente la propria stima. Per contro, a causa di ciò suo fratello litigò con lei definitivamente. Ma sebbene io vada sovente da Anna Andréevna, non dirò che ci lasciamo andare a grandi intimità; del passato non parliamo affatto; lei mi riceve assai volentieri, ma parla con me di argomenti alquanto astratti. Tra l'altro mi ha annunciato la sua ferma intenzione di ritirarsi in monastero; è stato poco tempo fa, ma io non le credo e penso che le sue parole fossero dettate soltanto dall'amarezza.

Ma una parola amara, veramente amara, mi resta da dire in particolare a proposito di mia sorella Liza. La sua sì che è una sventura, e che cosa sono al confronto tutti i miei insuccessi di fronte al suo amaro destino? Cominciò col fatto che il principe Sergéj Petrovič non guarì e, prima del processo, morì all'ospedale. Egli morì ancora prima del principe Nikolàj Ivànovič. Liza rimase sola col suo bambino che doveva ancora nascere. Ella non piangeva e in apparenza era perfino tranquilla; si era fatta umile e mansueta, ma tutta la focosità del suo cuore di un tempo sembrava essere stata di colpo seppellita da qualche parte dentro di lei. Ella aiutava ubbidiente la mamma, accudiva Andréj Petrovič malato, ma si era fatta terribilmente poco loquace e non guardava niente e nessuno, come se fosse indifferente a tutto e tutto le fosse estraneo. Quando Versilov cominciò a star meglio, ella prese a dormire molto. Io le portai dei libri, ma lei non li leggeva; cominciò a dimagrire terribilmente. Io non trovavo il coraggio per mettermi a consolarla, sebbene sovente mi recassi da lei proprio con questa intenzione; in sua presenza, tuttavia, non so come, non mi riusciva di accostarmi a lei e non trovavo le parole per iniziare il discorso su questo argomento. Andò avanti così fino a un disgraziato accidente: ella cadde dalla scala di casa nostra, non troppo dall'alto, soltanto da tre gradini, ma abortì e la sua infermità si protrasse per quasi tutto l'inverno. Ora si è alzata dal letto, ma la sua salute è stata compromessa per molto tempo. Ella con noi è silenziosa e pensierosa come prima, ma con la mamma ha cominciato a parlare un po'. Durante tutti questi ultimi giorni c'è stato un alto, vivido sole primaverile, e io tra di me continuamente ricordavo quel mattino soleggiato quando, l'autunno scorso, io e lei camminavamo per la strada, entrambi pieni di gioia, di speranza e di reciproco amore. Ahimè, cosa è stato di noi dopo di allora? Io non mi lamento, per me è cominciata un nuova vita, ma lei? Il suo futuro è un mistero e ora non posso guardarla senza pena.

Circa tre settimane fa, tuttavia, mi è riuscito di suscitare il suo interesse con una notizia riguardante Vasin. Egli è stato finalmente scarcerato e rimesso definitivamente in libertà. Questa persona di buon senso ha fornito, si dice, le più precise spiegazioni e le più interessanti informazioni, che l'hanno pienamente scagionato agli occhi delle persone da cui dipendeva la sua sorte. Persino il suo famigerato manoscritto è risultato essere nient'altro che una traduzione dal francese, del materiale, per così dire, che egli raccoglieva unicamente per sé, con l'intento di redigere in seguito, sulla base di esso, un utile articolo per una rivista. Egli ora si è recato nel governatorato di V-skij, mentre il suo patrigno, Stebel'kòv, è tutt'ora rinchiuso in prigione per la sua faccenda che, a quanto ho sentito dire, si fa sempre più vasta e complicata. Liza ascoltò quel che le dicevo di Vasin con uno strano sorriso e osservò persino che a uno come Vasin le cose non potevano andare che in quel modo. Ella tuttavia fu visibilmente rallegrata del fatto che la pazzia del defunto principe Sergéj Petrovič non lo avesse danneggiato. Su Dergačëv e sugli altri non ho nulla qui da riferire.

Ho finito. Forse a qualche lettore piacerebbe sapere dove sia andata a finire la mia «idea» e che cos'è questa nuova vita che è ora cominciata per me, alla quale accenno in maniera così enigmatica. Ma questa nuova vita, questo nuovo cammino che si è aperto davanti a me è appunto la mia «idea», quella stessa di prima, ma ormai completamente in un'altra forma, di modo che non si può neppure riconoscerla. Ma in queste mie memorie tutto ciò non può già più rientrare, poiché si tratta di qualcosa del tutto diversa. La vecchia vita è finita del tutto, mentre quella nuova comincia appena. Aggiungerò, tuttavia, l'indispensabile: Tat'jana Pàvlovna, la mia sincera e diletta amica, mi assilla ogni giorno con le sue raccomandazioni di iscrivermi immancabilmente e al più presto all'università: «Poi, quando avrai terminato la tua istruzione, ti sbizzarrirai, ma adesso finisci i tuoi studi». Confesso che sto riflettendo sulla sua proposta, ma non so assolutamente che cosa deciderò. Tra l'altro le ho obiettato che adesso non ho neppure il diritto di studiare, dato che debbo lavorare per mantenere la mamma e Liza, ma ella offre a questo scopo il suo denaro e assicura che esso basterà per tutta la durata dei miei studi universitari. Infine mi sono deciso a chiedere il consiglio di qualcuno. Dopo essermi guardato attorno ho scelto questa persona in maniera accurata e critica. Si tratta di Nikolàj Semënovič, il mio ex precettore di Mosca, il marito di Màr'ja Ivànovna. Non che avessi tanto bisogno del consiglio di qualcuno, ma semplicemente ho provato il desiderio irresistibile di sentire l'opinione di quest'uomo a me perfettamente estraneo e persino alquanto freddo ed egoista, ma indiscutibilmente intelligente. Gli ho mandato l'intero mio manoscritto pregandolo di mantenere il segreto perché non l'ho ancora mostrato a nessuno e soprattutto a Tat'jana Pàvlovna. Il manoscritto da me inviato mi è ritornato indietro due settimane dopo, accompagnato da una lettera molto lunga. Riferirò soltanto alcuni brani, poiché trovo in essi una certa veduta generale e qualcosa, per così dire, di chiarificatore. Ecco tali brani.

III

«...Non avreste veramente potuto, indimenticabile Arkàdij Makàrovič, impiegare con maggior profitto il vostro temporaneo ozio che a scrivere queste vostre *Memorie*! Voi, per così dire, avete dato a voi stesso un consapevole rendiconto dei vostri primi tempestosi e rischiosi passi nell'arena della vita. Sono fermamente convinto che con questa esposizione abbiate effettivamente sotto molti aspetti rieducato voi stesso. Non mi permetterò, si intende, di farvi neppure la più piccola osservazione critica, sebbene ogni pagina induca alla riflessione... ad esempio, il fatto che abbiate tenuto in mano vostra tanto a lungo e tanto ostinatamente il "documento" è quanto mai caratteristico... Ma questa è soltanto una delle cento osservazioni che mi sono consentito. Apprezzo anche molto il fatto che vi siate deciso a comunicare a me, ed evidentemente a me solo, "il segreto della vostra idea", per usare la vostra propria espressione. Ma alla vostra richiesta di comunicarvi la mia opinione a proposito di questa idea, debbo opporre un deciso rifiuto: in primo luogo questa lettera non basterebbe a contenerla, e in secondo luogo io stesso non sono ancora pronto per darvi una risposta e ho bisogno ancora di riflettere su questo. Osserverò soltanto che la vostra "idea" si distingue per l'originalità, laddove i giovani della generazione attuale si lanciano per lo più su idee non escogitate da loro, ma trovate bell'e pronte e la loro riserva è assai scarsa e sovente pericolosa. La vostra "idea", per esempio, vi ha salvato, per lo meno temporaneamente, dalle idee del sig. Dergačëv e co., senza dubbio assai meno originali della vostra. Infine poi sono perfettamente d'accordo con l'opinione della stimatissima Tat'jana Pàvlovna, che, sebbene l'abbia conosciuta personalmente, non ero stato in grado di apprezzare nella misura che ella merita. La sua idea riguardo alla vostra iscrizione all'università è sommamente benefica per voi. La scienza e la vita, nel corso di tre o quattro anni, indubbiamente apriranno ancor più vasti orizzonti ai vostri pensieri e alle vostre aspirazioni e se, anche dopo l'università, desiderete ritornare di nuovo alla vostra "idea", nulla ve lo impedirà.

«Ora consentitemi, anche senza vostra richiesta, di esporvi francamente alcuni pensieri e alcune impressioni, che si sono affacciate alla mia mente e alla mia anima leggendo le vostre così sincere memorie. Sì, sono d'accordo con Andréj Petrovič che per voi e per la vostra *solitaria* giovinezza si poteva nutrire qualche apprensione. Non sono pochi i giovani come voi ed effettivamente le loro capacità minacciano sempre di inclinare al male: o verso un servilismo alla Molčalin,[1] o verso un nascosto desiderio di disordine. Ma tale desiderio di disordine non deri-

1 Personaggio di *Che disgrazia l'ingegno!* di Griboedov.

va, forse, il più sovente, da una nascosta brama di ordine e di "grazia" (uso la vostra espressione)? La giovinezza è pura già per il solo fatto di essere giovinezza. Forse in questi così precoci accessi di follia è racchiusa appunto questa brama d'ordine e questa ricerca della verità, e chi ne ha colpa, se taluni giovani d'oggi vedono questa verità e quest'ordine in cose così stupide e ridicole che persino non capisci come essi vi abbiano potuto credere! Osserverò al riguardo che prima, in un passato abbastanza recente, soltanto una generazione fa, questi interessanti giovani potevano anche non essere molto commiserati, poiché a quel tempo essi finivano quasi sempre con l'aggregarsi con successo al nostro strato colto superiore, fondendosi con esso in un tutto unico. E se anche, ad esempio, all'inizio del proprio cammino avevano coscienza di tutta la propria indecenza e casualità, di tutta l'assenza di nobiltà nella loro situazione familiare, dell'assenza di tradizioni ereditarie e di belle forme concluse, ciò era addirittura meglio, perché cercavano di conquistare queste cose coscientemente in seguito e con ciò stesso si abituavano ad apprezzarle. Ora invece le cose stanno in maniera già alquanto diversa, proprio perché non c'è quasi più nulla a cui aggregarsi.

«Mi spiegherò con un paragone, o meglio con una similitudine. Se fossi un romanziere russo e avessi ingegno, immancabilmente sceglierei i miei personaggi tra la nobiltà ereditaria russa, perché soltanto in questo tipo di russi colti è possibile almeno l'apparenza di bell'ordine e di bella impressione che osno così indispensabili in un romanzo per ottenere un effetto elegante sul lettore. Dico questo assolutamente senza scherzare, sebbene io non sia affatto un nobile, come, d'altronde, voi stesso ben sapete. Già Puškin aveva indicato i soggetti dei suoi futuri romanzi nelle "tradizioni di una famiglia russa",[2] e, credetemi, lì c'è veramente tutto ciò che di bello è stato fatto nel nostro Paese fino ad oggi. Per lo meno lì c'è tutto quello che è stato fatto nel nostro Paese di sia pure in parte compiuto. E

2 Espressione contenuta nella tredicesima strofa del terzo capitolo dell'*Evgénij Onegin*. In tale strofa e nella successiva Puškin parla dei progetti di sue future opere.

non dico questo perché io sia così incondizionatamente d'accordo con la giustezza e la verità di questo tipo di bellezza, ma il fatto è che qui, ad esempio, c'erano già delle forme concluse di onore e di dovere, laddove in Russia, fuorché nella nobiltà, queste qualità non si riscontrano da nessuna parte non dico in forma conclusa, ma nemmeno allo stato embrionale. Parlo come una persona tranquilla e che ricerca la tranquillità.

«Se poi lì questo onore sia buono e questo dovere vero, è un'altra questione; ma per me è più importante proprio la compiutezza delle forme e un qualche ordine che non sia imposto, ma maturato personalmente. Mio Dio, ma è proprio questo ciò che per noi è più importante: un ordine qualsiasi, ma nostro, infine! In ciò consisteva la speranza e, per così dire, il sollievo: una qualche costruzione, finalmente, e non questa eterna distruzione, non più le schegge che volano dappertutto, calcinacci e spazzatura dai quali da ormai duecento anni non viene fuori nulla.[3]

«Non mi accusate di slavofilia; io queste cose le dico soltanto per misantropia, perché mi sento il cuore oppresso! Ora da poco tempo da noi sta accadendo qualcosa di assolutamente opposto a quanto ho descritto sopra. Non è più la spazzatura che si aggrega allo strato superiore, ma al contrario, con allegra fretta, dal tipo bello si distaccano pezzi e zolle fondendosi in un mucchio unico con i fautori del disordine e gli invidiosi. Ed è tutt'altro che un caso isolato che siano i padri stessi e i capostipiti di antiche famiglie colte a ridere ormai sopra ciò a cui, forse, i loro figli vorrebbero credere. Anzi, essi sono ansiosi di manifestare ai propri figli la loro avida gioia per l'improvviso diritto al disonore che essi hanno dedotto in massa da non so che cosa. Non è degli autentici progressisti che parlo, carissimo Arkàdij Makàrovič, ma soltanto di quella marmaglia, che si è rivelata innumerevole, a proposito della quale è stato detto: *"Grattez le russe et vous verrez le tartare"*.[4] E, credetemi, gli au-

3 Allusione al periodo delle riforme avviato da Pietro I, verso il quale Dostoevskij aveva un atteggiamento fortemente critico.

4 «Grattate il russo e vedrete il tartaro», in francese nel testo. Questa celebre frase è stata attribuita di volta in volta a Joseph de Maistre, a Napoleone e ad altri personaggi storici.

tentici liberali, gli autentici e generosi amici dell'umanità da noi non sono assolutamente tanti come a un tratto ci era sembrato.

«Ma tutto questo è filosofia; ritorniamo al nostro immaginario romanziere. La posizione del nostro romanziere in tal caso sarebbe assolutamente determinata: egli non potrebbe scrivere in nessun altro genere eccetto quello storico,[5] poiché il tipo bello di persone non esiste ormai più nel nostro tempo, e se anche ne sono rimasti dei resti, tuttavia, secondo l'opinione imperante, non hanno mantenuto la loro bellezza. Oh, nel genere storico, inoltre, si può raffigurare ancora un'infinità di particolari straordinariamente gradevoli e rallegranti! Si può persino appassionare a tal punto il lettore che egli scambierà una rappresentazione storica per qualcosa di possibile ancora nel presente. Una simile opera, a condizione di possedere un grande talento, apparterrebbe già non tanto alla letteratura, quanto alla storia russa. Si tratterebbe di un'immagine, artisticamente compiuta, del miraggio russo, cioè di qualcosa che è veramente esistito, fino a quando non si è scoperto che si trattava di un miraggio. Il nipote di quei personaggi[6] che sono stati raffigurati in un quadro che rappresentava una famiglia russa dello strato culturale medio-superiore nel corso di tre generazioni accanto e in relazione con la storia russa, questo rampollo dei suoi avi non potrebbe essere raffigurato nel suo tipo odierno altrimenti che con un aspetto alquanto misantropico, solitario e decisamente triste. Egli potrebbe perfino apparire come un tipo bizzarro che il lettore fin dal primo sguardo potrebbe identificare come qualcuno che ha abbandonato il campo convincendosi che sul campo non è rimasto lui vincitore. Ancora più avanti sparirà anche questo nipote misantropo; appariranno nuovi personaggi, ancora sconosciuti, e un nuovo miraggio; ma quali personaggi? Se saranno brutti, in futuro il romanzo russo non sarà più possibile. Ma ahimè, sarà soltanto il romanzo a risultare allora impossibile?

«Piuttosto che andare lontano, ricorrerò al vostro stesso ma-

5 Qui e in seguito il riferimento evidente è a Tolstòj e a *Guerra e pace*
6 Riferimento a Levin, personaggio di *Anna Karénina* di Tolstòj.

noscritto. Guardate, ad esempio, entrambe le famiglie del signor Versilov (per questa volta permettetemi di essere totalmente franco). In primo luogo non mi dilungo su Andréj Petrovič stesso, ma tuttavia egli è uno dei capostipiti. Si tratta di un nobile di antichissima stirpe e nello stesso tempo egli è un comunardo parigino. Egli è un autentico poeta e ama la Russia, ma per contro la nega anche totalmente. Egli non ha alcuna religione, ma è pronto quasi a morire per qualche cosa di indeterminato che egli non è in grado neppure di denominare, ma in cui crede appassionatamente sull'esempio di una moltitudine di civilizzatori russi europei del periodo pietroburghese della storia russa. Ma di lui ho detto abbastanza; ecco, tuttavia, la sua famiglia legittima: di suo figlio non parlerò neppure, egli non merita tale onore. Chi ha occhi, sa in anticipo a che punto arriveranno da noi simili individui, trascinandosi dietro anche gli altri. Ma ecco sua figlia, Anna Andréevna, non è forse una fanciulla di carattere? È un personaggio della statura della badessa Mitrofànija,[7] senza con ciò presagirle, si intende, nulla di penale, il che sarebbe ingiusto da parte mia. Se voi mi direte adesso, Arkàdij Makàrovič, che questa famiglia è un fenomeno casuale, io me ne rallegrerò. Ma non sarebbe, al contrario, più giusto arrivare alla conclusione che ormai un'infinità di famiglie russe di questo genere, indubbiamente antiche, con forza irrefrenabile si trasformano in massa in famiglie *casuali* e si fondono con queste ultime nel disordine e nel caos generali? Il tipo di queste famiglie casuali lo indicate in parte anche voi nel vostro manoscritto. Sì, Arkàdij Makàrovič, voi siete *il membro di una famiglia casuale*, all'opposto dei nostri tipi aviti di ancora poco tempo fa, che hanno avuto un'infanzia e un'adolescenza[8] tanto diverse dalle vostre.

7 La badessa del convento Vladyčne-Pokròvskij di Sérpuchov Mitrofànija (al secolo, la baronessa Praskòv'ja Grigòr'evna Rozen) fu processata e condannata nel 1873 per aver falsificato cambiali, testamenti e altri documenti a vantaggio del proprio monastero. Il fatto suscitò enorme scalpore, anche a causa della straordinaria personalità dell'imputata, nella quale doti non comuni di ingegno, di energia e di altruismo si univano a un'assoluta mancanza di scrupoli quanto ai mezzi per perseguire i propri sia pur nobili fini.
8 Allusione alla trilogia *Infanzia, Adolescenza* e *Giovinezza* di Tolstòj.

«Confesso che non desidererei essere il romanziere di un personaggio proveniente da una famiglia casuale!

«Si tratta di un lavoro ingrato e privo di belle forme. Questi tipi, inoltre, sono ancora in ogni caso un fatto corrente e perciò non possono essere artisticamente compiuti. Sono possibili gravi errori, sono possibili esagerazioni, sviste. In ogni caso si dovrebbe indovinare troppo. Ma che cosa deve fare uno scrittore che non desidera scrivere soltanto nel genere storico e che è posseduto dalla passione per l'attualità? Indovinare e... sbagliare.

«Tuttavia *Memorie* come le vostre potrebbero, mi sembra, servire da materiale per una futura opera artistica, per un futuro quadro di un'epoca disordinata, ma ormai passata. Oh, quando si saranno assopite le passioni del presente e sarà sopravvenuto il futuro, allora il futuro artista saprà trovare delle forme bellissime anche per la rappresentazione del disordine e del caos passati. Sarà appunto allora che torneranno utili le *Memorie* come le vostre e forniranno materiale prezioso, purché siano sincere, nonostante tutta la loro caoticità e casualità... Sopravviveranno, per lo meno, taluni tratti veri per intuire in base a essi che cosa poteva celarsi nell'anima di un adolescente di quell'epoca torbida, conoscenza non del tutto insignificante, dato che di adolescenti sono fatte le generazioni...».

INDICE

PARTE TERZA

i grandi libri Garzanti

Antico Testamento

Salmi - Cantico dei cantici
Giobbe - Ecclesiaste

Greci e Latini

AA.VV.
Antologia Palatina (17) □□
Abelardo
Storia delle mie disgrazie - Lettere d'amore di Abelardo e Eloisa (6)
Apuleio
L'asino d'oro
Aristofane
Gli Acarnesi - Le Nuvole - Le Vespe - Gli Uccelli
Callimaco
Inni - Chioma di Berenice □□
Catullo
Le poesie □□
Cicerone
Della divinazione □□
Eschilo
Orestea
Eschilo
Prometeo incatenato - I Persiani - I sette contro Tebe - Le supplici
Esiodo
Opere e giorni □□
Euripide
Medea - Ippolito - Le Troiane
Euripide
Elena - Ione □□
Euripide
Ecuba - Elettra □□
Euripide
Ifigenia in Tauride - Baccanti □□
Lirici greci (15) □□
Luciano
Racconti fantastici
Lucrezio Caro
La natura □□
Marziale
Epigrammi □□
Omero
Odissea
Omero
Iliade
Orazio Flacco
Epistole
Orazio Flacco
Le satire (15) □□
Orazio Flacco
Odi-Epodi
Ovidio Nasone
Amori □□
Pindaro
Olimpiche □□
Platone
Apologia di Socrate - Critone - Fedone - Il convito
Persio
Le satire □□
Plauto
Anfitrione - Bacchidi - Casina - Menecmi - Pseudolo
Procopio
Carte segrete
Sallustio Crispo
La congiura di Catilina □□
Seneca
Medea - Fedra - Tieste
Sofocle
Edipo re - Edipo a Colono - Antigone
Sofocle
Aiace - Elettra - Trachinie - Filottete □□
Svetonio Tranquillo
Vita dei Cesari
Tacito
Gli annali (4) - *La vita di Giulio Agricola*
Terenzio Afro
Le commedie
Tibullo
Elegie □□
Tucidide
Guerra del Peloponneso
Virgilio Marone
Bucoliche □□
Virgilio Marone
Georgiche □□

AA.VV.
Gozzano e i crepuscolari
Alfieri
Vita
Alfieri
Tragedie
Aretino
Ragionamento-Dialogo
Ariosto
Orlando Furioso
Bandi
I Mille: da Genova a Capua
Beccaria
Dei delitti e delle pene - Consulte criminali
Boccaccio
Decameron
Boccaccio
Elegia di Madonna Fiammetta - Corbaccio
Boiardo
Orlando Innamorato
Boine
Il peccato - Plausi e botte - Frantumi - Altri scritti
Boito
Opere
Calandra
La bufera
Capuana
Il marchese di Roccaverdina
Carducci
Poesie
Carducci
Prose
Casanova
Memorie scritte da lui medesimo
Castiglione
Il Libro del Cortegiano
Cattaneo
Notizie sulla Lombardia - La città
D'Annunzio
Poesie
D'Annunzio
Prose
Dante Alighieri
Vita nuova
Dante Alighieri
Le rime
Dante Alighieri
Convivio
Dante Alighieri
Commedia - Inferno
Dante Alighieri
Commedia - Purgatorio
Dante Alighieri
Commedia - Paradiso
Dante Alighieri
Monarchia
Da Ponte
Memorie - Libretti mozartiani: Le nozze di Figaro - Don Giovanni - Così fan tutte
Della Casa
Galateo
De Roberto
I Viceré
De Roberto
L'illusione
De Sanctis
Un viaggio elettorale
De Sanctis
La giovinezza
Fenoglio
Una questione privata
Fogazzaro
Malombra
Fogazzaro
Piccolo mondo antico
Fogazzaro
Daniele Cortis
Foscolo
Le poesie
Foscolo
Ultime lettere di Jacopo Ortis
Gadda
Quer pasticciaccio brutto de via Merulana
Goldoni
Commedie
Guicciardini
Ricordi
Guicciardini
Storia d'Italia
Leopardi
Canti
Leopardi
La vita e le lettere
Leopardi
Operette morali
Leopardi
Pensieri
Machiavelli
Il Principe e altre opere politiche
Manzoni
I promessi sposi
Manzoni
Inni sacri - Tragedie
Manzoni
Lettere sui Promessi Sposi
Marco Polo
Milione
Metastasio
Opere
Nievo
Confessioni di un italiano
Novelle italiane
Il Duecento
Il Trecento
Novelle italiane
Il Quattrocento
Novelle italiane
Il Cinquecento
Novelle italiane
Il Seicento
Il Settecento
Novelle italiane
L'Ottocento
Parini
Il Giorno - Le Odi
Pascoli
Poesie
Pasolini
Ragazzi di vita
Pasolini
Una vita violenta
Pasolini
Le ceneri di Gramsci
Pasolini
La religione del mio tempo
Pasolini
Poesia in forma di rosa
Pasolini
Trasumanar e organizzar
Petrarca
Canzoniere
Poesia italiana
Il Duecento
Poesia italiana
Il Trecento

Poesia italiana
Il Quattrocento

Poesia italiana
Il Cinquecento

Poesia italiana
Il Seicento

Poesia italiana
Il Settecento

Poesia italiana
L'Ottocento

Poesia italiana
Il Novecento

Polo Marco
Milione

Porta
Poesie □□

Rovani
Cento anni

Serao
Il paese di cuccagna

Svevo
Una vita - Senilità

Svevo
La coscienza di Zeno

Svevo
I racconti

Svevo
Teatro

Svevo
Una vita

Svevo
Senilità

Tasso
Gerusalemme liberata

Tasso
Teatro

Tozzi
Il podere

Verga
Le novelle - vol. I

Verga
Le novelle - vol. II

Verga
I Malavoglia

Verga
Teatro

Verga
Mastro-don Gesualdo

Vico
Autobiografia - Poesie - Scienza Nuova

Francesi

AA.VV.
Romanzi medievali d'amore e d'avventura

Alain-Fournier
Il grande Meaulnes

Balzac
La cugina Bette

Balzac
Eugénie Grandet

Balzac
Illusioni perdute

Balzac
Splendori e miserie delle cortigiane

Balzac
Père Goriot (3)

Balzac
La ricerca dell'assoluto (4)

Balzac
Il medico di campagna (4)

Balzac
Storia dei Tredici

Balzac
Addio - Il figlio maledetto - El Verdugo

Baudelaire
I fiori del male □□

Baudelaire
Paradisi artificiali □□

Constant
Adolphe

Corneille
Il Cid

Diderot
Teatro

Diderot
Il nipote di Rameau - Jacques il fatalista (4)

Diderot
La monaca

Flaubert
Madame Bovary

Flaubert
L'educazione sentimentale

Flaubert
Tre racconti

Gide
I nutrimenti terrestri - Paludi

Gide
La porta stretta - L'immoralista

Gide
La sinfonia pastorale - Isabelle

d'Holbach
Il buon senso

Hugo
I miserabili (3)

Hugo
L'uomo che ride (3)

Hugo
Ernani - Il re si diverte - Ruy Blas

Huysmans
Controcorrente (13)

Laclos
Le relazioni pericolose

La Fayette
La principessa di Clèves

Lesage
Storia di Gil Blas di Santillana

Marivaux
Il gioco dell'amore e del caso - Le false confidenze □□

Maupassant
Bel-Ami

Maupassant
Pierre e Jean

Maupassant
Racconti

Maupassant
Una vita

Maupassant
Forte come la morte

Mérimée
Carmen - Colomba

Molière
Il Tartufo - Il misantropo □□

Molière
Il borghese gentiluomo □□

Musset
Le confessioni di un figlio del secolo

Nerval
Le figlie del fuoco - La Pandora - Aurelia
Philippe
Bubu di Montparnasse - Croquignole
Prévost
Manon Lescaut
Proust
Un amore di Swann
Racine
Britannico - Bajazet - Atalia □□
Radiguet
Il diavolo in corpo - Il ballo del conte d'Orgel
Renard
Pel di carota - Storie naturali
Rimbaud
Poesie □□
Rousseau
Le confessioni
Saint-Simon
Il Re Sole
Stendhal
Il rosso e il nero
Stendhal
La Certosa di Parma
Stendhal
Dell'amore
Stendhal
Armance
Stendhal
Cronache romane
Thomas
Tristano e Isotta
Voltaire
Candido - Zadig - Micromega - L'ingenuo
Voltaire
Dizionario filosofico
Zola
Il ventre di Parigi
Zola
L'opera
Zola
Teresa Raquin

Inglesi

Austen
Orgoglio e pregiudizio
Austen
Emma
Austen
Mansfield Park
Bennett
Anna delle cinque città
Brontë Ch.
Jane Eyre
Brontë E.
Cime tempestose
Carroll
Alice nel paese delle meraviglie - Dietro lo specchio (9)
Compton-Burnett
Fratelli e sorelle
Conrad
Con gli occhi dell'Occidente (3)
Conrad
Lord Jim (3)
Conrad
Al limite estremo (3)
Defoe
Moll Flanders
Defoe
Robinson Crusoe
Defoe
Lady Roxana
De Quincey
Confessioni di un oppiomane
Dickens
Il circolo Pickwick (3)
Dickens
Il nostro comune amico
Dickens
David Copperfield
Dickens
Tempi difficili
Eliot
Quattro quartetti □□
Fielding
Joseph Andrews
Ford F.M.
Il buon soldato (8)
Forster
Casa Howard (8)
Forster
Camera con vista
Hardy
Via dalla pazza folla
Hardy
La brughiera
Joyce
Gente di Dublino
Kipling
Kim (3)
Lawrence
Figli e amanti
Morris
Notizie da nessun luogo
Scott
La sposa di Lammermoor
Scott
Ivanhoe
Shakespeare
Amleto - Otello - Macbeth - Re Lear
Shakespeare
Amleto
Shakespeare
Giulio Cesare - Antonio e Cleopatra - Coriolano
Shakespeare
Riccardo II - Enrico IV
Shakespeare
Romeo e Giulietta □□
Shakespeare
La tempesta □□
Shakespeare
Sogno di una notte di mezza estate □□
Shakespeare
Troilo e Cressida - Timone di Atene
Shakespeare
Il mercante di Venezia - Misura per misura - Come vi piace

Shakespeare
La bisbetica domata - I due gentiluomini di Verona - Molto rumore per nulla

Shakespeare
Antonio e Cleopatra ◫

Shakespeare
Il mercante di Venezia ◫

Shakespeare
Coriolano ◫

Shakespeare
Riccardo III

Sterne-Foscolo
Viaggio sentimentale di Yorick lungo la Francia e l'Italia ◫

Sterne
La vita e le opinioni di Tristram Shandy, gentiluomo

Stevenson
Il Master di Ballantrae (3)

Stevenson
L'isola del tesoro (3)

Stevenson
Il ragazzo rapito

Stevenson
Weir di Hermiston

Swift
I viaggi di Gulliver

Thackeray
La fiera della vanità

Wells
Racconti (3)

Wilde
Il ritratto di Dorian Gray

Woolf
Gita al faro

Woolf
Orlando (17)

Woolf
Gli anni (17)

Russi

Bulgakov
Il maestro e Margherita

Čechov
Racconti

Černyševskij
Che fare?

Dostoevskij
L'idiota (3)

Dostoevskij
I demoni (3)

Dostoevskij
Delitto e castigo

Dostoevskij
I fratelli Karamazov (3)

Dostoevskij
Il sosia

Dostoevskij
Il giocatore

Dostoevskij
L'adolescente (3)

Dostoevskij
Racconti

Esenin
Poesie ◫

Gogol'
Le anime morte (3)

Gogol'
I racconti di Pietroburgo

Gogol'
Tarass Bul'ba (3)

Gončarov
Oblomov

Lermontov
Un eroe del nostro tempo (3)

Leskòv
Il viaggiatore incantato - L'angelo suggellato (3)

Puškin
Romanzi e racconti (3)

Puškin
Evgenij Onegin

Saltykov-Ščedrin
I signori Golovlëv

Solgenitsin
Divisione cancro (1)

Tolstoj
Anna Karènina

Tolstoj
Guerra e pace

Tolstoj
La morte di Ivan Il'ič

Tolstoj
Resurrezione

Tolstoj
La sonata Kreutzer e altri racconti

Turgenev
Padri e figli (3)

Turgenev
Un nido di nobili (3)

Turgenev
Terra vergine

Americani

Cooper
L'ultimo dei Mohicani

Crane
Il segno rosso del coraggio

Hawthorne
La lettera scarlatta (3)

Hawthorne
Racconti (3)

James
Piazza Washington (7)

James
Il giro di vite

James
Principessa Casamassima

James
La bestia nella giungla e altri racconti

Melville
Moby Dick

Melville
Benito Cereno - Billy Budd (3)

Poe
Racconti (4)

Pound
Canti Pisani (7) ◫

Twain
Le avventure di Huckleberry Finn (14)

Twain
Wilson lo Svitato

Tedeschi

Buber
I racconti dei Chassidim (19)
Fontane
Effi Briest
Fontane
Il signore di Stechlin
Goethe
I dolori del giovane Werther
Goethe
Le affinità elettive
Goethe
Ballate □□
Goethe
La vocazione teatrale di Wilhelm Meister
Goethe
Ifigenia in Tauride □□
Heine
Idee - Il libro Le Grand □□
Hoffmann
Il vaso d'oro e altri racconti
Hofmannsthal
Elettra □□
Kafka
La metamorfosi e altri racconti
Kafka
Il processo
Kleist
I racconti (4)
Kleist
La brocca rotta - Anfitrione - Il principe di Homburg
Mann
I Buddenbrook
Mann
Tonio Kröger - La morte a Venezia - Cane e padrone
Mann
Altezza Reale (3)
Musil
Il giovane Törless
Novalis
Inni alla notte - Canti spirituali
Rilke
I quaderni di Malte Laurids Brigge
Spies
Storia del dottor Faust, ben noto mago e negromante
Trakl
Le poesie □□

Altre letterature

Cervantes
Don Chisciotte della Mancia (3)
García Lorca
Tutte le poesie □□
Ibsen
Spettri - Un nemico del popolo - L'anitra selvatica - Rosmersholm
Lu Hsün
Fuga sulla luna (2)
Macrí
Poesia spagnola del Novecento □□
Witkiewicz
Insaziabilità (2)

I titoli contrassegnati con numero tra parentesi sono pubblicati su licenza degli editori:

(1) il Saggiatore
(2) De Donato
(3) Mursia
(4) Istituto Editoriale Italiano
(5) Valmartina
(6) Rusconi
(7) Guanda
(8) Feltrinelli
(9) SugarCo
(13) Scheiwiller
(14) Einaudi
(15) Felice Le Monnier
(17) Mondadori
(19) Longanesi

□□ Titoli con testo a fronte

Finito di stampare il 12 ottobre 1989
dalla Garzanti Editore s.p.a., Milano

Periodico settimanale 268 20 ottobre 1981

Direttore responsabile Gina Lagorio

Pubblicazione registrata
presso il Tribunale di Milano n. 141 del 17-4-1981

Spedizione in abbonamento postale
Tariffa ridotta editoriale
Autorizzazione n. Z. 280961/3/VE del 9-12-1980
Direzione provinciale P.T. Milano

Associata all'Unione Stampa Periodica Italiana